全國高等院校古籍整理研究委員會直接資助項目

中國古典文學基本叢書

謝莊集校注

〔南朝宋〕謝莊　著
赫兆豐　校注

中華書局

圖書在版編目(CIP)數據

謝莊集校注/(南朝宋)謝莊著;赫兆豐校注. —北京:中華書局,2025. 1.—(中國古典文學基本叢書).—ISBN 978-7-101-16939-3

Ⅰ. I206. 391

中國國家版本館 CIP 數據核字第 202463SW07 號

責任編輯:孟念慈
封面設計:毛　淳
責任印製:陳麗娜

中國古典文學基本叢書
謝莊集校注
〔南朝宋〕謝　莊 著
赫兆豐 校注
*
中華書局出版發行
(北京市豐臺區太平橋西里 38 號　100073)
http://www.zhbc.com.cn
E-mail:zhbc@zhbc.com.cn
大廠回族自治縣彩虹印刷有限公司印刷
*
850×1168 毫米 1/32 · 13⅝印張 · 2 插頁 · 276 千字
2025 年 1 月第 1 版　　2025 年 1 月第 1 次印刷
印數:1-3000 冊　　定價:68.00 元

ISBN 978-7-101-16939-3

前言

一、謝莊的生平經歷

謝莊字希逸，陳郡陽夏人，生於宋武帝永初二年（四二一），卒於宋明帝泰始二年（四六六），是南朝著名文學家，《宋書》卷八十五、《南史》卷二十有傳。

謝莊父謝弘微少時深得謝混賞識。元嘉時期，謝弘微與王華、王曇首、殷景仁、劉湛並號五臣，參預機密，是宋文帝最倚重的大臣之一。謝莊幼而聰慧，七歲能屬文，通《論語》，長大後容貌氣度不凡，獲得宋文帝「藍田出玉」的稱贊。元嘉十七年（四四〇）謝莊出仕，起家官爲文帝次子始興王劉濬後軍法曹行參軍，後又轉太子舍人、廬陵王文學、太子洗馬、中舍人。二十年（四四三），謝莊作爲府佐隨廬陵王劉紹赴江州任職，二十六年（四四九）又任隨王劉誕後軍諮議參軍，並領記室參軍，隨府赴襄陽。二十七年（四五〇），宋文帝北伐失敗，北魏軍隊兵臨彭城，魏主拓跋燾遣尚書李孝伯爲使臣，後者在與劉宋使臣張暢的對話中問及謝莊，説明謝莊此時已名播北土。元嘉三十年（四五三）二月，太子劉劭殺害宋文帝篡位，改元太初，轉謝莊爲司徒左長史以示拉攏。三月，文帝第三子武陵王劉駿在江州起兵，並派人將討伐劉劭的檄文密送謝莊，命他在建康傳佈。謝莊趁機派心腹向劉駿表達了自己願意投靠義軍的態度。四月，劉駿即位，是爲孝武帝。

在孝武帝朝初期，謝莊積極參政，多次建言獻策，先後奏上《索虜互市議》《請弘風則表》《上搜才表》等與現實政治密切相關的文章，並被任命爲吏部尚書。但在孝武帝朝掌握實權的主要是劉駿江州時期的府佐，謝莊「意多不行」〔一〕。因此他在孝建元年（四五四）十月就以多病爲由辭職，並向時任大司馬的江夏王劉義恭呈上箋文，反復致意。孝建三年（四五六），謝莊被免職，但第二年，即大明元年（四五七）又被起用，出任都官尚書。大明三年（四五九）謝莊與吴郡顧覬之一同出任吏部尚書，没多久又頻繁調任右衛將軍、侍中、遊擊將軍等職。大明六年（四六二），謝莊第三次任吏部尚書，仍然很快便離職。本年四月，孝武帝寵妃殷貴妃去世，謝莊作《孝武宣貴妃誄》，得到孝武帝的認可，被安排輔佐新安王劉子鸞。大明八年（四六四），孝武帝去世，太子劉子業即位，是爲前廢帝。前廢帝記恨劉子鸞，又因《孝武宣貴妃誄》中有「贊軌堯門」一句，用漢武帝鉤弋夫人「堯母門」的典故暗示子鸞應當即位，故將謝莊關押在尚方獄中，直到明帝即位後纔被釋放。明帝對謝莊十分禮遇，「以莊爲散騎常侍、光禄大夫，加金章紫綬，領尋陽王師，頃之，轉中書令，常侍、王師如故。尋加金紫光禄大夫」〔二〕。但謝莊此時已無意仕宦，加之原本就體弱多病，泰始二年（四六六）便去世了，時年四十六，追贈右光禄大夫，謚曰憲子。謝莊有五子，分别名爲颺、朏、顥、蒞、瀹，其中謝颺女後來做了宋順帝的皇后。

梁代裴子野在《宋略總論》中稱贊孝武帝才能出衆，朝中文臣武將人才濟濟：「時之風流領袖，則謝莊、何偃、王彧、蔡興宗、袁顗、袁粲；禦武名將，則沈慶之、柳元景、宗慤、朱脩之，或清華以秀雅，或驍果以生類，固以軌道，廊廟之中，方駕向時之略。」〔三〕他將謝莊譽爲孝武帝朝風流領袖之首，足見謝莊在南朝聲望、地位之高。

《宋書》本傳記載謝莊「所著文章四百餘首」〔四〕。《隋書·經籍志四》著録「宋金紫光禄大夫《謝莊集》十九卷」〔五〕。除了自己的文集外，《隋書·經籍志四》還記載謝莊編纂了《讚集》五卷、《誄集》十五卷、《碑集》十卷，體現了劉宋以來編纂文學總集的風尚，惜均已亡佚。又據《樂府詩集》引文和《宋史·藝文志一》，知謝莊還著有《琴論》一書，亦不存。

二、謝莊的生平經歷與其作品類型、風格之間的關係

王運熙根據謝莊的隨侍應詔詩將他定位爲「劉宋前期宫廷文學代表」，與顔延之和齊梁時代的任昉、王融身份相似〔六〕。孫明君也認爲謝莊是「劉宋宫廷的文壇領袖」〔七〕。同時許多學者又指出謝莊在《月賦》《北宅秘園》《懷園引》等個别作品中，也會抒寫一些較鮮活的内容，並

難得地流露出自己的真實情感。然而遺憾的是，目前這兩種評價謝莊文學創作特點的視角，很多時候都處於一種平行不相交的狀態。其原因就在於對謝莊詩文作品的繫年研究相對欠缺。

謝莊現存詩二十八首，賦四篇，文三十篇，共計六十二篇（部分爲殘篇）。其中通過文獻考證可以確定具體或大致創作時間的，計有四十九篇〔八〕，比例高達近八成。這爲我們將謝莊一生的事迹與其創作生涯進行關聯、對比，提供了可能性。通過對比可以較明顯地看出，劉宋朝的政局變化以及不同君主的個性對謝莊的創作心態産生了直接影響。

謝莊的創作生涯大致可以大明元年（四五七）爲界，分爲前後兩個階段。前期作品個人色彩較鮮明，且反映出謝莊對政治持一種積極的參與態度。大明元年之後，隨着政治局勢以及同孝武帝君臣關係的變化，謝莊逐漸與政治拉開距離，作品變爲幾乎清一色的奉詔應制之作，個人色彩也被典重、單調、板滯的文辭所掩蓋。

目前謝莊詩文中可考的創作時間最早的作品，是寫於約元嘉二十年（四四三）的《遊豫章西山觀洪崖井》。這首詩的結構、寫法與謝靈運的山水詩十分相似。「林遠炎天隔，山深白日虧。游陰騰鵠嶺，飛清起鳳池。隱曖松霞被，容與澗煙移」六句寫洪崖的幽深景色，全用對偶。「遠」「隔」「深」「虧」四字刻畫洪崖遠離塵囂，「被」「移」二字寫山上煙霞和澗底霧氣，輕靈幽遠，均頗見鍛字煉句之功。二十二年（四四五），謝莊隨劉紹由江州入朝，途中創作了《自尋陽至都集道里名爲詩》。此詩雖是遊戲之作，有逞才之嫌，但出語自然，並無堆砌的痕迹，且有一定詩意，反映了謝莊當時較輕鬆的創作心態。元嘉二十七年（四五〇），謝莊在襄陽懷念建康故園，作《懷園引》。這是謝莊四首雜體詩中成就最高的一首。全詩不僅借景抒情，感情真摯，而且在三、五、七言中還雜用了楚辭體的句式，表現了謝莊在文體形式上的創新。當然，謝莊在元嘉時期也有奉詔應制之作，如《侍宴蒜山》和《赤鸚鵡賦》。但前者在描寫車駕出遊的盛景時，仍有「煙竟山郊遠，霧罷江天分」這樣不遜大謝的名句；後者在極貌寫物方面更接近《月賦》的手法，而不像作於大明五年（四六一）的《舞馬賦》那樣描寫、用典均稍顯浮泛而空洞，純爲稱頌功業之作。

謝莊在元嘉時期的這種比較個性化的創作風貌，首先得益於宋文帝愛好文義的個性和他對待文士時比較寬容的態度。文帝曾自稱「少覽篇籍，頗愛文義，遊玄翫采，未能息卷」〔九〕，《宋書·文帝紀》載其「博涉經史」〔一〇〕，劉勰在《文心雕龍·時序》中也承認「文帝彬雅」〔一一〕。這些都體現了文帝氣質上士族化、名士化的特點〔一二〕。這種性格使文帝在位時對文采出衆者，特別是出身士族的文士格外看重，頗能寬容優待。其次，謝莊父謝弘微身居要職，是元嘉初年深受文帝倚重的大臣。這兩個因素某種程度上都爲謝莊提供了一個相對寬鬆的政治環境。

最後，謝莊於元嘉十七年（四四〇）出仕，這一年文帝清除彭城王劉義康集團，謝莊未受牽連。此後一直到文帝去世前，謝莊所任之職都是文帝皇子的府佐，並未進入政治核心。元嘉二十九年（四五二）巫蠱事件後，文帝有心另立太子，謝莊也没有捲入其中。可以説謝莊在文帝朝並没有親身經歷過殘酷的權力鬥争，對於政治的殘酷性以及皇權與士族的複雜關係也没有深入的理解，因此，也就較少在文學創作中刻意隱藏自己的一些真實情感。

孝武帝的即位標志着劉宋王朝在經歷了一段短暫的動蕩後，正式進入轉折期。然而當時之人並没有這種後視的歷史視角，而是將劉駿討逆、穩定局勢看作劉宋王室的中興。鮑照獻上《中興歌》十首，韓蘭英獻上《中興賦》，便是這種心態在文學創作中的映射。謝莊也不例外。他在《與世祖啓事》中熱烈贊頌劉駿討逆的忠義之舉，恐怕不能簡單看作套話，應該是有真實情感在其中的。

自元嘉三十年（四五三）四月孝武帝即位，至孝建元年（四五四）十月，在這一年半的時間裏，謝莊連續奏上了《索虜互市議》《請弘風則表》《上搜才表》。這三篇文章與外交、法律、經濟、人才選舉等國政息息相關。儘管其中難免有一些可能不切實際的書生之見，但謝莊的舉動畢竟表現出他想要積極融入新政權、在孝武帝手下施展才幹的姿態。直至孝建元年十月，謝莊向孝武帝奏上《讓吏部尚書表》，又作《與大司馬江夏王義恭箋》，態度堅定且不失委婉地表達了自己辭官的意願。從對孝武帝政權抱有希望、主動投身政治，到此時開始與權力核心拉開距離，謝莊的轉變源於對孝武帝中央權力構架的不滿，也是出於在孝武帝獨裁統治下保全自身的需要。

謝莊的舉動在孝武帝看來，無疑是觸犯了自己的威嚴。君臣雖然表面上没有發生激烈衝突，但二人的關係已經漸行漸遠。孝建三年（四五六），謝莊因辭疾過多而被免職。大明二年（四五八），孝武帝在中央權力結構中完全捨棄了世家大族[一三]，謝莊之於孝武帝政權的地位已不再重要，劉駿對他的職位安排也不再做過多的考慮。同時，隨着國内局勢和與北魏關係的逐漸穩定，劉駿也不斷强化獨裁高壓統治，嚴厲打壓觸犯自己的諸侯王和大臣，許多人因此喪命。

我們不知道謝莊是否也曾受到過孝武帝的「狎侮」[一四]或敲打，但從他勸誡沈懷文「卿每與人異，亦何可久」[一五]的言語還是可以隱約看出，「險虐滅道」[一六]、「嚴暴異常」[一七]的孝武帝以及他所營造的嚴酷的政治環境，使謝莊深刻意識到謹言慎行、和光同塵、不露鋒芒的重要性。這種處世心態也必然會反映在他的文學創作中。

以《讓吏部尚書表》和《與大司馬江夏王義恭箋》爲標誌，謝莊開始主動遠離權力漩渦，甚至萌生退意。大明元年以後，謝莊作品中創作時間可考者有三十五篇，其中只有《改定刑獄表》延續了謝莊在劉駿剛即位時關注現實政治問題的態度，《昨還帖》因是私人書信，故内容及語言風格均很生活化，其餘所有作品無一例外都是禮儀性文本和章表公文。

禮儀性文本按照使用場合大致可分爲兩類。第一類是爲稱頌孝武帝的文治武功而作，有《爲八座江夏王請封禪表》《又》《瑞雪詠》《侍東耕》《江都平解嚴》《上封禪儀注奏》《和元日雪花應詔》《舞馬賦》《宋明堂歌九首》《宋世祖廟歌二首》。第二類是哀誄之辭，有《黄門侍郎劉琨之誄》《司空何尚之墓銘》《皇太子妃哀策文》《宣貴妃謚册文》《孝武宣貴妃誄》《宋孝武帝哀策文》《豫章長公主墓誌銘》。這兩類作品又多創作於奉詔應制的場合。章表公文有《爲北中郎謝兼司徒章》《太子元服上至尊表》《太子元服上太后表》《東海王讓司空表》《爲北中郎拜司徒章》《宋明帝即位赦詔》《讓中書令表》《爲朝士與袁顗書》。雖然從形式和文學技巧上看，這些詩文中也有一些優秀之作，如《孝武宣貴妃誄》被《文選》收録，《宋明堂歌九首》在詩歌體式方面有創新，《爲朝士與袁顗書》幾乎通篇對仗卻無板滯之病，氣脈流暢，但不可否認的是，大多數作品都存在結構、語句相似，甚至典故都重複出現的弊病，華麗典雅的文辭背後也很難觸摸到謝莊本人的真實情感。這些禮儀性文本和公文也因此而長期被學者詬病。其實，只要將這些作品的創作時間和謝莊當時身處的政治背景關聯在一起，便可以獲得一種「了解之同情」的新視角。《宋書·劉義慶傳附鮑照傳》記載了這樣一則材料：「上好爲文章，自謂物莫能及，照悟其旨，爲文多鄙言累句，當時咸謂照才盡，實不然也。」〔一八〕謝莊在大明元年之後的詩文中不再表露自己的心迹，恐怕和鮑照的出發點是一般無二的，即通過文字的僞裝，避免與皇權發生衝突，以實現自保。

需要特别説明的是，謝莊原有作品四百餘篇，是現存數量的七八倍之多，可見其作品散佚程度之重，加之一些保存在類書中的作品只是殘章，無法考證創作時間。從這個角度來説，僅就創作時間較爲明確的四十九篇加以分析，難免有以偏概全之嫌。但謝莊集目前所呈現出的文本狀態十分特殊，即内容、情感較豐富、真實的作品群與禮儀類、公文類作品群非常集中地分佈在謝莊創作生涯的前後兩個階段，幾乎没有例外。從概率學上説，如果是正常的文獻散佚，是不應該出現這樣一種分佈狀態的。最有可能的一個解釋就是，謝莊原本的創作確實存在上述很明顯的前後分期，即使作品經過了大量的散佚，存世文本仍然能夠將這個特徵凸顯出來。

三、謝莊的文學成就

謝莊在宋齊梁三朝都詩名頗著。范曄、裴子野、王儉、蕭子顯、王融等人均對謝莊贊譽有加。鍾嶸在《詩品序》中説：「顔延、謝莊，尤爲繁密，於時化之。故大明、泰始中，文章殆同書抄。近任昉、王元長等，詞不貴奇，競須新事。爾來作者，寖以成俗。遂乃句無虚語，語無虚字，拘攣補衲，蠹文已甚。」〔一九〕雖有批評之意，但當時能「化之」，依然説明謝莊詩風影響之大，不應只從負面作用來評價。學界對謝莊文學成就的關注以曹道衡最早。上世紀八十年代，曹道衡全面論述了謝莊雜言詩的來源和對南北朝後期抒情小賦、初唐歌行甚至後來俗文學的影響，謝莊詩文中的對句及駢體特色，《月賦》所體現出的文風轉變，謝莊的聲律知識對永明詩人的影響等重要問題，在當時看來頗具開創性，很多結論至今仍被廣泛引用〔二〇〕。其後，王運熙從賦、詩、文三個方面，對謝莊的文學成就做了全面分析，並提出研究謝莊這樣的次要作家，很有必要〔二一〕。這是對曹道衡有關謝莊研究的有益補充。陳慶元將謝莊作爲大明泰始詩風的代表人物，認爲他與鮑照、江淹一同代表了元嘉體向永明體的過渡〔二二〕，這基本上也是目前學界對謝莊文學成就的一個共識。

因爲《詩品》的經典地位，在討論謝莊的文學成就時，他對典故的使用以及因此呈現出的風貌是一個繞不過去的問題。長期以來有關謝莊的文學史敘事，幾乎都是將鍾嶸所謂「尤爲繁密」「文章殆同書抄」的評價與謝莊的奉詔應制之作結合在一起，來論證他喜用典故的繁密詩風改變了當時的風氣，進而影響到齊梁詩人在詩歌中競相使用新典的寫作風格。

不可否認，鍾嶸的評價確實指出了謝莊詩歌中的弊病，而且不僅是詩歌，謝莊的不少文章也存在用典繁密的問題。有時不僅是正常表情達意時典故數量密集，甚至還出現不需用典的地方用了典，或爲追求對仗而用多個典故表達同一個意思的現象，反而造成了文句晦澀。如《宋孝武帝哀策文》開頭「樞電皇根，月瑶國緒，胤裔丹陵，蟬聯華渚」四句，連續用了黄帝、顓頊、堯、少昊四位上古帝王出生時異象的典故以烘托孝武帝降世不凡，《孝武宣貴妃誄》一連用「律谷罷煖，龍鄉輟曉，照車去魏，連城辭趙」四個典故形容宣貴妃去世，均是「繁密」的表現。

爲了追求典雅精工而大量用典，這種創作手法與謝莊衆多「爲文造情」的奉詔應制之作相結合，便造成了一些典故和句法重複使用，甚至形成公式化的問題。如《上封禪儀注奏》中有「山輿竚衡，雲鶼竦翼，海鰈泳流，江茅吐蔭」四句，後三句典出《史記·封禪書》。同樣的典故還被用在了《舞馬賦》「鄗上之瑞彰，江間之禎闡」及《爲八座江夏王請封禪表》「靈茅已茂」中。

除了表面的數量密集外，謝莊的用典手法實際上還存在追求生新的傾向，往往通過改造、壓縮典故表達，以達到文句陌生化的效果。如《舞馬賦》中有「五王晦其術，十氏懵其玄」兩句。前句用「王良五星」典，後句用《吕氏春秋》典。原本這兩個典故的來源文本都比較長，謝莊壓縮爲「五王」「十氏」後確實便於對仗。但如果説將《吕氏春秋·恃君覽》所載的十位相馬高手簡稱爲「十氏」尚屬合理的話，那麽將「王良五星」倒裝後簡化爲「五王」則顯得生硬晦澀，增加了典故的陌生度，容易讓讀者以爲是五個王姓之人或五位王侯。又如《上搜才表》中有

「七隩才之所集」一句。其中的「七隩」本是「七澤」，是古時對楚地諸湖泊的泛稱。聯繫《上搜才表》的内容，實際是在暗用《左傳·襄公二十六年》「雖楚有材」的典故。但謝莊爲求新奇，用「隩」字替换了「澤」，也增加了理解的難度。再如《瑞雪詠》中「冪遥途而界遠綺」一句，「遠綺」出自《古詩十九首》「客從遠方來，遺我一端綺」。但以「遠綺」指代遠人，這種用法此前未見，當是謝莊的新創。

與用典求新相對應，謝莊在鍛詞煉字方面也不願蹈襲陳詞，存在刻意雕琢、甚至不惜生撰硬造，反而使文句不通的情況。如《烝齋應詔》「西郊溂湮淬，東溟起昭晉」兩句中，「湮淬」指代沉雲，「昭晉」指代旭日，體現了用字造詞避陳翻新的傾向。《司空何尚之墓銘》有「調於餁歸」一句。餁指烹飪，引申爲治理；歸指要旨，引申爲朝政。「餁歸」在此處意同「飪鼎」，但將「飪鼎」改爲「餁歸」，同樣增加了詞彙的陌生感。謝莊的詩文錘煉字詞、標新立異還有一個表現，即他經常刻意選擇一個字相對生僻的義項，以增加文句的生澀程度。如《月賦》「斜漢左界」一句，「界」意爲「垂」，出自《爾雅·釋詁下》；《孝武宣貴妃誄》「曉蓋俄金」，「俄」意爲「傾」，出自《詩·小雅·賓之初筵》「側弁之俄」一句的鄭玄箋。

當然，謝莊也有一些通篇用典較少，風格平易流麗的詩作，如《七夕夜詠牛女應制》《侍宴蒜山》《遊豫章西山觀洪崖井》，前輩學者多已注意到，此不贅述。同時，謝莊雕琢字句也並非没有成功的例子。《黄門侍郎劉琨之誄》開頭云「秋風散兮涼葉稀」。謝莊運用通感的手法，將衰颯蕭索的心理感受賦予散落的秋葉。「涼」字既指物候變換帶來的體感之涼，也可用來渲染故人逝去之後引起的淒涼之情。且「涼葉」一詞淺易通俗，一望便知其意。後江淹《雜體詩三十首·謝光禄郊遊》有「涼葉照沙嶼，秋榮冒水潯」兩句。雖然在現存謝莊集中，「涼葉」一詞僅此一見，但江淹在模擬謝莊詩風時選擇了這一意象，説明在江淹看來，「涼葉」憑藉着言淺意深的優點，已成爲謝莊創造出來的優秀意象，代表着謝莊鍛詞煉字的水平。事實上，在後世的詩詞中，「涼葉」也屢見不鮮。如韋應物《秋夜》「蕭條涼葉下，寂寞清砧哀」；白居易《早秋獨夜》「井梧涼葉動，隣杵秋聲發」；晏幾道《蝶戀花》「分鈿擘釵涼葉下」；賀鑄《菩薩蠻》「厭厭別酒商歌送，蕭蕭涼葉秋聲動」；等等。這些語例都説明謝莊創造的「涼葉」一詞在後世有較高的認可度。

謝莊用典繁密、無論是改造典故還是雕琢字詞均追求生新效果的寫作風格，在當時並不是孤例，在同時代的顔延之、江淹等人的筆下也比較普遍。他的寫作特點其實反映的是當時劉宋文壇的主流風貌。這種風貌用劉勰的話概括描述，就是「宋初訛而新」〔二三〕，「儷采百字之偶，爭價一句之奇，情必極貌以寫物，辭必窮力而追新」〔二四〕；用沈德潛的評語，就是「詩至於宋，性情漸隱，聲色大開，詩運一轉關也」〔二五〕。這種「好奇」的寫法流波所及，到了齊梁兩代仍有很大的影響力。

除了相對消極的批評外，鍾嶸還在《詩品·下品》評價謝莊説「希逸詩，氣候清雅」〔二六〕。「清雅」意即清新典雅。這意味着謝莊通過使用典故也創造出了成功之作。而且不同於鮑照從樂府民歌中汲取養分，謝莊主要在吸收典籍養分的基礎上，通過用常見典故的方法來降低詩歌語言的難度，以達到清新的效果。

典故常見與否實際上反映的是作者與讀者的文化對應關係〔二七〕。同一個典故，對於不同時代、不同階層的讀者而言，理解的難易程度是不同的。因此，引經據典並不一定意味着晦澀難懂。謝莊詩文的閱讀對象肯定是以士族階層爲主。東晉以來的門閥大族十分重視對家族子弟的文化教育，這一點已不用贅述。即使是起自寒微的劉宋皇室和以軍功起家的武力强宗，在劉宋中後期也開始出現轉換門風的士族化傾向。一些地位更低的寒人也有機會憑藉知識獲得君主的賞識〔二八〕。據田曉菲研究，「在魏晉時代，一個士人的基本書單應該包括五經、諸子、史傳」，到了劉宋時代，又出現了編纂文學總集的熱潮〔二九〕。在這樣的前提下，分析謝莊用典的難易，就有必要引入常見書這個參考系。一個典故也許對於現代讀者而言是僻典，但對於南朝的士族來説可能只是來自常見書籍中的一個普通典故而已。《宋書》本傳記載謝莊用《史記》中「杜郵之賜」的典故應對孝武帝，以及孝武帝用《後漢書·郅惲傳》的典故質問謝莊兩件事，都發生在日常口頭對話的場景中，更是反映了士族對典故内容以及用典技巧的熟稔程度。

以謝莊創作的《宋明堂歌九首》爲例。這一組詩用於明堂祭祀，場合莊重，要求文辭雅正，大量用典便成了必然的手段。這一組詩也十分符合「殆同書抄」的評價。但如果仔細追溯典故出處，可以發現謝莊引用的書目按照後世的四部分類體系，經部主要有《周易》《詩經》《周禮》《禮記》《左傳》《春秋繁露》《孝經》《論語》《白虎通》；史部主要有《史記》《漢書》《晉書》《逸周書》《戰國策》；子部主要有《管子》《韓非子》《吕氏春秋》《淮南子》《老子》《莊子》《抱朴子》。這些書對四至五世紀的文人來説基本都屬於常見典籍。《宋明堂歌》中化用的集部篇目主要有《九歌》、張衡《二京賦》、左思《三都賦》、司馬相如《封禪文》、揚雄《河東賦》《劇秦美新》、陸機《贈尚書郎顧彦先二首》、謝靈運《山居賦》。這些作品全部被史傳和《文選》收録，説明這些篇目都是長期以來得到文人普遍認可的經典之作。既是經典，也就意味着文人對它們的熟悉度應該很高。因此，雖然這一組詩表面來看幾乎達到了句句有典的密度，但實際上對當時的文士，或者説謝莊創作時潛意識裏預設的閲讀對象來説，這些典故很可能只是常典，並不會提升他們理解的難度。不僅是詩歌，在謝莊的文章中同樣可以找到例證。如《宋明帝即位赦詔》，除結尾「可大赦天下，改景和元年爲泰始元年」以下爲散體，之前的九十二句全部對仗且大量用典，但其中的典故基本不出《尚書》《詩經》《史記》《漢書》《三國志》等常見經書史傳。

南朝特别是永明之後駢文中隸事之風越來越盛，這種趨勢在謝莊的一些文章中已有顯現。然而不管是詩歌還是駢文，需要明確的是用典繁密和用典是否常見其實是兩個問題。前者討論的是用典的密度，進而牽涉到人工與自然之争；後者討論的是用典的效果。這兩個問題相互關聯但又各有側重。在謝莊筆下的某些作品中，二者可以實現比較完美的融合，取得既典雅莊重又不妨礙表情達意的效果；在另一些作品中，又不可避免地滑向生硬晦澀、雕琢造作的歧路。這對於謝莊這樣一個在歷來的文學史敘事中都被定義爲次要作家的文人來説，是再正常不過的。也正是這種面貌，使謝莊和鮑照、湯惠休、江淹等人一起代表了從元嘉體向永明體過渡的趨勢。如果説鮑照代表的是寒門文人通過吸收樂府民歌的養分從外部改造元嘉文風的話，某種程度，謝莊則是在顔謝所代表的士族文學基礎上，通過吸取典籍的養分從内部探尋改良語言的可能性。當然，兩種方法都各有偏頗。要將二者完美結合在一起，則要等到比謝莊年幼二十餘歲的族弟謝朓登上文壇了。

四、《謝莊集》的版本流傳情況

《隋書·經籍志四》著録「宋金紫光禄大夫《謝莊集》十九卷」，並注「梁十五卷」。《舊唐書・經籍志下》和《新唐書・藝文志四》皆著録「《謝莊集》十五卷」。《遂初堂書目》著録「《謝莊集》」，不云卷數，《郡齋讀書志》《直齋書録解題》均未著録，當是亡於宋代。《宋史・藝文志七》著録「《謝莊集》一卷」，應當已是輯本。

現存《謝莊集》輯本，以張燮《七十二家集・謝光禄集》三卷本爲最早。在此之前，馮惟訥《古詩紀》正集卷四十六《宋二》收謝莊詩十四首，卷五十五《宋十一》收《宋明堂歌九首》和《宋世祖廟歌二首》，相比《七十二家集》本詩歌部分少了《華林都亭曲水聯句效柏梁體》。此詩屬聯句，不收可以理解〔三〇〕。梅鼎祚《宋文紀》卷十四收謝莊各類文章二十五篇，相比《七十二家集》本缺少《爲八座江夏王請封禪表》《又》《上封禪儀注奏》《昨還帖》《月賦》《舞馬賦》《赤鸚鵡賦》《悦曲池賦》《宋明帝即位赦詔》九篇。梅鼎祚不收前三篇是因爲作者有疑〔三一〕，張燮收録進來也有自己的考慮（詳見上述幾篇解題）；未收《昨還帖》應該是在輯佚時未利用《淳化閣帖》；未收四篇賦當是出於文體的考慮；至於未據《南史・謝莊傳》將《宋明帝即位赦詔》歸入謝莊名下〔三二〕，似可商榷。

作爲第一個《謝莊集》的詩文合輯本，《七十二家集》本卷首爲張燮《謝光禄集序》。卷一收賦四篇，樂府十一首，聯句一首，詩十四首；卷二收詔一篇，表十一篇，奏三篇；卷三收章二篇，啟事一篇，箋一篇，書二篇，議一篇，贊一篇，哀策文三篇，誄二篇，墓誌銘二篇。卷末爲《附録》，録《宋書》《南史》謝莊本傳、鮑照《與謝尚書莊三連句》、遺事、集評，頗具資料價值。總體來看，《七十二家集》本收録謝莊詩文較爲齊備。

更可貴的是，相比《詩紀》和《文紀》，《七十二家集》本在校勘方面更爲精良，文字比較可靠，糾正了《詩紀》和《文紀》中一些明顯的錯誤。如《華林都亭曲水聯句效柏梁體》中「侍禁衛儲恩踰量」一句中的「踰」，《詩紀》作「喻」，語意不暢。這裏的「踰量」爲謙辭，又見於《與世祖啟事》「叨恩踰量」。《文紀》中的錯誤更多。如《太子元服上太后表》的文中題目誤作《又皇太子元服上皇太子表》（書前目録不誤），《宋孝武帝哀策文》中的「穀林」誤作「穀秋」，《皇太子妃哀策文》中的「娣袂」誤作「姊袂」，更有甚者，在《改定刑獄表》中，將「監司討獲」至「死有餘罪詳察」共計一百字，錯簡到後文「如二千石不能」之下，不可謂不嚴重。餘例不一一列舉。凡此，張燮均予以糾正。另外，《七十二家集》本中的一些異文細究起來也有獨特的來源。最典型的是《月賦》中的異文。如「弗怡中夜」之「弗」、「絲桐練響」之「絲」、「獻壽薦璧」之「薦」，在《文選》尤袤刻李善注本中分别作「不」「絃」「羞」。《七十二家集》本這幾處文字均與五臣本《文選》相同，並能得到陳八郎本、朝鮮正德本、奎章閣本《文選》的佐證。再如輯自《宋書》中的篇目，有些異文與金陵書局本相同，有些則與商務印書館百衲本相同。這些異文對於研究《文選》《宋書》在明代的流傳，以及張燮編《七十二家集》的史源，都有一定參考價值。

《謝莊集》在張燮之後雖又有張溥輯本，但《漢魏六朝百三家集》本所收篇目與《七十二家集》本全同，僅調整了篇目順序，將樂府、詩、聯句三類置於卷末《附録》之前，又將《七十二家集》本卷三書類中的《昨還帖》一篇獨立出來爲帖類，同時删去了《附録》中除《宋書》本傳外的其他所有文獻，不但未能後出轉精，反而質量有所下降。清嚴可均《全上古三代秦漢三國六朝文·全宋文》據《文選》卷五十九《頭陀寺碑文》李善注補謝莊《爲沈慶之答劉義宣書》「皇綱絶而復紐，區夏墜而更維」兩句，雖有補苴之功，但和《先秦漢魏晉南北朝詩》「宋詩卷六」〔三三〕一樣，主體仍沿襲《七十二家集》本的篇目。且受限於體例，嚴氏和逯氏所輯只能看作謝莊的文集和詩集，而非詩文合集。因此，在整理、注釋《謝莊集》時，成書時間最早、質量較高且是詩文合集的張燮輯《謝光禄集》是不可忽視的重要版本。

本次整理即以張燮《七十二家集·謝光禄集》爲底本。除《宋書》和《文選》外，謝莊詩文還多被《藝文類聚》《初學記》《樂府詩集》等唐宋類書、總集選録，因此本書在校勘時也廣泛參校了這些典籍。

本書於二〇一七年獲得全國高校古籍整理研究工作委員會專項經費資助，備感榮幸。中華書局孟念慈女史爲本書的審定做了大量細緻的工作，對全書的編排和具體内容都提出了許多寶貴意見，並改正了書稿中的許多錯誤。在此深表感謝。因水平有限，本書一定還存在不少疏漏，懇請讀者批評指正。

赫兆豐
二〇二四年十月一日

【注釋】

〔一〕〔梁〕沈約撰：《宋書》卷七十五《顏竣傳》，中華書局，二〇一八年，第二一四四頁。
〔二〕《宋書》卷八十五，第二三八九頁。
〔三〕〔唐〕許嵩撰，張忱石點校：《建康實録》卷十四，中華書局，一九八六年，第五五七頁。
〔四〕《宋書》卷八十五，第二三八九頁。
〔五〕〔唐〕魏徵等撰：《隋書》卷三十五，中華書局，二〇一九年，第一二三〇頁。
〔六〕王運熙：《謝莊作品簡論》，《南陽師範學院學報》二〇〇二年第三期。
〔七〕孫明君：《「風流領袖」謝莊》，《古典文學知識》二〇一五年第四期。
〔八〕詳見本書各篇解題中的考證。
〔九〕《宋書》卷九十五《索虜傳》，第二五七〇頁。
〔一〇〕《宋書》卷五，第七八頁。
〔一一〕周勛初：《文心雕龍解析》，鳳凰出版社，二〇一五年，第六九六頁。
〔一二〕參看王永平《劉宋文帝一門文化素養之提升及其表現考論》，《黑龍江社會科學》二〇〇八年第四期。

〔一三〕參看拙文《大明二年的轉折——劉宋孝武帝朝初期政治平衡的構建、瓦解與寒人上位》，《中南大學學報》，二〇二〇年第五期。

〔一四〕《宋書》卷七十六《王玄謨傳》，第二一六三頁。

〔一五〕《宋書》卷八十二《沈懷文傳》，第二三〇九頁。

〔一六〕《宋書》卷七《前廢帝紀》，第一六二頁。

〔一七〕《宋書》卷七十七《柳元景傳》，第二一八〇頁。

〔一八〕《宋書》卷五十一，第一六一二頁。

〔一九〕〔梁〕鍾嶸著，曹旭集注：《詩品集注》，上海古籍出版社，一九九四年，第一八〇至一八一頁。

〔二〇〕參看曹道衡《略論南北朝文學的評價問題》，《文學遺産》，一九八〇年第二期；《關於魏晉南北朝的駢文和散文》，《文學評論叢刊》第七輯，一九八〇年；《論鮑照詩歌的幾個問題》，《社會科學戰綫》，一九八一年第二期；《從〈雪賦〉〈月賦〉看南朝文風之流變》，《文學遺産》，一九八五年第二期。

〔二一〕王運熙：《謝莊作品簡論》，《南陽師範學院學報》，二〇〇二年第三期。

〔二二〕陳慶元：《大明泰始詩論》，《文學遺産》，二〇〇三年第一期。

〔二三〕《文心雕龍解析》，第五〇三頁。

〔二四〕《文心雕龍解析》，第一一七頁。

〔二五〕〔清〕沈德潛著，霍松林校注：《説詩晬語》卷上，人民文學出版社，一九七九年，第二〇三頁。

〔二六〕《詩品集注》，第四〇九頁。

〔二七〕葛兆光：《論典故》，《漢字的魔方：中國古典詩歌語言學札記》，復旦大學出版社，二〇一六年，第一一九頁。

〔二八〕參看拙文《知識下移與六朝才女書寫標準的演變》，《文學遺産》二〇二一年第五期。

〔二九〕田曉菲：《陶淵明的書架和蕭綱的醫學眼光：中古的閲讀與閲讀中古》，《影子與水文：秋水堂自選集》，南京大學出版社，二〇一九年，第七四頁、第八一頁。

〔三〇〕《古詩紀》正集卷四十五《宋一》收在孝武帝名下。

〔三一〕《宋文紀》卷五收在劉義恭名下。

〔三二〕《宋文紀》卷四收在明帝名下。

〔三三〕逯欽立據《海録碎事》卷六補「誕發蘭儀，光啟玉度」兩句，題爲「詩」。其實這兩句是《孝武宣貴妃誄》中的文字。

凡例

一、本書采用中國國家圖書館藏明天啓崇禎間刻《七十二家集·謝光禄集》(《續修四庫全書》據以影印)爲底本。

二、本書校勘，以諸篇所從出之典籍與明清人所編總集爲校本。兹羅列主要校本如左：

(一)《宋書》，中華書局二〇一八年版。

(二)《南齊書》，中華書局二〇一七年版。

(三)《南史》，中華書局二〇二三年版。

(四)《通典》，中華書局一九八八年版。

(五)《藝文類聚》，上海古籍出版社一九九九年版。

(六)《初學記》，中華書局一九六二年版。

(七)《太平御覽》，中華書局一九六〇年版。

(八)《册府元龜》，鳳凰出版社二〇〇六年版。

(九)《文選》李善注本，中華書局一九七七年版；《文選》六臣注本，中華書局一九八七年版。《文選》李善注本與六臣注本相同者，只云《文選》。

（十）《樂府詩集》，中華書局一九七九年版。
（十一）《歲時雜詠》，《文淵閣四庫全書》本。
（十二）《詩紀》正集，明嘉靖三十九年甄敬刻本，《四庫提要著録叢書》據以影印。
（十三）《宋文紀》，明崇禎刻本，《四庫提要著録叢書》據以影印。
（十四）《漢魏六朝百三家集·謝光禄集》，簡作《百三家集》本，明婁東張氏刻本，《四庫提要著録叢書》據以影印。
（十五）《續古文苑》，商務印書館萬有文庫本。
（十六）《全上古三代秦漢三國六朝文·全宋文》，簡作《全宋文》，中華書局一九五八年版。

三、本書校勘，底本文字存在明顯訛誤，且有校本文字爲依據者，加以改正并在校勘記中予以説明。底本與校本文字有異而義可兩通者，或在疑似之間者，不改底本而列入校勘記。校本顯然訛誤者不出校。字有通假，一般不加改動亦不出校，但容易引起誤會者出校。凡底本異體字，均直接改爲規範字，不出校記。避諱字徑改不出校。凡校勘引書於同一篇作品的校記中首次出現時，寫明書名與卷數，再次出現時只標書名。

四、本書正文後爲補遺，輯録不見於《七十二家集·謝光禄集》中的文字。《瑞雪詠》和《長笛弄》是雜言詩且篇幅較足，故按照全書體例予以校注。前者在《藝文類聚》和《初學記》中僅存片段，篇幅更足的版本最早見於《戲鴻堂帖》卷四，後者亦最早見於《戲鴻堂帖》卷四，整理時據以收録。孫星衍又據《戲鴻堂帖》將兩篇作品收入《續古文苑》。其餘佚文標明出處及卷數，以備讀者核查，不再校注文字。

五、本書於每篇詩文，皆撰解題。解題部分重在説明主旨大意，盡可能考證作品的寫作時間、地點和涉及的人物、背景。

六、本書注釋大凡文字、典故、人物、名物、歷史背景等，均援引舊訓、正史、文集及雜著等進行解釋。

七、本書於部分詩文後有評論，大致按時間順序排列，并標明所録出處及卷數，以備讀者核查。

八、本書附録包括以下六部分：《宋書·謝莊傳》；《南史·謝莊傳》；《詩文》收鮑照《與謝尚書莊三連句》及後世文學家模仿謝莊的作品；《遺事》收録本傳外涉及謝莊的事迹材料；《集評》爲文獻中對謝莊其人的各類評論；《著録》列古今目録中有關謝莊著述情況的記載。張燮輯《謝光禄集》卷末附録爲《宋書》《南史》謝莊本傳、鮑照《與謝尚書莊三連句》、遺事、集評，今拆散分入本書附録。需要説明的是，《謝光禄集》卷末兩篇史傳爲節略本，删除了史傳中收録的謝莊作品，對作品前後的字句有所調整，且有一些文字訛誤，如張燮録《宋書》謝莊本傳，將「王微」誤作「王徽」（此爲襲《宋書》之誤），「乃使子鸞板莊爲長史」中的「板」誤作「援」；張燮録《南史》謝莊本傳，襲《南史》之誤，將「顧覬之」誤作「顧顗之」。考慮到這兩篇傳記是了解謝莊的最基礎文獻，本書收録時改爲以修訂本《宋書》《南史》的文本爲據。

九、附録後爲新撰《謝莊年譜》和《謝莊評傳》，以備讀者作知人論世之參考。

目録

附録

謝光禄集序

【解題】

本文是張燮爲《謝光禄集》所作序，又單獨收在《七十二家集題辭》中。謝莊集在兩《唐志》中尚有著録，但宋代書目多不著録，應是亡於宋時。現存輯本以張燮輯《謝光禄集》四卷本爲最早。

在序首，張燮以陳郡謝氏衆多知名文人爲參照，稱贊了謝莊的出衆才華和耿介人品，特别指出其詩文不只是抒發性情，也有匡贊朝政的内容，繼而列舉謝莊的兩件事迹。一是謝莊任吏部尚書時笑而不與人官，與顔竣形成對比；二是謝莊拒孝武帝入城，須墨敕乃開。關於前者，張燮認爲體現了謝莊人品清正，故自然無人向他求官。此説恐誤，是未聯繫孝武帝朝的政治背景和人物關係，而將問題簡單化了。孝武帝即位後，爲平衡世家大族與次等士族、文帝舊臣與自己故吏之間的利益關係，在吏部尚書位置上，安排了顔竣—謝莊—何偃的組合。顔竣作爲孝武帝舊部，深受寵信。《宋書》卷七十五《顔竣傳》記載顔竣「留心選舉，自强不息，任遇既隆，奏無不可」，正是掌握實權的表現，而謝莊在任時，反倒「意多不行」。所謂「謝莊笑而不與人官」，恐怕是權力有限的真實寫照，而無關謝莊人品清正。至於拒孝武帝入城，則確實顯示出謝莊耿介的一面。接着，張燮談到謝莊文集的存佚和輯録情况，指出謝莊的幾篇代表作，并感歎詩文殘缺太多。最後，張燮筆鋒一轉，拈出謝朏得父膏腴即可屈指帝側之事，襯托謝莊文采之高。此後張溥撰寫《百三家集·謝光禄集題辭》，基本沿用了張燮的觀點，只是更加强調謝莊文章中關注現實政治的一面。

諸謝群翔〔一〕，希逸稍晚出，而折衷諸父〔二〕，據地絶勝。觀其咄嗟吐納〔三〕，俱成令音〔四〕。國體朝常〔五〕，多所匡贊〔六〕。儁雅之際〔七〕，别有冲融〔八〕；和平之中〔九〕，時存耿介〔一〇〕。名播北土〔一一〕，豈偶然哉？吏部尚書總統群彙〔一二〕。顔峻之嗔而與人官也，賄故也；希逸笑而不與人官〔一三〕，蓋本來既清，干請道隔，自不妨以温然接物耳〔一四〕。遊畋拒門，須墨敕乃開〔一五〕，又何倜儻也。希逸文章四百餘首〔一六〕，余輯而存之，僅得四卷。《明月賦》以梁《選》傳〔一七〕，《舞馬賦》以國史傳〔一八〕，《赤鸚鵡》盛爲袁淑所推〔一九〕，今纔數語〔二〇〕，可爲歎息。表奏諸體，蔚矣其文；哀輓等篇〔二一〕，泫然淒婉。《殷貴妃誄》幾以賈禍〔二二〕，然文字之美，横絶古今矣。《殷淑儀傳》又稱：「莊作哀策文，都下傳寫，紙墨爲貴①。」〔二三〕今所存謚策寥寥斷簡〔二四〕，不聞哀策，豈即誄之訛耶？抑别有哀策，今湮没耶？作述之際，人所難言。而希逸以弘微爲之父〔二五〕，以風、月、景、山、水爲之子〔二六〕，前後輝映，源迴緒長。希逸諸詠不甚爲梁人推戴〔二七〕，然齊武問王僕射：「當今誰能爲五言詩？」王曰：「謝朏得父膏腴。」〔二八〕夫得父膏腴，便可屈指帝側〔二九〕，則阿父詩亦既齊世所重矣。

庚午早秋張燮識〔三〇〕。

【校記】

①原文「爲」下衍一「爲」字，今删。

【箋注】

〔一〕諸謝：指陳郡謝氏家族中的衆多文人。據《宋書》卷五十八《謝弘微傳》：「（謝）混風格高峻，少所交納，唯與族子靈運、瞻、曜、弘微并以文義賞會。嘗共宴處，居在烏衣巷，故謂之烏衣之遊，混五言詩所云『昔爲烏衣遊，戚戚皆親姪』者也。」可知參與烏衣之遊者即有謝混、謝瞻、謝靈運、謝弘微等人。此外，謝靈運族弟謝惠連亦以文才名世。

〔二〕折衷：言謝莊吸收謝氏前輩文學特點，判斷取捨，以求歸於至當。《史記》卷四十七《孔子世家》：「自天子王侯，中國言《六藝》者折中於夫子。」

〔三〕咄嗟：歎息、感歎。《抱朴子内篇》卷十四《勤求》：「令人怛然心熱，不覺咄嗟。」吐納：言談、談吐。《高僧傳》卷七《宋京師龍光寺竺道生》：「吐納問辯，辭清珠玉。」

〔四〕令音：美好的言辭。《世説新語·賞譽》：「謝公云：『長史語甚不多，可謂有令音。』」

〔五〕國體：國家典章制度。《漢書》卷十《成帝紀》：「温故知新，通達國體，故謂之博士。」常：典常、舊典、舊法。《國語·楚語上》：「官不易朝常。」

〔六〕匡：正。贊：《左傳·昭公元年》：「天贊之也。」杜預注：「贊，佐助也。」

〔七〕儁雅：秀美文雅。

〔八〕冲融：冲和、恬適。

〔九〕和平：温和、和順。《荀子·君道》：「血氣和平，志意廣大。」

〔一〇〕耿介：《楚辭·九辯》：「獨耿介而不隨兮，願慕先聖之遺教。」王逸注：「執節守度，不枉傾也。」

〔一一〕名播北土：《宋書》卷八十五《謝莊傳》：「元嘉二十七年，索虜寇彭城，虜遣尚書李孝伯來使，與鎮軍長史張暢共語，孝伯訪問莊及王微，其名聲遠布如此。」

〔一二〕彙：類。《漢書》卷三十六《楚元王傳》：「《易》曰『拔茅茹以其彙，征吉。』」顏師古注：「鄭氏曰：『彙音謂。彙，類也。』」蕭統《文選序》：「各以彙聚。」張銑注：「彙，類也。」謝莊一生共三次擔任吏部尚書，分别在孝建元年（四五四）、大明二年（四五八）和大明六年（四六二）。

〔一三〕「顏峻之嗔而與人官也」三句：顏峻：即顏竣（？—四五八），字士遜，顏延之子。元嘉二十一年（四四四）入劉駿撫軍將軍府，任主簿。此後又隨府轉安北、鎮軍、北中郎府主簿。元嘉三十年（四五三），劉駿入討，顏竣總管軍府内外事務，爲劉駿即位立下大功。在孝武帝朝歷任吏部尚書、丹陽尹等重職。後因觸犯孝武帝，於大明二年（四五八）被賜死。《宋書》卷七十五《顏竣傳》：「竣容貌嚴毅，莊風姿甚美，賓客喧訴，常歡笑答之。時人爲之語曰：『顏竣嗔而與人官，謝莊笑而不與人官。』」

〔一四〕温然：《詩·秦風·小戎》：「言念君子，温其如玉。」鄭玄箋：「君子之性，温然如玉。」物：人。

〔一五〕遊畋拒門，須墨敕乃開：《宋書》卷八十五《謝莊傳》：「于時世祖出行，夜還，敕開門，莊居守，以棨信或虛，執不奉旨，須墨詔乃開。」

〔一六〕希逸文章四百餘首：《宋書》卷八十五《謝莊傳》：「所著文章四百餘首，行於世。」

〔一七〕《明月賦》以梁《選》傳：梁《選》指梁昭明太子蕭統編《文選》。《文選》卷十三收謝希逸《月賦》，即此處所謂《明月賦》。

〔一八〕《舞馬賦》以國史傳：《宋書》卷八十五《謝莊傳》收《舞馬賦》。

〔一九〕《赤鸚鵡》盛爲袁淑所推：《宋書》卷八十五《謝莊傳》記載袁淑看過謝莊《赤鸚鵡賦》後感歎：「江東無我，卿當獨秀。我若無卿，亦一時之傑也。」

〔二〇〕今纔數語：《赤鸚鵡賦》全文不存，《藝文類聚》卷九十一收有殘篇。

〔二一〕輓：通挽。

〔二二〕《殷貴妃誄》幾以賈禍：謝莊作《宣貴妃誄》，中有「贊軌堯門」一句，用漢昭帝母趙婕妤堯母門事，暗示宣貴妃子劉子鸞當即皇位。劉子業即位後懷恨在心，將謝莊繫於左尚方獄中。賈：招引，招致。

〔二三〕「《殷淑儀傳》又稱」以下四句：《南史》卷十一《宣貴妃傳》：「謝莊作哀策文奏之，帝臥覽讀，起坐流涕曰：『不謂當今復有此才。』都下傳寫，紙墨爲之貴。」

〔二四〕今所存謚策寥寥斷簡：指《殷貴妃謚策文》全文不存，《藝文類聚》卷十五、《初學記》卷十二收有殘篇。

〔二五〕弘微：謝密（三九二—四三三），字弘微，以字行，謝莊父。《宋書》卷五十八有傳。

〔二六〕以風、月、景、山、水爲之子：《南史》卷二十《謝莊傳》：「五子：颺、朏、顥、嵸、瀹，世謂莊名子以風月景山水。」

〔二七〕希逸諸詠不甚爲梁人推戴：疑指鍾嶸《詩品》將謝莊列爲下品，并在《詩品序》中批評謝莊詩歌用典過於繁密的寫法：「顏延、謝莊，尤爲繁密，於時化之。故大明、泰始中，文章殆同書抄。」

〔二八〕「然齊武問王僕射」四句：《南齊書》卷四十三《謝瀹傳》：「世祖嘗問王儉，當今誰能爲五言詩？儉對曰：『謝朏得父膏腴，江淹有意。』」

〔二九〕屈指：數量少，形容特出。

〔三〇〕庚午：此處爲崇禎三年，公元一六三〇年。

卷一

賦

月賦

【解題】

《月賦》既是謝莊的代表作，也是六朝抒情體物小賦名篇。「月」之意象在古詩中出現較早。《詩經·陳風·月出》有「月出皎兮」「月出皓兮」「月出照兮」的詩句；《古詩十九首》中有「明月何皎皎，照我羅床幃」，又有「明月皎夜光」的片段；陸機《擬明月何皎皎》寫道「照之有餘輝，攬之不盈手」，對月光之清冷靈動進行了細緻入微的描寫。《西京雜記》卷四收有題爲公孫乘的《月賦》，是梁孝王忘憂館時豪七賦之一。作品主要以月光比喻君子之德，暗喻君子應修身自勉。《初學記》卷一將公孫乘《月賦》誤題爲枚乘；同卷又有何偃《月賦》「遠日如鑑，滿月如璧」兩句。此外在謝莊之前，尚有周祇《月賦》、謝靈運《怨曉月賦》。

本文最早收録於《文選》卷十三「物色」類。《文心雕龍·物色》云：「歲有其物，物有其容，情以物遷，辭以情發。」即是説四時景物變遷，能引起詩人内心相應的情感變化。謝莊這篇《月賦》正是感物而作。賦的開頭假託陳思王曹植遭遇應瑒、劉楨喪亡，於秋風月夜中生發出「怨遥」「傷遠」之感，遂命王粲寫作《月賦》。自「日以陽德」至「淪精而漢道融」，作者羅列了衆多與「月」相關的典故，顯示出謝莊詩賦用典繁密的特徵。自「若夫氣霽地表」至「周除冰净」，描摹秋月之狀，是全文最精彩的部分。作者先描繪了秋高氣爽、金風微凉的環境，以襯托秋月之清冷。繼而用「升清質之悠悠，降澄暉之藹藹」，寫月亮升起的輕盈之態和月光灑照萬物的柔美。接着用一系列對比，渲染月光皓潔、天地澄净的美景。「清」「澄」「雪」「靈」「霜」「冰」等詞彙，更增添了文章的冷色調。《月賦》最後寫陳思王月夜獨遊，由所見之景和所聞之音，襯托陳王的寂寞孤獨、傷感凄凉，并引出結尾二歌，進一步渲染失落、冷清，并摻雜着無可奈何的複雜感情。其中「美人邁兮音塵闕，隔千里兮共明月」二句堪稱月下懷人名句。張九齡「海上生明月，天涯共此時」，蘇軾「但願人長久，千里共嬋娟」均脱胎於此。《月賦》是六朝小賦從單純體物爲主到以抒情爲主的重要過渡。整篇賦感情濃郁，以景襯情，情景交融。全文詞句精工，句式整齊，也是南朝賦作駢化的早期代表。

《月賦》的具體創作時間不可考。白崇曾在《元嘉文學二考》一文中，認爲《月賦》作於元嘉十八年（四四一）秋。論證過程較多牽强附會，故不從。《南史·謝莊傳》記載孝武帝嘗問顏延之《月賦》如何，顏延之卒於孝建三年（四五六），則《月賦》的寫作年代至遲應在孝武帝孝建初年。

陳王初喪應劉①〔一〕，端憂多暇〔二〕。緑苔生閣〔三〕，芳塵凝榭〔四〕。悄焉疚懷〔五〕，弗怡中夜②〔六〕。乃清蘭路〔七〕，肅桂苑〔八〕。騰吹寒山，弭蓋秋坂〔九〕。臨濬壑而怨遥〔一〇〕，登崇岫而傷遠。于時斜漢左界〔一一〕，北陸南躔〔一二〕。白露曖空〔一三〕，素月流天。沈吟齊章〔一四〕，殷勤陳篇〔一五〕。抽毫進牘，以命仲宣〔一六〕。

【校記】

①「陳王」，《初學記》卷一作「陳思王」。　②「弗」，《文選》卷十三作「不」。按尤袤《李善與五臣同異附見于後》：「五臣不作弗。」奎章閣本亦作「弗」。

【箋注】

〔一〕陳王：曹植（一九二—二三二），字子建，曹操之子。太和六年（二三二）二月，曹植以陳四縣被封陳王。應：應瑒（一七二？—二一七），字德璉，汝南（今河南汝南）人，建安七子之一。劉：劉楨（一七六？—二一七），字公幹，東平（今山東東平）人，建安七子之一。應、劉二人均染瘟疫而亡。曹丕《與吴質書》：「昔年疾疫，親故多離其灾，徐、陳、應、劉，一時俱逝。」

〔二〕端：心緒、思緒。端憂：閒愁、深憂。《文選》李周翰注：「端然憂愁。」

〔三〕緑苔生閣：江淹《倡婦自悲賦》：「青苔積兮銀閣澀。」

〔四〕芳塵：落花。庾闡《楊都賦》：「結芳塵於綺疏。」謝靈運《石門新營所住四面高山回溪石瀨脩竹茂林》：「芳塵凝瑶席。」榭：臺上屋。

〔五〕悄：憂。疚：傷。

〔六〕中夜：夜半。《尚書·冏命》：「怵惕惟厲，中夜以興。」

〔七〕蘭路：《楚辭·招魂》：「皋蘭被徑兮斯路漸。」

〔八〕肅：整理，整飭。桂苑：左思《吴都賦》：「數軍實乎桂林之苑。」劉逵注：「吴有桂林苑。」

〔九〕「騰吹寒山」二句：騰：馳。吹：鼓吹。彌：按。蓋：車蓋。寒山、秋坂：皆苑中景物名。這兩句謂陳王在苑中遊覽。

〔一〇〕濬：深。

〔一一〕漢：天漢。界：垂。陸機《擬明月皎夜光》：「招摇西北指，天漢東南傾。」

〔一二〕北陸：《左傳·昭公四年》：「古者日在北陸而藏冰。」杜預注：「陸，道也。謂夏十二月日在虚危，冰堅而藏之。」躔：行、次。

〔一三〕曖：遮蓋、瀰漫。

〔一四〕齊章：《詩·齊風·東方之日》：「東方之月兮，彼姝者子，在我闥兮。」

〔一五〕殷勤：反復吟詠。《後漢書》卷六十六《陳蕃傳》：「天之於漢，悢悢無已，故殷勤示變，以悟陛下。」陳篇：《詩·陳風·月出》：「月出皎兮，佼人僚兮。……月出皓兮，佼人懰兮。……月出照兮，佼人燎兮。」

〔一六〕仲宣：王粲（一七七—二一七），字仲宣，山陽高平（今山東鄒縣）人，建安七子之一。

仲宣跪而稱曰：「臣東鄙幽介〔一〕，長自丘樊〔二〕，昧道懵學〔三〕，孤奉明恩〔四〕。臣聞沈潛既義，高明既經〔五〕。日以陽德，月以陰靈〔六〕。擅扶桑於東沼①〔七〕，嗣若英於西冥②〔八〕。引玄兔於帝臺〔九〕，集素娥於后庭〔一〇〕。朒朓警闕〔一一〕，朏魄示冲〔一二〕。順辰通燭，從星澤風〔一三〕。增華台室〔一四〕，揚彩軒宮〔一五〕。委照而吴業昌〔一六〕，淪精而漢道融〔一七〕。

【校記】

①「桑」，《文選》作「光」。　②「冥」，《藝文類聚》卷一、《初學記》作「溟」，二字通。

【箋注】

〔一〕鄙：邊。幽、介：微、小。均爲自謙之詞。《戰國策·秦策三》：「范雎曰：『臣東鄙之賤人也。』」

〔二〕樊：藩。

〔三〕昧：闇，無知貌。懵：目不明。

〔四〕孤：辜負。

〔五〕「沈潛既義」二句：沈潛、高明：《尚書·洪範》：「沈潛剛克，高明柔克。」孔安國傳：「沈潛謂地……高明謂天。」義、經：《左傳·昭公二十五年》：「夫禮，天之經也，地之義也。」杜預注：「經者，道之常。義者，利之宜。」

〔六〕日以陽德，月以陰靈：《管子·四時》：「日掌陽，月掌陰。」

〔七〕擅：專。扶桑：《山海經·海外東經》：「湯谷上有扶桑，十日所浴，在黑齒北。居水中，有大木，九日居下枝，一日居上枝。」《淮南子·天文訓》：「日出于暘谷，浴于咸池，拂于扶桑，是謂晨明。」又《淮南子·墬形訓》：「扶木在陽州，日之所曊。」高誘注：「扶木，扶桑也。在湯谷之南。」東沼：司馬相如《上林賦》：「日出東沼，入乎西陂。」張揖注：「日朝出苑之東池，暮入於苑西陂中。」《文選》李善注引《漢宫殿簿》：「長安有西陂池、東陂池。」

〔八〕嗣：繼。若英：若木之英。《山海經·大荒北經》：「大荒之中，有衡石山、九陰山、灰野之山，上有赤樹，青葉赤華，名曰若木。」《離騷》：「折若木以拂日兮，聊逍遥以相羊。」西冥：即西陂池。

〔九〕玄兔：月的代稱。《楚辭·天問》：「厥利維何，而顧菟在腹？」洪興祖補注：「菟與兔同。《靈憲》曰：『月者，陰精之宗，積而成獸，象兔，陰之類，其數偶。』」帝臺：《漢書》卷二十二《禮樂志》：「游閶闔，觀玉臺。」應劭注：「玉臺，上帝之所居。」《文選》李善注：「張泉《觀象賦》曰：漸臺可升。自注曰：漸臺，天臺之名。」

〔一〇〕素娥：嫦娥，此處爲月的代稱。后庭：帝庭。《文選》李善注：「張泉《觀象賦》曰：寥寥帝庭。自注云：帝庭，謂太微宫也。《春秋元命苞》曰：太微爲天庭。」

〔一一〕朒：《説文·月部》：「朔而月見東方謂之縮朒。」朓：《説文·月部》：「晦而月見西方謂之朓。」

〔一二〕朏：《説文·月部》：「月未盛之明也。」魄：釋慧琳《一切經音義》卷十八注引顧野王：「魄者，謂月之形無光，處暗晦者也。」冲：謙、虚。

〔一三〕從星澤風：《尚書·洪範》：「月之從星，則以風雨。」孔安國傳：「月經於箕則多風，離於畢則多雨。」

〔一四〕台室：王公重臣之位。《文選》李善注：「台室，三公位。」

〔一五〕軒宫：后妃之宫。《漢書》卷七十五《李尋傳》：「女宫在後。」孟康注：「女宫謂軒轅星也。」顔延之《宋文皇帝元皇后哀策文》：「坤則順成，星軒潤飾。」《文選》李善注：「《漢書》曰：軒轅，黄龍體。前大星，女主象也。」

〔一六〕委照而吴業昌：《搜神記》卷九：「初，孫堅夫人孕，而夢月入其懷，既而生策。及權在孕，又夢日入其懷，以告堅曰：『妾昔妊策，夢月入我懷；今也又夢日入我懷，何也？』堅曰：『日月者陰陽之精，極貴之象，吾子孫其興乎？』」委：付、屬。

〔一七〕淪精而漢道融：《漢書》卷九十八《元后傳》：「初，李親任政君在身，夢月入其懷。」又《漢書》卷八十四《翟方進傳》：「陰精女主聖明之祥。」李奇注：「李親懷元后，夢月入懷，陰精女主之祥。」淪：降落、墜落。

若夫氣霽地表，雲斂天末〔一〕，洞庭始波，木葉微脱〔二〕。菊散芳於山椒〔三〕，鴈流哀於江瀨〔四〕。升清質之悠悠，降澄暉之藹藹〔五〕。列宿掩縟〔六〕，長河韜映〔七〕。柔祇雪凝〔八〕，圓靈水鏡①〔九〕。連觀霜縞〔一〇〕，周除冰凈②〔一一〕。君王乃厭晨歡，樂宵宴，收妙舞，弛清縣〔一二〕，去燭房〔一三〕，即月殿〔一四〕，芳酒登〔一五〕，鳴琴薦。

【校記】

①「靈」，《初學記》作「虚」。　②「冰」，《初學記》作「水」。

【箋注】

〔一〕天末：天的盡頭，指極遠的地方。張衡《東京賦》：「眇天末以遠期。」

〔二〕洞庭始波，木葉微脱：《九歌・湘夫人》：「嫋嫋兮秋風，洞庭波兮木葉下。」

〔三〕菊散芳：漢武帝《秋風辭》：「蘭有秀兮菊有芳，攜佳人兮不能忘。」山椒：漢武帝《李夫人賦》：「釋輿馬於山椒兮，奄修夜之不陽。」孟康注：「山椒，山陵也。」

〔四〕瀨：《説文・水部》：「瀨，水流沙上也。」

〔五〕藹藹：司馬相如《長門賦》：「望中庭之藹藹兮，若季秋之降霜。」《文選》李善注：「藹藹，月光微闇之貌。」「清質」與「澄暉」均指代月光。

〔六〕宿：星宿。《九章・惜往日》：「情冤見之日明兮，如列宿之錯置。」王逸注：「皇天羅宿，有度數也。」縟：《説文·糸部》：「縟，緐采飾也。」

〔七〕長河：銀河。韜：藏。映：明。「列宿掩縟，長河韜映」二句，謂月光較星河更加明亮。

〔八〕柔祇：地的别稱。祇：同衹，即地神。古人謂地道陰柔，故稱。此句謂月光灑在地上如同白雪。

〔九〕圓靈：天。古代有一種名爲「蓋天説」的宇宙觀，認爲天是一個穹形。《晉書》卷十一《天文志上》：「其言天似蓋笠，地法覆槃，天地各中高外下。」此句謂夜空在月光下如水般清澈。

〔一〇〕連觀：徐幹《七喻》：「連觀飛榭，旋室回房。」

〔一一〕周：遍。除：殿階。

〔一二〕弛清縣：停止奏樂。縣：《禮記·曲禮下》：「祭事不縣。」鄭玄注：「縣，樂器鍾磬之屬也。」《周禮·春官·大司樂》：「凡國之大憂，令弛縣。」鄭玄注：「弛，釋下之。」賈公彦疏：「令弛縣，謂大司樂令樂宫弛常縣之樂也。」又馬融《長笛賦》：「瓠巴聑柱，磬襄弛懸。」

〔一三〕燭房：燈燭通明的房間。

〔一四〕月殿：月光映照的宫殿。

〔一五〕登：升。

若乃涼夜自淒〔一〕，風篁成韻〔二〕，親懿莫從〔三〕，羈孤遞進〔四〕。聆臯禽之夕聞〔五〕，聽朔管之秋引〔一六〕。於是絲桐練響①〔一七〕，音容選和〔一八〕。徘徊《房露》〔一九〕，惆悵《陽阿》〔二〇〕。聲林虛籟〔二一〕，淪池滅波〔二二〕。情紆軫其何託〔二三〕，愬皓月而長歌〔二四〕。歌曰：

美人邁兮音塵闕②〔二五〕，隔千里兮共明月。臨風歎兮將焉歇③〔二六〕，川路長兮不可越。

歌響未終，餘景就畢〔二七〕。滿堂變容，迴遑如失〔二八〕。又稱歌曰：月既没兮露欲晞〔二九〕，歲方晏兮無與歸〔三〇〕。佳期可以還，微霜霑人衣。」

陳王曰：「善。」乃命執事，獻壽薦璧④〔三一〕。敬珮玉音⑤〔三二〕，復之無斁⑥〔三三〕。

【校記】

①「絲」，《文選》作「絃」。按尤袤《李善與五臣同異附見于後》：「五臣作絲桐。」奎章閣本亦作「絲桐」。②「闕」，《初學記》作「闊」。③「焉」，六臣本《文選》作「烏」，并注「五臣作焉」。④「薦」，《文選》作「羞」。按尤袤《李善與五臣同異附見于後》：「五臣羞作薦。」奎章閣本亦作「薦」。⑤「珮」，《文選》作「佩」，二字通。⑥「復」，六臣本《文選》作「服」。

【箋注】

〔一〕凄：風寒。

〔二〕篁：竹叢生。風篁謂風吹竹林的聲音。

〔三〕親懿：懿親，兄弟。《左傳・僖公二十四年》：「兄弟雖有小忿，不廢懿親。」杜預注：「懿，美也。」

〔四〕羈孤：羈客孤子。

〔五〕皋禽：鶴。《詩・小雅・鶴鳴》：「鶴鳴于九皋，聲聞于野。」

〔六〕朔管：羌笛。引：曲。

〔七〕絲桐：琴。桓譚《新論・琴道》：「昔神農氏繼宓羲而王天下，亦上觀法于天，下取法于地，近取諸身，遠取諸物，于是始削桐爲琴，繩絲爲絃，以通神明之德，合天地之和焉。」練：選。

〔八〕音容：歌曲的風格。

〔九〕《房露》：古曲名，又作《防露》。陸機《文賦》：「寤《防露》與《桑間》，又雖悲而不雅。」

〔一〇〕《陽阿》：古曲名，一説楚歌名。《楚辭・招魂》：「《涉江》《采菱》，發《揚荷》些。」王逸注：「楚人歌曲也。」《淮南子・説山訓》：「欲美和者，必先始於《陽阿》《采菱》。」高誘注：「《陽阿》《采菱》，樂曲之和聲。」

〔一一〕聲林：響着風聲的樹林。虚：滅。籟：風激物之聲。

〔一二〕淪：《釋名・釋水》：「水小波曰淪。」

〔一三〕紆軫：《九章・惜誦》：「心鬱結而紆軫。」王逸注：「紆，曲也。軫，隱也。」洪興祖補注：「紆，縈也。軫，痛也。」

〔一四〕愬：向。

〔一五〕邁：遠。音塵：音信、消息。謝靈運《鄰里相送方山》：「各勉日新志，音塵慰寂蔑。」

〔一六〕臨風：《九歌·少司命》：「望美人兮未來，臨風怳兮浩歌。」

〔一七〕餘景：殘留的光輝，此處指月光。潘岳《秋興賦》：「聽離鴻之晨吟兮，望流火之餘景。」

〔一八〕迴遑：彷徨。如失：《莊子·天地》：「夫子何故見之變容失色。」《淮南子·覽冥訓》：「羿請不死之藥於西王母，姮娥竊以奔月，悵然有喪，無以續之。」《後漢書》卷五十三《黄憲傳》：「同郡戴良才高倨傲，而見憲未嘗不正容，及歸，罔然若有失也。」

〔一九〕晞：乾。《詩·周南·關雎》：「蒹葭萋萋，白露未晞。」

〔二〇〕晏：晚。《九歌·山鬼》：「留靈脩兮憺忘歸，歲既晏兮孰華予。」

〔二一〕獻壽：稱觴，舉杯祝酒。潘岳《閑居賦》：「稱萬壽以獻觴。」杜甫《元日示宗武》：「賦詩猶落筆，獻壽更稱觴。」薦：進獻。《左傳·隱公三年》：「可薦於鬼神，可羞於王公。」

〔二二〕珮：同佩，引申爲記下。玉音：此處指王粲所獻賦。曹植《七啓》：「將敬滌耳，以聽玉音。」

〔二三〕斁：厭。

【評論】

〔曾季貍〕東坡「素月流天掃積陰」，「素月流天」出《文選·月賦》。東坡《水調歌頭》「但願人長久，千里共嬋娟」，本謝莊《月賦》「隔千里兮共明月」。《艇齋詩話》

〔葛立方〕月輪當空，天下之所共視，故謝莊有「隔千里兮共明月」之句，蓋言人雖異處，而月則同瞻也。老杜當兵戈騷屑之際，與其妻各居一方，自人情觀之，豈能免閨門之念，而他詩未嘗一及之。至於明月之夕，則遐想長思，屢形詩什。《月夜》詩云：「今夜鄜州月，閨中只獨看。」繼之曰：「香霧雲鬟濕，清輝玉臂寒。」《一百五日夜對月》云：「無家對寒食，有淚如金波。」繼之曰：「仳離放紅蕊，想像嚬青娥。」《江月》詩云：「江月光於水，高樓思殺人。」繼之曰：「誰家挑錦字，燭滅翠眉嚬。」其數致意於閨門如此，其亦謝莊之意乎？顏延之對孝武，乃有莊始知「隔千里兮共明月」之説，是莊才情到處，延之未能曉也。《韻語陽秋》卷十

〔劉克莊〕昔宋玉授簡於楚王之蘭臺，謝莊託詞於陳王之桂苑，皆以鉅麗之觀，發其高寒之思。《後村集》卷二十一《風月窩記》

〔祝堯〕希逸七歲能文，爲《月賦》，假託陳王及王仲宣，以設賓主之詞。蓋陳思王曹植與王粲仲宣及應瑒休璉、劉楨公幹并以文章馳名於魏初，時號建安體，故假託焉。與《雪賦》假梁王、鄒、枚、相如同格。（解題）賦也。先叙事，次詠景，次詠題，次詠遊賞，而終之以歌。從首至尾，全用《雪賦》格，自是詠景物一體所當做放。然荀卿詠物，但於句上求工，已自深刻。晉宋間人又於字上求工，故精刻過之。篇末之歌，猶有詩人所賦之情，故「隔千里兮共明月」之辭，極爲當世人所稱賞。《古賦辨體》卷六

〔謝榛〕凡襲古人句，不能翻意新奇，造語簡妙，乃有愧古人矣。謝莊《月賦》「洞庭始波，木葉微脱」，蓋出自屈平「洞庭波兮木葉下」。譬以石家鐵如意，改製細巧之狀，此非古良冶手也。《四溟詩話》卷三

〔楊慎〕《文選》謝惠連《雪賦》、謝莊《月賦》二篇，詞林珍之。唐子西謂《月》不如《雪》，謬矣。論體狀景物，蘊藉風流，則無優劣。然《月賦》終篇有好樂無荒之意，近於詩人之旨。《雪賦》之終云：「節豈我名，潔豈我貞。」無節無潔，殆成何人？與其《秋懷》之首句「平生無志意」同一自敗之旨。朱文公云：「無志意，殆不成人。」信矣。惠連、希逸終身人品，亦與二賦之尾叶焉。世徒賞其春華，不可不考其秋實也。《升庵集》卷五十三〔《雪賦》《月賦》〕

〔王世貞〕希逸此賦真江左琳琅，一時膾炙人口，然不無稗語。《弇州四部稿》卷一百三十二〔希哲草書《月賦》〕

〔蔣一葵〕謝希逸《月賦》云：「日以陽德，月以陰靈。擅扶光於東沼，嗣若英於西冥。引玄兔於帝臺，集素娥於后庭。」「歌曰：美人邁兮音塵闕，隔千里兮共明月。臨風歎兮將焉歇？川路長兮不可越。」孝武帝吟歎良久，謂顔延之曰：「希逸此作，可謂前不見古人，後不見來者。」延之對曰：「美則美矣，但莊始知『隔千里兮共明月』。」帝召莊以延之答語語之，莊應聲曰：「延之作《秋胡詩》，始知『生爲久別離，没爲長不歸。』」帝撫掌笑曰：「人好嘲謔，未有不遇其敵者。」（又）謝惠連嘗爲《雪賦》，以高麗見奇。其文曰：「始緣甍而冒棟，終開簾而入隙。既因方而爲珪，亦遇圓而成璧。眄隰則萬頃同縞，瞻山則千巖俱白。」説者謂與謝莊《月賦》爲一時勍敵。《木石居精校八朝偶雋》卷一

〔張萱〕謝惠連《雪賦》、謝希逸《月賦》，詞藻既同，機軸不異，惠連之賦止多「王起爲亂」耳。第希逸

警語濬於心靈，大非惠連所可彷佛。昭明并録，竊所未安。他且勿論，即惠連起語「雪宮建於東國，雪山峙於西域」，此老學究口吻也。希逸肯道之乎？《疑耀》卷二「《雪》《月》二賦」

（洪若皋）以希逸之才，《月賦》止此，殊不稱其題。然詞致較惠連《雪賦》最覺遒麗壯健。大抵氣清而厚，語艷而幽，宜乎在宋文時，北使李孝伯聞聲仰止，即袁陽源才名冠世，亦爲之避三舍也。《梁昭明文選超裁》卷三

（倪思寬）向讀謝莊《月賦》，愛其後半神情美妙。今讀之，并愛其前半文詞簡質。蓋古人作文，以事理爲主，不貴單寫景物，是以根柢確實之言，斷不可少也。或於「沈潛既義」云云，評云是學究語者，此非知文之人矣。《二初齋讀書記》卷三

（陸棻）亦是規仿惠連，而清姿韻度，似乎勝之。《歷朝賦格・駢賦格》卷一

（何焯）「委照而吴業昌」，既假托于仲宣，不應用吴事，亦失于點勘也。「若夫氣霽地表」至「周除冰净」，數語是賦中警策處。曩時尤賞會後段，蓋一時偶有寄托耳。「歌響未終」至「迴遑如失」，又頓挫。《義門讀書記》卷四十五

（汪師韓）即謝莊《月賦》，其佳處固在「木葉」「風篁」數韻，一切鏡光輪影之詞反是滓穢太虚耳。《蘇詩選評箋釋》卷二「中秋見月和子由」

（孫鑛）（評「陳王初喪應劉，端憂多暇」）突然用「喪應劉」起，古人固不拘諱，然亦何必乃爾。（評「臨濬壑而怨遥」諸句）未點月出，先寫月景，固自妙。（評「沈潛既義」諸句）此亦學究語。（總

評）尚未入宏深境，然風度却飄然可挹，固遠出《雪賦》上。于光華《重訂文選集評》卷三

〔何焯〕怨遥傷遠，已伏二歌之意。（又）「洞庭」二句，何嘗一字涉月，便滿紙是月情月意。此謂神理。賦物詩亦須得此意。（又）先言歡宴，次及悲凉，正在此處着想，收出紆軫之情。（又）怨月長歌與前怨遥傷遠意兩兩相應。（又）先傷其遠，次望其還。托意美人，亦懷賢念友之意。（總評）前寫月之故實，次入即景之語，後言興感之情。大意全在二歌，由始升以及既没，前後自相照應。假陳王立局，與《雪賦》同意。「端憂多暇」一句，生出全篇情致。于光華《重訂文選集評》卷三

〔邵長蘅〕此賦與小謝略同，更爲輕倩。略無形似語。大致只寫月下之情，非爲賦月也。賦至此自居逸品。于光華《重訂文選集評》卷三

〔浦起龍〕不多黏月，只寫對月，故神遠。《雪賦》易貌，《月賦》難規，形與魂殊轍也。（評「陳王初喪應劉」）假詞，同《雪賦》。（評「中夜」）提夜籠月。（評「迺清蘭路」至「登崇岫而傷遠」）宵遊散抱與對月之情相攝，句中有魂。（評「素月流天」）月當令在秋，著秋意生情，最勝。（評「仲宣跪而稱曰」）入正賦。（評「沈潛既義」至「淪精而漢道融」）就月言月，只此。（評「氣霽地表」至「周除冰浄」）此下皆貼秋説月，手寫月彩，已攝對月之情。（評「厭晨歡，樂宵宴」）節分而神注。接下，都從對月含情矣。（評「親懿莫從」二句）寫至此，自然凄感。（評「於是絲桐練響」至「餘景就畢」）直注到歌辭出情。孤懷清歎。遞到月没，天然節奏。（評「月既没兮露欲晞」以下）絶妙古詩。《古文眉詮》卷三十九

〔張雲璈〕《日知録》云：「古人爲賦多假設之辭。序述往事，子虚、亡是公、烏有先生之文，已肇始於相如矣。謝莊《月賦》『陳王初喪應劉，端憂多暇。』又曰：『抽毫進牘，以命仲宣。』按，王粲以建安二十一年從征吴，二十二年春，道病卒。徐、陳、應、劉一時俱逝，亦是歲也。至明帝太和六年，植封陳王。豈可掎摭史傳，以議此賦之不合哉？」雲璈按：顧氏謂假設應、劉，是矣。若以喪應、劉之後，復有命仲宣之語，謂賦不合亦未盡然。仲宣雖與應、劉同一年亡，而未必在一時。故魏文帝《與吴質書》云「徐、陳、應、劉，一時俱逝」，獨未及仲宣，必其亡稍後於諸人，則初喪應、劉之時，或仲宣尚在，固無礙於假設也。惟後「委照而吴業昌」句，何義門云「既假託於仲宣，不應用吴事，亦失於點勘」，此説良是。《選學膠言》卷七「假設之辭・謝希逸《月》」

〔鮑桂星〕神韻淒惋，風調高秀，其中佳句，真乃一字一珠。《賦則》卷一

〔許槤〕此賦假陳王、仲宣立局，與小謝《雪賦》同意。兹刻遺《雪》取《月》者，以《雪》描寫著迹，《月》則意趣灑然。所謂寫神則生，寫貌則死。（又）怨遥傷遠，一篇關目。（又）「白露」二句，神來之筆，看似平淡而實精縟，作文須知此境。（評「臣聞沈潛既義」諸句）此段尚嫌著迹。（評「若夫氣霽地表，雲斂天末」以下諸句）數語無一字説月，却無一字非月。清空澈骨，穆然可懷。（評「若乃凉夜自淒」以下諸句）筆能赴情，自情生於文，正不必苦鏤，而冲淡之味，耐人咀嚼。（又）以二歌總結全局，與「怨遥」「傷遠」相應，深情婉致，有味外味。後人摹擬便落套，覺厭矣。（又）前寫月之始升，此寫月之既没，畦逕分明。《六朝文絜》卷一

舞馬賦①

【解題】

舞馬指經過專門訓練、能够跟隨音樂節奏翩翩起舞的馬。《藝文類聚》卷九十三《獸部上》收録曹植《獻文帝馬表》：「臣於先武皇帝世，得大宛紫騂馬一匹。形法應圖，善持頭尾，教令習拜，今輒已能。又能行與鼓節相應。謹以奉獻。」此爲有關舞馬的最早記載。

此文最早收録在《宋書》卷八十五《謝莊傳》，又收於《藝文類聚》卷九十三、《初學記》卷二十九。《宋書》卷九十六《鮮卑吐谷渾傳》：「世祖大明五年，拾寅遣使獻善舞馬，四角羊。皇太子、王公以下上《舞馬歌》者二十七首。」《宋書》卷八十五《謝莊傳》：「時河南獻舞馬，詔群臣爲賦，莊所上其詞曰。」可知這篇賦當作於大明五年（四六一）。據《梁書》卷五十四《諸夷傳》：「河南王者，其先出自鮮卑慕容氏。……其地則張掖之南，隴西之西，在河之南，故以爲號。……有青海方數百里，放牝馬其側，輒生駒，土人謂之龍種，故其國多善馬。」謝莊本傳又云：「又使莊作《舞馬歌》，令樂府歌之。」是當時謝莊又創作了《舞馬歌》，今不存。《舞馬賦》在南朝尚有梁張率之作，見《梁書》卷三十三《張率傳》：「（天監）四年三月，禊飲華光殿。其日，河南國獻舞馬，詔率賦之曰。」

謝莊《舞馬賦》可分爲三段。開頭至「奄芝庭而獻秘」爲第一段，交代舞馬的由來。「及其養安騏校」至「望銀臺於須臾」爲第二段，稱贊馬匹俊秀神速，奔跑時血流如汗，起舞時動作與音節相和，姿態優美。「若乃日宣重光」至結尾爲第三段，稱贊孝武帝功高德劭，描寫其封禪的盛大場面。全文文辭華麗莊重，用典繁複，是典型的宮廷應詔之作。

天子馭三光②〔一〕，總萬寓，挹雲經之留憲〔二〕，裁河書之遺矩〔三〕。是以德澤上昭，天下漏泉③〔四〕，符瑞之慶咸屬，榮懷之應必躔〔五〕。月晷呈祥〔六〕，乾維效氣〔七〕，賦景河房④，承靈天駟〔八〕。陵原郊而漸影⑤〔九〕，躍采淵而泳質⑥〔一〇〕，辭水穴而南傃⑦〔一一〕，去輪臺而東暨⑧〔一二〕。乘玉塞而歸寶⑨〔一三〕，奄芝庭而獻秘⑩〔一四〕。

【校記】

①「舞馬賦」，《藝文類聚》卷九十三題作「乘輿舞馬賦應詔」。②「馭」，《初學記》卷二十九作「敘」。③「德澤上昭天下漏泉」，《初學記》作「德澤上昭天而下漏泉」。④「河」，《藝文類聚》《初學記》并作「阿」。⑤「陵」，《初學記》作「凌」，二字通。⑥「采淵」，《初學記》作「流泉」。⑦「穴」，《宋書》卷八十五作「空」。⑧「暨」，《宋書》作「洎」，二字通。⑨「玉塞」，《初學記》作「璧門」。「寶」，《藝文類聚》作「實」。⑩「奄」，《初學記》作「掩」，二字通。「秘」，《初學記》作「轡」。

【箋注】

〔一〕三光：《淮南子·原道訓》：「紘宇宙而章三光。」高誘注：「三光，日月星。」

〔二〕挹雲經之留憲：挹：持、取。黄帝受命時有祥雲的瑞象。《左傳・昭公十七年》：「昔者黄帝氏以雲紀，故爲雲師而雲名。」杜預注：「黄帝受命有雲瑞，故以雲紀事，百官師長皆以雲爲名號。」憲：法。

〔三〕裁河書之遺矩：裁：度、量。河書：河圖、洛書。《周易・繫辭上》：「河出圖，洛出書，聖人則之。」《尚書・顧命》孔安國傳：「河圖，八卦。伏犧王天下，龍馬出河，遂則其文以畫八卦，謂之河圖。」《漢書》卷一百下《叙傳下》：「河圖命庖，洛書賜禹，八卦成列，九疇逌叙。」李奇注：「河圖即八卦也，洛書即《洪範》九疇也。」矩：法度、規矩。

〔四〕德澤上昭，天下漏泉：《漢書》卷六十四上《吾丘壽王傳》：「臣聞周德始乎后稷，長於公劉，大於大王，成於文武，顯於周公。德澤上昭，天下漏泉，無所不通。」顔師古注：「昭，明也。漏，言潤澤下霑如屋之漏。」

〔五〕榮懷之應：《尚書・秦誓》：「邦之榮懷，亦尚一人之慶。」孔安國傳：「國之光榮爲民所歸，亦庶幾其所任用賢之善也。」躔：行、歷。

〔六〕月晷：月影、月亮。

〔七〕乾維效氣：乾維：天的綱維。氣：氣物、節物。效氣即萬物應節氣而動。

〔八〕賦景河房，承靈天駟：賦：取。景：通影。河房：黄河龍馬。《尚書・顧命》孔安國傳：「伏羲王天下，龍馬出河。」《爾雅・釋天》：「天駟，房也。」郭璞注：「龍爲天馬，故房四星謂之天駟。」

《晉書》卷十一《天文志上》：「房四星，……亦曰天駟，爲天馬，主車駕。……房星明，則王者明。」梁張率《舞馬賦》：「資皎月而載生，祖河房而挺授。」

〔九〕陵：越。《爾雅·釋地》：「邑外謂之郊。……廣平曰原。」漸：成長、滋長。謝靈運《酬從弟惠連》：「山桃發紅萼，野蕨漸紫苞。」李善注：「《尚書》曰：草木漸苞。孔安國曰：漸，進長。」漸影，即拉長影子。此句謂駿馬跨越原郊，影子逐漸把原郊覆蓋，以誇張的手法形容駿馬速度之快及身軀高大。

〔一〇〕采：此處形容水光瀲灧的樣子。泳質：洗滌身形。此句形容馬在水中游行時的矯健姿態。

〔一一〕水穴：《梁書》卷五十四《諸夷傳》「河南王」條：「有青海方數百里，放牝馬其側，輒生駒，土人謂之龍種，故其國多善馬。」傃：向。

〔一二〕輪臺：西域國名。《讀史方輿紀要》卷六十五：「輪臺城，在廢庭州西北百三十里。漢西域小國也。太初中李廣利伐宛，至輪臺，不下，攻屠之。」

〔一三〕玉塞：玉門關。

〔一四〕奄：止、息。芝庭：甘泉宮内庭。《漢書》卷六《武帝紀》：「甘泉宮内中産芝，九莖連葉。」應劭注：「芝，芝草也，其葉相連。」如淳注：「《瑞應圖》：『王者敬事耆老，不失舊故，則芝草生。』」顔師古注：「内中，謂後庭之室也。」

及其養安騏校〔一〕，進駕龍涓〔二〕。輝大馭於國皂〔三〕，賁上襄於帝閑①〔四〕。超益野而踰緑地〔五〕，軼蘭池而轢紫燕〔六〕。五王晦其術②〔七〕，十氏懵其玄③〔八〕。東門豈或狀〔九〕，西河不能傳〔一〇〕。既秣芑以均性④〔一一〕，又佩蘅以崇躅⑤〔一二〕。卷雄神於綺文⑥〔一三〕，蓄奔容於帷燭〔一四〕。蘊籥雲之鋭景⑦〔一五〕，戢追電之逸足〔一六〕。方疊鎔於丹縞⑧〔一七〕，亦聯規於朱駮〔一八〕。觀其雙璧應範〔一九〕，三封中圖〔二〇〕。玄骨滿〔二一〕，燕室虚〔二二〕，陽理竟⑨〔二三〕，潛策紆〔二四〕，汗飛赭，沫流朱⑩〔二五〕。

【校記】

①「上」，《初學記》作「二」。②「術」，《初學記》作「頤」。③「十」，《初學記》作「孫」。④「芑」，原作「苞」，據《藝文類聚》《初學記》改。⑤「蘅」，《初學記》作「衝」。⑥「卷」，《初學記》作「養」。⑦「籥」，《初學記》作「騰」。⑧「縞」，原作「鎬」，據《宋書》改。⑨「竟」，《藝文類聚》《初學記》作「競」，二字通。⑩「沫流朱」，《初學記》作「沫流珠」。

【箋注】

〔一〕養安：調教馬的性情，使其行走時保持平穩。《史記》卷二十三《禮書》：「故大路之馬，必信至教順，然後乘之，所以養安也。」騏校：即校騏，謂典馬之官。《周禮·夏官·校人》：「校人掌王馬之政。」校：考核、考察。

〔二〕進駕：駕車前進。《淮南子・覽冥訓》：「青龍進駕。」龍涓：即涓龍，亦謂典馬之官。涓：選擇。龍：《周禮・夏官・廋人》：「馬八尺以上爲龍。」此二句爲「騏校養安，龍涓進駕」的倒裝。

〔三〕大馭：周代爲王駕車的官名。《周禮・夏官・大馭》：「大馭掌馭玉路以祀。」孫詒讓《周禮正義》卷五十四：「此大馭即玉路駕種馬之僕夫也。」皂：牛馬的食槽，亦泛指牲口欄棚。《淮南子・覽冥訓》：「飛黄伏皂。」高誘注：「皂，櫪也。」

〔四〕賁：美。上襄：《詩・鄭風・大叔于田》：「兩服上襄。」鄭玄箋：「兩服，中央夾轅者。襄，駕也。上駕者，言爲衆馬之最良也。」帝閑：天子養馬的場所。《周禮・夏官・校人》：「天子十有二閑，馬六種。」《漢書》卷十九上《百官公卿表上》：「龍馬閑駒。」顔師古注：「閑，闌，養馬之所也。」

〔五〕益野：應是駿馬名。李尤《七嘆》：「神奔電驅，星流矢鶩，則莫若益野騰駒。」緑地：疑「地」當作「虵」，緑虵爲駿馬名。顔延之《赭白馬賦》：「將使紫燕駢衡，緑虵衛轂。」

〔六〕軼：自後過前。轢：輾，超過。蘭池、紫燕均爲駿馬名。《尸子》：「馬有紫燕蘭池。」

〔七〕五王：王良五星。《晉書》卷十一《天文志上》：「王良五星，在奎北，居河中，天子奉車御官也。其四星曰天駟，旁一星曰王良，亦曰天馬。其星動，爲策馬，車騎滿野。」王良，春秋時晉國大夫，以擅長馭馬駕車聞名。

〔八〕十氏：《呂氏春秋・恃君覽》記載的古代十個擅長相馬的人：「古之善相馬者，寒風是相口齒，麻朝相頰，子女厲相目，衛忌相髭，許鄙相脈，投伐褐相胸脅，管青相臏肕，陳悲相股脚，秦牙相前，贊君相後。凡此十人者，皆天下之良工也。」懵：不明。

〔九〕東門：東門京，《後漢書》卷二十四《馬援傳》記載漢武帝時善相馬者。

〔一〇〕西河：西河子輿，《後漢書》卷二十四《馬援傳》記載東漢初年善相馬者。

〔一一〕秣：飼養。顏延之《赭白馬賦》：「畫秣荆越。」《文選》李善注引杜預：「以粟飯馬曰秣。」芑：《山海經·東山經》：「南三百二十里曰東始之山，上多蒼玉。有木焉，其狀如楊而赤理，其汁如血，不實。其名曰芑，可以服馬。」郭璞注：「以汁涂之，則馬調良。」均：調和。

〔一二〕蘅：杜衡，一種香草。崇躅：踟躅，徘徊，此處形容馬的步態。

〔一三〕卷：聚。雄神：駿馬雄美神俊的氣質。綺文：馬身上美麗的花紋。

〔一四〕奔容：蓄勢奔逸的姿態。

〔一五〕籋雲：《漢書》卷二十二《禮樂志》：「籋浮雲。」蘇林注：「籋音躡，言天馬上躡浮雲也。」鋭：疾。

〔一六〕戢：止、斂。追電：秦始皇所養駿馬名。崔豹《古今注》：「秦始皇有七名馬：追風、白兔、躡景、追電、飛翮、銅爵、晨鳧。」張衡《南都賦》：「足逸驚飆。」

〔一七〕丹縞：紅白色的駿馬。

〔一八〕朱駮：黄赤色的駿馬。駮通駁。「方疊鎔於丹縞」二句，疑承「蘊籋雲之鋭景」二句，以誇張的手法形容駿馬奔跑速度之快，以至於分辨不清馬的顏色。

〔一九〕雙璧：顏延之《赭白馬賦》：「兩權協月。」《文選》李善注：「《相馬經》曰：『頰欲圓，如懸璧，因謂之雙璧。其盈滿如月，異相之表也。』黄伯仁《龍馬頌》曰：『雙璧似月。』」範：法度。

〔二〇〕三封：馬兩邊的髖骨和中間的薦椎骨。《齊民要術》卷六：「三府欲齊。」自注：「兩髂及中骨也。」又同卷：「三封欲得齊，如一。」自注：「三封者，即尻上三骨也。」

〔二一〕玄骨：頭骨。《齊民要術》卷六：「馬，龍顱，突目，平脊，大腹，胜重，有肉；此三事備者，亦千里馬也。」

〔二二〕燕室：胸脯。虚：寬貌。《齊民要術》卷六：「鳧間欲開，望視之如雙鳧。」石聲漢注：「鳧間：胸兩邊的兩組大肌肉，稱爲『雙鳧』，鳧間是雙鳧之間。」疑因謝莊喜生造新詞，故易「鳧」爲「燕」，易「間」爲「室」，將「鳧間」改爲「燕室」。

〔二三〕陽理：皮上文理。竟：强勁有力。

〔二四〕潛策：皮下經絡。紆：曲折、虬結。

〔二五〕汗飛赭，沫流朱：《漢書》卷二十二《禮樂志》：「霑赤汗，沫流赭。」應劭注：「大宛馬汗血霑濡也，流沫如赭也。」顏師古注：「沬、沫兩通。沬者，言被面如頮也，字從水傍午未之未，音呼内反。沫者，言汗流沫出也，字從水傍本末之末，音亦如之。」

至於《肆夏》已升，《采齊》既薦〔一〕。始徘徊而龍俛〔二〕，終沃若而鸞眄〔三〕。迎《調露》於飛鍾〔四〕，赴《承雲》於驚箭〔五〕。寫秦坰之彌塵①〔六〕，狀吳門之曳練〔七〕。窮虞庭之蹈蹀〔八〕，究遺野之環袨②〔九〕。若夫蹠實之態未卷〔一〇〕，凌遠之氣方攄〔一一〕。歷岱野而過碣石，跨滄流而軼姑餘〔一二〕。朝送日於西坂〔一三〕，夕歸風於北都〔一四〕。尋瓊宮於倏瞬〔一五〕，望銀臺於須臾〔一六〕。

【校記】

①「彌」，《藝文類聚》作「弭」，《初學記》作「䋆」。　②「環袨」，《初學記》作「埋輪」。

【箋注】

〔一〕「至於《肆夏》已升」二句：《肆夏》《采齊》：皆樂曲名。「齊」又作「薺」。《周禮·春官·樂師》：「行以《肆夏》，趨以《采薺》。」鄭玄注：「《肆夏》《采薺》，皆樂名。或曰皆逸詩。謂人君行步以《肆夏》爲節，趨疾於步，則以《采薺》爲節。」《漢書》卷四十八《賈誼傳》：「步中《采齊》，趣中《肆夏》。」升、薦：進。

〔二〕龍俛：《吕氏春秋·恃居覽》：「龍俛耳低尾而逝。」

〔三〕沃若：柔韌貌。《詩·小雅·皇皇者華》：「我馬維駱，六轡沃若。」謝朓《拜中軍記室辭隋王牋》：「希沃若而中疲」。李善注：「沃若，調柔也。」劉良注：「沃若，良馬行貌。」眄：視。蕭綱

《馬寶頌》：「鸞眄善鳴，龍儀美稱。」

〔四〕《調露》：樂曲名。《樂動聲儀》：「時元氣者，受氣於天，布之於地，以時出入物者也。四時之節，動静各有分職，不得相越，謂《調露》之樂也。」宋均注：「《調露》，調和致甘露也，使物茂長之樂也。」飛鍾：張衡《西京賦》：「洪鐘萬鈞，猛虡趪趪。負筍業而餘怒，乃奮翅而騰驤。」《文選》李善注引薛綜曰：「當筍下，爲兩飛獸以背負，又以板置上，名爲業。騰，超也。驤，馳也。言獸負此筍業已重，乃有餘力，奮其兩翼，如將超馳者矣。」此句形容舞馬步伐節奏和緩。

〔五〕《承雲》：黄帝時的樂曲名。《遠遊》：「張《咸池》奏《承雲》兮，二女御《九韶》歌。」王逸注：「《承雲》即《雲門》，黄帝樂也。」一説是顓頊時樂曲。《吕氏春秋·仲夏紀》：「帝顓頊好其音，乃令飛龍作效八風之音，命之曰《承雲》，以祭上帝。」《竹書紀年》卷一：「（顓頊）二十一年，作《承雲》之樂。」驚箭：《太平御覽》卷四十引《慎子》：「河之下龍門，其流駛如竹箭，駟馬追弗能及。」此處形容舞馬步伐節奏急促。

〔六〕寫秦坰之彌塵：寫：模仿。坰：野外。《詩經·魯頌·駉》：「駉駉牡馬，在坰之野。」毛傳：「坰，遠野也。邑外曰郊，郊外曰野，野外曰林，林外曰坰。」《史記》卷五《秦本紀》：「非子居犬丘，好馬及畜，善養息之。犬丘人言之周孝王，孝王召使主馬于汧渭之閒，馬大蕃息。……孝王曰：『昔伯翳爲舜主畜，畜多息，故有土，賜姓嬴。今其後世亦爲朕息馬，朕其分土爲附庸。』邑之秦，使復續嬴氏祀，號曰秦嬴。」《列子》卷八《説符》：「秦穆公謂伯樂曰：『子之年長矣，子姓有可使求馬者乎？』伯樂對曰：『良馬可形容筋骨相也。天下之馬者，若滅若没，若亡若失，若此者，絶塵弭轍。』」駿馬奔馳若飛騰，四蹄仿佛不曾踏地，故無揚塵及車轍的痕迹。《魏故使持節假黄鉞侍中太傅大司馬尚書令定州刺史廣陽文獻王銘》：「驥騄初騁，自懷弭塵之氣。」彌：通弭，止。

〔七〕狀吴門之曳練：《論衡·書虚篇》：「顔淵與孔子俱上魯太山，孔子東南望，吴閶門外有繫白馬，引顔淵指以示之曰：『若見吴昌門乎？』顔淵曰：『見之。』孔子曰：『門外何有？』曰：『有如繫練之狀。』」曳練：鋪開的白絹。

〔八〕虞：舜。蹈蹀：舞蹈。《尚書·舜典》：「帝曰：『夔，命汝典樂。』……夔曰：『於予擊石拊石，百獸率舞。』」

〔九〕遺野：《山海經·海外西經》：「大樂之野，夏后啓于此儛九代，乘兩龍，雲蓋三層，左手操翳，右手操環，佩玉璜，在大運山北，一曰大遺之野。」袨：《漢書》卷五十一《鄒陽傳》：「武力鼎士袨服叢臺之下。」顔師古注：「袨服，盛服也。」《南齊書》卷十一《樂志》：「環袨像綴。」

〔一〇〕蹠實：《淮南子·原道訓》：「獸蹠實而走。」高誘注：「蹠，足也。實，地也。」蹠實在此處指馬踏地而行的姿態。卷：收。

〔一一〕凌遠：奔向遠方。攄：騰，張舒。

〔一二〕「歷岱野而過碣石」二句：岱：代郡，以産馬出名。《吕氏春秋·孝行覽》：「馬郡宜馬。」高誘

注：「傳曰：『冀州之北土，馬之所生也。』故謂代爲馬郡也。」過碣石、軼姑餘：《淮南子·覽冥訓》：「過歸雁於碣石，軼鶤鷄於姑餘。」高誘注：「北歸于碣石之山，而中之雁得之過去也。自後過前曰軼。姑餘，山名，在吴。鶤鷄，鳳皇之別名。言其御疾，自碣石過歸雁，便復東南軼過鶤鷄於姑餘山也。」馬宗霍《淮南舊注參正》：「高注不甚可解，疑有錯亂。碣石，北方山名。北歸之雁指碣石以爲鄉，其飛尤速，張華所謂『矯翼而增逝』也。《説文》『過』與『越』同訓『度』，則『過』猶『越』也。此言善御者，其行之疾，超越歸飛之雁之北鄉碣石也。下句『軼鶤鷄於姑餘』意同。兩句皆泛喻御疾，本不必以某方某地實之。高氏於下句注云：『言自碣石過歸雁，便復東南軼過鶤鷄於姑餘山也。』亦失之固。」

〔一三〕朝送日於西坂：《淮南子·覽冥訓》：「朝發榑桑，日入落棠。」高誘注：「榑桑，日所出也。落棠，山名，日所入也。」

〔一四〕歸風：《淮南子·説林訓》：「逮日歸風。」高誘注：「言其疾也。」北都：幽都。《尚書·堯典》：「申命和叔，宅朔方，曰幽都。」孔安國傳：「北稱幽。」《淮南子·墬形訓》：「西北方曰不周之山，曰幽都之門。」高誘注：「幽，闇也。都，聚也。玄冥將始用事，順陰而聚，故曰幽都之門。」「朝送日於西坂」二句與「歷岱野而過碣石」二句意同，皆泛喻駿馬奔跑之神速，「西坂」與「北都」也不必坐實。

〔一五〕瓊宮：張衡《思玄賦》：「覲天皇于瓊宮。」《文選》呂延濟注：「瓊宮，天帝之宮也。」

〔一六〕銀臺：張衡《思玄賦》：「聘王母於銀臺兮，羞玉芝以療飢。」《文選》李善注引舊注：「銀臺，王母所居。」《後漢書》卷五十九《張衡傳》李賢注：「銀臺，仙人所居也。」

若乃日宣重光〔一〕，德星昭衍〔二〕，國稱梁岱佇蹕〔三〕，史言壇場望踐〔四〕。鄗上之瑞彰，江間之禎闡〔五〕。榮鏡之運既臻〔六〕，會昌之曆已辨〔七〕。感五緐之程符，鑒群后之薦典〔八〕。聖主將有事於東嶽〔九〕，禮也。

【箋注】

〔一〕日宣重光：《漢書》卷五十八《兒寬傳》：「日宣重光。」李奇注：「太平之世，日抱重光，謂日有重日也。」

〔二〕德星：《漢書》卷二十六《天文志》：「景星者，德星也，其狀無常，常出於有道之國。」衍：大。《史記》卷十二《孝武本紀》：「德星昭衍。」

〔三〕梁：梁父山。岱：泰山。《管子·封禪》：「古者封泰山，禪梁父者，七十二家。」佇：停。蹕：天子的車駕。

〔四〕壇場：祭祀場所。《漢書》卷一上《高帝紀上》：「於是漢王齊戒設壇場。」顔師古注：「築土而高曰壇，除地爲場。」《漢書》卷五十七下《司馬相如傳下》：「意者太山、梁父設壇場望幸，蓋號以況榮。」孟康注：「意者，言太山、梁父設壇場，望聖帝往封禪記號以表榮名也。」踐：過、歷、登。

〔五〕鄗上之瑞彰，江閒之禎闡：《史記》卷二十八《封禪書》：「古之封禪，鄗上之黍，北里之禾，所以爲盛；江淮之間，一茅三脊，所以爲藉也。」

〔六〕榮鏡：班固《典引》：「榮鏡宇宙。」《後漢書》卷四十下李賢注：「鏡猶光明也。」《文選》李周翰注：「榮名鏡照于宇宙。」臻：到、至。

〔七〕會昌：會當興盛隆昌。左思《蜀都賦》：「天帝運期而會昌，景福肸蠁而興作。」劉逵注：「昌，慶也。言天帝於此會慶建福也。」

〔八〕感五繇之程符，鑒群后之薦典：班固《典引》：「既感群后之讜辭，又悉經五繇之碩慮矣。」蔡邕注：「繇，占也。王者巡狩，預卜五年，歲習其祥。習則行，不則修德而改卜。言天下已畢五卜之占，而習吉也。」《文選》張銑注：「群后，百官也。」程：示、呈現。《後漢書》卷四《和帝紀》：「有司其案舊典，告類薦功，以章休烈。」

〔九〕有事於東嶽：封禪。《公羊傳·隱公八年》：「天子有事于泰山。」何休注：「有事者，巡守祭天告至之禮也。」

於是順斗極〔一〕，乘次躔〔二〕，戒懸日於昭旦〔三〕，命月題於上年〔四〕。騑騑翼翼〔五〕，泛倏風而浮慶煙〔六〕。肅肅雍雍〔七〕，引八神而詔九仙〔八〕。下齊郊而掩配林〔九〕，集嬴里而降祊田〔一〇〕。蒲軒次巘〔一一〕，瑄璧承巒〔一二〕。金檢兹發〔一三〕，玉牒斯刊①〔一四〕。盛節之義洽〔一五〕，升中之禮殫〔一六〕。億兆悦〔一七〕，精祇歡〔一八〕，聆萬歲於曾岫，燭神光於紫壇〔一九〕。是以擊轅之蹈〔二〇〕，撫埃之舞〔二一〕，相與而歌曰：「聳朝蓋兮泛晨霞，靈之來兮雲漢華。山有壽兮松有茂，祚神極兮睨皇家。」

【校記】

①「玉」，原作「王」，據《宋書》改。

【箋注】

〔一〕斗：斗建，古代以北斗星斗柄的運轉來計算月份，斗柄所指之辰謂之斗建。《史記》卷二十六《曆書》：「攝提無紀，曆數失序。」《史記集解》引《漢書音義》：「攝提，星名，隨斗杓所指建十二月。」《漢書》卷二十一上《律曆志上》：「至其中斗建下爲十二辰。」極：北極星。揚雄《長楊賦》：「高祖奉命，順斗極，運天關。」《後漢書》卷八十上《杜篤傳》：「推天時，順斗極。」李賢注：「言順斗建及北極之星運轉而行也。」

〔二〕乘：因、隨。次躔：日月星辰的運行軌迹。

〔三〕戒：備。懸日：傅玄《乘輿馬賦》：「高顛懸日，雙璧象月。」此處用「懸日」指代馬。昭旦：清明的日子。曾鞏《明州謝到任表》：「眷是遐陬，遘此昭旦。」

〔四〕月題：《莊子·馬蹄》：「夫加之以衡扼，齊之以月題。」陸德明《釋文》：「馬額上當顱如月形者也。」此處用「月題」指代馬。上年：豐年。

〔五〕騑騑：《詩·小雅·四牡》：「四牡騑騑。」毛傳：「騑騑，行不止之貌。」翼翼：《詩·小雅·采薇》：「四牡翼翼。」毛傳：「翼翼，閑也。」《禮記·少儀》：「車馬之美，匪匪翼翼。」

〔六〕泛脩風而浮慶煙：《藝文類聚》卷一《天部上》引《尚書大傳》：「舜將禪禹，八風脩通。」又《宋書》卷二十七《符瑞志上》：「八風修通，慶雲叢聚。」慶煙：即慶雲。《漢書》卷二十六《天文志》：「若煙非煙，若雲非雲，郁郁紛紛，蕭索輪囷，是謂慶雲。慶雲見，喜氣也。」

〔七〕肅肅雍雍：《禮記·少儀》：「鸞和之美，肅肅雍雍。」孔穎達疏：「肅肅雍雍者，鸞和聲之形狀，肅肅然，雍雍然。肅肅是敬貌，雍雍是和貌。」

〔八〕八神：《漢書》卷二十五上《郊祀志上》記載八神爲天主、地主、兵主、陰主、陽主、月主、日主、四時主。九仙：《列仙傳·涓子》：「受《伯陽九仙法》。」江淹《丹砂可學賦》：「搗五難之重滯，攬九仙之輕華。」《雲笈七籤》卷三《道教三洞宗元》：「其九仙者，第一上仙，二高仙，三大仙，四玄仙，五天仙，六真仙，七神仙，八靈仙，九至仙。」

〔九〕下齊郊而掩配林：《禮記·禮器》：「齊人將有事於泰山，必先有事於配林。」孔穎達疏：「有事於泰山，謂祭泰山也。先告配林，配林是泰山之從祀者也。故先告從祀，然後祭泰山。」《後漢書》志第七《祭祀上》：「不祭配林。」盧植注：「配林，小山林麓配泰山者也。」《風俗通義》卷十：「今配林在泰山西南五六里。」掩：停留、止息。

〔一〇〕嬴：《孟子·公孫丑下》：「孟子自齊葬於魯，反於齊，止於嬴。」趙岐注：「嬴，齊南邑。」焦循《孟子正義》卷九：「《春秋》桓三年『公會齊侯於嬴』，杜注云：『嬴，今泰山嬴縣。』按嬴縣故城在萊蕪縣西北四十里，北汶水之北，去齊都臨淄尚三百餘里。」里：邑。祊田：古代周天子祭祀泰山時，因湯沐之需而圈定的地域，後作爲封邑賜給鄭國。《左傳·隱公八年》：「鄭伯請釋泰山之祀而祀周公，以泰山之祊易許田。」杜預注：「鄭桓公，周宣王之母弟，封鄭，有助祭泰山湯沐之邑在祊。」《公羊傳·隱公八年》：「天子有事于泰山，諸侯皆從泰山之下，諸侯皆有湯沐之邑焉。」何休注：「有事者，巡守祭天告至之禮也。當沐浴絜齊以致其敬，故謂之湯沐邑也。」

〔一一〕蒲軒：用蒲草裹住車輪的車子，防止震動。《漢書》卷六《武帝紀》：「遣使者安車蒲輪，束帛加璧，徵魯申公。」顔師古注：「以蒲裹輪，取其安也。」次：至、及。巘：山。

〔一二〕瑄璧：《史記》卷十二《孝武本紀》：「有司奉瑄玉。」《史記集解》引孟康注：「璧大六寸謂之瑄。」

〔一三〕金檢：《漢書》卷六《武帝紀》：「上還，登封泰山。」孟康注：「王者功成治定，告成功於天。封，崇也，助天之高也。刻石紀號，有金策石函、金泥玉檢之封焉。」《白虎通·封禪》：「或曰：封者金泥銀繩。或曰：石泥金繩，封之以印璽。」《後漢書》志第七《祭祀上》：「以水銀和金以爲泥。」檢：《説文解字繫傳·木部》：「書函之蓋也。玉刻其上，繩緘之，然後填以金泥，題書而印之也。」

〔一四〕玉牒：封禪時的文書。《史記》卷十二《孝武本紀》：「其下則有玉牒書。」刊：定。

〔一五〕盛節：指封禪。《漢書》卷五十八《兒寬傳》：「其封泰山，禪梁父，昭姓考瑞，帝王之盛節也。」

〔一六〕升中之禮：祭天。《禮記·禮器》：「是故因天事天，因地事地，因名山升中于天。」鄭玄注：「升，上也。中，猶成也。謂巡守至於方嶽，燔柴祭天，告以諸侯之成功也。」

〔一七〕億兆：《左傳·昭公二十年》：「雖其善祝，豈能勝億兆人之詛。」杜預注：「萬萬曰億，萬億曰兆。」陸機《五等諸侯論》：「億兆悼心。」劉良注：「億兆，謂天下人也。」

〔一八〕精：神。

〔一九〕燭神光：《漢書》卷八《宣帝紀》：「郊上帝，祠后土，神光并見，或興于谷，燭燿齊宫，十有餘刻。」紫壇：《漢書》卷二十二《禮樂志》：「爰熙紫壇。」顔師古注：「紫壇，壇紫色也。」

〔二〇〕擊轅之蹈：《北堂書鈔》卷一百四十一《車部下》引《晏子春秋》：「甯戚欲干齊桓公，困窮飯牛於北門之外，桓公詔夜門避任車，戚乃擊轅而歌，桓公憫而異之，命後車載之。」

〔二一〕撫：拍，輕擊。撫埃疑指擊壤。《吕氏春秋·孟春紀》高誘注：「堯時父老無繇役之勞，擊壤於里陌。」《論衡·感虚篇》：「堯時〔天下大和，百姓無事，有〕五十之民，擊壤於塗。觀者曰：『大哉，堯之德也！』擊壤者曰：『吾日出而作，日入而息，鑿井而飲，耕田而食，堯何等力？』」

然後悟聖朝之績，號慶榮之烈。比盛乎天地，争明乎日月。茂實冠於胥庭〔一〕，鴻名邁於勛發〔二〕。業底於告成〔三〕，道臻乎報謁〔四〕。巍巍乎，蕩蕩乎〔五〕，民無得而稱焉〔六〕。

【箋注】

〔一〕茂實：司馬相如《封禪文》：「騰茂實。」《史記索隱》引胡廣：「騰馳茂盛之實也。」《文選》劉良注：「傳茂實之德也。」胥庭：指赫胥氏與大庭氏，二者并爲上古帝號。

〔二〕鴻名：司馬相如《封禪文》：「永保鴻名。」勛：放勛，堯的名字。發：姬發，周武王的名字。

〔三〕底：至。告成：將功業告於上天。

〔四〕報謁：司馬相如《封禪書》：「謁款天神。」《史記集解》引《漢書音義》：「款，誠也。謁告之報誠也。」

〔五〕巍巍乎，蕩蕩乎：《論語·泰伯》：「子曰：『大哉！堯之爲君也。巍巍乎，唯天爲大，唯堯則之。蕩蕩乎，民無能名焉。』」

〔六〕民無得而稱焉：《論語·泰伯》：「子曰：『泰伯其可謂至德也已矣。三以天下讓，民無得而稱焉。』」

【評論】

〔吴景旭〕顔延之《赭白馬賦》「旦刷幽燕，晝秣荆越。」吴旦生曰：「旦北而晝南，形容馬之疾也。謝莊《舞馬賦》『朝送日於西阪，夕歸風於北都。尋瓊宫於倏瞬，望銀臺於須臾』，亦同此意。杜甫《驄馬行》云『晝洗須騰涇渭深，夕趨可刷幽與并』，李白《天馬歌》云『鷄鳴刷燕晡秣越』，則直用延年語矣。」《歷代詩話》卷十八「旦刷晝秣」

赤鸚鵡賦①

【解題】

鸚鵡，又作鸚武。《山海經·西山經》記載：「黄山……有鳥焉，其狀如鴞，青羽赤喙，人舌能言，名曰鸚䳇。」美國漢學家薛愛華（Edward Hetzel Schafer）考證，「從古代起，中國人就已經有了本土出産的鸚鵡。這些鸚鵡棲息在古代的商道附近，即位於今陝西、甘肅交界處的隴山之中。這些古代的鳥因爲具有説話的能力，所以有時又被稱作『西域神鳥』。」在謝莊之前，禰衡、王粲、陳琳、阮瑀、應瑒、曹植、傅玄、傅咸、盧諶、左棻、成公綏、曹毗、桓玄等衆多文士都以鸚鵡爲題寫過賦。胡大雷認爲，因《文選》已録有禰衡的《鸚鵡賦》，故没有再收謝莊的作品。

這篇賦最早收録在《藝文類聚》卷九十一《鳥部中》，僅爲殘篇。《宋書》謝莊本傳記載，元嘉二十九年（四五二）「南平王鑠獻赤鸚鵡，普詔群臣爲賦。太子左衛率袁淑文冠當時，作賦畢，齎以示莊，莊賦亦竟，淑見而嘆曰：『江東無我，卿當獨秀。我若無卿，亦一時之傑也。』遂隱其賦。」可知這篇賦作於元嘉二十九年，是一篇應詔的同題創作，并得到當時著名文人袁淑的激賞。

本文前六句描寫赤鸚鵡鮮艷華麗的外貌，七、八兩句誇贊鸚鵡學人説話的天賦，此後描摹鸚鵡飛翔時迅捷輕巧的姿態。全文對仗工整，聲律協調，被李調元稱爲「律賦先聲」。

徒觀其柔儀所踐〔一〕，禎藻所挺〔二〕，華景夕映〔三〕，容光晦鮮〔四〕。惠性昭和②〔五〕，天機自曉③〔六〕。審國音於寰中④〔七〕，達方聲於裔表⑤〔八〕。及其雲移霞峙，霰委雪翻⑥。陸離翬漸⑦〔九〕，容裔鴻軒⑧〔一〇〕。躍林飛岫，焕若輕電溢煙門⑨。集場棲圃⑩〔一一〕，曄若夭桃被玉園〔一二〕。至於氣淳體浮⑪〔一三〕，霧下崖沉，月圖光於緑水，雲寫影於青林〔一四〕。遡還風而聳翮〔一五〕，霑清露而調音⑫〔一六〕。

【校記】

①「赤鸚鵡賦」，《全宋文》卷三十四題作「赤鸚鵡賦應詔」。　②「惠」，《初學記》卷三十作「夫慧」。「昭和」，《藝文類聚》卷九十一、《白氏六帖》卷二十九作「生昭」。　③「天」，《藝文類聚》作「和」。④「寰中」，《初學記》作「中寰」，《白氏六帖》作「中華」。　⑤「裔」，《初學記》《白氏六帖》作「遐」。⑥「霰委雪翻」，《白氏六帖》作「雪委雨翻」。　⑦「漸」，《白氏六帖》作「衛」。　⑧「裔」，《初學記》《白氏六帖》作「與」。「鴻」，《白氏六帖》作「傾」。　⑨「焕」，原作「嶥」，據《藝文類聚》改。「溢煙門」，

《白氏六帖》作「之勢」。⑩《藝文類聚》無「棲」字。⑪「體浮」，《藝文類聚》作「體净」，《初學記》作「渚净」。⑫《初學記》卷六《地部中》另存録《赤鸚鵡賦》兩句佚文：「禎流隴域，祥發鵬溟。」

【箋注】

〔一〕柔儀：《詩·大雅·烝民》：「仲山甫之德，柔嘉維則。令儀令色。」此處形容鸚鵡柔美的姿態。

〔二〕赬藻：紅色的花紋。挺：生。

〔三〕華景：陸機《長安有狹邪行》：「輕蓋承華景。」《文選》李善注：「華景，日也。」吕延濟注：「華景，日光也。」

〔四〕容光：光彩、光輝。「華景夕映」二句謂夕陽的光輝都比不上鸚鵡的毛色鮮艷。

〔五〕惠性：聰慧的氣質。禰衡《鸚鵡賦》：「性辯慧而能言兮，才聰明以識機。」江淹《翡翠賦》：「斂惠性及馴心，騫赬翼與青羽。」昭和：昭明協和。

〔六〕天機：此處指赤鸚鵡内在的氣質、精神。

〔七〕國音：國家的標準語音。寰中：寰區之中，即國中、天下。

〔八〕方聲：古人以宮商角徵羽五聲配五方，角東、商西、徵南、羽北、宮在中央。此處用「方聲」指代各地方言。裔表：邊遠地區，與上句「寰中」相對。「審國音於寰中」二句，應是「審寰中之國音，達裔表之方聲」之意，形容鸚鵡擅學各種語音。

〔九〕陸離：《淮南子·本經訓》：「流漫陸離。」高誘注：「陸離，美好貌。」翬：五色備具。漸：淹没。《楚辭·招魂》："皋蘭被徑兮斯路漸。"王逸注："漸，没也。言澤中香草茂盛，覆被徑路。"此處形容鸚鵡羽毛色彩繁複，令人目眩。

〔一〇〕容裔：自在的樣子。《九懷》："雲旗兮電騖，儵忽兮容裔。"江淹《謝光禄郊遊》："行光自容裔。"《文選》張銑注："容裔，自在貌。"鴻軒：鳥飛的樣子。顏延之《五君詠·向常侍》："交吕既鴻軒，攀嵇亦鳳舉。"

〔一一〕場、圃：《詩·豳風·七月》："九月築場圃。"毛傳："春夏爲圃，秋冬爲場。"

〔一二〕曄：盛美貌。夭桃：《詩·周南·桃夭》："桃之夭夭。"夭：少盛貌。玉園：《九章·涉江》："吾與重華遊兮瑶之圃。"洪興祖補注："《山海經》云：『槐江之山，上多琅玕金玉，實惟帝之平圃。』"

〔一三〕體浮：曹植《冬至獻襪履頌表》："聖體浮輕。"

〔一四〕青林：揚雄《羽獵賦》："布乎青林之下。"《文選》張銑注："煙色青，林映之，故云青林。"

〔一五〕還風：《漢書》卷七十五《京房傳》："己丑夜，有還風。"孟康注："還風，暴風也。"

〔一六〕調音：《漢書》卷四十二《任敖傳》："吹律調樂，入之音聲。"

【評論】

〔李調元〕宋謝莊《赤鸚鵡賦》云"雲移霞峙，霰委雪翻。陸離暈漸，容裔鴻軒。躍林飛岫，焕若輕電溢煙門。集場棲圃，曄若夭桃被玉園"。希逸此賦，袁太尉所見而閣筆者。屬對工整，應是律賦先聲。《賦話》卷一

悦曲池賦

【解題】

此賦爲騷體賦，最早收録在《藝文類聚》卷九《水部下》，創作時間不可考。梁江淹有《雜三言五首之四·悦曲池》一首，除個别字稍有區别，幾乎和謝莊此賦一模一樣，但篇幅更長，内容也更完整。謝莊《悦曲池賦》和江淹《悦曲池》之間的關係不得而知，其中恐有一篇是僞作。

就殘存的這幾句來看，謝莊描寫景物十分細膩。第一、第二、第四聯六句，都是一句寫山，一句寫水，與謝靈運的山水詩寫法相同。「黛柏」「赬石」的顔色對比也十分鮮明。特别是「黛柏兮如畫」一句，用畫來比喻自然山水，可以看出南朝山水詩與山水畫之間的密切聯繫。

北山兮黛柏，南溪兮赬石①。赬岸兮若虹，黛樹兮如畫。暮雲兮十里②，朝霞兮千尺。步東池兮夜未久〔一〕，卧西窗兮月向山。引一息於魂内〔二〕，擾百緒於眼前〔三〕。

【校記】

①「溪」，《藝文類聚》卷九作「江」。②「里」，《藝文類聚》作「重」。

【箋注】

〔一〕夜未久：《詩・小雅・庭燎》：「夜如何其？夜未艾。」毛傳：「艾，久也。」

〔二〕一息：一念。

〔三〕百緒：百事，紛繁之事。

樂府

宋明堂歌九首

《通典》曰：建元元年使謝莊造郊廟舞樂、明堂諸樂歌詩〔一〕。《南齊書・樂志》曰：明堂辭，五帝。漢郊祀歌皆四言，宋孝武使謝莊造辭，莊依五行數，木數用三，火數用七，土數用五，金數用九，水數用六。《周頌・我將》祀文王，言皆四，其一句五，一句七。莊歌太祖亦無定句。

【解題】

這組詩最早收録在《宋書》卷二十《樂志二》。

《孟子・梁惠王下》曰：「夫明堂者，王者之堂也。」《禮記・明堂位》記載：「昔者周公朝諸侯于明堂之位。……明堂也者，明諸侯之尊卑也。」可見明堂最初是朝見諸侯的場所。後東漢光武帝於洛陽建明堂。《後漢志》記載：「明帝即位，永平二年正月辛未，初祀五帝於明堂，光武帝配。五帝坐位堂上，各處其方。黄帝在未，皆如南郊之位。光武帝位在青帝之南少退，西面。牲各一犢，奏樂如南郊。」説明至東漢時，明堂又成爲祭祀五帝的場所。晉室東渡，不立明堂。至宋孝武帝大明五年四月方討論創建明堂，具體奏議内容見《宋書》卷十六《禮志三》。《宋書》卷六《孝武帝紀》又記載：「（大明六年正月）辛卯，車駕親祠南郊。是日，又宗祀明堂。」則謝莊《宋明堂歌》當作於大明五年（四六一）四月至六年正月之間。

這一組詩最大的特點在於「以數立言」。《南齊書》卷十一《樂志》記載：「明堂歌辭，祠五帝。漢郊祀歌皆四言，宋孝武使謝莊造辭，莊依五行數，木數用三，火數用七，土數用五，金數用九，水數用六。案《鴻範》五行，一曰水，二曰火，三曰木，四曰金，五曰土。《月令》木數八，火數七，土數五，金數九，水數六。蔡邕云：『東方有木三土五，故數八；南方有火二土五，故數七；西方有金四土五，故數九；北方有水一土五，故數六。』又納音數，一言得土，三言得火，五言得水，七言得金，九言得木。若依《鴻範》木數用三，則應水一火二金四也。若依《月令》金九水六，則應木八火七也。當以《鴻範》一二之數，言不成文，故有取捨，而使兩義並違，未詳以數立言爲何依據也。《周頌·我將》祀文王，言皆四，其一句五，一句七。謝莊歌宋太祖亦無定句。」謝莊的這組創作，體現了他在文體創新方面的成就，并推動了九言詩的創作。南齊時，謝超宗、謝朓奉詔作明堂歌辭，皆依謝莊舊制。祖珽作《北齊五郊迎氣樂辭》，在體式上也繼承了謝莊的這組詩。

迎神歌①

地紐謐〔二〕，乾樞回〔三〕。華蓋動〔四〕，紫微開〔五〕。旌蔽日，車若雲。駕六氣②〔六〕，乘絪縕③〔七〕。曄帝京④，輝天邑⑤〔八〕。聖祖降，五靈集⑥〔九〕。構瑤戺〔一〇〕，聳珠簾。漢拂幌〔一一〕，月棲檐。舞綴暢〔一二〕，鍾石融〔一三〕。駐飛景〔一四〕，鬱行風〔一五〕。懋粢盛〔一六〕，潔牲牷〔一七〕。百禮肅，群司虔。皇德遠，大孝昌。貫九幽〔一八〕，洞三光〔一九〕。神之安，解玉鑾⑦〔二〇〕。景福至⑧〔二一〕，萬寓歡。

【校記】

①「迎神歌」，《宋書》卷二十原題下注曰：「依漢郊祀迎神，三言，四句一轉韻。」②「氣」，原作「龍」，據《宋書》、《南齊書》卷十一改。③「絪縕」，《南齊書》作「烟熅」。④「曄帝京」，《南齊書》作「燁帝景」。⑤「輝」，《南齊書》作「耀」。⑥「靈」，《南齊書》作「雲」。⑦「玉」，《南齊書》作「王」。⑧「景」，《南齊書》作「昌」。

【箋注】

〔一〕「建元元年」以下：《通典》卷一百四十一《樂一》引作「孝武又使謝莊造郊廟舞樂、明堂諸樂歌辭。」建元爲南齊高帝蕭道成年號。此處當是張夔之誤。

〔二〕紐：結。地紐又稱地維、地紀。《淮南子・天文訓》：「天柱折，地維絶。」《莊子・雜篇・説劍》：「上決浮雲，下絶地紀。」左思《蜀都賦》：「地以四海爲紀。」

〔三〕乾樞：北極星，又稱天樞。《晉書》卷十一《天文志上》：「北極，北辰最尊者也，其紐星，天之樞也。」又據同卷，北斗七星分魁四星和杓三星，其中魁第一星曰天樞。庾信《周祀宗廟歌》：「地紐崩還正，天樞落更追。」回：運轉、循環。

〔四〕華蓋：司馬相如《封禪書》：「意者泰山、梁父設壇場望幸，蓋號以況榮。」《史記索隱》：「案：諸本或作『望華蓋』。華蓋，星名，在紫微太帝之上。」張衡《西京賦》：「華蓋承辰」，《文選》李善注引薛綜曰：「華蓋星覆北斗，王者法而作之。」

〔五〕紫微：紫微宮，天帝所居。《史記》卷二十七《天官書》：「其一明者，太一常居也。」《史記索隱》引《春秋合誠圖》：「紫微，大帝室，太一之精也。」

〔六〕六氣：《莊子・逍遥遊》：「若夫乘天地之正，而御六氣之辯，以遊無窮者，彼且惡乎待哉！」《漢書》卷二十一上《律曆志上》：「天有六氣。」張晏注：「六氣，陰、陽、風、雨、晦、明也。」

〔七〕絪緼：《周易・繫辭下》：「天地絪緼，萬物化醇。」揚雄《河東賦》：「絪緼玄黄。」顔師古注：「絪緼，天地合氣也。」

〔八〕天邑：張衡《西京賦》：「宜其可定以爲天邑。」《文選》張銑注：「天邑，帝都也。」

〔九〕五靈：麒麟、鳳凰、龜、龍、白虎五種象徵祥瑞的動物。杜預《春秋序》：「麟鳳五靈，王者之嘉瑞也。」孔穎達疏：「麟、鳳與龜、龍、白虎五者，神靈之鳥獸，王者之嘉瑞也。」

〔一〇〕瑶戺：玉階。張衡《西京賦》：「金戺玉階，彤庭輝輝。」《文選》李善注引《廣雅》：「戺，砌也。」

〔一一〕漢：天漢、天河。謝靈運《日出東南隅行》：「晨風拂幨幌。」

〔一二〕舞綴：舞者之間的行列距離。《禮記·樂記》：「故其治民勞者，其舞行綴遠；其治民逸者，其舞行綴短。」鄭玄注：「民勞則德薄，酇相去遠，舞人少也；民逸則德盛，酇相去近，舞人多也。」又《禮記·樂記》：「綴兆舒疾，樂之文也。」鄭玄注：「綴謂酇，舞者之位也。」暢：充實。

〔一三〕石：磬，八音之一。

〔一四〕飛景：日光。《抱朴子内篇》卷一《暢玄》：「乘流光，策飛景。」

〔一五〕鬱：滯、塞，此處指停下。

〔一六〕懋：盛、繁多。粢盛：盛在禮器中用於祭祀的穀物。《史記》卷十《孝文本紀》：「朕親率耕，以給宗廟粢盛。」《史記集解》引應劭注：「黍稷曰粢，在器中曰盛。」

〔一七〕牲牷：《左傳·桓公六年》：「吾牲牷肥腯，粢盛豐備。」杜預注：「牲，牛羊豕也。牷，純色完全也。」

〔一八〕九幽：極深暗的地方，指地下。

〔一九〕洞：貫、徹。三光：日月星。

〔二〇〕鑾：鑾鈴，繫在馬轡兩旁的鈴鐺。玉鑾：玉鈴，此處指車駕。曹植《洛神賦》：「鳴玉鑾以偕逝。」

〔三〕景：大。《詩·小雅·小明》：「神之聽之，介爾景福。」

登歌①

雍臺辨朔〔一〕，澤宮練辰一作服②〔二〕。潔火夕照，明水朝陳〔三〕。六瑚賁室，八羽華庭〔四〕。昭事先聖〔五〕，懷濡上靈〔六〕。《肆夏》式敬③〔七〕，升歌發德〔八〕。永固鴻基④，以綏萬國。

【校記】

①《宋書》題下有「舊四言」三字。②「練」，《南齊書》作「選」。「辰」，《樂府詩集》卷二作「服」。③「式」，原作「戒」，據《宋書》《南齊書》改。④「鴻」，《南齊書》作「洪」。

【箋注】

〔一〕雍臺：即辟雍。揚雄《劇秦美新》：「明堂雍臺，壯觀也。」《文選》吕向注：「辟雍，講藝之所。」朔：每月第一日爲朔日。王融《三月三日曲水詩序》：「辯氣朔於靈臺。」

〔二〕澤宮：《周禮·夏官·司弓矢》：「澤，共射椹質之弓矢。」鄭玄注：「鄭司農云：『澤，澤宮也，所以習射選士之處也。』《射義》曰：『天子將祭，必先習射於澤。澤者，所以擇士也。已射於澤，而后射於射宮，射中者得與於祭。』」練：簡、選。《漢書》卷二十二《禮樂志》：「練時日，侯有望。」

〔三〕潔火夕照，明水朝陳：《周禮·秋官·司烜氏》：「司烜氏掌以夫遂取明火於日，以鑒取明水於月，以共祭祀之明齍、明燭，共明水。」鄭玄注：「夫遂，陽遂也。鑒，鏡屬，取水者，世謂之方諸。取日之火、月之水，欲得陰陽之潔氣也。明燭以照饌陳，明水以爲玄酒。鄭司農云：『夫，發聲。明齍，謂以明水脩滌粢盛黍稷。』」

〔四〕「六瑚賁室」二句：六瑚：盛放黍稷的禮器。《禮記·明堂位》：「有虞氏之兩敦，夏后氏之四連，殷之六瑚，周之八簋。」鄭玄注：「皆黍稷器。」賁：裝飾。八羽：即八佾。《公羊傳·隱公五年》：「天子八佾，諸公六，諸侯四。」何休注：「佾者，列也。八人爲列，八八六十四人，法八風。」王韶之《宋宗廟登歌·祠開封府君登歌》：「堂獻六瑚，庭舞八羽。」

〔五〕昭事：《詩·大雅·大明》：「昭事上帝，聿懷多福。」鄭玄箋：「昭，明。」高亨《詩經今注》以爲：「昭，借爲劭。《説文》：『劭，勉也。』此句言文王勤勉侍奉上帝。」亦通。

〔六〕懷濡：司馬相如《封禪文》：「懷生之類，沾濡浸潤。」《文選》李善注：「懷生氣之類，皆被恩澤。」呂延濟注：「萬物皆霑天子之德澤。」

〔七〕《肆夏》：《周禮·春官·大司樂》：「王出入，則令奏《王夏》；尸出入，則令奏《肆夏》；牲出入，則令奏《昭夏》。」鄭玄注：「三《夏》，皆樂章名。」式：用、以此。

〔八〕升歌：祭祀時演奏的樂歌。《初學記》卷十五《歌第四》引梁元帝《纂要》：「堂上奏樂而歌曰登歌，亦曰升歌。」《禮記·郊特牲》：「奠酬而工升歌，發德也。」鄭玄注：「以詩之義，發明賓主之德。」

歌太祖文皇帝①

維天爲大，維聖祖是則〔一〕。辰居萬寓〔二〕，綴旒下國②〔三〕。内靈八輔〔四〕，外光四瀛。蒿宮仰蓋〔五〕，日館希旌〔六〕。複殿留景，重檐結風。刮楹接緯，達嚮承虹③〔七〕。設業設虡，在王庭〔八〕。肇禋祀〔九〕，克配乎靈〔一〇〕。我將我享〔一一〕，維孟之春〔一二〕。以孝以敬〔一三〕，以立我蒸民〔一四〕。

【校記】

①《宋書》題下有「依周頌體」四字。　②「旒」，《宋書》作「瑬」，二字通。　③「嚮」，原作「響」，據《宋書》改。

【箋注】

〔一〕維天爲大，維聖祖是則：《論語·泰伯》：「唯天爲大，唯堯則之。」

〔二〕辰居：亦作「宸居」，指帝王的居處。《論語·爲政》：「子曰：爲政以德，譬如北辰，居其所而衆星共之。」」班固《典引》：「是以高光二聖，宸居其域。」蔡邕注：「言高祖、光武如北辰居其所，而衆星拱之。」」任昉《王文憲集序》：「是以宸居膺列宿之表，圖緯著王佐之符。」《文選》劉良

注：「宸居，天子宫也。」

〔三〕綴旒：猶表率。《詩·商頌·長發》：「受小球大球，爲下國綴旒。」毛傳：「綴，表。旒，章也。」鄭玄箋：「綴猶結也。旒，旌旗之垂者也。」下國：天下。《詩·魯頌·閟宫》：「奄有下國，俾民稼穡。」

〔四〕靈：福。八輔：張衡《靈憲》：「中州含靈，外制八輔。」《華陽國志》卷一《巴志》：「《洛書》曰『人皇始出，繼地皇之後，兄弟九人，分理九州，爲九囿。人皇居中州，制八輔。』」此處「八輔」和下句「四瀛」皆泛指全國。

〔五〕蒿宫：《大戴禮記》卷八《明堂》：「周時德澤洽和，蒿茂大以爲宫柱，名蒿宫也。」仰：仰望、盼望。

〔六〕日館：即日宫，指代皇宫。希：希求。「蓋」「旌」均指代車駕。

〔七〕「複殿留景」四句：複殿：也作「復廟」，殿宇複沓重疊。《禮記·明堂位》：「山節、藻棁、復廟、重檐、刮楹、達鄉、反坫、出尊、崇坫、康圭、疏屏，天子之廟飾也。」鄭玄注：「復廟，重屋也。重檐，重承壁材也。刮，刮摩也。」孔穎達疏：「復廟者，上下重屋也。重檐者，……謂就外檐下壁復安板檐，以辟風雨之灑壁，故云『重檐，重承壁材』。刮楹者，刮摩也。楹，柱也，以密石摩柱。達鄉者，達，通也；鄉，謂窗牖也。每室四户八窗，窗户皆相對。以牖户通達，故曰達鄉也。」謝朓《落日同何儀曹煦》：「參差複殿影。」景：日光。緯：星。

〔八〕設業設虡，在王庭：《詩·周頌·有瞽》：「有瞽有瞽，在周之庭。設業設虡，崇牙樹羽。」業、虡：懸挂鐘鼓的支架。《說文解字·丵部》：「業，大版也，所以飾縣鐘鼓。」虡：《爾雅·釋器》：「木謂之虡。」郭璞注：「縣鐘磬之木，植者名虡。」

〔九〕肇禋祀：《詩·周頌·維清》：「維清緝熙，文王之典。肇禋，迄用有成，維周之禎。」毛傳：「肇，始。禋，祀也。」鄭玄箋：「文王受命，始祭天而枝伐也。《周禮》：『以禋祀祀昊天上帝。』」禋祀：《通典》卷四十二《禮二·郊天上》：「積柴於丘壇上，王親牽牲而殺之，次則實牲體玉帛而燔之，謂之禋祀。」

〔一〇〕克配乎靈：《詩·大雅·文王》：「殷之未喪師，克配上帝。」

〔一一〕我將我享：《詩·周頌·我將》：「我將我享，維羊維牛。」毛傳：「享，獻也。」鄭玄箋：「將猶奉也。」

〔一二〕維孟之春：春季的第一個月，正月。

〔一三〕以孝以敬：《孝經·士章》：「以孝事君則忠，以敬事長則順。」

〔一四〕以立我蒸民：《詩·周頌·思文》：「立我烝民，莫匪爾極。」鄭玄箋：「烝，衆也。」蒸，同烝。

歌青帝①

參映夕，駟照晨〔一〕。靈乘震②，司青春〔二〕。雁將向〔三〕，桐始蕤〔四〕。柔風舞③〔五〕，暄光遲〔六〕。萌動達〔七〕，萬品新④〔八〕。潤無際，澤無垠〔九〕。

【校記】

①《宋書》題下有「三言依木數」五字。②「靈」，《藝文類聚》卷四十三作「雲」。③「柔」，《南齊書》作「和」。④「新」，《南齊書》作「親」。

【箋注】

〔一〕參映夕，駟照晨：參：通驂，與後句中的「駟」互文見義，均指房四星。《晉書》卷十一《天文志上》：「房四星，……亦曰天駟，爲天馬，主車駕。南星曰左驂，次左服，次右服，次右驂。亦曰天廄，又主開閉，爲畜藏之所由也。」

〔二〕靈乘震，司青春：靈：此處指青帝。震：東方。《周易·説卦》：「萬物出乎震。震，東方也。」司青春：《漢書》卷七十四《魏相傳》：「東方之神太昊，乘震執規司春。」張晏注：「木爲仁，仁者生，生者圜，故爲規。」《楚辭·大招》：「青春受謝。」王逸注：「青，東方春位，其色青也。」

〔三〕雁將向：《逸周書·時訓解》：「小寒之日，雁北向。」謝靈運《擬魏太子鄴中集八首·應瑒》：「嗷嗷雲中雁。」《文選》李周翰注：「雁春則向北，以求凉也。」

〔四〕蕤：草木華盛貌。《禮記·月令》：「（季春之月）桐始華。」

〔五〕柔風：和風、春風。《管子·四時》：「柔風甘雨乃至。」

〔六〕暄：温、和。

〔七〕萌動：《禮記・月令》：「天地和同，草木萌動。」

〔八〕萬品新：《管子・形勢解》：「春者陽氣始上，故萬物生。」

〔九〕「潤無際」二句：潤、澤：恩澤、德澤。

歌赤帝①

龍精初見大火中〔一〕，朱光北至圭景同〔二〕。帝位在離寔司衡②〔三〕，水雨方降木槿榮③〔四〕。

庶物盛長咸殷阜〔五〕，恩覃四冥被九有④〔六〕。

【校記】

①《宋書》題下有「七言依火數」五字。　②「位」，原作「在」，《南齊書》同，據《宋書》改。　③「水雨」，《南齊書》作「雨水」。「槿」，《南齊書》作「堇」。　④「覃」，《南齊書》作「澤」。

【箋注】

〔一〕龍精：龍星之精，東方之神。《左傳・桓公五年》：「龍見而雩。」杜預注：「龍見建巳之月，蒼龍宿之體，昏見東方。」謝朓《侍宴華光殿曲水奉敇爲皇太子作》：「龍精已映，威仰未移。」大火：《淮南子・主術訓》：「大火中則種黍菽。」高誘注：「大火，東方蒼龍之宿，在四月建巳中南方。」

〔二〕朱光：日。陸機《贈尚書郎顧彦先二首》：「大火貞朱光，積陽熙自南。」圭：土圭，測量日影的工具。圭景同：土圭長度與圭影的長度等同。張衡《東京賦》：「土圭測景，不縮不盈。」《文選》李善注引薛綜曰：「夏至之日，竪八尺表，日中而度之，圭影正等，天當中也。」

〔三〕離：《漢書》卷二十七中之上《五行志中之上》：「離在南方，爲夏爲火也。」司衡：《漢書》卷七十四《魏相傳》：「南方之神炎帝，乘離執衡司夏。」張晏注：「火爲禮，禮者齊，齊者平，故爲衡。」

〔四〕木槿榮：《禮記·月令》：「（仲夏之月）木堇榮。」

〔五〕庶：衆。《管子·形勢解》：「夏者陽氣畢上，故萬物長。」殷阜：張衡《西京賦》：「百物殷阜。」《文選》李善注引薛綜曰：「殷，盛也。阜，大也。」

〔六〕覃：延、及。四冥：又作「四溟」，四海。九有：《詩·商頌·玄鳥》：「方命厥后，奄有九有。」毛傳：「九有，九州也。」鄭玄箋：「覆有九州，爲之王也。」

歌黃帝①

履艮宅中寓②，司繩御宋作總四方③〔一〕。裁化遍寒燠④〔二〕，布政周炎凉⑤〔三〕。景麗條可結，霜明冰可折〔四〕。凱風扇朱辰〔五〕，白雲流素節〔六〕。分至乘結宋作涇晷⑥，啓閉集恒度⑦〔七〕。

帝運緝萬有⑧〔八〕，皇靈澄國步〔九〕。

【校記】

①《宋書》題下有「五言依土數」五字　②「艮」，原作「建」，下有小字「宋書作艮」。修訂本《宋書》亦作「建」。按，作「艮」是，《南齊書》《藝文類聚》皆作「艮」，據改。③「御」，《南齊書》《藝文類聚》并作「總」。④「煥」，《藝文類聚》作「燭」。⑤「周」，《南齊書》作「司」。⑥「分至乘結晷」，《南齊書》作「至分乘經晷」。⑦「啓閉」，《南齊書》作「閉啓」。⑧「運」，《南齊書》作「暉」。

【箋注】

〔一〕「履艮宅中寓」二句：履艮、司繩：《漢書》卷七十四《魏相傳》：「中央之神黃帝，乘坤艮執繩司下土。」張晏注：「土爲信，信者誠，誠者直，故爲繩。」中寓：天下。御四方：《白虎通・禮樂》：「王者平居中央，制御四方。」

〔二〕裁化：教化。

〔三〕布政：施政。《漢書》卷四《文帝紀》：「人主不德，布政不均，則天示之灾以戒不治。」

〔四〕景麗條可結，霜明冰可折：《文子・上德》：「冬冰可折，夏木可結。」

〔五〕凱風：南風。《詩・邶風・凱風》：「凱風自南。」朱辰：夏季。

〔六〕素節：秋季。張協《雜詩》：「金風扇素節，丹霞啓陰期。」

〔七〕「分至乘結晷」二句：分至、啓閉：《左傳·僖公五年》：「凡分至啓閉，必書雲物。」杜預注：「分，春秋分也。至，冬夏至也。啓，立春立夏。閉，立秋立冬。」晷：日影。結晷：陸雲詩：「仰結飛晷。」

〔八〕緝：理。萬有：萬物。《老子》第一章：「有名萬物之母。」

〔九〕國步：國運。《詩·大雅·桑柔》：「於乎有哀，國步斯頻。」

歌白帝①

百川如鏡②〔一〕，天地爽且明〔二〕。雲冲氣舉，德盛在素精③〔三〕。木葉初下，洞庭始揚波〔四〕。夜光徹地，翻霜照懸河〔五〕。庶類收成〔六〕，歲功行欲寧〔七〕。浹地奉渥〔八〕，罄宇承秋宋作帝靈④。

【校記】

①《宋書》題下有「九言依金數」五字。　②「如」，《南齊書》作「若」。　③「德盛」，《南齊書》《藝文類聚》并作「盛德」。　④「秋」，《南齊書》作「帝」。

【箋注】

〔一〕百川如鏡：謝靈運《山居賦》自注：「清川如鏡。」江淹《宋故銀青光禄大夫孫夐墓誌文》：「川祇效鏡，岳祥獻明。」百川平亮如鏡，喻天下太平。

〔二〕天地爽且明：《古文孝經·應感章》：「子曰：昔者明王事父孝，故事天明；事母孝，故事地察。」孔安國傳：「王者父事天，母事地，能追孝其父母，則事天地不失其道。不失其道，則天地之精爽明察矣。」

〔三〕德盛：《韓非子·解老》：「德盛之謂上德。」《抱朴子外篇》卷三十八《博喻》：「德盛業廣，則宅心者衆。」素精：此處指白帝。

〔四〕木葉初下，洞庭始揚波：《九歌·湘夫人》：「嫋嫋兮秋風，洞庭波兮木葉下。」謝莊《月賦》：「洞庭始波，木葉微脱。」

〔五〕翻霜：形容灑在地上的月光。懸河：天河。

〔六〕庶類：《詩·召南·騶虞序》：「庶類蕃殖，蒐田以時。」收成：《文子·精誠》：「春生夏長秋收冬藏。」《禮記·樂記》：「春作夏長，仁也；秋斂冬藏，義也。」

〔七〕歲功：一年農事的收穫。《漢書》卷二十二《禮樂志》：「陽出布施於上而主歲功，陰入伏藏於下而時出佐陽。陽不得陰之助，亦不能獨成歲功。」

〔八〕浹地：遍地。渥：恩澤。

歌黑帝①

歲既晏日方馳②，靈乘坎德司規〔一〕。玄雲合晦鳥一作歸路③〔二〕，白雲一作雪繁亘天涯④。雷在地時未光〔三〕，飾國典閉關梁⑤〔四〕。四節遍萬物殿，福九域祚八鄉〔五〕。晨晷促夕漏延〔六〕，太陰極微陽宣〔七〕。鵲將巢冰已解〔八〕，氣濡水風動泉。

【校記】

①《宋書》題下有「六言依水數」五字。②「歲既晏日方馳」，原作「歲月既晏方馳」，據《宋書》改。《南齊書》作「歲既暮日方馳」。《藝文類聚》作「歲既暮日既馳」。③「路」，《南齊書》作「蹊」，《藝文類聚》作「歸」。④「雲」，《藝文類聚》作「雪」。「涯」，《南齊書》作「崖」。⑤「飾」，《宋書》作「飭」，二字通。

【箋注】

〔一〕靈乘坎德司規：《漢書》卷七十四《魏相傳》：「北方之神顓頊，乘坎執權司冬。」張晏注：「水爲智，智者謀，謀者重，故爲權。」《淮南子·時則訓》：「春爲規，夏爲衡，秋爲矩，冬爲權。」疑「司規」當作「司權」。

〔二〕玄雲合：張衡《南都賦》：「玄雲合而重陰，谷風起而增哀。」

〔三〕雷在地：《周易·復卦》：「象曰：雷在地中。」《子夏易傳》卷三：「冬至，陽潛動於地中也。」時未光：復卦在節氣中對應冬至。此時天地閉合，陽氣初復，尚未達到大光之時。

〔四〕飾國典：飾，通飭，治。《禮記·月令》：「（季冬之月）天子乃與公卿大夫，共飭國典，論時令，以待來歲之宜。」鄭玄注：「飭國典者，和六典之法也。」閉關梁：《禮記・月令》：「（孟冬之月）完要塞，謹關梁，塞傒徑。」

〔五〕八鄉：八方，即四方、四隅。

〔六〕晨晷：清晨的時光，此處引申爲光陰、時間。晷與漏均是古代計時的儀器。此句謂冬季晝短夜長。

〔七〕太陰：《春秋繁露・官制象天》：「冬者，太陰之選也。」又《春秋繁露・天辨在人》：「太陰因水而起，助冬之藏也。」極：極盛。微陽：《説文解字・水部》：「水，準也，北方之行，象衆水並流，中有微陽之氣也。」

〔八〕鵲將巢：《吕氏春秋・季冬紀》：「季冬之月，……雁北鄉，鵲始巢。」高誘注：「鵲，陽鳥，順陽而動，是月始爲巢也。」冰已解：《禮記・月令》：「（孟春之月）東風解凍。」

送神歌①

蘊禮容〔一〕，餘樂度〔二〕。靈方留，景欲暮。開九重〔三〕，肅五達〔四〕。鳳參差〔五〕，龍已沬②〔六〕。雲既動，河既梁〔七〕。萬里照，四空香。神之車，歸清都〔八〕。璇庭寂〔九〕，玉殿虛。睿化凝③〔一〇〕，孝風熾。顧靈心〔一一〕，結皇思④。

【校記】

①《宋書》原題下注曰：「漢郊祀送神，亦三言。」②「沬」，《南齊書》作「秣」。③「睿」，原作「濬」，據《宋書》改。《南齊書》作「鴻」。④《南齊書》「結皇思」下增「鴻慶遐鬯，嘉薦令芳。并帝明德，永祚深光」四句。

【箋注】

〔一〕禮容：禮制儀容。《韓詩外傳》卷四：「致愛恭謹謂之禮，文禮謂之容。禮容之義生，以治爲法。」《史記》卷四十七《孔子世家》：「孔子爲兒嬉戲，常陳俎豆，設禮容。」

〔二〕樂度：禮樂制度。《史記》卷四《周本紀》：「興正禮樂，度制於是改。」

〔三〕開九重：《漢書》卷二十二《禮樂志》：「九重開，靈之斿。」顏師古注：「天有九重，言皆開門而來降厥福。」

〔四〕肅：嚴整。《漢書》卷四《文帝紀》：「古之治天下，朝有進善之旌。」應劭注：「旌，幡也，堯設之五達之道，令民進善也。」《釋名·釋道》：「五達曰康。」

〔五〕鳳參差：《尚書·益稷》：「簫韶九成，鳳皇來儀。」參差：此處形容鳳凰前後左右飛翔的樣子。

〔六〕沬：龍之精氣，此處作動詞，謂吐沬。

〔七〕河：銀河。《説文解字·木部》：「梁，水橋也。」此處指架橋。謝朓《七夕賦》：「悵漢渚之夕漲，忻河廣之既梁。」

〔八〕清都：《列子·周穆王》：「清都、紫微、鈞天、廣樂，帝之所居。」張湛注：「清都、紫微，天帝之所居也。」

〔九〕璇庭：以璇玉裝飾的庭院。王延壽《魯靈光殿賦》：「旋室㛹娟以窈窕，洞房叫窱而幽邃。」謝靈運《山居賦》：「宫室以瑶琁致美。」

〔一〇〕睿化：聖明的教化。

〔一一〕靈心：神靈的心意。

【評論】

〔王夫之〕生色翔舞，眉頰皆靈。巧逾唐山，而風度不損。雅樂之得有此，亦難矣。《古詩評選》卷一

〔陳祚明〕頗饒生動之致，嗣響漢人。《采菽堂古詩選》卷十六

宋世祖廟歌二首①

【解題】

這兩首詩最早收録在《宋書》卷二十《樂志二》。

《南齊書》卷十一《樂志》載永明二年（四八四），尚書殿中曹奏文，中有「顔延之、謝莊作三廟歌，

皆各三章，章八句，此於序述功業詳略爲宜」一句。現顏延之所作三首廟歌已不存，謝莊之作也只存兩首。《世祖孝武皇帝歌》正是分三章，每章八句且换韻，與《南齊書·樂志》記載相合。但《宣太后歌》只存八句，疑另外兩章亡佚。《世祖孝武皇帝歌》中有「於穆睿考」一句，此處的「考」指代孝武帝劉駿，可知《世祖孝武皇帝歌》應作於前廢帝時期。而宣太后是文帝沈婕妤，爲明帝之母，卒於元嘉三十年（四五三），明帝即位後被追封爲宣太后。故《宣太后歌》應作於明帝朝。

世祖孝武皇帝劉駿爲劉宋第四任皇帝。元嘉三十年劉劭弑殺宋文帝篡位，劉駿於江州起兵討逆，攻陷建康，殺死劉劭後即位。因劉駿爲文帝第三子，原本不具備即位的資格，故《世祖孝武皇帝歌》開頭四句通過追溯劉宋武帝、文帝，强調劉駿血統的正當性。五到十句，贊頌劉駿討伐劉劭，穩定元嘉末年政治亂局的偉大功績。後十四句是對劉駿即位後政治功業的歌頌，表達了對孝武帝强烈的崇拜之情。

《宋書》卷四十一《后妃傳》：「文帝沈婕妤諱容姬，不知何許人也。納於後宫，爲美人。生明帝，拜爲婕妤。元嘉三十年卒，時四十。葬建康之莫府山。世祖即位，追贈湘東國太妃。太宗即位，……謚曰宣太后。」宣太后的事迹在《宋書》當中不顯，應是衆多后妃中比較平凡的一位，只是因劉彧後來即位，纔得以被《宋書》收録。也因此，《宣太后歌》的内容相比《世祖孝武皇帝歌》稍顯空洞、泛泛，所用典故、字詞皆爲稱贊後宫女性的通用語言，個性不足。

世祖孝武皇帝歌②

帝錫二祖〔一〕，長世多祜〔二〕。於穆睿考〔三〕，襲聖承矩③。玄極弛馭〔四〕，乾紐墜緒〔五〕。闢我皇維〔六〕，締我宋宇④。刊定四海⑤〔七〕，肇構神京〔八〕。復禮輯樂〔九〕，散馬墮城〔一〇〕。澤牣九有〔一一〕，化浮八瀛〔一二〕。慶雲承掖〔一三〕，甘露飛甍〔一四〕。肅肅清廟〔一五〕，徽徽閟宫〔一六〕。舞蹈象德〔一七〕，笙磬陳風〔一八〕。黍稷非盛，明德惟崇〔一九〕。神其歆止〔二〇〕，降福無窮〔二一〕。

【校記】

①《世祖孝武皇帝歌》及後《宣太后歌》，《宋書》卷二十并無總題。總題最早見於《樂府詩集》卷八，題作「宋世祖廟歌」。《詩紀》卷五十五《宋十一》始題作「宋世祖廟歌二首」，《全漢三國晉南北朝詩・全宋詩一》《先秦漢魏晉南北朝詩・宋詩十二》同。②《樂府詩集》無「世祖」二字。③「襲」，原作「龔」，據《宋書》改。「襲」與「承」爲句中對。④「宋」，原作「宗」，下有小字「一作宋」。按，作「宋」是，《宋書》亦作「宋」，據改。⑤「刊」，原作「刷」，據《宋書》改。

【箋注】

〔一〕二祖：此處指劉宋高祖劉裕、太祖劉義隆。

〔二〕長世：《詩・周頌・閔予小子》：「於乎皇考，永世克孝。」祜：福。《詩・周頌・載見》：「永言保之，思皇多祜。」

〔三〕於穆：《詩・周頌・清廟》：「於穆清廟。」毛傳：「於，嘆辭也。穆，美。」考：父，此處指孝武帝劉駿。

〔四〕玄極：又稱玄穹、玄天，指天。《抱朴子外篇・君道》：「是以七政不亂象於玄極，寒温不謬節而錯集。」弛馭：放鬆對車駕的控制，比喻王朝失去統治力。

〔五〕紐：結。《春秋穀梁傳序》：「昔周道衰陵，乾綱絶紐。」墜緒：行將斷絶的皇統。《尚書・五子之歌》：「荒墜厥緒，覆宗絶祀。」「玄極弛馭」二句謂元嘉三十年劉劭弑文帝自立之事。

〔六〕皇維：朝廷的綱紀。

〔七〕刊：定。

〔八〕肇：始。

〔九〕輯：集。

〔一〇〕散馬：把戰馬放回山中，比喻戰事不興。《尚書・武成》：「乃偃武修文，歸馬于華山之陽，放牛于桃林之野，示天下弗服。」隳城：《漢書》卷五十二《韓安國傳》：「故接兵覆衆，伐國隳城，常坐而役敵國，此聖人之兵也。」顏師古注：「隳，毁也。言兵與敵接則敗其衆，所伐之國則毁其城也。」

〔一一〕牣：滿。九有：見《宋明堂歌九首・歌赤帝》注。

〔一二〕八瀛：八海。《鹽鐵論》卷九《論鄒》：「絶陵陸不通，乃爲一州，有大瀛海圜其外。此所謂八極，而天地際焉。」

〔一三〕掖：掖門，即宫殿正門兩旁的邊門。《漢書》卷三《高后紀》：「入未央宫掖門。」顏師古注：「非正門而在兩旁，若人之臂掖也。」此處「掖」與下句中的「甍」均指代宫殿。

〔一四〕甘露：《宋書》卷二十八《符瑞志中》：「甘露，王者德至大，和氣盛，則降。」

〔一五〕肅肅清廟：《詩・周頌・清廟》：「於穆清廟，肅雝顯相。」毛傳：「肅，敬。」清廟即太廟。

〔一六〕徽：美。閟宫：周代祭祀始祖后稷母親姜嫄之廟。《詩・魯頌・閟宫》毛傳：「閟，閉也。先妣姜嫄之廟，在周常閉而無事。」鄭玄箋：「閟，神也。姜嫄神所依，故廟曰神宫。」

〔一七〕舞蹈象德：《白虎通・禮樂》：「歌者象德，舞者象功。」

〔一八〕笙磬陳風：指《左傳・襄公二十九年》季札觀樂事。

〔一九〕黍稷非盛，明德惟崇：《尚書・君陳》：「黍稷非馨，明德惟馨。」孔安國傳：「所謂芬芳，非黍稷之氣，乃明德之馨，勵之以德。」

〔二〇〕神其歆止：《漢書》卷二十七上《五行志上》：「鬼神歆饗，多獲福助。」歆：享。止：語助，無實意。

〔二一〕降福無窮：《詩・商頌・烈祖》：「來假來饗，降福無疆。」

宣太后歌①

稟祥月輝〔一〕，毓德軒光〔二〕。嗣徽嬀汭〔三〕，思媚周姜〔四〕。母臨萬寓〔五〕，訓藹紫房〔六〕。朱絃玉籥②〔七〕，式載瓊芳〔八〕。

【校記】

①《宋書》題作「宣皇太后廟歌」。　②「絃」，原作「玄」，據《宋書》改。

【箋注】

〔一〕月輝：《漢書》卷八十四《翟方進傳》：「陰精女主聖明之祥。」李奇注：「李親懷元后，夢月入懷，陰精女主之祥。」

〔二〕毓：通育。《周易·蠱卦》：「君子以振民育德。」謝莊《孝武宣貴妃誄》：「毓德素里。」軒：軒轅星，象徵女主。《漢書》卷二十六《天文志》：「權，軒轅，黄龍體。前大星，女主象。」

〔三〕嗣徽：《詩·大雅·思齊》：「大姒嗣徽音。」鄭玄箋：「徽，美也。嗣大任之美音，謂續行其善教令。」嬀汭：《尚書·堯典》：「釐降二女于嬀汭，嬪于虞。」孔安國傳：「降，下。嬪，婦也。舜爲匹夫，能以義理下帝女之心於所居嬀水之汭，使行婦道於虞氏。」

〔四〕周姜：即太姜，爲周太王妃、王季之母、周文王祖母。《詩·大雅·思齊》：「思媚周姜，京室之婦。」毛傳：「媚，愛也。周姜，大姜也。」鄭玄箋：「常思愛大姜之配大王之禮，故能爲京室之婦。言其德行純備，故生聖子也。」

〔五〕母臨萬寓：《後漢書》卷十下《靈帝宋皇后紀》：「母臨萬國。」

〔六〕紫房：漢哀帝祖母傅太后所居宮室，代指太后的宮殿。

〔七〕朱絃：《禮記·樂記》：「《清廟》之瑟，朱弦而疏越。」鄭玄注：「朱弦，練朱弦，練則聲濁。」此處指代瑟。籥：管樂器名。

〔八〕式：用。瓊芳：美好的名聲。陸機《愍懷太子誄》：「展矣太子，播此瓊芳。」

聯句

華林都亭曲水聯句效柏梁體①

【解題】

華林園是魏晉南北朝時期皇家園林之一。華林園之名最早出現於曹魏時期。曹操在鄴城建芳林園。曹氏代漢後，曹叡於洛陽重建芳林園。後爲避齊王芳諱，改爲華林園。南朝建康的華林園乃是模仿洛陽華林園而建。《資治通鑒》卷一百八胡三省注：「晉都建康，仿洛都，起華林園。」《建康實録》卷十二於宋文帝元嘉二十三年(四四六)「置華林園東五里」下，引《地輿志》詳述建康華林園的營建過程：「吴時舊宫苑也。晉孝武更築立宫室。宋元嘉二十二年，重修廣之。……其山川制置，多是宋將作大匠張永所作。」此處「二十二年」當是「二十三年」之誤。《宋書》卷五《文帝紀》：「(元嘉二十三年)築北堤，立玄武湖，築景陽山於華林園。」《宋書》卷六十六《何尚之傳》：「時又造華林園，并盛暑役人工。」《宋書》卷五十三《張永傳》：「二十三年，造華林園、玄武湖，并使永監統。凡諸制置，皆受則於永。」孝武帝大明年間再次增修華林園。南朝以來，有不少文人都以華林園或園中景觀爲題創作過詩賦。柏梁體，指句句押韻的七言古詩，以模仿漢武帝柏梁臺詩而得名。嚴羽《滄浪詩話·詩體》：「柏梁體，漢武帝與群臣共賦七言，每句用韻，後人謂此體爲柏梁體。」趙翼《陔餘叢考》卷二十三「柏梁體」條：「漢武宴柏梁臺，賦詩，人各一句，句皆用韻，後人遂以每句用韻者爲柏梁體。然柏梁以前，如漢高《大風歌》、荆卿《易水歌》，又如《靈寶謡》，……可見此體已久有之，不自柏梁始也。但聯句之每句用韻者，乃爲柏梁體耳。」曹丕《燕歌行》(秋風蕭瑟天氣凉)即爲柏梁體。

此詩最早收録在《藝文類聚》卷五十六《雜文部二》。創作時間不可考，且係在宋孝武帝劉駿名下。《詩紀》卷四十五《宋一》、《廣文選》卷十五、《全漢三國晉南北朝詩·全宋詩一》、《先秦漢魏晉南北朝詩·宋詩五》署名同。此詩雖是衆人聯句之作，但參加聯句之人所賦的每一句詩，都非常貼合其人的身份、官職。

九宮盛事予旒纊宋孝武帝②〔一〕，三輔務根誠難亮揚州刺史江夏王臣義恭③〔二〕，策拙枌鄉慚恩望南徐州刺史竟陵王臣誕〔三〕，折衝莫效興民謗領軍將軍臣元景④〔四〕，侍禁衛儲恩踰量太子右率臣暢〔五〕，臣謬叨寵九流曠吏部尚書臣莊〔六〕，喉脣廢職方思讓侍中臣偃〔七〕，明筆直繩天威諒御史中丞臣顏師伯〔八〕。

【校記】

①《詩紀》卷四十五題作「華林都亭曲水聯句」，下注「一云華林園效柏梁體」。《廣文選》卷十五題作「華林園效柏梁體詩」。②「纊」，原作「纃」，據《藝文類聚》改。「宋孝武帝」，《詩紀》作「帝」。③「誠」，《百三家集》作「識」。《詩紀》無「臣」字，後同。④「衝」，《藝文類聚》作「衡」。

【箋注】

〔一〕旒：冕旒，冠上垂珠而綴於冠者。纊：亦作絖，棉絮。《大戴禮記》卷八《子張問入官》：「古者冕而前旒，所以蔽明也。統絖塞耳，所以弇聰也。」任昉《爲蕭揚州薦士表》：「伏惟陛下道隱旒纊。」

〔二〕三輔：《漢書》卷十九上《百官公卿表上》：「主爵中尉，秦官，掌列侯。景帝中六年更名都尉，武帝太初元年更名右扶風，……與左馮翊、京兆尹是爲三輔。」顏師古注：「《三輔黄圖》云：京兆在尚冠前街東入，故中尉府；馮翊在太上皇廟西入；右扶風在夕陰街北入，故主爵府。長安以東爲京兆，長陵以北爲左馮翊，渭城以西爲右扶風也。」《宋書》卷六十一《江夏文獻王義恭傳》：「（孝建二年）冬，徵爲揚州刺史。」都城建康正屬於其管轄範圍，故云「三輔」。務：從事、致力。根：根基。亮：輔佐。《尚書·舜典》：「欽哉，惟時亮天功。」這句詩是劉義恭自謙之語，意謂揚州爲國家根基，自己身爲揚州刺史才能有限，不堪輔佐君王。

〔三〕枌鄉：《漢書》卷二十五上《郊祀志上》：「高祖禱豐枌榆社。」鄭氏注：「枌榆，鄉名也。社在枌榆。」晉灼注：「枌，白榆也。社在豐東北十五里。」顏師古注：「以此樹爲社神，因立名也。」此處指代家國社稷。據《宋書》卷七十九《竟陵王誕傳》：「孝建二年，乃出爲使持節、都督南徐兗二州諸軍事、太子太傅、南徐州刺史。」

〔四〕折衝：《漢書》卷七十五《李尋傳》：「夫本强則精神折衝，本弱則招殃致凶，爲邪謀所陵。」顏師古注：「折衝，言有欲衝突爲害者，則能折挫之。」民謗：《史記》卷四《周本紀》：「國人莫敢言，道路以目。厲王喜，告召公曰：『吾能弭謗矣，乃不敢言。』」此句應斷爲「折衝，莫效興民謗」。《宋書》卷四十《百官志下》：「領軍將軍，一人，掌内軍。」故云「折衝」。此處「臣元景」指柳元景。柳元景（四〇六—四六五），字孝仁，河東解人，少便弓馬。曾任隨郡太守，參與元嘉二十二年（四四五）的伐蠻戰爭，後任劉駿安北府中兵參軍。元嘉二十七年（四五〇）北伐，柳元景隸屬隨王劉誕所統領的西路軍，屢立戰功。元嘉三十年劉駿入討，柳元景擔任先鋒，於新亭重創劉劭軍隊。孝武帝即位後，歷任領軍將軍、驃騎將軍、尚書令等職。永光元年（四六五）被前廢帝殺害，時年六十。《宋書》卷七十七有傳。

〔五〕踰量：陸機《豪士賦序》：「聖人忌功名之過己，惡寵禄之踰量。」太子右率：即太子右衛率。《宋書》卷四十《百官志下》：「太子左衛率，七人。太子右衛率，二人。二率職如二衛。秦時直云衛率，漢因之，主門衛。晉初曰中衛率，泰始分爲左右，各領一軍。惠帝時，愍懷太子在東宫，加置前後二率。成都王穎爲太弟，又置中衛，是爲五率。江左初，省前後二率。孝武太元中又置。皆有丞，晉初置。宋世止置左右二率。」故云「侍禁衛儲」。此處「臣暢」指張暢。張暢（四〇八—四五七），字少微，吴郡吴人。起家爲吴郡太守徐佩之主簿，後歷任衡陽王劉義季征虜參軍、彭城王劉義康平北主簿、司徒祭酒，江夏王劉義恭征北記室參軍，太子中庶子，劉駿安北長史。元嘉二十七年，北魏南侵，陳兵彭城。張暢力主堅守，并在彭城南門與北魏使者李孝伯有一番言辭交鋒。孝武帝即位後，張暢任南郡王劉義宣丞相長史。孝建元年義宣謀反，張暢遣門生至建康報信。事後任都官尚書，轉侍中，領太子右衛率。孝建二年（四五五），出爲會稽太守。大明元年（四五七）卒，年五十。《宋書》卷五十九有傳。

〔六〕九流：《漢書》卷一百下《叙傳下》：「劉向司籍，九流以别。」應劭注：「儒、道、陰陽、法、名、墨、從横、雜、農，凡九家。」此處泛指各類人才。曠：廢、空。據《宋書·謝莊傳》，謝莊始任吏部尚書在孝建元年（四五四）。

〔七〕喉脣：《宋書》卷三十九《百官志上》：「侍中，四人，掌奏事，直侍左右，應對獻替。」故云「喉昬」。此處「臣偃」指何偃。何偃（四一三—四五八），字仲弘，廬江灊人，何尚之中子。元嘉年間，歷任臨川王劉義慶平西府主簿、丹陽丞、太子中舍人、太子中庶子等職。孝武帝即位，遷侍中。《宋書》卷五十九有傳。

〔八〕諒：信、正。御史中丞受公卿奏事，負責督察、彈劾官員，故云「明筆直繩」。顏師伯（四一九—四六五），字長淵，琅邪臨沂人，顏竣族兄。元嘉年間即跟隨劉駿，歷任輔國、安北行參軍，徐州主簿，南中郎參軍、主簿。孝建元年任御史中丞，遷侍中。大明二年（四五八），任青冀二州刺史。大明四年（四六〇），任吏部尚書。七年（四六三），補尚書右僕射。前廢帝即位後被殺害，時年四十七。《宋書》卷七十七有傳。

詩

烝齋應詔以下五言

【解題】

《禮記·王制》：「天子諸侯宗廟之祭，春曰礿，夏曰禘，秋曰嘗，冬曰烝。」孔穎達疏：「冬曰烝者，烝者，衆也，冬之時物成者衆。孫炎云：烝，進也，進品物也。」又《禮記·月令》：「（孟冬之月）

大飲烝。天子乃祈來年于天宗。」孔穎達疏：「言於是月之時，天子諸侯與群臣大行飲酒，爲饗禮，以正齒位。烝，升也。」可知應作於某年十月，孝武帝進行烝祭、宴飲群臣之時，且是應召而作。具體年份不可考。

此詩最早收於《初學記》卷十三《禮部上・祭祀二》。前兩句以自然節氣點明時間，隨後贊美皇家車駕儀隊之盛大、音樂歌舞之雍容，繼而歌頌孝武帝功德深廣。結尾兩句表達自己既爲身處盛世而幸運，又爲無功受禄而慚愧的心情。全詩文辭典重，是典型的宫廷侍宴之作。

霜露凝宸感，肅僾動天引〔一〕。西郊減湮渰一作烟㳬①〔二〕，東溟起昭晉〔三〕。舞風泛龍常〔四〕，輪霞浮玉軔②〔五〕。紫階協笙鏞〔六〕，金途展應悚③〔七〕。方見六詩和〔八〕，永聞九德潤〔九〕。觀生識幸渥，睇服慚輶一作輴恪④〔一〇〕。

【校記】

①「渰」原作「揜」，據《初學記》改。②「軔」，《合璧事類外集》卷三作「勒」。③「應悚」，《初學記》作「轉應」。④「輶」，《初學記》作「輴」。

【箋注】

〔一〕僾：同薆，深邃的樣子。

〔二〕湮：沉。渰：陰雲。《詩·小雅·大田》：「有渰萋萋，興雨祈祈。」毛傳：「渰，雲興貌。」

〔三〕昭：明亮。晉：《説文·日部》：「晉，進也，日出而萬物進。」

〔四〕常：旌旗。《禮記·樂記》：「龍旂九旒，天子之旌也。」

〔五〕軔：車輪，此處指代車駕。《九懷·思忠》：「畢休息兮遠逝，發玉軔兮西行。」

〔六〕紫階：皇宫的臺階。江淹《蕭太尉上便宜表》：「政平刑偃，紫階斯廓。」笙鏞：《尚書·益稷》：「笙鏞以間，鳥獸蹌蹌。」孔安國傳：「鏞，大鍾。」

〔七〕途：樓閣間陛道。輴，當作輴。應、輴均是鼓的一種。《詩·周頌·有瞽》：「應田縣鼓。」毛傳：「應，小鞞也。田，大鼓也。」鄭玄箋：「田當作輴。輴，小鼓在大鼓旁，應鞞之屬也。」

〔八〕六詩：《周禮·春官·大師》：「教六詩，曰風，曰賦，曰比，曰興，曰雅，曰頌。」鄭玄注：「風，言賢聖治道之遺化也。賦之言鋪，直鋪陳今之政教善惡。比，見今之失，不敢斥言，取比類以言之。興，見今之美，嫌於媚諛，取善事以喻勸之。雅，正也，言今之正者，以爲後世法。頌之言誦也，容也，誦今之德廣以美之。」

〔九〕九德：《漢書》卷二十二《禮樂志》：「國子者，卿大夫之子弟也，皆學歌九德，誦六詩。」顔師古注：「水火金木土穀，謂之六府。正德、利用、厚生，謂之三事。六府三事，謂之九功。九功之德皆可歌也，故言九德也。」

〔一〇〕服：朝服。輶：輕、薄。《詩·大雅·烝民》：「人亦有言，德輶如毛，民鮮克舉之。」愒：貪，鄙俗。此句爲謝莊自謙之辭。

【評論】

〔陳祚明〕「舞風」二句，佳。「泛」字，尤活。《采菽堂古詩選》卷十六

和元日雪花應詔

【解題】

《宋書》卷二十九《符瑞志下》：「大明五年正月戊午元日，花雪降殿庭。時右衛將軍謝莊下殿，雪集衣。還白，上以爲瑞。於是公卿并作花雪詩。史臣按《詩》云：『先集爲霰。』《韓詩》曰：『霰，英也。』花葉謂之英。《離騷》云：『秋菊之落英。』左思云『落英飄颻』是也。然則霰爲花雪矣。草木花多五出，花雪獨六出。」可知此詩作於大明五年（四六一）正月初一，既是應召而作，又是和詩。《資治通鑒》卷一百二十九「大明五年」條又記載：「春，正月，戊午朔，朝賀。雪落太宰義恭衣，有六出，義恭奏以爲瑞；上悦。」從語義來看，似是説作詩之事爲劉義恭所倡。疑謝莊此詩是和劉義恭而作。今劉義恭文集中不存相關詩作。據《宋書》《魏書》記載，在此前的大明四年，北魏、劉宋兩方通使頻繁。終孝武帝朝，除了孝建三年（四五六）、大明元年（四五七）和大明二年（四五八），南北雙方有過

三次小規模衝突外，其餘時間均相安無事。特别是大明四年（四六〇）之後，雙方遣使頻率趨於對等和穩定。故詩中有「息燧應頌道」一句。這一背景可能也是促使孝武帝以降雪爲祥瑞的重要原因。

此詩最早見於《歲時雜詠》卷一。全詩可分爲三節。開頭六句歌頌孝武帝的功德教化。第七至十四句描寫雪花隨風飛舞，天地一片皓潔的景色，并呼應孝武帝以降雪爲祥瑞的態度。第十五句至結尾是説自己人微功輕，却謬承皇恩，期盼孝武帝行封禪之禮。

從候昭神世〔一〕，息燧應頌道〔二〕。玄化盡天秘〔三〕，凝功畢地寶〔四〕。笙鏞流七始〔五〕，玉帛承三造①〔六〕。委霰下璇蕤〔七〕，疊雪翻瓊藻②〔八〕。積曙境寓明，聯萼千里杲〔九〕。掩映順雲懸，摇裔從風掃。發貺燭檻前③〔一〇〕，騰瑞光圖表〔一一〕。澤厚見身末，恩踰悟生眇。竦誠岱駕肅，側志梁鑾矯〔一二〕。

【校記】

①「帛」，原作「息」，據《歲時雜詠》卷一改。②「翻」，《歲時雜詠》作「飛」。③「檻」，原作「侄」，據《歲時雜詠》改。

【箋注】

〔一〕候：占、占候。《六韜・軍勢》：「循陰陽之道而從其候。」此處指元日降雪。

〔二〕燧：烽火。息燧喻停止戰争、國内平定。《魏書》卷九《孝明帝紀》：「邊燧静息。」

〔三〕玄化：深厚的教化。曹植《七啓》：「玄化參神，與靈合契。」

〔四〕凝：成。地寶：土地所産。《大戴禮記》卷九《千乘》：「天之灾祥，地寶豐省，及民共饗其禄，共任其灾，此國家之所以和也。」

〔五〕七始：《漢書》卷二十二《禮樂志》：「《七始華始》，肅倡和聲。」孟康注：「七始，天地四時人之始。」

〔六〕玉帛：珪璋、束帛。古代祭祀、會盟、朝聘場合使用。《周禮·春官·肆師》：「立大祀，用玉帛牲牷。」造：始，三造猶三朝。《漢書》卷八十五《谷永傳》：「三朝之會。」顔師古注：「歲月日三者之始，故云三朝。」

〔七〕委：落。《赤鸚鵡賦》：「霰委雪翻。」沈約《和劉中書仙詩》：「霓裳拂流電，雲車委輕霰。」璇：玉。蕤：花。

〔八〕叠：形容雪輕靈的樣子。

〔九〕杲：白、明。

〔一〇〕皝：假借爲「皇」。發皝即發皇，意爲發張、焕發。《淮南子·本經訓》：「夫人相樂，無所發皝，故聖人爲之作樂以和節之。」

〔一一〕圖：河圖。顔延之《赭白馬賦》：「實有騰光吐圖，疇德瑞聖之符焉。」

〔三〕「竦誠岱駕肅」二句：竦：敬、肅敬。岱：泰山。側：謙辭。梁：梁父山。司馬相如《難蜀父老》：「方將增太山之封，加梁父之事，鳴和鸞，揚樂頌。」岱駕、梁鑾均指代孝武帝封禪的車駕。

七夕夜詠牛女應制①

【解題】

七夕詩是中國古代詩歌中重要的節令詩之一。這類詩歌主要使用牛郎織女的愛情故事及故事中的相關意象。早在《詩經·小雅·大東》中就已出現牽牛、織女二星的名稱：「跂彼織女，終日七襄。雖則七襄，不成報章。睆彼牽牛，不以服箱。」《古詩十九首》中有《迢迢牽牛星》一首。魏晉以來七夕詩逐漸增多，特别是到了南朝劉宋和蕭梁時期，七夕詩的創作迎來了一個高潮。諸如謝靈運、謝惠連、顔延之、鮑照、沈約、何遜等著名詩人，都有優秀的同題作品傳世。宋孝武帝劉駿也有《七夕詩》二首，謝莊此詩題中有「應制」二字，或爲唱和之作，但具體時間不可考。

此詩最早收録在《藝文類聚》卷四《歲時部中》。作品一改謝莊用事繁密的特點，絲毫不顯得滯重艱澀。作者將牛郎織女短暫相聚便相離的場面描寫得雍容雅緻，淡化了同類作品中常有的淒苦哀怨之情。結尾四句用側面描寫的手法烘托出清冷幽深的境界，筆觸細膩輕柔，已開宫體詩風。

輟機起春暮〔一〕，停箱動秋衿〔二〕。璇居照漢右②〔三〕，芝駕肅河陰〔四〕。容裔泛星道〔五〕，逶迤濟煙潯。陸離迎宵佩〔六〕，倏爍望昏簪〔七〕。俱傾環氣怨〔八〕，共歇浹年心〔九〕。珠殿釭未沬③〔一〇〕，瑶庭露已深④。夕清豈淹拂⑤〔一一〕，弦輝無久臨⑥〔一二〕。

【校記】

①《初學記》卷四題作「七夕詠牽牛」。《太平御覽》卷三十一、《歲時雜詠》卷二十五題作「七夕詠牛女應詔」。②「璇居」，《太平御覽》作「琥車」，《歲時雜詠》作「旋車」。③「釭」，《歲時雜詠》作「紅」。「沬」，《太平御覽》作「暗」，《歲時雜詠》作「殊」。④「露」，原作「路」，據《藝文類聚》卷四、《太平御覽》《歲時雜詠》改。⑤「夕清豈淹拂」，《太平御覽》作「夜清豈淹抑」，《歲時雜詠》作「夜清豈淹拂」。⑥「輝」，《太平御覽》作「徽」。「久」，《藝文類聚》作「人」。

【箋注】

〔一〕機：織機。

〔二〕箱：衣箱。

〔三〕居：假借爲車。璇居即用美玉裝飾的車駕。漢右：天河西岸。

〔四〕芝駕：以芝爲蓋的車駕。張衡《西京賦》：「驪駕四鹿，芝蓋九葩。」肅：嚴整。河陰：天河南岸。陸機《擬迢迢牽牛星》：「牽牛西北迴，織女東南顧。」

〔五〕容裔：舒緩安詳貌。

〔六〕陸離：《離騷》：「高余冠之岌岌兮，長余佩之陸離。」王逸注：「陸離，猶嵾嵯，衆貌也。」洪興祖補注：「許慎云：陸離，美好貌。顔師古云：陸離，分散也。」

〔七〕倐爍：形容快速、迅疾，閃爍不定。《九思·憫上》：「雲蒙蒙兮電儵爍，孤雌驚兮鳴响响。」王逸注：「儵爍，疾也。」

〔八〕環：循環、周回。

〔九〕浹：周、遍。

〔一〇〕釭：燈。沬：《離騷》：「芳菲菲而難虧兮，芬至今猶未沬。」王逸注：「沬，已也。」

〔一一〕淹：久。拂：拂照。

〔一二〕弦輝：月光。初七時爲上弦月，故曰弦輝。

【評論】

〔王夫之〕王謝各有此篇，希逸爲最，以其不别起議論，就中輝映有餘也。且如此題，而爲之立説，亦何所當？徒令天上笑人耳。琢不損韻，亦不傷氣。鮑照琢即損韻，齊梁人倍覺傷氣。試以灰蛇草綫求之，自然涇渭分明也。《古詩評選》卷五

〔陳祚明〕雅辭淹飾。《采菽堂古詩選》卷十六

〔王闓運〕謝莊《七夕詠牛女》云：「珠殿釭未沬，瑶庭路已深。」凉寂而艷，如見美人辭去之景。《湘綺樓説詩》卷六

侍宴蒜山

【解題】

《元和郡縣志》卷二十五《江南道一·潤州·丹徒》：「蒜山，在縣西九里。山臨江絕壁。晉安帝時，海賊孫恩至丹徒，戰卒十萬，率衆登山，鼓譟動地，引陣南出，欲向京城。時宋武帝衆無一旅，率所領横擊，大破之。山多澤蒜，因以爲名。」《(嘉定)鎮江志》卷六引《潤州類集》：「一説蒜當爲籌算之算。周瑜、諸葛亮嘗會此山，議拒曹操，後有赤壁之勝。時人謂其多算，以爲山名。故龜蒙《算山詩》：『周郎計策清宵定，曹氏樓船白晝灰。』」顔延之有《車駕幸京口侍遊蒜山作》、鮑照有《蒜山被始興王命作》。據《宋書》卷七十九《竟陵王誕傳》、卷八十五《謝莊傳》，劉誕於元嘉「二十一年，監南兗州諸軍事、北中郎將、南兗州刺史，出鎮廣陵。尋以本號徙南徐州刺史。」南徐州鎮京口。「二十六年，出爲都督雍梁南北秦四州，荆州之竟陵、隨二郡諸軍事，後將軍，雍州刺史。以廣陵彫弊，改封隨郡王。」謝莊於元嘉二十六年「轉隨王誕後軍諮議，并領記室。」《宋書》卷五《文帝紀》記載劉誕轉雍州刺史在元嘉二十六年七月辛未。又據《宋書》卷三十三《五行志四》：「宋文帝元嘉二十六年三月，幸京口。」《文選》卷二十二載顔延之《車駕幸京口侍遊蒜山作》，李善注：「《集》曰：『元嘉二十六年也。』」則謝莊此詩亦當作於元嘉二十六年(四四九)三月。

此詩最早見於《藝文類聚》卷八《山部下》。開頭兩句寫車駕出遊的盛景，三至六句描寫蒜山的優美景色。其中「煙竟山郊遠，霧罷江天分」兩句描寫霧氣消散後的開闊景象，不遜大謝。劉大傑《中國文學發展史》稱這首詩與後一首《侍東耕》「已具備五律的雛形」。七八兩句寫奏樂的景象，結語突兀，文脉中斷，故馮惟訥《詩紀》卷四十六《宋二》疑此詩闕文。

龍旂拂紆景〔一〕，鳳蓋起流雲〔二〕。轉蕙方因委〔三〕，層華正氛氳〔四〕。煙竟山郊遠，霧罷江天分。調石飛《延露》，裁金起《承雲》〔五〕。

【箋注】

〔一〕紆：紆回，縈曲。景：日光。

〔二〕鳳蓋：繡有鳳凰裝飾的車蓋。班固《西都賦》：「張鳳蓋，建華旗。」流雲：行雲。范曄《樂遊應詔詩》：「流雲起行蓋，晨風引鑾音。」

〔三〕轉蕙：《楚辭·招魂》：「光風轉蕙，氾崇蘭些。」王逸注：「轉，摇也。」因：就、趨向。《國語·鄭語》：「公曰：『謝西之九州，何如？』對曰：『其民沓貪而忍，不可因也。』」委：同萎。

〔四〕層華：重疊在一起的花朵。氛氳：盛貌。

〔五〕「調石飛《延露》」二句：調、裁：此處均指演奏。石、金：指代樂器。《周禮·春官·大師》：「播之以八音：金石土革絲木匏竹。」《宋書》卷十九《樂志一》：「八音一曰金。金，鍾也，鎛也，錞也，鐲也，鐃也，鐸也。……八音二曰石。石，磬也。」《延露》：曲名，又寫作「延路」。《淮南子・人間訓》：「夫歌《采菱》，發《陽阿》，鄙人聽之，不若此《延路》《陽局》。」馬融《長笛賦》：「下采制於《延露》《巴人》。」《承雲》：見《舞馬賦》注。

【評論】

〔王夫之〕沈宋正宗。《古詩評選》卷六

侍東耕

【解題】

東耕，即籍田禮。《禮記・月令》：「（孟春之月）是月也，天子乃以元日祈穀于上帝。乃擇元辰，天子親載耒耜，措之于參保介之御間，帥三公九卿諸侯大夫躬耕帝藉。天子三推，三公五推，卿諸侯九推。」春位在東，故曰東耕。《説文解字・耒部》：「帝耤千畝也。古者使民如借，故謂之藉。」《詩・周頌》有《載芟》一篇，《毛詩序》云：「春籍田而祈社稷也。」《宋書》卷十四《禮志一》記載自晉武帝泰始四年（二六八）之後，「其事便廢。史注載多有闕。江左元、哀二帝，將修耕籍，賀循等所上注，及裴憲爲胡中所定儀，又未詳允。元嘉二十年，太祖將親耕，以其久廢，使何承天撰定儀注。史學生山謙之已私鳩集，因以奏聞。……宋太祖東耕後，乃班下州郡縣，悉備其禮焉。」

《宋書》共記載了五次籍田禮，分別在文帝元嘉二十一年（四四四）春、孝武帝大明三年（四五九）二月戊申、大明四年（四六〇）正月乙亥、明帝泰始五年（四六九）正月癸亥和後廢帝元徽四年（四七六）正月己亥。按謝莊於元嘉二十一年時，身在江州廬陵王劉紹幕府中。又謝莊卒於泰始二年（四六六），故第一次和後兩次籍田禮可以排除。大明三年、四年時，謝莊在建康任吏部尚書，故此詩當作於大明三年或四年的籍田禮時，具體時間不可考。

此詩最早見於《藝文類聚》卷三十九《禮部中》。

肅鑣奉晨發〔一〕，恭帶厠朝聞〔二〕。仙鄉降朱靄〔三〕，神郊起青雲。陰臺承寒彩〔四〕，陽樹迎初熏〔五〕。觀德欣臨藉〔六〕，瞻道樂遊汾〔七〕。

【箋注】

〔一〕鑣：馬轡，指代車駕。江淹《水上神女賦》：「俯整玉軑，仰肅金鑣。」

〔二〕厠：雜、列。朝聞：此處指朝臣。江淹《張令爲太常領國子祭酒詔》：「譽洽朝聞，聲緝民聽。」

〔三〕朱靄：紅色的雲氣，與下句「青雲」均爲祥瑞之兆。

〔四〕陰臺：在北郊祭祀土神之處。《漢書》卷二十五下《郊祀志下》：「祭天於南郊，就陽之義也；瘞地於北郊，即陰之象也。」顔師古注：「祭地曰瘞薶，故云瘞地也。」寒彩：張協《雜詩》：「寒花發黃采，秋草含緑滋。」

〔五〕陽樹：指代春天的樹。熏：同薰，香氣。

〔六〕觀德：《禮記·樂記》：「樂行而民鄉方，可以觀德矣。」藉：藉田。天子躬耕曰藉田。

〔七〕遊汾：《莊子·逍遥遊》：「堯治天下之民，平海内之政，往見四子藐姑射之山，汾水之陽，窅然喪其天下焉。」

遊豫章西山観洪崖井①

【解題】

豫章在劉宋時屬江州。洪崖在豫章之西山。《（康熙）江西通志》卷七：「洪崖在西山，距府城四十里，一名伏龍山，乃洪崖先生煉藥處。」葛洪《神仙傳》卷二提及洪崖先生：「度世因曰：『向與父博者爲誰？』叔卿曰：『洪崖先生，許由、巢父，王子晉、薛容也。』」王謨《江西考古録》卷五：「《豫章古今記》曰：『郡西有山，洪崖先生所居之處。』……按薛綜《西京賦注》：『洪崖，三皇時人，或云即黄帝之臣伶倫。』今已無考，要爲古之有道而隱者。」洪崖井，《巵林》卷八：「雷次宗《豫章記》曰：『厭源山西北余侯村五六里有洪井，俗説洪崖先生之井。』」《水經注》卷三十九：「（散原山）西北五六里有洪井，飛流懸注，其深無底，舊説洪崖先生之井也。」

考《宋書》卷五《文帝紀》：「（元嘉二十年二月）庚申，以廬陵王紹爲江州刺史。」《宋書》卷六十一《廬陵孝獻王義真傳附劉紹傳》：「元嘉九年，襲封廬陵王。……二十年，出爲南中郎將、江州刺史，時年十二。二十二年，入朝，加棨戟，進都督江州，豫州之西陽、晉熙、新蔡三郡諸軍事。」又據《宋書》卷八十五《謝莊傳》，謝莊曾任廬陵王文學，南中郎諮議參軍，二十六年（四四九）轉隨王劉誕後軍諮議，則此詩當作於元嘉二十年（四四三）至二十六年之間。

此詩最早見於《藝文類聚》卷二十八《人部十二》。詩篇結構、寫法與大謝的山水詩頗爲相似，可能是有意模擬。開頭四句寫出遊的緣起在於自己平生性分所好。「林遠炎天隔」至「容與澗煙移」寫洪崖的幽深景色，六句全用對偶。「遠」「隔」「深」「虧」四字描繪出洪崖遠離塵囂的幽邃環境。「被」「移」二字寫山上的煙霞和澗底的霧氣，輕靈幽遠。結尾兩句表達自己辭官隱居的心願。詩中的歸隱之趣，應該理解爲對大謝的模仿，而不是一個二十出頭、剛剛踏入仕途的士族子弟的真實心態。

幽願平生積，野好歲月彌〔一〕。捨簪神區外〔二〕，整褐靈鄉垂〔三〕。林遠炎天隔，山深白日虧〔四〕。游陰騰鵠嶺〔五〕，飛清起鳳池〔六〕。隱曖松霞被〔七〕，容與澗煙移〔八〕。將遂丘中性〔九〕，結駕終在斯〔一〇〕。

【校記】

①「西山」，原無「山」字，據《藝文類聚》卷二十八補。

【箋注】

〔一〕「幽願平生積」二句：幽願、野好：此處均指隱居的願望。

〔二〕捨簪：比喻抛棄官職、事務。王勃《滕王閣序》：「舍簪笏於百齡。」神區：神人所居之地。曹植《九華扇賦》：「有神區之名竹，生不周之高岑。」鮑照《舞鶴賦》：「踐神區其既遠，積靈祀而方多。」

〔三〕褐：粗衣。垂：邊。

〔四〕白日：曹植《贈徐幹》：「驚風飄白日，忽然歸西山。」又曹植《箜篌引》：「驚風飄白日，光景馳西流。」

〔五〕游陰：飄動的雲彩。鵠嶺：《水經注》卷三十九：「西有鸞岡，洪崖先生乘鸞所憩泊也。岡西有鵠嶺，云王子喬控鵠所逕過也。」

〔六〕飛清：升騰的清水。鳳池：《水經注》卷三十九：「鸞岡四周有水，謂之鸞陂。」

〔七〕曖：不明。謝莊《孝武宣貴妃誄》：「金缸曖兮玉座寒。」《文心雕龍·練字》：「經典隱曖。」

〔八〕容與：徐動貌。《九章·涉江》：「船容與而不進兮，淹回水而疑滯。」澗煙：《水經注》卷四十：「其間傾澗懷煙，泉溪引霧。」

〔九〕丘中性：歸隱山林的性情。《漢書》卷一百上《叙傳上》：「漁釣於一壑，則萬物不奸其志；栖遲於一丘，則天下不易其樂。」嵇康《卜疑》：「爾乃思丘中之隱士，樂川上之執竿也。」

〔一〇〕結駕：停下車駕。郭璞《遊仙詩》：「縱酒濛汜濱，結駕尋木末。」

【評論】

〔王夫之〕净極矣！俗目但侈其琢。必欲知此，試於一結求之。《古詩評選》卷五

〔陳祚明〕其體閑静，其姿秀濯。《采菽堂古詩選》卷十六

自尋陽至都集道里名爲詩①

【解題】

以地名入詩的詩歌體裁，在古代詩論中屬於雜體詩的範疇。這裏所説的地名，包括郡國名、州名、縣名、道里名、山川名等。陸龜蒙、皮日休作有《雜體詩八十六首》，包括聯句、離合、回文、縣名、藥名等詩體。《滄浪詩話·詩體》「論雜體」稱這一類詩「雖不關詩之重輕，其體製亦古。至於建除、字謎、人名、卦名、數名、藥名、州名之詩，只成戲謔，不足法也」。徐師曾《文體明辨序説》有「雜名詩」，云：「按詩有用建除名者，有用星宿名者，有用道里名者，有用州郡縣名者，有用斜冗名者，有用姓名者，有用將軍名者，有用古人名者，有用宮殿屋名者，有用船車名者，有用藥草樹名者，有用鳥獸名者，有用卦兆相名者，古集所載，僅見數端。然推而廣之，將不止此。」雜體詩在南朝較爲興盛。據

注者所見，以地名入詩者，謝莊這一首爲最早。此後尚有范雲《州名詩》，王融、沈約、范雲并有《奉和竟陵王郡縣名詩》，梁元帝有《縣名詩》，均收在《藝文類聚》卷五十六。

此詩最早見於《藝文類聚》卷五十六《雜文部二》。參《遊豫章西山觀洪崖井》解題，此詩當作於元嘉二十二年（四四五），謝莊隨劉紹由江州前往建康途中。《宋書》卷八十五《謝莊傳》記載謝莊「分左氏《經》《傳》，隨國立篇，製木方丈，圖山川土地，各有分理，離之則州别郡殊，合之則宇内爲一。」可知謝莊精於地理之學，這也是他創作這首詩的基礎。詩中「稽榭」「煙臺」「翔州」「秋浦」「高湖」「南陵」「青溪」「黄沙」「雷池」「茅堂」「魯」「秦」「博望」「梁山」「崇館」「茂苑」均爲地名。褚斌傑《中國古代文體概論》認爲「雜名詩的寫作，要求雖暗含名物，但出語自然，而無生硬堆垛之痕，并含有一定詩意。」謝莊此詩，正合上述要求。

山經亟旋覽②，水牒劬敷尋〔一〕。稽榭誠淹留〔二〕，煙臺信遐臨〔三〕。翔州凝寒氣〔四〕，秋浦結清陰〔五〕。眇眇高湖曠〔六〕，遥遥南陵深〔七〕。青溪如委黛〔八〕，黄沙似舒金〔九〕。觀道雷池側〔一〇〕，訪德茅堂陰〔一一〕。魯顯闕微迹〔一二〕，秦良滅芳音〔一三〕。訊遠博望崖，采賦梁山岑〔一四〕。崇館非陳宇〔一五〕，茂苑豈舊林〔一六〕。

【校記】

①「尋」，原作「潯」，據《藝文類聚》卷五十六及《宋書》卷三十六《州郡志二》「尋陽太守」條改。　②「亟」，《藝文類聚》作「函」。

【箋注】

〔一〕「山經亟旋覽」二句：山經、水牒：記載山川河道的地理文獻。亟：屢次。勸：同勸，勉，努力。敷：廣。

〔二〕稽：會稽。《尚書·泰誓上》：「惟宮室臺榭陂池侈服。」孔穎達疏引李巡注：「臺上有屋謂之榭。」陳郡謝氏自謝安始便在會稽營建莊園。

〔三〕煙臺：指天台山。孫綽《遊天台山賦》：「法鼓琅以振響，衆香馥以揚煙。」遐：遠。張協《雜詩》：「重基可擬志，迴淵可比心。」李善注引《顧子》：「登高使人意遐。」

〔四〕翔州：其地不詳。疑「州」爲「洲」，指長江中的某個江心洲，以雲起飛翔而得名。

〔五〕秋浦：地名，屬宣城。原名石城，爲漢舊縣，以秋浦水得名。《元和郡縣志》卷二十八：「秋浦水，在（秋浦）縣西八十里。」《隋書》卷三十一《地理志下》：「秋浦，舊曰石城。平陳廢，開皇十九年置，改名焉。」

〔六〕眇眇：遠貌。高湖：地名，屬宣城。《讀史方輿紀要》卷二十八：「（顏公山）西六十里曰高湖，南接婺源縣。」

〔七〕南陵：地名。鮑照《還都道中作》：「昨夜宿南陵，今旦入蘆洲。」《文選》李善注：「《宣城郡圖經》曰：『南陵縣西南水路一百三十里。』」

〔八〕青溪：水名，原是建康城内的一條自然河流。東吴定都建業後，在原有青溪河道的基礎上開鑿東渠，仍名青溪。《建康實録》卷二：「（赤烏四年）冬十一月，詔鑿東渠，名青溪，通城北塹潮溝。」《景定建康志》卷十八：「青溪，吴大帝赤烏四年鑿東渠，名青溪，通城北塹潮溝。闊五丈，深八尺，以泄玄武湖水。發源鍾山，而南流經京，出今青溪閘口，接於秦淮。」又引《輿地志》：「青溪發源鍾山，入於淮，連綿十餘里。溪口有埭，埭側有神祠曰青溪姑。」委黛：彎曲的眉黛。

〔九〕黄沙：黄沙嶺。《（光緒）重修安徽通志》卷二十六：「黄沙嶺，涇縣東六十里，廣數十里，高十餘丈，下有水流經昆山入丁溪。」舒金：張翰《雜詩》：「青條若揔翠，黄華如散金。」江淹《青苔賦》：「假青條兮總翠，借黄花兮舒金。」

〔一〇〕雷池：《太平寰宇記》卷一百二十五：「大雷池，水西自宿松縣界流入，自發源入縣界，東南積而爲池，謂之雷池。」

〔一一〕茅堂：華林園内建築名。《建康實録》卷十四：「才學之士，多蒙引進，於華林園茅堂誦《周易》。」《宋書》卷八十九《袁粲傳》：「（泰始）六年，上於華林園茅堂講《周易》，粲爲執經。」

〔一二〕魯顯：即魯穆公。《史記》卷三十三《魯周公世家》：「元公二十一年卒，子顯立，是爲穆公。」皇甫謐《高士傳》卷中「公儀潛」：「公儀潛者，魯人也，與子思爲友。穆公因子思而致命，欲以爲相。子思曰：『公儀子此所以不至也。君若飢渴待賢，納用其謀，雖蔬食飲水，伋亦願在下風。如以高官厚禄爲釣餌，而無信用之心，公儀子智若魯者，可也；不爾，則不蹈君之庭。且臣不佞，又不能爲君操竿下釣，以傷守節之士。』潛竟終身不屈。」微迹：小小的舉動。闕微迹：指魯穆公不肯自己主動拜訪、邀請公儀潛，而委託子思前去。故子思曰：「不能爲君操竿下釣，以傷守節之士。」又《孟子·萬章下》：「繆公之於子思也，亟問，亟餽鼎肉，子思不悦，於卒也，摽使者出諸大門之外，北面稽首再拜而不受，曰：『今而後知君之犬馬畜伋。』蓋自是臺無餽也。悦賢不能舉，又不能養也，可謂悦賢乎？」亦可證穆公并非禮賢下士之君。

〔一三〕秦良：春秋時期秦穆公的三位賢臣：奄息、仲行、鍼虎，秦穆公死後，隨之殉葬。《詩·秦風·黄鳥》即爲哀三良之作。

〔一四〕「訊遠博望崖」二句：博望、梁山：《讀史方輿紀要》卷十九：「梁山有二：東梁山一名博望山，在太平府西南三十里；西梁山在和州南六十里。夾江對峙，如門之闢，亦曰天門山。」

〔一五〕崇：高。崇館：盧諶詩：「層崖成崇館，巖阿結重闈。」

〔一六〕茂苑：左思《吴都賦》：「帶朝夕之濬池，佩長洲之茂苑。」《漢書·枚乘傳》：「修治上林，雜以離宫，積聚玩好，圈守禽獸，不如長洲之苑。」服虔注：「吴苑。」孟康注：「以江水洲爲苑也。」韋昭注：「長洲在吴東。」舊林：陸機《贈從兄車騎》：「孤獸思故藪，離鳥悲舊林。」陶淵明《歸園田居》：「羈鳥戀舊林，池魚思故淵。」

【評論】

〔陳祚明〕叠入地名。觀其句法脱换，字虚生動，可悟運用之妙。《采菽堂古詩選》卷十六

〔宋長白〕謝莊詩「山經亟旋覽，水牒倦敷尋」，上句謂弘農有注，故可以亟覽也；下句則指桑欽所纂。倦於敷尋者，時酈道元未出，無由知其端緒耳。古人讀書，不敢輕爲臆度者如此。浦陽吴立夫曰：「胸中無三萬卷書，眼中無天下奇山水，未必能文。縱能，亦兒女語耳。」《柳亭詩話》卷三「山經水牒」

北宅秘園

【解題】

謝莊的詩歌有兩種風格：其應制侍宴之作，用典繁密、典雅莊重；棲尋閒適之作，言辭清雅、格調飄逸，鍾嶸《詩品》評爲「氣候清雅」「興屬閑長」。此詩即是後一種風格的代表。詩歌前四句描寫秋天傍晚的畫面：暮色將至，晚霞映天，清風吹拂簾幌，落日餘暉反照在深幽的林間。五六兩句過渡，日光逐漸暗淡，秘園更顯荒深，但也帶來了此時獨特的景色：剛升起的月光在緑色的池水上跳躍，秋風颯颯，吹動槐葉，發出清冷的聲響。然而作者并不覺得眼前之景蕭瑟淒凉，反而在結尾兩句中委婉地流露出心聲，表達了對自然的喜愛和對閒適、幽居生活的嚮往。全詩脉絡分明，情景并茂，

聲色動人。

此詩最早見於《藝文類聚》卷六十五《産業部上》，創作時間不可考。

夕天霽晚氣〔一〕，輕霞澄暮陰〔二〕。微風清幽幌〔三〕，餘日照青林。收光漸窗歇，窮園自荒深。緑池翻素景〔四〕，秋槐響寒音〔五〕。伊人儻同愛，絃酒共棲尋。

【箋注】

〔一〕夕天霽晚氣：謝瞻《答靈運》：「夕霽風氣涼，閑房有餘清。」庾信《和何儀同講竟述懷》：「秋雲低晚氣，短景側餘輝。」

〔二〕輕霞澄暮陰：謝瞻《九日從宋公戲馬臺集送孔令詩》：「輕霞冠秋日，迅商薄清穹。」謝靈運《永初三年七月十六日之郡初發都》：「秋岸澄夕陰，火旻團朝露。」

〔三〕幌：帷幔。謝靈運《日出東南隅行》：「晨風拂幨幌，朝日照閨軒。」

〔四〕緑池：曹植《公讌詩》：「秋蘭被長坂，朱華冒緑池。」素景：月光。鮑照《擬阮公夜中不能寐》：「惠氣憑夜清，素景緣隟流。」

〔五〕秋槐：謝惠連《擣衣》：「白露滋園菊，秋風落庭槐。」寒音：淒涼的聲音。潘越《河陽縣作》：「鳴蟬厲寒音，時菊耀秋華。」

【評論】

〔王楙〕《詩眼》載前輩有病少游「杜鵑聲裏斜陽暮」之句，謂「斜陽暮」似覺意重。僕謂不然。此句讀之於理無礙。謝莊詩曰：「夕天際晚氣，輕霞澄暮陰」，一聯之中三見晚意，尤爲重疊。梁元帝詩「斜景落高舂」，既言「斜景」復言「高舂」，豈不爲贅？古人爲詩正不如是之泥。《野客叢書》卷二十「少游斜陽暮」

〔鍾惺〕（評「夕天」句）「霽」字虚用，妙。（評「秋懷」句）「響寒音」上著「秋懷」二字，幻而有理。幽人幽事，全副性情脱出。（評「絃酒」句）「棲尋」二字，合來新妙。（總評）幽細。清景清語，妙在口吻間無清態。《古詩歸》卷十一

〔譚元春〕（評「夕天」四句）净而有景，寂悟之言。（評「收光」句）「漸」字尤奥而細。（評「窮園」句）冰冷之言，誦者遠想。（總評）讀至此，停筆停想，低回半日。誰謂昌齡、光羲、祖詠、王維詩無如此者？不廣搜、不細心人以爲此乃唐音，乃别調也，不如不言詩矣。《古詩歸》卷十一

〔唐汝諤〕希逸對晚景而摹寫之，因起情人之憶也。雨過乍晴，霞陰澄徹，微風餘照，林幌增幽。已而日將收光，漸覺窗暝，窮園荒寂，悄然無人。池雖泛月，秋懷難堪，寒音攪之也。安得所懷之人，與我同愛，相尋棲此，共兹琴酒乎？《古詩解》卷二十一

〔王夫之〕物無遁情，字無虚設。兩間之固有者，自然之華，因流動生變而成其綺麗。心目之所及，文情赴之，貌其本榮，如所存而顯之，即以華奕照耀，動人無際矣。古人以此被之吟詠，而神采即

絶。後人驚其艷，而不知循質以求，乃于彼無得，則但以記識外來之華辭，懸想題署：遇白皆銀，逢香即麝，字月爲姊，呼風作姨，隱龍爲虬，移虎成豹。何當彼情形，而曲加影響？如東方虬、温庭筠、楊億、薩天錫一流，承蕭氏父子、劉家兄弟之餘瀋，相與浮浪於千年之間，而寒陋之夫，乃始以削除爲傲岸，標風骨之目，以趨入於喬野。兩者互争，人爲揺蕩，遂使藝苑迭承，如瘧者之寒熱，乘時各盛，操觚之士，奔命晉楚，迄無止息。嗚呼！亦安得起元嘉、孝建之詩人，而與觀于文質之中耶！《古詩評選》卷五

〔沈德潛〕棲尋，謂同棲息，同遊尋也。《古詩源》卷十一

〔范大士〕字句之外，别有清芬。《歷代詩發》卷七

〔王堯衢〕言天氣至夕而晴霽，晚霞生而暮陰澄澈，於是微風入幌，餘日照林，一片秋光，清幽之至。暮則光漸收歛，只覺窮園荒深。荒而深，是夜景。惟窮則荒耳。少頃，月上則緑池翻其素景，風生則秋槐動於秋聲。如此净境，願與伊人共之。倘有同愛，不妨攜琴帶酒，在此棲尋，勿謂兹園之秘密也。《古唐詩合解》卷四

〔王闓運〕《北宅秘園詩》如見深山晚景，亦幽静，亦冷僻。《湘綺樓説詩》卷六

喜雨

【解題】

喜雨詩適用於乾旱時喜逢甘雨、慶賀豐收的場合。最早以《喜雨》爲詩題，當始於曹植。南朝時的同題詩作，除謝莊此篇外，尚有謝惠連《喜雨》、鮑照《喜雨詩奉敕作》、謝朓《賽敬亭山廟喜雨》、庾肩吾《從駕喜雨》。北朝則有魏收《喜雨》，庾信《奉和趙王喜雨》《和李司録喜雨》。喜雨詩的内容結構往往有一定模式。如謝莊此詩開頭兩句寫降雨前的自然徵兆，三四句寫降雨時的場景，五六句設想穀物豐收，均是「喜雨」題材的應有之義。此外，喜雨詩往往還涉及對天或天子恩德的稱頌。謝莊此詩没有這方面的内容。或許是出於這一考慮，馮惟訥在《詩紀》中認爲此詩有闕文。

此詩最早收於《藝文類聚》卷二《天部下》，創作時間不可考。

燕起知風舞①〔一〕，礎潤識雲流〔二〕。洌泉承夜湛〔三〕，零雨望晨浮〔四〕。合穎行盛茂，分穗方盈疇〔五〕。

【校記】

①「燕」，《藝文類聚》卷二作「鵝」。

【箋注】

〔一〕燕起知風舞：《白氏六帖》卷二引庾仲雍《湘州記》：「零陵有石燕，得風雨則飛翔如真燕，風雨止，還爲石也。」

〔二〕礎潤：《慎子》外篇：「將雨則氣溢而礎潤。」《淮南子·説林訓》：「山雲蒸，柱礎潤。」礎：墊柱的石墩。

〔三〕洌泉：《詩·曹風·下泉》：「洌彼下泉。」湛：澄净、清明。陶淵明《辛丑歲七月赴假還江陵夜行塗口》：「涼風起將夕，夜景湛虚明。」江淹《銅爵妓》：「清夜何湛湛，孤獨映蘭幕。」

〔四〕零雨：《詩·豳風·東山》：「我來自東，零雨其濛。」

〔五〕「合穎行盛茂」二句：穎：禾穗。合穎、分穗：即嘉禾，又稱重穗，指禾苗一莖生二穗，爲祥瑞之兆。《宋書》卷二十九《符瑞志下》：「嘉禾，五穀之長，王者德盛，則二苗共秀。」曹植《玄暢賦》：「上同契於稷卨，降合穎於伊望。」疇：田。曹植《誥咎文》：「黍稷盈疇，芳草依依。靈禾重穗，生彼邦畿。」

江都平解嚴

【解題】

江都之名最早見於《漢書》。《漢書》卷二十八下《地理志下》：「廣陵國，高帝六年屬荆州，十一年更屬吳，景帝四年更名江都，武帝元狩三年更名廣陵。」《宋書》卷三十五《州郡志一》「廣陵太守」條下有「江都令」，云：「漢舊縣。三國時廢，晉武帝太康六年復立。江左又省并輿縣，元嘉十三年復立，以并江都。」是江都一詞既可指廣陵郡管轄的江都縣，又可指代廣陵。此處即用來指代劉宋南兖州治所廣陵城。

此詩記載的是大明三年（四五九）孝武帝討伐竟陵王劉誕之事。劉誕（四三三—四五九），字休文，爲宋文帝第六子，《宋書》卷七十九有傳。劉誕曾在孝武帝奪取皇位及即位後平定劉義宣之亂的兩次戰争中，都起到了十分關鍵的作用。皇位穩定後，孝武帝開始逐步對劉誕進行削權，雙方矛盾漸趨激化。大明三年四月，劉誕據廣陵反。孝武帝派沈慶之討伐，至七月平定叛亂，解嚴。《宋書》卷六《孝武帝紀》記載：「（大明三年）秋七月己巳（三日），剋廣陵城，斬誕。悉誅城内男丁，以女口爲軍賞。是日解嚴。」《宋書》卷七十九《竟陵王誕傳》也記載了此事：「七月二日，（沈）慶之率衆軍進攻，剋其外城，乘勝而進，又剋小城。……誕舉刀自衛，（沈）胤之傷誕面，因墜水，引出殺之，傳首京邑。……同黨悉誅，殺城内男爲京觀，死者數千，女口爲軍賞。」兩處所記日期相差一日，當是初二日破城，次日消息傳到建康。謝莊此詩亦當作於大明三年七月三日或稍後幾日。

此詩最早收於《藝文類聚》卷五十九《武部》。前兩句寫朝廷軍隊軍容整肅，後四句稱頌當今天下太平，可與唐堯之世相比。全詩内容簡略，首二句與後四句之間文意跳躍較大。馮惟訥《詩紀》疑有闕文。

肅旗簡廟律①〔一〕，聳鉞暢乾靈〔二〕。朝晏推物泰〔三〕，通渥抃身寧〔四〕。擊轅歌至世〔五〕，撫壤頌惟馨〔六〕。

【校記】

①「簡」，《藝文類聚》卷五十九作「蘭」。

【箋注】

〔一〕肅：整理、整飭。簡：分別、辨別。廟律：朝廷的法制。《宋書》卷八十三《黄回傳》：「異規既扇，廟律幾殆。」

〔二〕乾靈：天神。曹植《漢二祖優劣論》：「世祖體乾靈之休德。」

〔三〕晏：寧。泰：通。

〔四〕渥：恩澤。抃：拊手。

〔五〕擊轅：見《舞馬賦》注。至世：至德之世。

〔六〕撫壤：即擊壤。見《舞馬賦》「撫埃」注。惟馨：《尚書·君陳》：「至治馨香，感于神明。黍稷非馨，明德惟馨。」

從駕頓上

【解題】

此詩的寫作背景和時間均不可考。據前兩句中「臨楚路」和「望吴雲」，可知行走路綫是由長江中游向下游。若將「楚路」坐實爲江陵，則應是由荆州向揚州行進。據《宋書》所載謝莊事迹，唯一符合這樣行進路綫的，只有元嘉二十九年（四五二）謝莊授任太子中庶子之職，由襄陽出發前往建康。此前，謝莊於元嘉二十六年（四四九）任隨王劉誕後軍諮議參軍，隨同劉誕赴襄陽上任。自元嘉二十九年至泰始二年（四六六）謝莊去世，他都没有再離開揚州。但詩題中有「從駕」二字，可知應是陪同天子或諸侯王出行。詩中又有「中權」「前茅」「冀馬」「邊簫」之詞，似是作於行軍途中。這些與謝莊自襄陽入京赴任的情形均不相符。若不將「楚路」坐實爲江陵，僅當作對南方或春秋戰國時楚國境域的泛指，則有可能作於元嘉二十二年謝莊隨廬陵王劉紹由江州前往建康途中。

此詩最早收於《藝文類聚》卷五十九《武部》。馮惟訥《詩紀》疑有闕文。

中權臨楚路〔一〕，前茅望吴雲〔二〕。冀馬依風蹀〔三〕，邊簫當夜聞〔四〕。

【箋注】

〔一〕中權：中軍。《左傳·宣公十二年》：「中權後勁。」杜預注：「中軍制謀，後以精兵爲殿。」楚路：庾信《和侃法師三絶》：「秦關望楚路，灞岸想江潭。」倪璠注：「楚路、江潭，謂江陵也。」

〔二〕前茅：前軍。《左傳·宣公十二年》：「前茅慮無。」杜預注：「慮無，如今軍行前有斥候蹋伏，皆持以絳及白爲幡。見騎賊舉絳幡，見步賊舉白幡，備慮有無也。茅，明也。或曰時楚以茅爲旌識。」

〔三〕蹀：馬行貌。《行行重行行》：「胡馬依北風，越鳥巢南枝。」

〔四〕邊簫：謝莊《孝武宣貴妃誄》：「鏘楚挽於槐風，喝邊簫於松霧。」

八月侍華林曜靈殿八關齋

【解題】有關華林園之名及營建過程，已見《華林都亭曲水聯句效柏梁體》解題。曜靈殿爲華林園内宫殿之一。

八關齋是八關齋戒的簡稱，又有八齋戒、八戒等名稱，指在齋日奉行八戒。支謙譯《菩薩本緣經》記載：「八戒齋者：一者，不殺；二者，不盗；三者，不淫；四者，不妄語；五者，不飲酒；六者，不坐卧高廣床上；七者，不著香華瓔絡，不以香塗身；八者，不作倡伎樂，不往觀聽；如是八事莊嚴，不過中食，是則名八戒齋法。」《資治通鑒》卷一百三十五「永明元年五月」條下，胡三省注：「釋氏之戒：一，不殺生；二，不偷盗；三，不邪淫；四，不妄語；五，不飲酒食肉；六，不著花鬘瓔絡，香油塗身，歌舞倡伎故往觀聽；七，不得坐高廣大床；八，不得過齋後喫食。已上八戒，故爲八關。《雜録名義》云：八戒者，俗衆所受一日一夜戒也。謂八戒一齋，通謂八關齋，明以禁防爲義也。」

八關齋是兩晉南北朝非常盛行的一項齋戒禮。據湯用彤《漢魏兩晉南北朝佛教史》，南朝所行八戒大概係根據支謙所譯的《齋經》。劉宋時又有沮渠京聲譯出專門的《八關齋經》。六朝時奉行八關齋的皇室成員和士族不在少數。如《宋書》卷八十九《袁粲傳》記載：「孝建元年，世祖率群臣并於中興寺八關齋。」湯用彤指出「當時朝廷所以常行八關齋者，要皆欲止惡修善，以致太平也」。相關題材反映在詩文中，則有支遁《八關齋詩三首》、郗超《奉法要》、沈約《八關齋詩》、庾肩吾《八關齋夜賦四城門更作四首》、梁簡文帝《八關齋制序》等。

此詩最早收録在《藝文類聚》卷七十六《内典部上》，具體創作時間不可考。前兩句寫齋會時鼓聲悠遠、燭光通宵不滅，并點明時間是夜晚。後兩句是對佛法的稱頌。馮惟訥《詩紀》疑有闕文。

玉桴乘夕遠〔一〕，金枝終夜舒〔二〕。澄淳玄化闡〔三〕，希微寂理孚〔四〕。

【箋注】

〔一〕桴：鼓槌。曹植《九詠》：「抗玉桴兮駭鼉鼓。」此處「玉桴」指代鼓聲。何劭《雜詩》：「秋風乘夕起，明月照高樹。」

〔二〕金枝：《漢書》卷二十二《禮樂志》：「金支秀華。」臣瓚注：「樂上衆飾，有流遡羽葆，以黄金爲支，其首敷散，若草木之秀華也。」此處指代音樂聲。

〔三〕澄、淳：清。玄化：曹植《責躬詩》：「玄化滂流，荒服來王。」《文選》李善注：「《廣雅》曰：『玄，道也。』謂道德之化也。蔡邕《陳留太守頌》曰：『玄化洽矣。』」

〔四〕希微：《老子》第十四章：「聽之不聞名曰希，搏之不得名曰微。」寂理：《弘明集》卷十：「至理虚寂，冥晦難辨。」孚：伏、育。

懷園引以下雜言

【解題】

此詩最早收録在《藝文類聚》卷六十五《産業部上》，文字、篇幅與《戲鴻堂帖》《續古文苑》所收版本頗有不同，詳見校記。

王運熙在《謝莊作品簡論》中指出元嘉二十六年（四四九），謝莊跟從隨王劉誕赴襄陽，從詩中「登楚都」「漢水初緑」等字句來看，此詩當是謝莊在襄陽懷念建康故園之作。王琳《謝莊年譜彙考》認爲詩中有涉及由秋而春的時令變遷的語句，當作於謝莊到襄陽的次年，即元嘉二十七年（四五〇）春天。可從。

此詩與《山夜憂》《長笛弄》《瑞雪詠》三首作爲一組作品，在謝莊的整個文集中都顯得非常特殊。一則這四首詩爲雜言詩，體裁稀見，二則四首詩的原始出處與後世文本之間的差異較大。故《戲鴻堂帖》卷四曰：「《瑞雪詠》《山夜憂》《懷園引》《長笛弄》，莊集中不載，誠秘異之文，故莊手書珍惜，不傳於世也。」曹道衡《論鮑照詩歌的幾個問題》一文認爲這四首詩代表了謝莊在雜言詩方面的嘗試，《續古文苑》所載文字較足的版本並非僞作。

這首詩從結構上大致可分爲三部分。開頭至「延翮向秋方」爲第一段，以飛鴻起興，描寫鴻雁離開故國、遠赴他鄉時依依留戀的場景，渲染出濃濃的憂傷氣氛。「登楚都」至「豈忘河渚捐江湄」爲第二段，描寫來到楚地後看到的景象。先是看到寒山蕭瑟，感到滿目淒凉。冬去春來，花草叢生，一片生機繁榮，但眼前的美景没能撫慰作者的心靈，反倒勾起客居楚地的作者對時光易逝、青春難再的傷感。「試託意兮向芳蓀」至結尾爲第三段。作者先是遥想故園恐怕早已荒蕪寥落，接着連用數個典故集中抒發渴望回歸故園的心情。全詩借景抒情，感情真摯，在謝莊的詩歌作品中，是難得能够表現謝莊私密感情的一篇。這首詩在語言上的最大特徵是在三、五、七言中又雜用楚辭體。謝莊之前没有這種形式，它對沈約的《八詠》詩有重要影響。傅剛在《魏晉南北朝詩歌史論》中認爲「謝莊《懷園引》的出現，已標志着詩、文、賦的滲透進入了新階段。」

鴻飛從萬里①〔一〕，飛飛河岱起②〔二〕。辛勤越霜霧，聯翩遡江汜。去舊國，違舊鄉，舊山舊海悠且長③〔三〕。迴首瞻東路〔四〕，延翮向秋方〔五〕。登楚都，入楚關〔六〕，楚地蕭瑟楚山寒〔七〕。歲去冰未已，春來鴈不還。風肅幌兮露濡庭〔八〕，漢水初緑柳葉青。朱光藹藹雲英英〔九〕，離禽喈喈又晨鳴④〔一〇〕。菊有秀兮松有蕤〔一一〕，憂來年去容髮衰〔一二〕。流陰逝景不可追〔一三〕，臨堂危坐悵欲悲。軒凫池鶴戀階墀〔一四〕，豈忘河渚捐江湄⑤〔一五〕。試託意兮向芳蓀⑥〔一六〕，心綿綿兮屬荒樊〔一七〕。想緑蘋兮既冒沼⑦〔一八〕，念幽蘭兮已盈園⑧。夭桃晨暮發⑨〔一九〕，春鶯旦夕喧。青苔蕪石路〔二〇〕，宿草塵蓬門⑩。遭吾遊夫鄢郢，路脩遠以縈紆〔二一〕。羌故園之在目〔二二〕，江與漢之不可踰〔二三〕。目還流而附音〔二四〕，候歸煙而託書〔二五〕。還流兮潺湲，歸煙容裔去不旋〔二六〕。念衛風於河廣〔二七〕，懷邶詩於毖泉〔二八〕。漢女悲而歌飛鵠〔二九〕，楚客傷而奏南絃〔三〇〕。或巢陽而望越⑪，亦依陰而慕燕〔三一〕。詠零雨而卒歲〔三二〕，吟《秋風》以永年⑫〔三三〕。

【校記】

①《戲鴻堂帖》卷四、《續古文苑》卷四無「從」字。②「岱」，《戲鴻堂帖》《續古文苑》并作「代」。③「舊山」二字，底本及《藝文類聚》卷六十五皆無，據《戲鴻堂帖》《續古文苑》補。④「離」，《戲鴻堂帖》《續古文苑》并作「新」。⑤「軒冕池鶴戀階墀，豈忘河渚捐江湄」兩句，底本及《藝文類聚》皆無，據《戲鴻堂帖》《續古文苑》補。⑥「向」，《戲鴻堂帖》《續古文苑》作并「細」。⑦《戲鴻堂帖》《續古文苑》并無「兮」字。「既」，《全宋文》卷三十四作「已」。⑧《戲鴻堂帖》《續古文苑》并無「兮」字。⑨「桃」，《戲鴻堂帖》《續古文苑》并作「梅」。⑩「塵」，《全宋文》作「塞」。⑪「或」，《戲鴻堂帖》《續古文苑》并作「武」，《八代詩選》卷十六引作「或」，於意爲長，且與下句中的「亦」相對，今據改。⑫「邅吾遊夫鄢郢」至「吟《秋風》以永年」十六句，原本無，據《戲鴻堂帖》《續古文苑》補。《續古文苑》篇末有孫星衍校語：「此篇見《藝文類聚》六十五，其文不全。《詩紀》《百三名家集》所載皆同《藝文類聚》，但『細』作『向』，『梅』作『桃』。殊勝石刻。」

【箋注】

〔一〕鴻飛：《詩·豳風·九罭》：「鴻飛遵渚。」

〔二〕飛飛：曹植《野田黃雀行》：「拔劍捎羅網，黃雀得飛飛。飛飛摩蒼天，來下謝少年。」

〔三〕舊山舊海悠且長：蘇武詩：「山海隔中州，相去悠且長。」

〔四〕迴首瞻東路：《詩·檜風·匪風》：「顧瞻周道，中心怛兮。」

〔五〕延：引。秋方：西方。

〔六〕楚關：江淹《秋至懷歸》：「楚關帶秦隴，荆雲冠吴煙。」

〔七〕楚地蕭瑟楚山寒：鮑照《秋日示休上人》：「臨堂觀秋草，東西望楚城。百物方蕭瑟，坐歎徒此生。」

〔八〕肅：整飭。此處形容風大，把帘幔吹得很平整的樣子。

〔九〕朱光：日。曹植《感節賦》：「折若華之翳日，庶朱光之常照。」藹藹：日光微暗的樣子。王延壽《魯靈光殿賦》：「霄靄靄而晻曖。」雲英英：《詩·小雅·白華》：「英英白雲，露彼菅茅。」朱熹集傳：「英英，輕明之貌。」

〔一〇〕喈喈：《詩·周南·葛覃》：「黄鳥于飛，集于灌木，其鳴喈喈。」毛傳：「喈喈，和聲之遠聞也。」鮑照《擬行路難》：「春禽喈喈旦暮鳴，最傷君子憂思情。」

〔一一〕菊有秀兮松有蕤：漢武帝《秋風辭》：「蘭有秀兮菊有芳，攜佳人兮不能忘。」蕤：草木花盛貌。

〔一二〕憂來年去容髮衰：張載《七哀詩》：「憂來令髮白，誰云愁可任。」

〔一三〕流陰逝景不可追：王僧達《答顔延年》：「歡此乘日暇，忽忘逝景侵。」柳惲《七夕穿針詩》：「流陰稍已多，餘光欲難取。」

〔一四〕軒皃池鶴：《左傳·閔公二年》：「衛懿公好鶴，鶴有乘軒者。」墀：臺階，此處指代宫殿。

〔一五〕捐：棄。湄：水岸。此句中「忘河渚」與「捐江湄」爲并列結構，謂鶴被豢養起來，忘記了曾經在河渚、江湄的生活。

〔一六〕芳蓀：草名。謝靈運《入彭蠡湖口》：「乘月聽哀狖，浥露馥芳蓀。」

〔一七〕綿綿：連續不斷貌。《九章·悲回風》：「藐蔓蔓之不可量兮，縹綿綿之不可紆。」樊：藩籬。「試托意兮向芳蓀」二句，皆謂有歸隱之意。

〔一八〕冒沼：曹植《文帝誄》：「靈芝冒沼，朱華蔭渚。」

〔一九〕夭：木少盛貌。《詩·周南·桃夭》：「桃之夭夭，灼灼其華。」

〔二〇〕青苔蕪石路：《漢書》卷九十七下《孝成班倢伃傳》：「華殿塵兮玉階苔，中庭萋兮緑草生。」江淹《青苔賦》：「蕪階翠地，繞壁點墻。」

〔二一〕邅吾遊夫鄢郢，路脩遠以縈紆：《離騷》：「邅吾道夫崑崙兮，路脩遠以周流。」王逸注：「邅，轉也。楚人名轉曰邅。」鄢郢：楚都，此處泛指江陵、襄陽一帶。縈紆：班固《西都賦》：「步甬道以縈紆，又杳篠而不見陽。」《文選》李善注引《説文》：「縈紆，猶回曲也。」

〔二二〕羌：發聲詞。在目：陶淵明《癸卯歲十二月中作與從弟敬遠》：「傾耳無希聲，在目皓已潔。」宋之問《早發韶州》：「故園長在目，魂去不須招。」

〔二三〕江與漢之不可踰：陶淵明《贈羊長史》：「豈忘游心目，關河不可踰。」

〔二四〕還流：《九嘆·離世》：「凌黄沱而下低兮，思還流而復反。」此處指向東流往建康的江水。

〔二五〕歸煙：江淹《雜體詩三十首·陶徵君田居》：「歸人望煙火，稚子候檐隙。」

〔二六〕容裔：隨風飄動貌。

〔二七〕念衛風於河廣：指《詩·衛風·河廣》一篇。《毛詩序》：「《河廣》，宋襄公母歸于衛，思而不止，故作是詩也。」《河廣》：「誰謂河廣？一葦杭之。誰謂宋遠？跂予望之。誰謂河廣？曾不容刀。誰謂宋遠？曾不崇朝。」

〔二八〕懷邶詩於毖泉：指《詩·邶風·泉水》一篇。《毛詩序》：「《泉水》，衛女思歸也。嫁於諸侯，父母終，思歸寧而不得，故作是詩以自見也。」《泉水》：「毖彼泉水，亦流于淇。」毛傳：「泉水始出，毖然流也。」

〔二九〕漢女悲而歌飛鵠：漢女指蔡琰。蔡琰《悲憤詩》：「胡笳動兮邊馬鳴，孤雁歸兮聲嚶嚶。樂人興兮彈琴箏，音相和兮悲且清。」

〔三〇〕楚客傷而奏南絃：春秋時，楚人鍾儀被囚禁在晉國，戴着南方的帽子在晉侯面前彈奏南方的樂調。《左傳·成公九年》：「晉侯觀于軍府，見鍾儀，問之曰：『南冠而縶者，誰也？』有司對曰：『鄭人所獻楚囚也。』使税之，召而弔之。再拜稽首。問其族，對曰：『泠人也。』公曰：『能樂乎？』對曰：『先父之職官也。敢有二事。』使與之琴，操南音。」

〔三一〕或巢陽而望越，亦依陰而慕燕：《行行重行行》：「胡馬依北風，越鳥巢南枝。」

〔三二〕零雨：《詩·豳風·東山》：「我來自東，零雨其濛。」

〔三三〕《秋風》：漢武帝《秋風辭》。以永年：《尚書·畢命》：「資富能訓，惟以永年。」

【評論】

〔陳祚明〕創作七言，頗有健句。散散作結，言若未止，情若方殷，故自可誦。「歲去」二語，初唐佳句。

《采菽堂古詩選》卷十六

山夜憂

【解題】

此詩最早見於《藝文類聚》卷七《山部上》，文字、篇幅與《戲鴻堂帖》《續古文苑》所收版本頗有不同，詳見校記。

這首詩記載了謝莊在一個月明風清的夜晚，孤身出遊的所見、所聞、所思、所感。既繼承了大謝開創的「出行緣起—景色描寫—抒發感慨」的山水詩結構，又避免了大謝山水詩説理生硬、情景割裂的弊端。開頭至「過香潭而一憩」，交待出遊的時間和路綫。「嶼側兮初薰」至「驚猨亟啼嘯」，寫詩人遊覽時的所見所聞。詩人沿着溪水乘舟出遊，看到了茂盛的山嵐草樹，呼吸到氤氳的花香，聽到蟬鳴鳥啼、泉激猿嘯。月光籠罩下的山夜呈現出一片生機。在這樣美妙的月下林間，作者雖然飲酒、撫琴，却没有感到歡喜愉悦，反倒生出無限傷感。這種傷感憂愁主要來自對人生短暫、時光不再的焦慮。「沈痾白髮共急日，朝露過隙詎賒年。年既去兮髮不還，金膏玉液豈留顏」，四句即是明證。

感歎人生有限、宇宙無盡本是《古詩十九首》以來詩文當中常見的主題，但詩人并没有被這一相對宏大的主題局限，也没有另闢蹊徑像後世張若虛、蘇軾一般去調和二者之間的矛盾（雖然《山夜憂》的結構與蘇軾《前赤壁賦》非常相似），而是在此之外，先行融入了詩人獨特的人生體驗，即嚴酷的政治環境給他帶來的心理壓力和身在官場的不自由。「逢鏤山之既渥，承潤海之方流。身無厚於蜩蠭，恩有重於嵩丘。仰絶炎而締愧，謝淚河而軫憂」六句，表面上是寫皇恩浩蕩、天下安泰，但頌揚的文字與瀰漫全詩的憂愁氣氛格格不入，更像是無法自由流露内心壓抑時的委婉表達。全詩情景交融，感情真摯動人，個性化較强，是謝莊詩歌中的佳作。

語言方面，仍然是三、四、五、六言句夾雜使用，并融入有典型楚辭風格的「兮」字句，以增强抒情效果。句式摇曳多姿、變化靈活，爲此前詩人作品中所不曾見，較早體現了詩賦融合的趨勢，對蕭梁時期的抒情小賦影響較大。結尾「南皋」以下六句，頗似初唐四傑七言歌行風調。

此詩創作時間不可考。從詩中對盛年不再的感歎來看，或是晚年之作。

庭光盡，山明歸①〔一〕。松昏解〔二〕，渚幌稀②〔三〕。流風乘軒卷〔四〕，明月緣河飛。乃斡西枻〔五〕，亂幽瀅〔六〕。出藥嶼而淹留〔七〕，過香潭而一憩。嶼側兮初薰〔八〕，潭垂兮葐蒀〔九〕。或傾華而閟景〔一〇〕，亦轉彩而途雲〔一一〕。雲轉兮四岫沉〔一二〕，景閟兮雙路深。草將濡而坰晦〔一三〕，樹未飂而澗音③〔一四〕。澗鳥鳴兮夜蟬清〔一五〕，橘露靡兮蕙煙輕〔一六〕。凌别浦兮值泉躍〔一七〕，經喬木兮遇猨鷩④。躍泉屢環照，鷩猨亟啼嘯。徒芳酒而生傷〔一八〕，友塵琴而自弔〔一九〕。弔琴兮悠悠，影慼兮心妯〔二〇〕。逢鏤山之既渥〔二一〕，承潤海之方流〔二二〕。身無厚於蜩毳，恩有重於嵩丘。仰絕炎而締愧〔二三〕，謝淚河而軫憂〔二四〕。夜永兮憂綿綿，晨寒起長淵⑤。南皋《別鶴》行佇漢⑥〔二五〕，東鄰孤管入青天〔二六〕。沈疴白髮共急日〔二七〕，朝露過隙詎賒年〔二八〕。年既去兮髮不還⑦，金膏玉液豈留顏⑧〔二九〕。迴舲拓繩户⑨〔三〇〕，收棹掩荆關⑩〔三一〕。

【校記】

①「明」，《戲鴻堂帖》卷四、《續古文苑》卷四并作「羽」。②「松昏解，渚幌稀」兩句，底本及《藝文類聚》卷七皆無，據《戲鴻堂帖》《續古文苑》補。③「乃幹西柤」至「樹末颸而澗音」十二句，底本及《藝文類聚》皆無，據《戲鴻堂帖》《續古文苑》補。④「木」，《藝文類聚》《戲鴻堂帖》《續古文苑》作「林」。⑤「躍泉屢環照」至「晨寒起長淵」十四句，底本及《藝文類聚》皆無，據《戲鴻堂帖》《續古文苑》補。⑥「行佇」，《藝文類聚》《戲鴻堂帖》《續古文苑》作「佇行」。⑦《藝文類聚》《戲鴻堂帖》《續古文苑》無「既」字。⑧「液」，《戲鴻堂帖》《續古文苑》作「瀝」。⑨「拓」，《詩紀》卷四十六《宋二》作「柘」，《戲鴻堂帖》《續古文苑》作「祏」。⑩《續古文苑》篇末有孫星衍校語：「此篇《詩紀》《百三名家集》皆不全。」

【箋注】

〔一〕庭光盡，山明歸：顏延之《贈王太常》：「庭昏見野陰，山明望松雪。」

〔二〕松昏解：謂月光照進松林，驅散了林中的昏暗。

〔三〕幰：據張青松《大型字書疑難字考釋七則》（《古漢語研究》二〇一九年第四期），「幰」的正字當爲「㦟」，形容昏暗不明的樣子。注者贊同此説。周志鋒在《訓詁探索與應用》（浙江大學出版社二〇一五年版）第六章《訓詁與古籍整理》中，認爲「幰」是「煙」字之誤，可備一説。

〔四〕流風：曹植《洛神賦》：「髣髴兮若輕雲之蔽月，飄颻兮若流風之迴雪。」

〔五〕斡：轉。枻：楫、櫂。

〔六〕澨：水涯。

〔七〕嶼：水中山。

〔八〕側：傾斜。薰：香。

〔九〕垂：覆蓋。葐蒀：即氛氲，香氣貌。「嶼側兮初薰，潭垂兮葐蒀」二句，應爲「初薰側嶼，葐蒀垂潭」的倒裝，意指香氣布滿嶼、潭。

〔一〇〕華：日。阮籍《詠懷詩》：「逍遥未終晏，朱華忽西傾。」閟：閉。

〔一一〕途：通塗，塗抹、染。

〔一二〕雲轉兮四岫沉：傅毅《舞賦》：「蜲蛇娲嫋，雲轉飄曶。」謝朓《臨楚江賦》：「雲沈西岫，風蕩中川。」

〔一三〕坰：遠郊、野外。

〔一四〕飂：風行聲。

〔一五〕澗鳥鳴：王維《鳥鳴澗》：「月出驚山鳥，時鳴春澗中。」夜蟬清：曹植《蟬賦》：「惟夫蟬之清素兮，潛厥類乎太陰。」顏延之《夏夜呈從兄散騎車長沙》：「夜蟬當夏急，陰蟲先秋聞。」

〔一六〕靡：散，墜落。

〔一七〕浦：大水有小口别通曰浦。

〔一八〕徒芳酒而生傷：此句謂獨自一人飲酒。

〔一九〕友塵琴而自弔：《詩·周南·關雎》：「窈窕淑女，琴瑟友之。」江淹《采石上菖蒲》：「瓊琴久塵蕪，金鏡廢不看。」江淹《悼室人》：「臨彩方自弔，攬氣以傷然。」

〔二〇〕慼：憂傷。心妯：《詩·小雅·鼓鍾》：「憂心且妯。」毛傳：「妯，動也。」鄭玄箋：「妯之言悼也。」

〔二一〕鏤山：鮑照《河清頌》：「鏤山嶽，雕篆素。」

〔二二〕潤海：《漢書》卷五十六《董仲舒傳》：「德潤四海，澤臻中木。」「逢鏤山之既渥」二句，稱贊孝武帝功德盛大，教化流衍。

〔二三〕絶炎：司馬相如《封禪書》：「而後因雜薦紳先生之略術，使獲燿日月之末光絶炎，以展采錯事。」《史記集解》引《漢書音義》：「使諸儒記功著業，得睹日月末光殊絶之用，以展其官職，設厝其事業者也。」締：鬱結。《九章·悲回風》：「心鞿羈而不形兮，氣繚轉而自締。」

〔二四〕淚河：《世説新語・言語》：「聲如震雷破山，淚如傾河注海。」軫：憂、痛。

〔二五〕皋：澤。《别鶴》：《别鶴操》。嵇康《琴賦》：「《王昭》《楚妃》，《千里别鶴》。」《文選》李善注引蔡邕《琴操》：「商陵牧子娶妻，五年無子，父兄欲爲改娶，牧子援琴鼓之，歎别鶴以舒其憤懣，故曰『别鶴操』。」又引崔豹《古今注》：「《别鶴操》，商陵牧子所作也。牧子娶妻五年，無子，父母將爲之改娶。妻聞之，中夜起，聞鶴聲，倚户而悲。牧子聞之，愴然歌曰：『將乖比翼隔天端，山川悠遠路漫漫。』攬衣不寢食。後人因以爲樂章也。」鮑照有《代别鶴操》。

〔二六〕孤管：指代笛子。向秀《思舊賦》：「鄰人有吹笛者，發聲寥亮。追思曩昔遊宴之好，感音而歎，故作賦云。」

〔二七〕沈疴：鮑照《自礪山東望震澤》：「以此藉沈疴，棲迹别人群。」共急日：《離騷》：「日月忽其不淹兮，春與秋其代序。」

〔二八〕朝露：《長歌行》：「青青園中葵，朝露行日晞。」過隙：《莊子・知北遊》：「人生天地之間，若白駒之過郤，忽然而已。」

〔二九〕金膏：《穆天子傳》卷一：「黄金之膏。」郭璞注：「金膏亦猶玉膏，皆其精汋也。」玉液：王逸《九思・疾世》：「吮玉液兮止渴，齧芝華兮療飢。」王逸注：「玉液，瓊蕊之精氣。」留顔：鮑照《擬行路難》：「聽此愁人兮奈何，登山遠望得留顔。」

〔三〇〕舲：小船。拓：同摭，拾取、收起。

〔三二〕荆關：陶淵明《癸卯歲十二月中作與從弟敬遠》：「顧眄莫誰知，荆扉晝常閉。」

【評論】

〔鍾惺〕妙題，可作樂府。詩中用春并歸、晨芳歸、煙歸、風歸、山明歸，説「歸」字盡情，愈幻愈妙矣。（評「淩別浦」句）「值」字有景。《古詩歸》卷十一

〔譚元春〕（評「庭光」二句）「山明」妙，「明歸」尤妙。非極静心眼不知。（評「明月」句）「飛」字真得月之神情意態，在河上尤看得出。（評「沈痾」句）「共」字妙，開唐人諸想。《古詩歸》卷十一

〔宋白長〕謝希逸以長短句作《山夜憂》，不似賦月人語。使鮑明遠見之，得無噴飯滿案耶？《柳亭詩話》卷十「山夜憂」

卷二

詔

宋明帝即位赦詔①

【解題】宋明帝劉彧（四三九—四七二），字休炳，小字榮期，文帝第十一子。元嘉二十五年（四四八）封淮陽王，二十九年（四五二）改封湘東王。孝武帝朝歷任中護軍、侍中、衛尉、領軍將軍、徐州刺史等職。前廢帝即位，出爲使持節、散騎常侍、都督南豫豫司江四州揚州之宣城諸軍事、衛將軍、南豫州刺史。前廢帝在位時屠戮親族、重臣，劉彧亦遭到猜忌。景和元年（四六五）十一月二十九日夜，劉彧聯合阮佃夫、李道兒、壽寂之等人，殺前廢帝於華林園竹林堂。十二月丙寅（七日），劉彧即位，改元泰始，頒發即位詔書。《南史·謝莊傳》：「明帝定亂得出，使爲赦詔。」故此文當作於泰始元年（四六五）十二月。

文章可分爲三段。第一段追述劉宋武帝劉裕、文帝劉義隆和孝武帝劉駿三代所創立的功績。第二段重點揭露、批判前廢帝劉子業暴虐無道的性格和即位後的種種殘酷行徑，如迫害宗親、殺戮輔臣、生活淫靡、違背倫常、寵溺小人等等，進而指出這些行爲已嚴重威脅到劉宋皇基和天下百姓的安危。第三段寫劉彧奉天應時，挽救宗廟社稷，即位實屬正當。最後宣布改元、大赦天下。

此文最早見於《宋書》卷八《明帝紀》。《宋文紀》卷四收在明帝名下。

高祖武皇帝德洞四瀛〔一〕，化綿九服〔二〕。太祖文皇帝以大明定基〔三〕，世祖孝武皇帝以下武寧亂〔四〕。日月所照，梯山航海〔五〕；風雨所均，削衽襲帶〔六〕。所以業固盛漢，聲溢隆周。

【校記】

①《宋文紀》卷四題作「即位改元詔」。《全宋文》卷三十四題作「泰始元年改元大赦詔」。

【箋注】

〔一〕高祖武皇帝：宋武帝劉裕（三六三—四二二），劉宋開國之君，四二〇—四二二年在位。謚號武皇帝，廟號高祖。洞：貫、通。四瀛：四海。

〔二〕化：教化。綿：遠。九服：《周禮·夏官·職方氏》：「乃辨九服之邦國。方千里曰王畿，其外方五百里曰侯服，又其外方五百里曰甸服，又其外方五百里曰男服，又其外方五百里曰采服，又其外方五百里曰衛服，又其外方五百里曰蠻服，又其外方五百里曰夷服，又其外方五百里曰鎮服，又其外方五百里曰藩服。」

〔三〕太祖文皇帝：宋文帝劉義隆（四〇七—四五三），武帝第三子，四二四—四五三年在位，開創了「元嘉之治」。廟號文皇帝，謚號太祖。大明：廣大的德行。《詩·大雅》有《大明》一篇。《毛詩序》：「《大明》，文王有明德，故天復命武王也。」鄭玄箋：「二聖相承，其明德日以廣大，故曰大明。」

〔四〕世祖孝武皇帝：宋孝武帝劉駿（四三〇—四六四），文帝第三子，四五三—四六四年在位。謚號孝武皇帝，廟號世祖。下武：《詩·大雅》有《下武》一篇。《毛詩序》：「《下武》，繼文也。武王有聖德，復受天命，能昭先人之功焉。」陸機《漢高祖功臣頌》：「寧亂以武，斃呂以權。」

〔五〕梯山航海：代指海外、偏遠地區。顏延之《三月三日曲水詩序》：「棧山航海，踰沙軼漠之貢，府無虛月。」《文選》呂延濟注：「言遠方之國，山作棧道，海濟舟航，踰度沙漠，來貢土物，府庫之內，每月無絶也。」《後漢書》卷八十八《西域傳論》：「梯山棧谷繩行沙度之道，身熱首痛風炎鬼難之域。」

〔六〕削衽襲帶：指異族改變習俗，接受中華教化。《漢書》卷六十四下《終軍傳》：「若此之應，殆將有解編髮，削左衽，襲冠帶，要衣裳，而蒙化者焉。」

子業凶嚚自天〔一〕，忍悖成性〔二〕，人面獸心〔三〕，見於齠日①〔四〕，反道敗德〔五〕，著自比年。其狎侮五常〔六〕，怠棄三正〔七〕，矯誣上天〔八〕，毒流下國〔九〕，寔開闢所未有〔一〇〕，書契所未聞〔一一〕。再罹遏密〔一二〕，而無一日之哀；齊斬在躬〔一三〕，方深北里之樂〔一四〕。虎兕難匣〔一五〕，憑河必彰〔一六〕，遂誅滅上宰，窮釁逆之酷，虐害國輔，究孥戮之刑〔一七〕。子鸞同生，以昔憾殄殪〔一八〕。敬猷兄弟，以睚眦殲夷〔一九〕。徽逼義陽，將加屠膾〔二〇〕。陵辱戚藩〔二一〕，櫝楚妃主〔二二〕。奪立左右，竊子置儲〔二三〕，肆酗于朝②，宣淫于國〔二四〕。事穢東陵〔二五〕，行污飛走〔二六〕。積釁罔極，日月滋深。比遂圖犯玄宮〔二七〕，志窺題凑〔二八〕，將肆梟獍之禍③〔二九〕，騁商頓之心〔三〇〕。又欲鴆毒崇憲〔三一〕，虐加諸父〔三二〕，事均宮闈，聲遍國都。鴟梟小豎〔三三〕，莫不寵暱〔三四〕，朝廷忠誠④，必加戮挫⑤。收掩之旨〔三五〕，虓虎結轍〔三六〕；掠奪之使，白刃相望。百僚危氣，首領無有全地；萬姓崩心，妻子不復相保。所以鬼哭山鳴〔三七〕，星鈎血降〔三八〕，神器殆於馭索〔三九〕，景祚危於綴旒⑥〔四〇〕。

【校記】

①「韶」，《册府元龜》卷二百七作「髫」。　②「酗」，《宋文紀》作「凶」。　③「獍」，《宋書》作「鏡」。　④「誠」，《册府元龜》作「諴」。　⑤「加」，《宋書》作「也」。　⑥「旒」，《宋文紀》作「冕」。

【箋注】

〔一〕子業：宋前廢帝劉子業（四四九—四六五），孝武帝長子，四六四—四六五年在位。在位期間荒淫無道，濫殺無辜，後被劉彧與阮佃夫等人殺害。嚚：頑、愚。

〔二〕忍：殘忍。悖：乖謬。

〔三〕人面獸心：《漢書》卷九十四下《匈奴傳下》：「夷狄之人，貪而好利，被髮左衽，人面獸心。」

〔四〕齠：小兒換牙。此處用「齠日」指代幼年。

〔五〕反道敗德：《尚書·大禹謨》：「侮慢自賢，反道敗德。」

〔六〕狎侮五常：《尚書·泰誓》：「今商王受，狎侮五常，荒怠弗敬。」孔安國傳：「輕狎五常之教，侮慢不行，大爲怠惰，不敬天地神明。」孔穎達疏：「五常，即五典，謂父義、母慈、兄友、弟恭、子孝。五者，人之常行。」

〔七〕怠棄三正：《尚書·甘誓》：「有扈氏威侮五行，怠棄三正。」夏正建寅，殷正建丑，周正建子，合稱三正。《經典釋文》引馬融：「建子、建丑、建寅，三正也。」一説天地人之正道。孔安國傳：「怠惰棄廢天地人之正道。」

〔八〕矯誣上天：《尚書·仲虺之誥》：「夏王有罪，矯誣上天，以布命于下。」孔安國傳：「言托天以行虐於民，乃桀之大罪。」

〔九〕毒流：《漢書》卷十《成帝紀》：「毒流衆庶。」下國：諸侯，對天子爲下國。

〔一〇〕開闢：天地開闢之始。《法言·寡見》：「開闢以來，未有秦也。」

〔一一〕書契所未聞：《三國志》卷六《魏書·董二袁劉傳論》：「董卓狼戾賊忍，暴虐不仁，自書契已來，殆未之有也。」

〔一二〕遏密：原指皇帝死後停止作樂。《尚書·舜典》：「帝乃殂落，百姓如喪考妣，三載，四海遏密八音。」孔安國傳：「遏，絶。密，静也。」孔穎達疏：「百官感德思慕，如喪考妣，三載之内，四海之人，蠻夷戎狄，皆絶静八音而不復作樂。」此處代指皇帝去世。再罹遏密，指元嘉三十年（四五三）文帝去世和大明八年（四六四）孝武帝去世。

〔一三〕齊斬：五服中的齊衰、斬衰。

〔一四〕深：盛。北里之樂：《史記》卷三《殷本紀》：「於是使師涓作新淫聲，北里之舞，靡靡之樂。」

〔一五〕虎兕：猛獸。匣：檻，關猛獸的籠子，此處作動詞。《論語·季氏》：「虎兕出於柙，龜玉毁於櫝中，是誰之過與？」

〔一六〕憑河：《論語·述而》：「子曰：『暴虎馮河，死而無悔者，吾不與也。』」孔安國注：「暴虎，徒搏。憑河，徒涉。」比喻魯莽的行爲。

〔一七〕「遂誅滅上宰」四句：上宰、國輔：輔政大臣。釁：罪、過。劉子業在位時，殺害了孝武帝欽定的顧命大臣劉義恭、柳元景、沈慶之、顔師伯四人。孥戮：《尚書·甘誓》：「予則孥戮汝。」孔安國傳：「孥，子也。非但止汝身，辱及汝子。言耻累也。」

〔一八〕子鸞同生，以昔憾殄殪：劉子鸞（四五六—四六五），字孝羽，孝武帝第八子，生母爲殷貴妃，深得孝武帝寵愛。《宋書》卷八十《始平孝敬王子鸞傳》稱：「母殷淑儀，寵傾後宫，子鸞愛冠諸子，凡爲上所盼遇者，莫不入子鸞之府、國。」孝武帝生前有廢劉子業、立劉子鸞爲太子之意。故子業即位後，將子鸞殺害。憾：恨。殄、殪：死。

〔一九〕敬猷兄弟，以睚眦殲夷：據《宋書》卷七《前廢帝紀》：「（景和元年十一月）戊午，南平王敬猷、廬陵王敬先、安南侯敬淵并賜死。」敬猷、敬先、敬淵爲南平王鑠子。據《宋書》卷七十二《南平穆王鑠傳》：「前廢帝景和末，召鑠妃江氏入宫，使左右於前逼迫之，江氏不受命。謂曰：『若不從，當殺汝三子。』江氏猶不肯。於是遣使於第殺敬猷、敬淵、敬先，鞭江氏一百。」睚眦：《漢書》卷六十《杜周傳附杜業傳》：「報睚眦怨。」顔師古注：「睚，舉眼也。眦即眥字，謂目匡也。言舉目相忤者，即報之也。一説……睚眦，瞋目貌也。」

〔二〇〕徵逼義陽，將加屠膾：義陽王劉昶（四三六—四九七），字休道，爲宋文帝第九子，前廢帝時任徐州刺史。前廢帝懷疑劉昶反叛，於景和元年（四六五）九月親自帶兵討伐。劉昶被迫逃亡，投奔北魏。

〔二一〕戚藩：近親藩王。王儉《褚淵碑文》：「屬值三季在辰，戚藩内侮。」《文選》李周翰注：「戚藩，謂諸王也。」

〔二二〕櫝楚：兩種植物，在古代可用來製作刑具，此處代指刑罰、笞打。《晉書》卷八十二《虞預傳》：「臣聞間者以來，刑獄轉繁，多力者則廣牽連逮，以稽年月，無援者則嚴其櫝楚，期於入重。」

〔二三〕奪立左右，竊子置儲：《宋書》卷七《前廢帝紀》：「（景和元年十一月）丁未，皇子生，少府劉勝之子也。」又《宋書》卷七十二《始安王休仁傳》：「時廷尉劉矇妾孕，臨月，迎入後宮，冀其生男，欲立爲太子。」

〔二四〕肆酗于朝，宣淫于國：前廢帝姑母新蔡公主爲何邁妻子，「廢帝納公主於後宫，僞言薨殞」。前廢帝又爲姐姐山陰公主置面首三十人。又《宋書》卷七十二《始平王休仁傳》：「常於休仁前使左右淫逼休仁所生楊太妃，左右并不得已順命，以至右衛將軍劉道隆，道隆歡以奉旨，盡諸醜狀。」

〔二五〕東陵：代指大盗盗跖。《莊子·駢拇》：「盗跖死利於東陵之上。」《文選》卷四十六《王文憲集序》李善注引司馬彪：「東陵，陵名，今屬濟南也。」成玄英疏：「東陵者，山名，又云即太山也，在齊州界，去東平十五里，跖死其上也。」劉孝標《廣絶交論》：「南荆之跋扈，東陵之巨猾。」《文選》劉良注：「盗跖爲亂於東陵。東陵，地名。」

〔二六〕飛走：飛指飛禽，走指走獸。《後漢書》卷三十八《法雄傳》：「古者至化之世，猛獸不擾，皆由恩信寬澤，仁及飛走。」

〔二七〕比：近日、近來。玄宫：又名「玄宇」，墳墓中置棺之室。曹植《平原懿公主誄》：「爰構玄宫，玉石交連。」謝莊《孝武宣貴妃誄》：「悼泉途之已宫。」《文選》吕向注：「已宫謂玄宫，天子后妃所葬墓皆曰玄宫也。」

〔二八〕題凑：《史記》卷一百二十六《滑稽列傳》：「臣請以彫玉爲棺，文梓爲椁，楩楓豫章爲題凑。」

《史記集解》引蘇林注：「以木累棺外，木頭皆内向，故曰題湊。」《南史》卷二《宋本紀中》：「帝自以爲昔在東宫，不爲孝武所愛，及即位，將掘景寧陵，太史言於帝不利而止。乃縱糞於陵，肆罵孝武帝爲『齇奴』。又遣發殷貴嬪墓，忿其爲孝武所寵。」

〔二九〕梟獍：傳説中的惡獸名，獍又稱破鏡。《史記》卷十二《孝武本紀》：「祠黄帝用一梟破鏡。」《史記集解》引孟康注：「梟，鳥名，食母。破鏡，獸名，食父。」《述異記》卷上：「獍之爲獸，狀如虎豹而小，始生，還食其母，故曰梟獍。」庾信《哀江南賦》：「大則有鯨有鯢，小則爲梟爲獍。」

〔三〇〕商頓：商臣、冒頓。商臣爲春秋時期楚穆王。穆王爲楚成王太子，弑父後自立。事見《左傳·文公元年》。冒頓爲秦漢時期匈奴頭曼單于之子，殺其父、後母、母弟自立爲王。事見《史記》卷一百十《匈奴列傳》。

〔三一〕崇憲：孝武帝劉駿之母、前廢帝劉子業祖母路太后，孝武帝即位後居崇憲宫。史書不載劉子業欲毒殺路太后之事。

〔三二〕虐加諸父：指劉子業虐待諸位叔父之事。《宋書》卷七十二《始安王休仁傳》：「時廢帝狂悖無道，誅害群公，忌憚諸父，并因之殿内，毆捶陵曳，無復人理。休仁及太宗、山陽王休祐，形體并肥壯，帝乃以竹籠盛而稱之，以太宗尤肥，號爲『猪王』，號休仁爲『殺王』，休祐爲『賊王』。……東海王禕凡劣，號爲『驢王』。……嘗以木槽盛飯，内諸雜食，攪令和合，掘地爲坑阱，實之以泥水，裸太宗内坑中，和槽食置前，令太宗以口就槽中食，用之爲歡笑。」

〔三三〕鴟梟：貪惡之鳥，比喻小人。曹植《贈白馬王彪》：「鴟梟鳴衡軏，豺狼當路衢。」《文選》李善注：「鴟梟、豺狼，以喻小人。」小豎：小臣、小人。

〔三四〕暱：親近。《宋書》卷七《前廢帝紀》：「帝所幸閹人華願兒，官至散騎常侍，加將軍帶郡。」

〔三五〕收掩：抓捕。

〔三六〕虓虎：猛虎憤怒的樣子，指代士兵。《詩·大雅·常武》：「進厥虎臣，闞如虓虎。」結轍：形容往來不絕。《漢書》卷四《文帝紀》：「遣使者冠蓋相望，結徹於道。」韋昭注：「使車往還，故徹如結也。」

〔三七〕鬼哭山鳴：《尚書璇璣鈐》曰：「鬼哭山鳴。」鄭玄注：「鬼哭，誅無辜也。山鳴，聽不聰之異也。」又《帝王世紀》：「天火燒其宫，兩日并盡，或鬼哭，或山鳴。紂不懼，愈慢神。」

〔三八〕星鈎：《隋書》卷十九《天文志上》：「西河中九星如鈎狀，曰鈎星，伸則地動。」血降：《墨子·非攻》：「昔者有三苗大亂，天命殛之，日妖宵出，雨血三朝。」又《宋書》卷三十二《五行志三》：「佞人禄，功臣戮，天雨血。」

〔三九〕神器：天下。馭索：《尚書·五子之歌》：「予臨兆民，懔乎若朽索之馭六馬。」孔安國傳：「腐索馭六馬，言危懼甚。」

〔四〇〕景：大。祚：福。景祚此處代指帝位。綴旒：劉琨《勸進表》：「國家之危，有若綴旒。」《文選》呂延濟注：「旒，冕旒，上綴珠，下垂而危，言國家似之。」

朕假寐凝憂〔一〕，泣血待旦〔二〕，慮大宋之基，於焉而泯，武文之業，將墜于淵。賴七廟之靈〔三〕，藉八百之慶〔四〕，巨猾斯殄〔五〕，鴻沴時褰〔六〕。皇綱絶而復紐〔七〕，天緯缺而更張〔八〕。猥以寡薄〔九〕，屬承乾統〔一〇〕，上緝三光之重〔一一〕，俯顧庶民之艱①。業業矜矜，若履冰谷〔一二〕，思與億兆〔一三〕，同此維新〔一四〕。可大赦天下，改景和元年爲泰始元年。賜民爵二級〔一五〕。鰥寡孤獨不能自存者〔一六〕，穀人五斛。逋租宿債勿復收〔一七〕。犯鄉論清議〔一八〕，贓污淫盜，并悉洗除。長徒之身〔一九〕，特賜原遣。亡官失爵，禁錮舊勞〔二〇〕，一依舊典。其昏制謬封，并皆刊削。

【校記】

①「艱」，《册府元龜》作「難」。

【箋注】

〔一〕假寐凝憂：《詩·小雅·小弁》：「假寐永嘆，維憂用老。」鄭玄箋：「不脱冠衣而寐曰假寐。」孔穎達疏：「假寐之中，長歎此事，維是憂而用致於老矣。」

〔二〕泣血：《詩·小雅·雨無正》：「鼠思泣血，無言不疾。」毛傳：「無聲曰泣血。」待旦：《尚書·

太甲上》：「先王昧爽丕顯，坐以待旦。」

〔三〕七廟：皇帝供奉祖先神主的宗廟。《禮記·王制》：「天子七廟，三昭三穆，與大祖之廟而七。」鄭玄注：「此周制。七者，大祖及文王、武王之祧與親廟四。大祖，后稷。」據孔穎達疏，王肅認爲「天子七廟者，謂高祖之父及高祖之祖廟爲二祧，并始祖及親廟四爲七。」

〔四〕八百：《史記》卷三《殷本紀》：「周武王之東伐，至盟津，諸侯叛殷會周者八百。」

〔五〕猾：亂。殄：絶、滅。

〔六〕沴：《漢書》卷二十七中之上《五行志中之上》：「氣相傷，謂之沴。」褰：收、祛、絶。

〔七〕皇綱絶而復紐：孫楚《爲石仲容與孫皓書》：「於是九州絶貫，皇綱解紐。」《文選》劉良注：「紐，結也。言九州之事斷絶，而皇王綱紀解其結也。」《春秋穀梁傳序》：「昔周道衰陵，乾綱絶紐。」

〔八〕天緯缺而更張：《左傳·昭公二十五年》：「禮，上下之紀，天地之經緯也。」《漢書》卷五十六《董仲舒傳》：「竊譬之琴瑟不調，甚者必解而更張之，乃可鼓也。」

〔九〕猥：卑下，自謙詞。寡薄：《論衡·命禄篇》：「知寡德薄。」

〔一〇〕乾統：天道的統緒。

〔一一〕緝：繼。三光：日月星。重：威重。

〔一二〕業業矜矜，若履冰谷：矜：慎、危。《尚書·皋陶謨》：「兢兢業業。」孔安國傳：「兢兢，戒慎。

業業，危懼。」《詩・小雅・小旻》：「戰戰兢兢，如臨深淵，如履薄冰。」

〔一三〕億兆：見《舞馬賦》注。

〔一四〕維新：《詩・大雅・文王》：「周雖舊邦，其命維新。」

〔一五〕民爵：古代君王賜給民間有功者的爵位。《漢書》卷一上《高帝紀上》：「施恩德，賜民爵。」臣瓚注：「爵者，禄位。民賜爵，有罪得以減也。」

〔一六〕鰥寡孤獨不能自存者：《孟子・梁惠王下》：「老而無妻曰鰥，老而無夫曰寡，老而無子曰獨，幼而無父曰孤。此四者，天下之窮民而無告者。」《毛詩序》：「《大田》，刺幽王也，言矜寡不能自存焉。」

〔一七〕逋租：《漢書》卷六《武帝紀》：「民田租逋賦貸，已除。」顔師古注：「逋賦，未出賦者也。逋貸，官以物貸之，而未還也。」逋：拖欠、積欠。租：田賦。宿：舊。

〔一八〕鄉論清議：地方上進行的人物評論，用以甄别人才。

〔一九〕長徒：長期服勞役。

〔二〇〕禁錮：《左傳・成公二年》：「子反請以重幣錮之。」杜預注：「禁錮，勿令仕。」。舊勞：《尚書・無逸》：「其在高宗，時舊勞于外，爰暨小人。」孔穎達疏：「舊，久也。」

表

上搜才表①

【解題】

此文最早收於《宋書》卷八十五《謝莊傳》。傳云：「孝建元年，遷左衛將軍。……于時搜才路陋，乃上表曰。」可知作於孝建元年（四五四）。

這篇奏文語言整飭，多用四六句，用典貼切。文章第一段開頭便强調人才對於治理國家的重要性非奇珍異寶可比，提出「興資得才，替因失士」的觀點。第二段先指出人才是否能施展才能，關鍵在於是否能被發現、任用。這一觀點其來有自。荀子在《宥坐篇》中即已寫道：「夫遇不遇者，時也；賢不肖者，材也。君子博學深謀不遇時者多矣。……今有其人不遇其時，雖賢，其能行乎？苟遇其時，何難之有？」司馬遷《悲士不遇賦》、董仲舒《士不遇賦》、王充《論衡·逢遇篇》，都討論過這個問題。隨後謝莊建議應在正常的吏部銓選之外，鼓勵大臣不拘一格推薦人才，并將對被推薦者的賞罰與推薦人捆綁在一起。第三段專論州郡長官的重要性，認爲不宜頻繁調動，應遵循六年之制進行考核。這一條意見是針對孝武帝改變元嘉時期地方長官以六年爲一任期的規定而發的。《南史》卷二十一《謝莊傳》記載：「初，文帝世，限年三十而仕郡縣，六周乃選代，刺史或十年餘。至是皆易之，仕者不拘長少，莅人以三周爲滿。宋之善政於是乎衰。」

謝莊在這篇表奏中提出的幾條意見切中時弊，有較强的針對性，可見謝莊關注現實，也具備一定的政治才能。但這些意見并没有被孝武帝采納。《宋書》謝莊本傳云：「有詔莊表如此，可付外詳議，事不行。」雖然孝武帝在大明二年六月以吏部尚書一人難以選拔衆才爲由，增置吏部尚書，但這主要是出於加强集權的考慮，與謝莊的提議無關。

臣聞功照千里②，非特燭車之珍③〔一〕；德柔鄰國④，豈徒秘璧之貴〔二〕。故《詩》稱殄悴〔三〕，《誓》述榮懷〔四〕，用能道臻無積〔五〕，化至恭己〔六〕。伏惟陛下膺慶集圖〔七〕，締寓開縣⑤〔八〕，夕爽選政⑥〔九〕，昃日調風⑦〔一〇〕，采言厮輿〔一一〕，觀謡仄遠〔一二〕，斯實辰階告平〔一三〕，頌聲方製〔一四〕。臣竊惟隆陂所漸〔一五〕，治亂之由⑧，何嘗不興資得才〔一六〕，替因失士〔一七〕。故楚書以善人爲寶〔一八〕，《虞典》以則哲爲難〔一九〕。進選之軌⑨，既弛中代⑩〔二〇〕，登造之律〔二一〕，未闡當今⑪。必欲崇本康務⑫〔二二〕，庇民濟俗，匪更惉懘〔二三〕，奚取九成〔二四〕。

【校記】

①《宋文紀》卷十四題作「上廣搜才路表」。②「功照千里」，《南史》卷二十作「功傾魏后」。③「燭」，《南史》作「照」。④「鄰國」，《南史》作「秦客」。⑤「縣」，《宋文紀》作「殿」。⑥「夕」，

《册府元龜》卷四百七十一作「曶」。⑦「調」,《册府元龜》作「諷」。⑧「治亂」,《南史》作「成敗」。⑨「進選之軌」,《南史》作「而進選之舉」。⑩「弛」,《南史》作「隳」。⑪「闡」,《南史》作「聞」。⑫「崇」,《南史》作「豐」。

【箋注】

〔一〕功照千里,非特燭車之珍:《九章·惜往日》:「奉先功以照下兮,明法度之嫌疑。」《史記》卷四十六《田敬仲完世家》:「二十四年,(齊威王)與魏王會田於郊。魏王問曰:『王亦有寶乎?』威王曰:『無有。』梁王曰:『若寡人國小也,尚有徑寸之珠照車前後各十二乘者十枚,奈何以萬乘之國而無寶乎?』威王曰:『寡人之所以爲寶與王異。吾臣有檀子者,使守南城,則楚人不敢爲寇東取,泗上十二諸侯皆來朝。吾臣有肦子者,使守高唐,則趙人不敢東漁於河。吾吏有黔夫者,使守徐州,則燕人祭北門,趙人祭西門,徙而從者七千餘家。吾臣有種首者,使備盜賊,則道不拾遺。將以照千里,豈特十二乘哉!』」謝莊《孝武宣貴妃誄》:「照車去魏。」

〔二〕秘璧:和氏璧。謝莊《孝武宣貴妃誄》:「連城辭趙。」「德柔鄰國」二句,用藺相如完璧歸趙事。

〔三〕《詩》稱殄悴:《詩·大雅·瞻卬》:「人之云亡,邦國殄瘁。」毛傳:「殄,盡。瘁,病也。」

〔四〕《誓》述榮懷:《尚書·秦誓》:「邦之榮懷,亦尚一人之慶。」孔安國傳:「國之光榮爲民所歸,亦庶幾其所任用賢之善也。」

〔五〕積:滯。《莊子·天道》:「天道運而無所積,故萬物成。」

〔六〕恭己：恭敬己身。《論語·衛靈公》：「子曰：『無爲而治者，其舜也與？夫何爲哉？恭己正南面而已矣。』」

〔七〕膺：當。班固《幽通賦》：「栗取弔于逌吉兮，王膺慶於所慼。」圖：河圖，此處泛指祥瑞。

〔八〕締寓：謝莊《世祖孝武皇帝歌》：「闢我皇維，締我宋宇。」縣：代指疆界。「開縣」又借用《漢書》卷二十六《天文志》「天開縣物」的字面。孟康注：「謂天裂而見物象也。天開示縣象。」

〔九〕爽：明。選政：《韓非子·難三》：「仲尼曰：『政在選賢。』」

〔一〇〕昃旦：《尚書·無逸》：「自朝至于日中昃，不遑暇食，用咸和萬民。」《説文·日部》：「昃，日在西方時，側也。」調風：《漢書》卷二十一上《律曆志上》：「調八風。」皇侃《論語義疏》卷二：「天子制八音爲樂，以調八風。」

〔一一〕厮輿：《漢書》卷六十四上《嚴助傳》：「厮輿之卒有一不備而歸者。」顔師古注：「厮，析薪者。輿，主駕車者。此皆言賤役之人。」

〔一二〕觀謡：《慎子》外篇：「采民詩謡以觀其風。」仄：側、狹，指代邊遠地區。

〔一三〕辰：日月星三辰。階：天之三階。《漢書》卷六十五《東方朔傳》：「願陳《泰階六符》。」應劭注：「《黄帝泰階六符經》曰：『泰階者，天之三階也。上階爲天子，中階爲諸侯公卿大夫，下階爲士庶人。上階上星爲男主，下星爲女主。中階上星爲諸侯三公，下星爲卿大夫。下階上星爲元士，下星爲庶人。三階平則陰陽和，風雨時，社稷神祇咸獲其宜，天下大安，是爲太平。三階不平，則五神乏祀，日有食之，水潤不浸，稼穡不成，冬雷夏霜，百姓不寧，故治道傾。』」

〔一四〕頌聲方製：《詩譜序》：「及成王、周公致大平，制禮作樂，而有頌聲興焉，盛之至也。」

〔一五〕陂：傾。漸：事物之先端。

〔一六〕資：藉，依靠。

〔一七〕替：衰、廢。

〔一八〕楚書以善人爲寶：《禮記・大學》：「楚書曰：『楚國無以爲寶，惟善以爲寶。』」鄭玄注：「楚書，楚昭王時書也。言以善人爲寶。」又《國語・楚語下》：「王孫圉聘於晉，定公饗之，趙簡子鳴玉以相，問於王孫圉曰：『楚之白珩猶在乎？』對曰：『然。』簡子曰：『其爲寶也幾何矣。』曰：『未嘗爲寶。楚之所寶者曰觀射父，能作訓辭，以行事於諸侯，使無以寡君爲口實。又有左史倚相，能道訓典以叙百物，以朝夕獻善敗於寡君，使寡君無忘先王之業，又能上下説於鬼神，順道其欲惡，使神無有怨痛於楚國。……此楚國之寶也。若夫白珩，先王之玩也，何寶焉？』」

〔一九〕《虞典》以則哲爲難：《尚書・皋陶謨》：「知人則哲，能官人。安民則惠，黎民懷之。」孔安國傳：「哲，智也，無所不知，故能官人。」《皋陶謨》在《尚書》中屬於《虞書》。則：效仿、效法

〔二〇〕中代：中朝，指西晉。

〔二一〕登：升。造：進。

〔二二〕崇本：《春秋繁露・立元神》：「夫爲國，其化莫大於崇本。崇本則君化若神，不崇本則君無以

兼人。」康：綏、安。務：事務、工作。

〔二三〕沾懘：《禮記·樂記》：「聲音之道，與政通矣。宮爲君，商爲臣，角爲民，徵爲事，羽爲物。五者不亂，則無怗懘之音矣。」鄭玄注：「怗懘，敝敗不和貌。」

〔二四〕九成：《尚書·益稷》：「簫韶九成，鳳皇來儀。」孔安國傳：「韶，舜樂名。……備樂九奏而致鳳皇，則餘鳥獸不待九而率舞。」

夫才生於時〔一〕，古今豈貳；士出於世，屯泰焉殊①〔二〕。升曆中陽〔三〕，英賢起於徐沛；受籙白水〔四〕，茂異出於荆宛〔五〕。寧二都智之所産〔六〕，七隩才之所集②〔七〕，實遇與不遇，用與不用耳。今大道光亨〔八〕，萬務俟德〔九〕，而九服之曠〔一〇〕，九流之艱③〔一一〕，提鈞懸衡，委之選部。一人之鑒易限，而天下之才難原④。以易限之鑒，鏡難原之才，使國罔遺授⑤，野無滯器〔一二〕，其可得乎。昔公叔與僎同升⑥〔一三〕，管仲取臣於盜⑦〔一四〕，趙文非親士疏嗣⑧〔一五〕，祁奚豈諂讎比子〔一六〕，茹茅以彙〔一七〕，作範前經〔一八〕，舉爾所知〔一九〕，式昭往牒⑨〔二〇〕。且自古任薦，賞罰弘明⑩，成子舉三哲而身致魏輔〔二一〕，應侯任二士而已捐秦相〔二二〕，臼季稱冀缺而疇以田采⑪〔二三〕，張勃進陳湯而坐以褫爵⑫〔二四〕。此先事之盛准⑬，亦後王之彝鑒〔二五〕。如臣愚見⑭，宜普命大臣⑮，各舉所知，以付尚書，依分銓用⑯。若任得其才，舉主延賞⑰〔二六〕；有不稱職，宜及其坐。重者免黜，輕者左遷，被舉之身，加以禁錮〔二七〕，年數多少，隨愆議制。若犯大辟〔二八〕，則任者刑論。

【校記】

①「夫才生於時」至「屯泰焉殊」四句，原本無，據《南史》補。②「七」，原作「士」，據《宋書》卷八十五、《南史》《册府元龜》改。「才之所集」，《南史》作「愚之所育」。③「艱」，《通典》卷十四作「難」。④《南史》無「而」字。「原」，《南史》《通典》作「源」，下文「鏡難原之才」之「原」同。⑤「授」，《南史》《册府元龜》作「賢」。⑥「與僎同升」，《南史》作「登臣」。⑦「取臣於盜」，《南史》作「升盜」。⑧「親士」，《南史》作「私親」。⑨「昭」，《册府元龜》作「詔」。⑩「賞罰弘明」，《南史》作「弘明賞罰」。⑪「采」，《南史》作「菜」。⑫「以」，《南史》作「之」。「褫」，《南史》作「弛」。⑬「此」，《南史》作「此則」。⑭「如臣愚見」，《南史》作「臣謂」。⑮「宜」，《通典》作「請」。「命」，《通典》作「令」。⑯《通典》無「依分」二字。⑰「舉」，原作「據」，據《宋書》《南史》改。

【箋注】

〔一〕才生於時：劉琨《答盧諶詩一首并書》：「夫才生於世，世實須才。」

〔二〕屯泰：《周易》中的屯卦和泰卦。屯代表蹇、險、難。泰代表通。

〔三〕升：斗之古字。《廿二史考異·漢書一·古今人表》「王斗」，錢大昕按：「《戰國策》所謂『先王斗』也，斗，古文作升。」升曆即斗曆。《後漢書》志第二《律曆志中》：「《春秋保乾圖》曰：『三百年斗曆改憲。』」古代以北斗星斗杓運轉所指以定四時，故稱。中陽：劉邦故里。《史記》卷八《高祖本紀》：「高祖，沛豐邑中陽里人。」《史記集解》引李斐：「沛，小沛也。劉氏隨魏徙大梁，移在豐，居中陽里。」

〔四〕受籙：張衡《東京賦》：「高祖膺籙受圖，順天行誅。」《文選》李善注引薛綜曰：「膺籙，謂當五勝之籙。」《文選》李善注：「《春秋命曆引》曰：『五德之運，徵符合，膺籙次相代。』」又《尚書璇璣鈐》：「孔子曰：『五帝出受圖籙。』」白水：東漢光武帝劉秀舊居之處。《後漢書》卷一上《光武帝紀上》：「因置酒舊宅，大會故人父老。」李賢注：「光武舊宅在今隨州棗陽縣東南。宅南二里有白水焉，即張衡所謂『龍飛白水』也。」張衡《東京賦》：「我世祖忿之，乃龍飛白水。」《文選》李善注引薛綜曰：「白水，謂南陽白水縣也，世祖所起之處也。」

〔五〕茂異：班固《公孫弘傳贊》：「講論六藝，招選茂異。」《文選》李周翰注：「茂異，謂茂才異等。」

〔六〕二都：兩漢長安、洛陽二都。此處代指兩漢。南陽郡在兩漢屬於荆州，郡治爲宛縣。

〔七〕隩：水隈涯也。七隩即七澤，是古時對楚地諸湖泊的泛稱。司馬相如《子虛賦》：「臣聞楚有七澤，嘗見其一，未睹其餘也。」顔延之《始安郡還都與張湘州登巴陵城樓作》：「三湘淪洞庭，七澤藹荆牧。」《左傳・襄公二十六年》：「雖楚有材，晉實用之。」

〔八〕光亨：光顯。

〔九〕德：此處指有德之士。

〔一〇〕九服：見《宋明帝即位赦詔》注。

〔一一〕九流：見《華林都亭曲水聯句效柏梁體》注。

〔一二〕野無滯器：《抱朴子外篇・廣譬》：「若夫放高世之士於庸鹵之伍，捐經國之器於困滯之地。」

〔一三〕昔公叔與僎同升：《論語・憲問》：「公叔文子之臣大夫僎，與文子同升諸公。」《論語集解》：「孔曰：『大夫僎，本文子家臣，薦之使與己并爲大夫，同升在公朝。』」

〔一四〕管仲取臣於盜：《禮記・雜記下》：「孔子曰：『管仲遇盜，取二人焉，上以爲公臣。』曰：『其所與遊辟也，可人也。』」鄭玄注：「言此人可也，但居惡人之中，使之犯法。」又《後漢書》卷三十五《曹褒傳》：「管仲遇盜而升諸公。」

〔一五〕趙文非親士疏嗣：《禮記・檀弓下》：「所舉於晉國管庫之士七十有餘家，生不交利，死不屬其子焉。」孔穎達疏：「死不屬其子者，謂臨死時不私屬其子於君及朝廷也。」

〔一六〕祁奚豈諂讎比子：《左傳・襄公三年》：「祁奚請老，晉侯問嗣焉，稱解狐，其讎也。將立之而卒，又問焉。對曰：『午也可。』於是羊舌職死矣，晉侯曰：『孰可以代之？』對曰：『赤也可。』於是使祁午爲中軍尉，羊舌赤佐之。君子謂：祁奚於是能舉善矣，稱其讎，不爲諂，立其子，不爲比，舉其偏，不爲黨。」

〔一七〕茹茅以彙：《周易·泰卦》：「初九，拔茅茹，以其彙，征吉。」王弼注：「茅之爲物，拔其根而相牽引者也。茹，相牽引之貌也。」

〔一八〕範：法。前經：即指《周易》。

〔一九〕舉爾所知：《論語·子路》：「仲弓爲季氏宰，問政。子曰：『先有司，赦小過，舉賢才。』曰：『焉知賢才而舉之？』曰：『舉爾所知，爾所不知，人其舍諸。』」

〔二〇〕往牒：此處指代《論語》。

〔二一〕成子舉三哲而身致魏輔：魏成子爲戰國時魏相。《史記》卷四十四《魏世家》：「魏成子以食祿千鍾，什九在外，什一在內，是以東得卜子夏、田子方、段干木。此三人者，君皆師之。」

〔二二〕應侯：戰國時秦相范雎。《史記》卷七十九《范雎列傳》：「秦封范雎以應，號爲應侯。」《史記正義》：「《括地志》云：『故應城，古應鄉，在汝州魯山縣東四十里也。』」應侯任二士而已捐秦相：指范雎任用鄭安平、王稽，二人皆負重罪于秦。范雎内心慚愧不安，向秦王推薦蔡澤後，自已稱病辭相位。事見《史記》卷七十九《蔡澤列傳》。

〔二三〕臼季稱冀缺而疇以田采：臼季即胥臣，字季子，春秋時晉國大臣。因食邑在臼，又稱臼季。冀缺即郤缺，春秋時晉國大臣，因食邑在冀，故又稱冀缺。《左傳·僖公三十三年》：「初，臼季使過冀，見冀缺耨，其妻饁之，敬，相待如賓。與之歸，言諸文公。……文公以爲下軍大夫。……

（襄公）以再命，命先茅之縣賞胥臣，曰：『舉郤缺，子之功也。』」

〔二四〕張勃進陳湯而坐以褫爵：《漢書》卷五十九《張湯傳附張勃傳》：「元帝初即位，詔列侯舉茂材，勃舉太官獻丞陳湯。湯有罪，勃坐削户二百。」

〔二五〕彝：常。

〔二六〕舉主：推薦者。延：及。《尚書·大禹謨》：「罰弗及嗣，賞延于世。」

〔二七〕禁錮：見《宋明帝即位赦詔》注。

〔二八〕大辟：死刑。《尚書·吕刑》孔穎達疏：「《釋詁》云：辟，罪也。死是罪之大者，故謂死刑爲大辟。」

又政平訟理，莫先親民，親民之要，寔歸守宰〔一〕，故黄霸治潁川累稔①〔二〕，杜畿居河東歷載〔三〕，或就加恩秩〔四〕，或入崇輝寵〔五〕。今莅民之職，自非公私必應代换者，宜遵六年之制②〔六〕，進獲章明庸憻③，退得民不勤擾④。如此則下無浮謬之愆，上靡棄能之累⑤，考績之風載泰〔七〕，楢薪之歌克昌⑥〔八〕。臣生屬亨路，身漸鴻猷〔九〕，遂得奉詔左右，陳愚於側，敢露芻言〔一〇〕，懼氛恒典⑦〔一一〕。

【校記】

①「治」，《南史》作「莅」。　②「制」，《南史》作「限」。　③「獲」，《南史》作「得」。　④「擾」，《南

史》作「勞」。⑤「下無浮謬之愆，上靡棄能之累」，《南史》作「上靡棄能，下無浮謬」。⑥「梄」，《宋書》《南史》《册府元龜》皆作「槱」，二字通。「梄薪」，《南史》作「薪槱」。⑦「懼」，《宋文紀》作「用」。

【箋注】

〔一〕「政平訟理」四句：《漢書》卷八十九《循吏傳序》：「常稱曰：『庶民所以安其田里而亡歎息愁恨之心者，政平訟理也。與我共此者，其唯良二千石乎！』以爲太守，吏民之本也。」顔師古注：「訟理，言所訟見理而無寃滯也。」

〔二〕黄霸治潁川累稔：《漢書》卷八十九《黄霸傳》：「有詔歸潁川太守官，以八百石居治如其前。前後八年，郡中愈治。是時，鳳皇神爵數集郡國，潁川尤多。」稔：年。

〔三〕杜畿居河東歷載：《三國志》卷十六《魏書·杜畿傳》：「畿在河東十六年，常爲天下最。」

〔四〕或就加恩秩：《漢書》卷八《宣帝紀》：「（神爵四年）夏四月，潁川太守黄霸以治行尤異秩中二千石，賜爵關内侯，黄金百斤。」

〔五〕或入崇輝寵：《三國志》卷十六《魏書·杜畿傳》：「文帝即王位，賜爵關内侯，徵爲尚書。及踐阼，進封豐樂亭侯，邑百户，守司隸校尉。」

〔六〕六年之制：《宋書》卷九十二《良吏傳序》：「守宰之職，以六期爲斷。」

〔七〕考績：按一定標準考核官吏的成績。《尚書·舜典》：「三載考績，三考黜陟幽明。」

〔八〕梄薪之歌：《詩·大雅·棫樸》：「芃芃棫樸，薪之槱之。」毛傳：「興也。芃芃，木盛貌。棫，白桵也。樸，枹木也。槱，積也。山木茂盛，萬民得而薪之。賢人衆多，國家得用蕃興。」《詩・周頌・雝》：「燕及皇天，克昌厥後。」

〔九〕漸：進、及。猷：道。

〔一〇〕芻言：粗淺的言論，自謙詞。《詩・大雅・板》：「先民有言，詢于芻蕘。」毛傳：「芻蕘，薪采者。」鄭玄箋：「古之賢者有言，有疑事當與薪采者謀之。」

〔一一〕氛：原指凶氣，此處指衝犯、冒犯。

【評論】

〔張溥〕《搜才》《定刑》二表與《索虜互市議》，雅人之章，無忝國器。《百三家集・謝光禄集題辭》

〔譚獻〕意有主賓，辭有深淺，亦云條鬯。發言條達，能盡事理，亦以稍削藻詞，風骨始振。李兆洛《駢體文鈔》卷十一

爲八座江夏王請封禪表①

【解題】

本文最早收録於《宋書》卷十六《禮志三》。

「八座」爲官名合稱。東漢用以稱尚書令、僕射、六曹尚書。此後各朝所謂「八座」略有變化。《宋書》卷三十九《百官志上》:「五尚書(按當爲六尚書)、二僕射(按當爲一僕射)、一令,謂之八坐。」

江夏王劉義恭(四一三—四六五),爲宋武帝第五子。景平二年(四二四)任南豫州刺史,代廬陵王劉義真鎮歷陽。元嘉元年(四二四),封江夏王。此後歷任徐州刺史、荆州刺史、兗州刺史。十七年(四四〇),彭城王劉義康被貶出藩,文帝徵義恭入京主持政務。二十七年(四五〇)參加北伐,出鎮彭城。三十年(四五三),劉劭弑父自立,義恭投奔時爲武陵王的劉駿,并上表勸劉駿即位。孝武帝時期,義恭先後出任録尚書六條事、太傅、大司馬、揚州刺史、中書監等要職。永光元年(四六五)八月,因圖謀廢立,劉義恭與柳元景、顔師伯、劉德願一同被前廢帝殺害。《宋書》卷六十一有傳。

封禪爲古代君王祭祀天地的大型禮儀。宋文帝在位時就曾有此意。《宋書》卷十六《禮志三》:「宋太祖在位長久,有意封禪。遣使履行泰山舊道,詔學士山謙之草封禪儀注。其後索虜南寇,六州荒毁,其意乃息。」孝武帝逐漸穩定政局後,舊事重提。《宋書》卷十六《禮志三》:「世祖大明元年十一月戊申,太宰江夏王義恭表曰。」可知此文作於大明元年(四五七)十一月戊申(三日),且《宋書》將作者定爲劉義恭。《初學記》卷十三、《通典》卷五十四、《宋文紀》卷五、《全宋文》卷十一均是如此。梅鼎祚最早認爲此文是謝莊所作。其依據來自《初學記》。《初學記》卷十三有「江淮部上之使,結軌於璧門,西鶼北采之譯,相望於道路」四句,題爲「謝莊『八座太宰江夏王表請封禪奏』」。梅鼎祚於本篇後引此四句，并云：「案此則表爲莊代撰也。」張燮當是受《宋文紀》案語影響，故將本文也係在謝莊名下。

文章主要通過鼓吹孝武帝對劉宋王朝的巨大功績，來論證其舉行封禪的合法性和必要性。

惟皇天崇稱大道②〔一〕，始行揖讓〔二〕。迄于有晉，雖聿脩前緒〔三〕，而迹淪言廢，蔑記於竹素者③，焉可單書。紹乾維〔四〕，建徽號〔五〕，流風聲，被絲管，自無懷以來〔六〕，可傳而不朽者，七十有四君〔七〕。罔仁厚而道滅，鮮義澆而德宣〔八〕。鍾律之先〔九〕，曠世綿絶，難得而聞。丘索著明者〔一〇〕，尚有遺炳。故《易》稱「先天弗違，後天奉時」〔一一〕。蓋陶唐姚姒商姬之主〔一二〕，莫不由斯道也。是以風化大洽，光熙于後〔一三〕。炎漢二帝〔一四〕，亦踵曩則〔一五〕，因百姓之心，聽輿人之頌〔一六〕，龍駕帝服〔一七〕，鏤玉梁甫〔一八〕，昌言明稱〔一九〕，告成上靈〔二〇〕。況大宋表祥唐虞〔二一〕，受終素德〔二二〕，山龍啓符〔二三〕，金玉顯瑞〔二四〕，異采騰於軫墟，紫煙藹於邦甸〔二五〕，錫冕兆九五之徵〔二六〕，文豹赴天曆之會〔二七〕。誠二祖之幽慶〔二八〕，聖后之冥休〔二九〕。道冠軒堯〔三〇〕，惠深亭毒〔三一〕，而猶執冲約④，未言封禪之事⑤，四海竊以恧焉。

【校記】

①《宋文紀》卷五題作「上孝武帝請封禪表」。②「大道」，《全宋文》作「大夏」，屬下句。③

「記」，《宋文紀》作「寄」。④「猶」，《全宋文》作「獨」。⑤「言」，《宋文紀》作「有」。

【箋注】

〔一〕崇稱大道：《莊子·齊物論》：「夫大道不稱，大辯不言。」

〔二〕揖讓：禪讓。《韓非子·八説》：「古者人寡而相親，物多而輕利易讓，故有揖讓而傳天下者。」

〔三〕聿脩：《詩·大雅·文王》：「無念爾祖，聿脩厥德。」毛傳：「聿，述。」前緒：前人的事業。《詩譜序》：「文武之德，光熙前緒。」

〔四〕紹：繼。乾維：天的綱維。

〔五〕徽號：《禮記·大傳》：「改正朔，易服色，殊徽號，異器械。」鄭玄注：「徽號，旌旗之名也。」

〔六〕無懷：上古帝王名。《管子·封禪》：「古者封泰山、禪梁父者七十二家，而夷吾所記者，十有二焉。昔無懷氏封泰山，禪云云。」

〔七〕七十有四君：班固《典引》：「伊考自邃古，乃降戾爰兹，作者七十有四人。」李賢注：「作者，諸封禪者。《史記》管仲曰：『自古封禪七十二君。』并武帝及光武爲七十四君。」

〔八〕澆：薄。

〔九〕鍾律：《白虎通·封禪》：「鐘律調，音度施。」先：舊、故。

〔一〇〕丘索：九丘八索，中國遠古時期的典籍。《尚書序》：「八卦之説，謂之八索，求其義也。九州之志，謂之九丘。丘，聚也，言九州所有，土地所生，風氣所宜，皆聚此書也。」《左傳·昭公十二年》：「子善視之，是能讀三墳、五典、八索、九丘。」杜預注：「皆古書名。」孔穎達疏引賈逵：「八索，八王之法；九丘，九州亡國之戒。」又引延篤：「八索，《周禮》八議之刑。索，空，空設之。九丘，《周禮》之九刑。丘，空也，亦空設之。」又引馬融：「八索，八卦。九丘，九州之數也。」

〔一一〕《易》稱「先天弗違，後天奉時」：《周易·乾卦》：「先天而天弗違，後天而奉天時。」孔穎達疏：「先天而天弗違者，若在天時之先行事，天乃在後不違，是天合大人也。後天而奉天時者，若在天時之後行事，能奉順上天，是大人合天也。」

〔一二〕陶唐：堯。《漢書》卷一下《高帝紀下》：「陶唐氏既衰，其後有劉累，學擾龍，事孔甲。」荀悦注：「唐者，帝堯有天下號。陶，發聲也。」韋昭注：「陶、唐皆國名，猶湯稱殷、商矣。」臣瓚注：「堯初居於唐，後居陶，故曰陶唐也。」顏師古注：「三家之説皆非也。許慎《説文解字》云：『陶，丘再成也，在濟陰。《夏書》曰東至陶丘。陶丘有堯城，堯嘗居之，後居於唐，故堯號陶唐氏。』斯得之矣。」姚：舜姓。姒：禹姓。《史記》卷一《五帝本紀》：「帝禹爲夏后而别氏，姓姒氏。」《史記索隱》：「《禮緯》曰：『禹母脩己吞薏苡而生禹，因姓姒氏。』」商：指商湯。姬：指周文王姬昌和周武王姬發。

〔一三〕光熙：《詩譜序》：「文武之德，光熙前緒。」熙：照。

〔一四〕炎漢二帝：西漢武帝，東漢光武帝。

〔一五〕踵：繼承、因襲。曩：昔。

〔一六〕輿人之頌：《左傳·僖公二十八年》：「楚師背酅而舍，晉侯患之，聽輿人之誦曰：『原田每每，舍其舊而新是謀。』」杜預注：「高平曰原。喻晉軍美盛若原田之草每每然，可以謀立新功，不足念舊惠。」

〔一七〕龍駕帝服：《九歌·雲中君》：「龍駕兮帝服，聊翱遊兮周章。」王逸注：「龍駕，言雲神駕龍也。故《易》曰：雲從龍。帝，謂五方之帝也。言天尊雲神，使之乘龍，兼衣青黄五采之色，與五帝同服也。」《文選》吕向注：「言神駕雲龍之車，爲五方帝服。」

〔一八〕玉：玉牒。《史記》卷二十八《封禪書》：「封泰山下東方，如郊祠太一之禮。封廣丈二尺，高九尺，其下則有玉牒書，書秘。」《後漢書》卷一下《光武帝紀下》：「甲午，禪于梁父。」李賢注：「梁父，太山下小山也。」

〔一九〕昌言：《尚書·大禹謨》：「禹拜昌言。」孔安國傳：「昌，當也，以益言爲當。」

〔二〇〕告成：《漢書》卷六《武帝紀》：「登封泰山。」孟康注：「王者功成治定，告成功於天。」

〔二一〕表：比。唐虞：堯舜。

〔二二〕素：白色，五行中金德的代表顔色。素德即金德。按五德終始論，晉爲金德，宋爲水德，金生水，故曰「受終素德」。

〔二三〕山龍：古代衮服或旌旗上的圖案。《尚書·益稷》：「予欲觀古人之象，日、月、星辰、山、龍、華蟲作會。」孔安國傳：「晝三辰、山、龍、華蟲於衣服、旌旗。」

〔二四〕金玉顯瑞：《論衡·驗符篇》：「金玉之世，故有金玉之應。……金之與玉，瑞之最也。」

〔二五〕「異采騰於軫墟」二句：異采、紫煙：《南史》卷二《宋本紀中》：「（大明元年五月丙寅）景陽樓上層西南梁栱間有紫氣。……改景陽樓爲慶雲樓。」《建康實録》卷十三：「（大明元年）五月壬子，紫氣出景陽樓，狀如煙，迴薄久之，詔改景陽爲慶雲樓。」藹：蓋。陸機《挽歌詩》：「悲風徽行軌，傾雲結流藹。」劉鑠《擬古詩》：「落宿半遥城，浮雲藹曾闕。」軫：星宿名。《吕氏春秋·仲冬紀》：「仲冬之月，日在斗，昏東壁中，旦軫中。」高誘注：「軫，南方宿，楚之分野。」墟，同虚，亦星宿名。《吕氏春秋·季秋紀》：「季秋之月，日在房，昏虚中，旦柳中。」高誘注：「虚，北方宿，齊之分野。」甸：京城郊外。《周禮·天官·大宰》：「三曰邦甸之賦。」賈公彦疏：「郊外曰甸，百里之外，二百里之内。」此處軫墟、邦甸均泛指國内。

〔二六〕錫：九錫，古代帝王賜給有功或有權勢的諸侯大臣的九種物品。《漢書》卷六《武帝紀》：「乃加九錫。」應劭注：「一曰車馬，二曰衣服，三曰樂器，四曰朱户，五曰納陛，六曰虎賁百人，七曰鈇鉞，八曰弓矢，九曰秬鬯。此皆天子制度。」冕：冠，天子冕有十二旒。九五：象徵帝位。《周易·乾卦》：「九五，飛龍在天，利見大人。」

〔二七〕文豹：即玄豹。《列女傳》卷二《賢明·陶荅子妻》：「南山有玄豹，霧雨七日而不下食者，何也？欲以澤其毛而成文章也，故藏而遠害。」天曆：天之曆數。此句謂政治清明，連隱於南山之文豹也出世了。

〔二八〕二祖：宋高祖武帝劉裕、宋太祖文帝劉義隆。

〔二九〕休：福禄。

〔三〇〕軒：軒轅黄帝。「道冠」以下謂孝武帝劉駿。

〔三一〕亭毒：養。《老子》第五十一章：「故道生之，德畜之；長之、育之、亭之、毒之、養之、覆之。」

臣聞惟皇配極〔一〕，惟帝祀天〔二〕，故能上稽乾式〔三〕，照臨黔首〔四〕，協和穹昊〔五〕，膺茲多福。高祖武皇帝明并日月〔六〕，光振八區①〔七〕，拯已溺之晉，濟横流之世〔八〕，撥亂寧民〔九〕，應天受命〔一〇〕，鴻徽洽于海表〔一一〕，威稜震乎沙外〔一二〕。太祖文皇帝體聖履仁，述業興禮〔一三〕，正樂頌，作象曆〔一四〕，明達通於神祇，玄澤被乎上下〔一五〕。仁孝命世〔一六〕，叡武英挺〔一七〕，遭運屯否〔一八〕，三才湮滅〔一九〕，廼龍飛五洲〔二〇〕，鳳翔九江〔二一〕，身先八百之期〔二二〕，斷出人鬼之表〔二三〕，慶煙應高牙之建，風耀符發迹之辰〔二四〕，親翦凶逆，躬清昏壒〔二五〕，天地革始〔二六〕，夫婦更造〔二七〕，豈與彼承業繼緒〔二八〕，拓復禹迹，車一其軌，書罔異文者〔二九〕，同年而議哉〔三〇〕。

【校記】

①「區」，《宋文紀》作「樞」。

【箋注】

〔一〕惟皇配極：《尚書·洪範》：「人無有比德，惟皇作極。」孔穎達疏：「皇，大也。極，中也。施政教，治下民，當使大得其中，無有邪僻。」

〔二〕惟帝祀天：《詩·周頌·思文》：「思文后稷，克配彼天。」

〔三〕上稽乾式：揚雄《蜀都賦》：「上稽乾度，則井絡儲精。」班固《典引》：「上稽乾則，降承龍翼。」《文選》張銑注：「稽，考。乾，天。」

〔四〕黔首：百姓。《史記》卷六《秦始皇本紀》：「更名民曰黔首。」《史記集解》引應劭注：「黔亦黎，黑也。」又《漢書》卷三十《藝文志》：「至秦患之，乃燔滅文章，以愚黔首。」顔師古注：「秦謂人爲黔首，言其頭黑也。」

〔五〕協和：《尚書·堯典》：「百姓昭明，協和萬邦。」穹昊：司馬相如《封禪書》：「伊上古之初肇，自昊穹兮生民。」《文選》李善注：「張揖曰：『昊穹，春夏天名。』」張銑注：「昊穹，天也。」

〔六〕明并日月：《史記》卷一百六《吴王濞列傳》：「德配天地，明并日月。」

〔七〕八區：八方。揚雄《長楊賦》：「英華沈浮，洋溢八區。」

〔八〕横流之世：《孟子·滕文公上》：「當堯之時，天下猶未平，洪水横流，氾濫於天下。」

〔九〕撥亂：《春秋公羊傳·哀公十四年》：「撥亂世，反諸正，莫近諸《春秋》。」寧民：《淮南子·泰族訓》：「爲治之本，務在寧民。」

〔一〇〕應天受命：《尚書・武成》：「我文考文王，克成厥勳，誕膺天命，以撫方夏。」

〔一一〕徽：美、善。洽：遍。海表：《尚書・立政》：「方行天下，至于海表，罔有不服。」孔安國傳：「海表，蠻夷戎狄。」

〔一二〕威稜：《漢書》卷五十四《李廣傳》：「是以名聲暴於夷貉，威稜憺乎鄰國。」李奇注：「神靈之威曰稜。」沙：流沙，指邊遠之地。

〔一三〕述業：陸機《辨亡論》：「招攬遺老，與之述業。」《文選》李周翰注：「述業，謂述父業也。」

〔一四〕象：曆法。《尚書中候》：「欽翼皇象。」鄭玄注：「象，曆也。」

〔一五〕玄澤：應貞《晉武帝華林園集詩》：「玄澤滂流，仁風潛扇。」《文選》李善注：「玄澤，聖恩也。」《抱朴子外篇・吴失》：「惠風被於區外，玄澤洽乎宇内。」

〔一六〕命世：即名世。《孟子・公孫丑下》：「五百年必有王者興，其間必有名世者。」趙岐注：「名世，次聖之才，物來能名，正於一世者，生於聖人之間也。」以下寫孝武帝劉駿。

〔一七〕叡武英挺：任昉《奏彈曹景宗》：「伏惟聖武英挺，略不世出。」

〔一八〕屯：難、蹇。否：塞、不通。

〔一九〕三才：天、地、人。此句謂元嘉三十年（四五三）劉劭夥同劉濬弒殺文帝篡位之事。

〔二〇〕龍飛五洲：《宋書》卷六《孝武帝紀》：「（元嘉）三十年正月，上出次西陽之五洲。」《資治通鑑》卷一百二十七：「（元嘉三十年正月）戊子，詔江州刺史武陵王駿統諸軍討西陽蠻，軍于五洲。」

《水經注》卷三十五：「江中有五洲相接，故以五洲爲名。」

〔二一〕九江：尋陽。討伐二凶時，劉駿任江州刺史，從尋陽起兵。

〔二二〕八百之期：見《宋明帝即位赦詔》注。

〔二三〕斷：決斷。

〔二四〕慶煙應高牙之建，風耀符發迹之辰：《南史》卷二《宋本紀中》：「三十年正月，出次西陽之五洲，會元凶弑逆，上率衆入討。荆州刺史南譙王義宣、雍州刺史臧質并舉義兵。三月乙未，建牙于軍門。……自冬至春，常東北風，連陰不霽，其日牙立之後，風轉而西南，景色開霽，有紫雲二蔭于牙上。」又《水經注》卷三十五：「宋孝武帝舉兵江州，建牙洲上，有紫雲蔭之。」牙：旗名。風：即指「風轉而西南」。耀：即指「景色開霽」。

〔二五〕壒：塵。昏壒：陰暗的飛塵，比喻動亂。

〔二六〕天地革始：《周易·革卦》：「天地革而四時成。」

〔二七〕夫婦更造：班固《東都賦》：「且夫建武之元，天地革命，四海之内，更造夫婦。」

〔二八〕承業繼緒：《漢書》卷七十一《平當傳》：「今聖漢受命而王，繼體承業二百餘年。」

〔二九〕車一其軌，書罔異文者：指秦始皇。《史記》卷六《秦始皇本紀》：「一法度衡石丈尺。車同軌。書同文字。」

〔三〇〕同年而議：賈誼《過秦論》：「試使山東之國，與陳涉度長絜大，比權量力，則不可同年而語矣。」

今龍麟已至〔一〕，鳳凰已儀〔二〕，比李已實〔三〕，靈茅已茂〔四〕，雕氣降雰於宮榭①〔五〕，珍露呈味於禁林〔六〕，嘉禾積穗於殿甍〔七〕，連理合幹於園籞②〔八〕，皆耀質離宮〔九〕，植根蘭囿。至夫霜毫玄文〔一〇〕，素翮赬羽，泉河山嶽之瑞，草木金石之祥，方畿憬塗之謁〔一一〕，抗驛絶祖之奏〔一二〕，彪炳雜沓〔一三〕，粤不可勝言。太平之應〔一四〕，兹焉富矣。宜其從天人之誠，遵先王之則，備萬乘〔一五〕，整法駕〔一六〕，脩封泰山③，瘞玉岱趾④〔一七〕，延喬松於東序，詔韓岐於西廂〔一八〕，麾天閽〔一九〕，使啓闢，謁紫宫〔二〇〕，朝太一⑤〔二一〕，奏鈞天〔二二〕，詠《雲門》〔二三〕，贊揚幽奥〔二四〕，超聲前古，豈不盛哉！伏願時命宗伯〔二五〕，具兹典度。

【校記】

①「雕氣降雰於宮榭」，《初學記》卷十三作「彫氣降於宮樹」。②「籞」，原作「禦」，據《宋書》改。③「脩封泰山」，《初學記》作「宜其脩封泰山」。④「趾」，《初學記》作「宗」。⑤「一」，《宋文紀》作「乙」。

【箋注】

〔一〕龍麟已至：《宋書》卷二十八《符瑞志中》：「孝武帝孝建二年七月癸丑，黄龍見石頭城外水濱，中護軍湘東王彧以聞。孝建三年五月己未，龍見臨川郡，江州刺史東海王禕以聞。孝武大明元年五月癸亥，黑龍見晉陵占石邨。」麒麟現於孝武帝朝之事，《宋書》未載。

〔二〕鳳凰已儀：《尚書·益稷》：「簫韶九成，鳳皇來儀。」孔安國傳：「雄曰鳳，雌曰皇，靈鳥也。儀，有容儀。備樂九奏而致鳳皇，則餘鳥獸不待九而率舞。」《宋書》卷二十八《符瑞志中》：「孝武帝孝建元年正月庚申，鳳皇見丹徒揭賢亭，雙鵠爲引，衆鳥陪從。征虜將軍武昌王渾以聞。」

〔三〕比李：其義不詳，疑當作「北里」或「北禾」。《史記》卷二十八《封禪書》：「古之封禪，鄗上之黍、北里之禾，所以爲盛。」《史記集解》：「蘇林曰：『鄗上、北里，皆地名。』」「里」可寫作「李」。《春秋左傳異文釋》卷二：「《魏世家》『李克』，《韓詩外傳》作『里』。」

〔四〕靈茅：《史記》卷二十八《封禪書》：「江淮之間，一茅三脊，所以爲藉也。」《史記集解》引孟康注：「所謂靈茅也。」《宋書》卷六十一《江夏文獻王義恭傳》：「大明元年，有三脊茅生石頭西岸，累表勸封禪，上大悦。」

〔五〕雕：雕飾，彩飾。雕氣即慶雲。氛：雲氣。榭：建築在臺上的房屋。此句指前注紫氣出景陽樓之事。

〔六〕珍露：甘露。《宋書》卷二十八《符瑞志中》：「甘露，王者德至大，和氣盛，則降。……孝武帝大明元年四月癸卯，甘露降華林園桐樹。」

〔七〕嘉禾：司馬相如《封禪文》：「導一莖六穗於庖。」《漢書》卷五十七下鄭氏注：「一莖六穗，謂嘉禾之米。」《宋書》卷二十九《符瑞志下》：「嘉禾，五穀之長，王者德盛，則二苗共秀。於周德，三苗共穗；於商德，同本異穟；於夏德，異本同秀。……孝武帝大明元年五月戊午，嘉禾一株五莖生清暑殿鴟尾中。」《南史》卷二《宋本紀中》：「（大明元年五月丙寅）清暑殿西甍鴟尾中央生嘉禾，一株五莖。」甍：屋脊。

〔八〕連理：《宋書》卷二十九《符瑞志下》：「木連理，王者德澤純洽，八方合爲一，則生。」又《宋書》卷三十四《五行志五》：「異根同體謂之連理，異苗同穎謂之嘉禾。」籞：禁苑。《宋書》卷二十九《符瑞志下》：「大明元年二月壬寅，華林園雙橘樹連理。大明元年九月乙丑，華林園梨樹連理。」《南史》卷二《宋本紀中》：「（大明元年五月）丙寅，芳香琴堂東西有雙橘連理。」

〔九〕離宫：《漢書》卷二十四上《食貨志上》：「（趙）過試以離宫卒田其宫壖地。」顔師古注：「離宫，别處之宫，非天子所常居也。」

〔一〇〕霜毫：白色靈獸。《宋書·符瑞志》多載孝建、大明年間現白虎、白鹿、白麞、白雀、白兔、白獐之事。玄文：黑色的花紋。《宋書》卷二十八《符瑞志中》：「孝武大明元年五月癸亥，黑龍見晉陵占石邨。」黑色屬水，劉宋朝五行屬水。

〔一一〕方畿：王畿。《周禮·夏官·職方氏》：「乃辨九服之邦國，方千里曰王畿。」此處泛指境内。

懔：遠。

〔一二〕抗：拒。驛：驛馬。祖：出行時祭祀路神，引申爲餞行。《左傳·昭公七年》：「公將往，夢襄公祖。」杜預注：「祖，祭道神。」抗驛絶祖，形容各地上奏的祥瑞之事絡繹不絶，報信者無暇更换驛馬、參加餞行。

〔一三〕彪炳：左思《蜀都賦》：「符采彪炳，暉麗灼爍。」《文選》劉良注：「彪炳、灼爍，光彩貌。」雜沓：衆多。

〔一四〕應：先兆。

〔一五〕萬乘：天子兵車數量。《孟子·梁惠王上》：「萬乘之國。」趙岐注：「萬乘，兵車萬乘，謂天子也。」

〔一六〕法駕：天子車駕。蔡邕《獨斷》卷下：「天子出，車駕次第謂之鹵簿，有大駕，有小駕，有法駕。……法駕，上所乘曰金根車，駕六馬。」

〔一七〕脩封泰山，瘞玉岱趾：《漢書》卷六《武帝紀》：「行幸泰山，修封，祀明堂，因受計。還幸北地，祠常山，瘞玄玉。」鄧展注：「瘞，埋也。」顔師古注：「《爾雅》曰：『祭地曰瘞薶。』薶其物者，示歸于地也。」封：封禪時所建的祭壇或刻石。《風俗通·正失》：「封者，立石高一丈二赤，刻之曰：『事天以禮，立身以義，事父以孝，成民以仁，四守之内，莫不爲郡縣，四夷八蠻，咸來貢職，與天無極，人民蕃息，天禄永得。』祭上玄尊而俎生魚。壇廣十二丈，高三尺，階三等，必於其上，示增高也。刻石紀號，著己績也。」《後漢書》志第九《祭祀志下》：「封者，謂封土爲壇，柴祭告天，代興成功也。」

〔一八〕「延喬松於東序」二句：喬、松、韓、岐：王子喬、赤松子、韓衆、岐伯，皆仙人名。東序、西廂：《禮記·王制》：「夏后氏養國老於東序，養庶老於西序。」

〔一九〕麾：招。天閽：主天門者。《遠遊》：「命天閽其開關兮，排閶闔而望予。」王逸注：「告帝衛臣啓禁門也。」

〔二〇〕紫宮：天帝之宮。

〔二一〕太一：天皇大帝。《史記》卷二十八《封禪書》：「天神貴者太一。」《史記索隱》：「《樂汁徵圖》曰：『天宮，紫微。北極，天一、太一。』宋均云：『天一、太一，北極神之别名。』《春秋佐助期》曰：『紫宮，天皇曜魄寶之所理也。』石氏云：『天一、太一各一星，在紫宮門外，立承事天皇大帝。』」

〔二二〕鈞天：《史記》卷四十三《趙世家》：「居二日半，簡子寤。語大夫曰：『我之帝所甚樂，與百神游於鈞天，廣樂九奏萬舞，不類三代之樂，其聲動人心。』」此處指代天上的音樂。《文心雕龍·樂府》：「鈞天九奏，既其上帝。」

〔二三〕《雲門》：即《承雲》，見《舞馬賦》注。

〔二四〕幽奧：馮衍《顯志賦》：「覽天地之幽奧兮，統萬物之維綱。」《後漢書》卷二十八下李賢注：「幽奧謂深邃也。」

〔二五〕宗伯：《尚書·周官》：「宗伯掌邦禮，治神人，和上下。」《周禮·春官·宗伯》：「乃立春官宗伯，使帥其屬而掌邦禮，以佐王和邦國。」鄭玄注鄭司農：「宗伯，主禮之官。」

又①

【解題】

這一殘篇最早收録在《初學記》卷十三《禮部上》，作者題爲謝莊。《宋文紀》卷五未單獨標目，引《初學記》，附在劉義恭《上孝武帝請封禪表》後，并注云：「案此則表爲莊代撰也。」嚴可均《全宋文》卷三十五雖係在謝莊名下，但文後加案語云：「案《宋書·禮志三》有江夏王義恭表，無此四語。疑《宋志》有删節，或各是一篇也。」

江淮鄗上之使②〔一〕，結軌於璧門〔二〕，西鶼北采之譯〔三〕，相望於道路。

【校記】

①《初學記》卷十三題作「八座太宰江夏王表請封禪奏」。　②「鄗」，原作「鄙」，據《初學記》改。

【箋注】

〔一〕江淮鄗上：《史記》卷二十八《封禪書》：「古之封禪，鄗上之黍、北里之禾，所以爲盛；江淮之間，一茅三脊，所以爲藉也。」《史記集解》：「應劭曰：『鄗上，山也。』……蘇林曰：『鄗上、北里，皆地名。』」《史記索隱》：「韋昭云：『設以不可得之物。』……應劭云：『光武改高邑曰部。』姚氏云：『鄗縣屬常山。』一云鄗上，山名。」

〔二〕軌：車迹。璧門：《三輔黄圖》卷二：「宫之正門曰閶闔，高二十五丈，亦曰璧門。」原注：「閶闔，天門也。宫門名閶闔者，以象天門也。」

〔三〕西鶼北采：《史記》卷二十八《封禪書》：「東海致比目之魚，西海致比翼之鳥。」《史記集解》引韋昭：「各有一目，不比不行，其名曰鰈。各有一翼，不比不飛，其名曰鶼鶼。」采，疑是禾之誤字。北禾即「北里之禾」。《文心雕龍·封禪》：「西鶼東鰈，南茅北黍。」劉勰用「北黍」，當是出於調音的考慮，且黍、禾義近。

改定刑獄表①

【解題】

此文最早收録在《宋書》卷八十五《謝莊傳》中。謝莊本傳云：「大明元年，起爲都官尚書，奏改定刑獄。」知作於大明元年（四五七）。

《宋書》卷三十九《百官志上》：「江左則有祠部、吏部、左民、度支、五兵，合爲五曹尚書。宋高祖初，又增都官尚書。……都官尚書領都官、水部、庫部、功論四曹。……都官主軍事刑獄。」又據《隋書》卷二十八《百官志下》，隋文帝開皇三年，改都官尚書爲刑部尚書。可知謝莊上書奏改刑獄，正是職責所在。

這篇文章體現了謝莊對現實政治的關注。奏議指出當時刑獄制度存在的弊端：一爲「軍旅餘弊，劫掠猶繁，監司討獲，多非其實」；二爲濫用刑罰，「楚對之下，鮮不誣濫」；三爲雖有審驗制度，但「督郵賤吏，非能異於官長，有案驗之名，而無研究之實」。由此造成冤案繁多的問題。最後謝莊提出改革方案，建議完善刑獄制度，形成縣、郡、州、廷尉逐層審驗的制度，以避免冤案的出現。其構想或源於《漢書・刑法志》。《漢書・刑法志》記載：「高皇帝七年，制詔御史：『獄之疑者，吏或不敢決，有罪者久而不論，無罪者久繫不決。自今以後，縣道官獄疑者，各讞所屬二千石官，二千石官以其罪名當報之。所不能決者，皆移廷尉，廷尉亦當報之。廷尉所不能決，謹具爲奏，傅所當比律令以聞。』」

臣聞明慎用刑，厥存姬典②〔一〕，哀矜折獄，實暉呂命〔二〕。罪疑從輕〔三〕，既前王之格範；寧失弗經〔四〕，亦列聖之恒訓③。用能化致升平，道臻恭己。逮漢文傷不辜之罰，除相坐之令〔五〕；孝宣倍深文之吏④，立鞫訊之法⑤，當是時也，號稱刑清⑥〔六〕。陛下踐位，親臨聽訟〔七〕，億兆相賀，以爲無冤民矣〔八〕。而比囹圄未虛〔九〕，頌聲尚缺〔一〇〕。臣竊謂五聽之慈〔一一〕，弗宣於宰物⑦〔一二〕；三宥之澤〔一三〕，未洽於民謡。頃年軍旅餘弊，劫掠猶繁，監司討獲⑧，多非其實，或規免咎⑨，不慮國患。楚對之下〔一四〕，鮮不誣濫。身遭鈇鑕之誅〔一五〕，家嬰孥戮之痛〔一六〕。比伍同閈〔一七〕，莫不及罪，是則一人罰謬，坐者數十。昔齊女告天，臨淄臺殞〔一八〕；孝婦冤戮⑩，東海愆陽〔一九〕。此皆符變靈祇〔二〇〕，精感景緯⑪〔二一〕。臣近兼訊〔二二〕，見重囚八人，旋觀其初，死有餘罪，詳察其理，實并無辜。恐此等不少⑫，誠可怵惕也〔二三〕。

【校記】

①「刑」，《通典》卷一百六十四作「州」。「表」，《宋文紀》卷十四作「奏」。②「厥」，原作「獄」，據《宋書》卷八十五改。《册府元龜》卷四百七十一作「式」。③「列」，《册府元龜》作「烈」。④「倍」，《册府元龜》作「悟」。⑤「鞠」，《宋書》作「鞫」，二字通。⑥「號稱刑清」，原作「號令刑存」，據《册府元龜》改。⑦「物」，《册府元龜》作「政」。⑧「討」，原作「計」，據《册府元龜》改。⑨「免」，《宋書》《册府元龜》作「免身」，《宋文紀》作「未」。⑩「戮」，《宋文紀》作「録」。⑪「精感」，原作「初咸」，《宋書》作「初感」，據《册府元龜》改。⑫「等」字原無，據《宋書》《册府元龜》補。

【箋注】

〔一〕明慎用刑，厥存姬典：《周易·旅卦》：「君子以明慎用刑，而不留獄。」孔穎達疏：「以静止明察，審慎用刑，而不稽留獄訟。」

〔二〕哀矜折獄，實暉吕命：《尚書·吕刑》：「哀敬折獄，明啓刑書胥占，咸庶中正。」孔安國傳：「當憐下人之犯法，敬斷獄之害人，明開刑書，相與占之，使刑當其罪，皆庶幾必得中正之道。」

〔三〕罪疑從輕：《尚書·大禹謨》：「罪疑惟輕，功疑惟重。」孔安國傳：「刑疑附輕，賞疑從重，忠厚之至。」

〔四〕寧失弗經：《尚書·大禹謨》：「與其殺不辜，寧失不經。」孔安國傳：「寧失不常之罪，不枉不辜之善。」

〔五〕漢文傷不辜之罰，除相坐之令：《漢書》卷四《文帝紀》：「（元年十二月）盡除收帑相坐律令。」應劭注：「帑，子也。秦法，一人有罪，并其室家。今除此律。」辜：罪。

〔六〕「孝宣倍深文之吏」四句：《漢書》卷二十三《刑法志》：「上（宣帝）深愍焉，乃下詔曰：『間者吏用法，巧文寖深，是朕之不德也。……今遣廷史與郡鞠獄，任輕禄薄，其爲置廷平。……』於是選于定國爲廷尉，求明察寬恕黄霸等以爲廷平，季秋後請讞。時上常幸宣室，齋居而決事，獄刑號爲平矣。」倍：通背，背棄。深文：深文周納，苛刻周密地援用法律條文，給人强加罪名。鞠：通鞫，審訊。

〔七〕親臨聽訟：據《宋書》卷六《孝武帝紀》，孝武帝在位時共十四次在華林園、閱武堂聽訟。

〔八〕無冤民：《漢書》卷七十一《于定國傳》：「張釋之爲廷尉，天下無冤民。」

〔九〕囹圄未虚：《漢書》卷二十二《禮樂志》：「民用和睦，灾害不生，禍亂不作，囹圄空虚，四十餘年。」應劭注：「囹圄，周獄名也。」顔師古注：「囹，獄也。圄，守也。故總言囹圄，無繫於周。」

〔一〇〕頌聲尚缺：《孟子·離婁下》：「王者之迹熄而《詩》亡，《詩》亡然後《春秋》作。」趙岐注：「太平道衰，王迹止熄，頌聲不作。」

〔一一〕五聽：《周禮·秋官·小司寇》：「凡王之同族有罪，不即市，以五聲聽獄訟，求民情。一曰辭聽，二曰色聽，三曰氣聽，四曰耳聽，五曰目聽。」鄭玄注：「觀其出言，不直則煩；觀其顔色，不直則赧然；觀其氣息，不直則喘；觀其聽聆，不直則惑；觀其眸子視，不直則眊然。」

〔一二〕宰物：從政治民，掌管萬物。此處指代政府高官。

〔一三〕三宥：《周禮·秋官·司刺》：「司刺掌三刺、三宥、三赦之法。……壹宥曰不識，再宥曰過失，三宥曰遺忘。」鄭司農曰：「不識，謂愚民無所識則宥之；過失，若今律過失殺人不坐死。」鄭玄注：「遺忘，若間帷薄，忘有在焉，而以兵矢投射之。」

〔一四〕楚：拷打。

〔一五〕鈇鑕：腰斬之刑。

〔一六〕孥：妻子、兒女。孥戮即誅及家人。

〔一七〕比伍：《周禮·地官·大司徒》：「令五家爲比，使之相保。五比爲閭，使之相受。」《漢書》卷四十九《鼂錯傳》：「古之制邊縣以備敵也，使五家爲伍，伍有長。」閈：閭。

〔一八〕齊女告天，臨淄臺殞：《淮南子·覽冥訓》：「庶女叫天，雷電下擊，景公臺隕，支體傷折，海水大出。」高誘注：「庶賤之女，齊之寡婦，無子，不嫁，事姑謹敬。姑無男有女，女利母財，令母嫁婦，婦益不肯。女殺母以誣寡婦，婦不能自明，冤結叫天。天爲作雷電，下擊景公之臺。隕，壞也。毀景公之支體，海水爲之大溢出也。」

〔一九〕孝婦冤戮，東海徭陽：《漢書》卷七十一《于定國傳》：「東海有孝婦，少寡，亡子，養姑甚謹，姑欲嫁之，終不肯。……其後姑自經死，姑女告吏：『婦殺我母。』……太守竟論殺孝婦。郡中枯旱三年。」

〔二〇〕符：符驗。祇：同祇。

〔二一〕景：日。緯：星。

〔二二〕兼訊：兼管刑訊之事。

〔二三〕怵惕：恐懼心驚。

舊官長竟囚畢〔一〕，郡遣督郵案驗〔二〕，仍就施刑①。督郵賤吏，非能異於官長，有案驗之名②，而無研究之實③。愚謂此制宜革。自今入重之囚，縣考正畢，以事言郡，并送囚身，委二千石親臨覈辯④〔三〕，必收聲吞釁〔四〕，然後就戮。若二千石不能決，乃度廷尉⑤〔五〕，神州統外〔六〕，移之刺史。刺史有疑，亦歸臺獄〔七〕。必令死者不怨，生者無恨⑥〔八〕。庶鬻棺之諺〔九〕，輟歎於終古〔一〇〕；兩造之察〔一一〕，流詠於方今。臣學闇申韓〔一二〕，才寡治術，輕陳庸管⑦〔一三〕，懼乖國憲。

【校記】

①「刑」，《通典》《宋文紀》作「行」。 ②「有」，《太平御覽》卷六百四十、《通典》作「雖有」。 ③「究」，《太平御覽》作「窮」。 ④「覈」，《太平御覽》《通典》作「覆」。 ⑤「度」，《册府元龜》作「啓」。 ⑥「無」，《宋文紀》作「不」。 ⑦「庸」，《宋文紀》作「愚」。

【箋注】

〔一〕竟：窮終，此處引申爲審訊。

〔二〕督郵：漢朝置，爲郡府屬吏。職掌督送郵書，代表郡守督察諸縣、宣達教令，兼及案擊盗賊、點録囚徒、催繳租賦等。案：查驗。

〔三〕二千石：漢制，郡守俸禄爲二千石，故以二千石指代郡守。

〔四〕收聲吞釁：心服口服認罪。

〔五〕廷尉：中央司法最高長官。《宋書》卷三十九《百官志上》：「廷尉，……掌刑辟。凡獄必質之朝廷，與衆共之之義。兵獄同制，故曰廷尉。」

〔六〕神州：此處特指都城建康所在的揚州。

〔七〕臺獄：廷尉獄的别稱。晉宋間謂朝廷禁省爲臺。

〔八〕死者不怨，生者無恨：《淮南子·本經訓》：「生者不怨，死者不恨。」高誘注：「有道之世，人得其志，故生者不怨也。皆終其天命，故死者不恨。」

〔九〕鬻棺之諺：《漢書》卷二十三《刑法志》：「諺曰：『鬻棺者欲歲之疫。』非憎人欲殺之，利在於人死也。今治獄吏欲陷害人，亦猶此矣。」

〔一〇〕終古：往昔，自古以來。

〔一一〕兩：原告和被告。《尚書·吕刑》：「兩造具備。」孔安國傳：「兩謂囚、證。造，至也。兩至具備，則衆獄官共聽其入五刑之辭。」釋「兩」爲「囚」與「證」二者，宋學諸家則釋爲訴訟兩方，更合文義。

〔一二〕申韓：申不害、韓非子，戰國時法家代表人物。

〔一三〕管：管見，片面的見識，謙辭。《莊子·秋水》：「用管窺天，用錐指地。」

【評論】

〔張溥〕《搜才》《定刑》二表與《索虜互市議》，雅人之章，無忝國器。《百三家集·謝光禄集題辭》

請弘風則表①

【解題】

本文最早收録於《宋書》卷八十五《謝莊傳》。傳云：「上始踐阼，欲宣弘風則，下節儉詔書，事在《孝武本紀》。莊慮此制不行，又言曰。」傳中所言孝武帝下節儉詔書，事在元嘉三十年（四五三）七月。傳文後接謝莊孝建元年（四五四）官職，可知此文作於元嘉三十年七月後，且是針對孝武帝所下詔書而發，是對詔書的具體補充。

文章强調的重點有二：一是要維護律法的絶對權威，「若有犯違，則應依制裁糾」，不可「廢法申恩」；二是豪族大臣不可與民争利。自漢代以來，豪族兼并土地、侵占山林的現象便屢禁不止。晉成帝咸康二年（三三六）曾下詔：「占山護澤，强盜律論，贓一丈以上，皆棄市。」宋孝武帝於元嘉三十年七月頒發的詔書中也有相關内容。孝建二年（四五五）八月丙子（十七日），孝武帝再次下詔：「諸苑禁制綿遠，有妨肄業。可詳所開弛，假與貧民。」大明初年，孝武帝頒布占山令（見《宋書》卷五十四《羊玄保傳附羊希傳》），客觀上對豪强官員占山有所限制。大明七年（四六三）七月丙申（二十三日）孝武帝又下詔：「前詔江海田池，與民共利。歷歲未久，浸以弛替。名山大川，往往占固。有司嚴加檢糾，申明舊制。」後三次詔書的頒布不能説與謝莊的上奏有直接關係，但至少謝莊奏議的内容與孝武帝的改革方向是一致的。

詔云：「貴戚競利，興貨廛肆者，悉皆禁制。」〔一〕此實允愜民聽〔二〕。其中若有犯違，則應依制裁糾。若廢法申恩，便爲令有所屈。此處分伏願深思，無緣明詔既下②〔三〕，而聲實乖爽。臣愚謂大臣在禄位者，尤不宜與民争利，不審可得在此詔不？拔葵去織〔四〕，實宜深弘③。

【校記】

①《宋文紀》卷十四題作「論行節儉表」。《全宋文》卷三十五題作「申言節儉詔書事」。②「詔」，《宋文紀》作「誥」。③「弘」，原作「宏」，據《宋書》改。

【箋注】

〔一〕「貴戚競利」三句：這三句引自孝武帝的詔書。《宋書》卷六《孝武帝紀》：「（元嘉三十年七月）辛酉，詔曰：『百姓勞弊，徭賦尚繁，言念未乂，宜崇約損。凡用非軍國，宜悉停功。可省細作并尚方，雕文靡巧，金銀塗飾，事不關實，嚴爲之禁。供御服膳，減除遊侈。水陸捕采，各順時月。官私交市，務令優衷。其江海田池公家規固者，詳所開弛。貴戚競利，悉皆禁絶。』」廛：民居區域。肆：市。

〔二〕愜：快、滿。允愜：滿足、適合。民聽：民衆的輿論。《尚書·泰誓中》：「天視自我民視，天聽自我民聽。」

〔三〕無：通勿。緣：因、由。

〔四〕拔葵去織：《史記》卷一百一十九《公儀休傳》：「食茹而美，拔其園葵而棄之。見其家織布好，而疾出其家婦，燔其機，云：『欲令農士工女安所讎其貨乎？』」

太子元服上至尊表①

【解題】

元服禮即冠禮。《漢書》卷七《昭帝紀》：「四年春正月丁亥，帝加元服。」顔師古注：「元，首也。冠者，首之所著，故曰元服。其下《汲黯傳序》云『上正元服』，是知謂冠爲元服。」有關冠禮的記載，在三禮中以《禮記·冠義》和《儀禮·士冠禮》較詳。魏晉南北朝時期對元服禮的討論，主要見於《後漢書》《宋書》《晉書》禮志。

題目中的「太子」爲劉子業，「至尊」即孝武帝劉駿。劉子業（四四九—四六五），小字法師，孝武帝長子。《宋書》卷六《孝武帝紀》：「（孝建元年正月）丙寅（二十八日），立皇子子業爲皇太子。……（大明七年）冬十月壬寅（初一），太子冠，賜王公以下帛各有差。」《宋書》卷七《前廢帝紀》亦記載：「七年，加元服。」可知這份表奏當作於大明七年（四六三）十月。

本文最早收在《藝文類聚》卷十六《儲宮部》。文章用整飭典重的語言稱頌了太子的天資和德行，對太子行冠禮表示了欣喜和期待。

伏惟皇太子殿下，明兩承乾〔一〕，元良作貳〔二〕，抗法迂身②〔三〕，英華自遠〔四〕。樂以脩中，禮以治外③〔五〕，三善克懋〔六〕，德成教尊〔七〕。今日昭辰④〔八〕，顯加元服⑤，對靈祇之望，儔上庠之歡〔九〕。率天罄世，莫不載躍。

【校記】

①《藝文類聚》卷十六題作「慶皇太子元服上至尊表」，《初學記》卷十題作「慶太子元服上至尊表」，《宋文紀》卷十四題作「慶皇太子元服上至尊」。②「迂」，《初學記》作「遷」，《宋文紀》作「于」。③「治」，《宋文紀》作「制」。④「昭」，《初學記》作「吉」。⑤「顯」，《初學記》作「昭」，當是避唐中宗李顯之諱。

【箋注】

〔一〕明兩：此處指代太子。《周易·離卦》：「明兩作離，大人以繼明照于四方。」謝靈運《擬魏太子鄴中集詩·王粲》：「不謂息肩願，一旦值明兩。」《文選》李善注：「明兩，謂文帝也。」吕延濟注：「武帝既明，而太子又明，故謂太子爲明兩也。」乾：君位。

〔二〕元良：太子的代稱。《禮記·文王世子》：「一有元良，萬國以貞，世子之謂也。」鄭玄注：「元，大也。良，善也。」作貳：顔延之《應詔讌曲水作詩》：「帝體麗明，儀辰作貳。」《文選》劉良注：「耦君之明，匹辰極以爲副貳也。」

〔三〕抗：立，樹立。《詩·小雅·賓之初筵》：「大侯既抗，弓矢斯張。」《漢書》卷一百下《叙傳下》：「武功既抗，亦迪斯文。」迂：廣大。《禮記·文王世子》：「况于其身以善其君乎。」鄭玄注：

「于讀爲迂。迂猶廣也，大也。」

〔四〕英華：美好的名聲、品行。

〔五〕樂以脩中，禮以治外：《禮記・文王世子》：「凡三王教世子，必以禮樂。樂所以脩內也，禮所以脩外也。」孔穎達疏：「樂是喜樂之事，喜樂從內而生，和諧性情，故云所以脩內也。……禮是恭敬之事，恭敬是正其容體，容體在表，故所以脩外也。」

〔六〕三善：父子、君臣、長幼之義。《禮記・文王世子》：「欲令成王之知父子、君臣、長幼之義也。君之於世子也，親則父也，尊則君也。有父之親，有君之尊，然後兼天下而有之。是故養世子，不可不慎也。行一物而三善皆得者，唯世子而已。」懋：盛美。

〔七〕德成教尊：《禮記・文王世子》：「德成而教尊，教尊而官正，官正而國治，君之謂也。」

〔八〕昭：明亮、光明。昭辰猶言吉日。

〔九〕上庠：古代學校名。《禮記・王制》：「有虞氏養國老於上庠。」

太子元服上太后表①

【解題】

「太子」「元服」已見上文解題。「太后」即孝武帝生母、文帝路淑媛。路淑媛（四一二—四六六),名惠男,丹陽建康人,生劉駿後拜爲淑媛,常年隨劉駿出藩。元嘉三十年(四五三)四月己巳(二十七日),劉駿即位。五月甲申(十二日),尊路淑媛爲皇太后,宫曰崇憲。《宋書》卷四十一有傳。創作時間同樣當爲大明七年(四六三)十月。

本文最早收在《藝文類聚》卷十六《儲宫部》。文章開頭兩句用黄帝出生時的異象襯托太子天生岐嶷,繼而稱贊太子才華、品德出衆,最後説到挑選吉日,舉行冠禮。

離景承宸②,樞光陪極〔一〕。毓問東華〔二〕,飛英上序〔三〕。樂正歌風,司成頌德〔四〕。清明神鏡〔五〕,温文在躬〔六〕。練日簡辰〔七〕,顯備元服③。懋三王之教〔八〕,爥少陽之重④〔九〕。

【校記】

①《藝文類聚》卷十六題作「皇太子元服上皇太后表」。②「宸」,《初學記》卷十作「震」。③「顯」,《初學記》作「昭」,當是避唐中宗李顯之諱。「備」,原作「被」,據《藝文類聚》《初學記》改。④「爥少陽之重」,《初學記》作「屬少海之重」。

【箋注】

〔一〕「離景承宸」二句:離:明。景:光。宸:天。樞:樞星。極:北斗。此句謂黄帝出生時的異象。《帝王世紀》：「及神農氏之末，少典氏又取附寶，見大電光繞北斗樞星，照郊野，感附寶，孕二十五月，生黄帝於壽丘。」

〔二〕毓：育。問：通聞，聲譽。東華：東華門，太子東宫在東華門外。

〔三〕飛英：司馬相如《封禪文》：「蜚英聲，騰茂實。」《史記索隱》引胡廣：「飛揚英華之聲，騰馳茂盛之實也。」上序：即上庠，古代學校名。

〔四〕「樂正歌風」二句：樂正、司成：《禮記・文王世子》：「樂正司業，父師司成。」孔穎達疏：「司是職司，故爲主。謂樂正主大子詩書之業，父師主大子成就其德行也。」

〔五〕清明：《禮記・孔子閒居》：「清明在躬，氣志如神。」鄭玄注：「清明在躬，氣志如神，謂聖人也。」孔穎達疏：「清謂清静，明謂顯著，言聖人清静光明之德，在於躬身。」鏡：照。

〔六〕温文：《禮記・文王世子》：「恭敬而温文。」孔穎達疏：「恭敬而温文者，謂内外有禮，貌恭心敬而温潤文章，故云恭敬而温文也。」

〔七〕練、簡：選。

〔八〕三王：夏商周三代之君。《禮記・文王世子》：「凡三王教世子，必以禮樂。」

〔九〕少陽：顔延之《三月三日曲水詩序》：「正體毓德於少陽。」《文選》李善注：「少陽，東宫也。」又《宋書》卷三十《五行志一》：「世子居東宫，位少陽也。」

謝賜貂裘表

【解題】

《説文解字·裘部》云：「裘，皮衣也。」《周禮·天官·司裘》：「司裘掌爲大裘，以共王祀天之服。……季秋，獻功裘，以待頒賜。」鄭玄注：「功裘，人功微粗，謂狐青麛裘之屬。鄭司農云：功裘，卿大夫所服。」秦漢禮類文獻中多狐裘、羔裘。《白虎通·衣裳》：「禽獸衆多，獨以狐羔何？取其輕煖，因狐死首邱，明君子不忘本也。羔者，取其跪乳遜順也。故天子狐白，諸侯狐黄，大夫狐蒼，士羔裘，亦因別尊卑也。」《戰國策·秦策一》：「（蘇秦）説秦王書十上而説不行。黑貂之裘弊，黄金百斤盡。」此爲「貂裘」之較早出處。

謝啓、謝表這種文體屬於公文，有其固定的格式。開頭以「臣某言」表明説話者，并載所收物品和數量，繼而稱贊所收物品和贈物者，接着表達自己驚喜、惶恐、受恩的心情，最後以「謹啓」「謹遣表」等詞結尾。謝莊這篇表奏基本具備了這類公文應有的所有元素，且以駢偶用典的方式寫就，言辭得體，又不失文學性。

本文最早收録在《初學記》卷二十六《器物部》，創作時間不可考。

臣莊言：主衣黄達宣敕①〔一〕，賜臣貂裘。匭發衽開〔二〕，玄華有曜。靡毫柔毳，黯鑑自凝②〔三〕，固以彩越綴翬，光逾緝鷩。臣聞嚬笑不妄③，韓裳勿假〔四〕；績以昭庸④〔五〕，楚纊爰建〔六〕。臣歡忭自歌〔七〕，而同委衾之澤〔八〕；勤劬未報⑤，而叨解裘之寵〔九〕。空荷榮施〔一〇〕，徒賁微軀〔一一〕。承殊恩必識，服以淪生〔一二〕，銘悦之情，罔知所寘。臣受假無由躬拜〔一三〕，謹遣表。

【校記】

①「宣」，《宋文紀》卷十四作「言」。②「凝」，《宋文紀》作「疑」，二字通。③「妄」，《宋文紀》作「忘」。④「績以」，原作「續有」，據《初學記》卷二十六改。⑤「劬」，原作「勞」，據《初學記》改。

【箋注】

〔一〕主衣：掌管衣服器玩的官職，在南朝多由寒人擔任，多爲皇帝親信。黄達：《宋書》卷七十九《竟陵王誕傳》有「建康右尉黄宣達」，《南史》卷十四作「黄達」，或即此人。

〔二〕匭：匣。衽：衣衿。此句爲「發匭開衽」的倒裝。

〔三〕黯鑑：《左傳·昭公二十八年》：「昔有仍氏生女，黰黑而甚美，光可以鑑，名曰玄妻。」凝：形成。

〔四〕嚬笑不妄，韓裳勿假：《韓非子·内儲説上》：「韓昭侯使人藏弊袴。侍者曰：『君亦不仁矣，弊袴不以賜左右而藏之。』昭侯曰：『非子之所知也。吾聞明主之愛，一嚬一笑，嚬有爲嚬，而笑有爲笑。今夫袴豈特嚬笑哉！袴之與嚬笑相去遠矣，吾必待有功者，故藏之未有予也。」

〔五〕績：緝麻爲布。昭庸：《國語・周語中》：「服物昭庸。」韋昭注：「庸，功也。冕服旗章，所以昭其功。」

〔六〕楚纊爰建：《左傳・宣公十二年》：「師人多寒。（楚莊）王巡三軍，拊而勉之，三軍之士，皆如挾纊。」杜預注：「纊，綿也。言說以忘寒。」

〔七〕抃：拍手，表示高興。

〔八〕委衾之澤：《藝文類聚》卷七十引謝承《後漢書》：「朱寵爲太尉，家貧，卧布被，朝廷賜錦被，不敢當。」

〔九〕解裘之寵：《戰國策・齊策六》：「過菑水，有老人涉菑而寒，出不能行，坐於沙中。田單見其寒，欲使後車分衣，無可以分者，單解裘而衣之。……王嘉單之善，下令曰：『寡人憂民之饑也，單收而食之；寡人憂民之寒也，單解裘而衣之。』」

〔一〇〕榮施：恩賜，施惠。《左傳・昭公三十二年》：「伯父有榮施，先王庸之。」

〔一一〕賁：飾。

〔一二〕淪生：謂終生銘記。

〔一三〕假：優假，寬待。

東海王讓司空表

【解題】

東海王指劉褘（四三六—四七〇），字休秀，宋文帝第八子。元嘉二十二年（四四五），封東海王。後任後軍將軍、冠軍將軍、南彭城下邳二郡太守、會稽太守、廣州刺史等職。孝武帝即位，歷任會稽太守、秘書監、江州刺史、散騎常侍、中書令、南豫州刺史、司空等職。明帝即位，改封廬江王。泰始六年（四七〇），被明帝逼令自殺。《宋書》卷七十九有傳。又《宋書》卷三十九《百官志上》：「司空，一人。掌水土事，郊祀掌掃除陳樂器，大喪掌將校復土。」《宋書》卷六《孝武帝紀》：「（大明七年十月）癸亥（二十二日），衛將軍、開府儀同三司東海王褘爲司空。」可知此文作於大明七年（四六三）十月。《宋書》劉褘本傳未言辭司空事，當是被授職位後爲示自謙所上表文。

本文最早收録在《藝文類聚》卷四十七《職官部三》。

臣側觀前載〔一〕，與窺洪典，三事之授〔二〕，惟帝其難〔三〕。臣乘少籍長久〔四〕，分踰涯量〔五〕，出滿入泰，每究榮光〔六〕。不悟乾燭方遠〔七〕，義路同遺〔八〕，下參弘化〔九〕，上尸燮理〔一〇〕，自非德仞具瞻〔一一〕，聲湛民詠①〔一二〕。未有妄臻此澤，空集玆靈〔一三〕。

【校記】

①「湛」，原作「堪」，據《藝文類聚》卷四十七改，與「仞」相對。

【箋注】

〔一〕側：謙辭。司馬遷《報任安書》：「僕雖罷駑，亦嘗側聞長者之遺風矣。」前載：張衡《西京賦》：「多識前代之載。」《文選》李善注：「《小雅》曰：『載，事也。』」

〔二〕三事：《漢書》卷七十三《韋玄成傳》：「於赫三事，匪俊匪作。」顔師古注：「三事，三公之位也。」

〔三〕惟帝其難：《尚書·皋陶謨》：「禹曰：『吁，咸若時，惟帝其難之。』」孔安國傳：「言帝堯亦以知人安民爲難，故曰吁。」

〔四〕少籍：其義不詳。疑「乘少籍」當爲「少乘籍」之誤倒。籍：簿籍，此處指代皇室宗譜。

〔五〕分：位分。涯量：限量。

〔六〕究：極、盡。

〔七〕乾：天。燭：照。方：通旁，廣大、普遍。《尚書·堯典》：「湯湯洪水方割，蕩蕩懷山襄陵，浩浩滔天。」

〔八〕義路：即義方，指正確的處事方法。遺：饋、予。

〔九〕弘化：《尚書·周官》：「貳公弘化，寅亮天地，弼予一人。」孔安國傳：「副貳三公，弘大道化，敬信天地之教，以輔我一人之治。」

〔一〇〕尸：主。燮理：《尚書·周官》：「兹惟三公，論道經邦，燮理陰陽。」孔安國傳：「此惟三公之任，佐王論道，以經緯國事，和理陰陽。言有德乃堪之。」

〔一一〕仞：滿。具瞻：《詩·小雅·節南山》：「赫赫師尹，民具爾瞻。」毛傳：「具，俱。瞻，視。」

〔一二〕湛：深厚。

〔一三〕靈：福。

讓中書令表

【解題】

《通典》卷二十一《職官三》「中書令」條：「其所置中書之名，因漢武帝遊宴後庭，始以宦者典事尚書，謂之中書謁者，置令、僕射。……魏晉以來，中書監、令掌贊詔命，記會時事，典作文書。」《宋書》卷八十五《謝莊傳》記載：「及（明帝）即位，以莊爲散騎常侍、光禄大夫，加金章紫綬，領尋陽王師，頃之，轉中書令，常侍、王師如故。」此爲謝莊一生之中唯一一次被授予中書令之職，可知此表當作於泰始元年（四六五）。此時謝莊剛從獄中被釋放出來，且已是暮年之軀。明帝的授任應只是看中謝莊前朝重臣和陳郡謝氏家族代表的特殊身份。本傳未記載謝莊辭中書令職不受，此表可補史闕。謝莊辭讓中書令，固然與年歲較大有關，更重要的原因可能是經歷了孝武帝和前廢帝兩朝的嚴酷政治後心灰意冷。

本文最早收録在《藝文類聚》卷四十八《職官部四》。

伏惟陛下登取震維①〔一〕，臨齊璿政〔二〕，澤與風翔，恩從雲動〔三〕。臣聞璧門天邃②〔四〕，鳳沼神深〔五〕。絲綸王言〔六〕，出納帝命〔七〕。自非望允當時〔八〕，譽宣庠塾〔九〕。未有謬乘曲寵③，空席兹榮〔一〇〕。在於平壯④，猶不可勉。况今綿痼⑤，百志俱淪。

【校記】

①「取」，《太平御覽》卷二百二十、《宋文紀》卷十四作「馭」。②「璧」，《藝文類聚》卷四十八作「壁」。③「乘」，原作「垂」，據《初學記》卷十一改。④「平」，《全宋文》卷三十五作「年」。⑤「今」，《宋文紀》作「於」。

【箋注】

〔一〕登：高。震維：東方。《周易·説卦》：「帝出乎震。」此處指代帝位。

〔二〕臨齊璿政：《尚書·舜典》：「在璿璣玉衡，以齊七政。」孔安國傳：「在，察也。璿，美玉。璣、衡，王者正天文之器可運轉者。七政，日月五星各異政。舜察天文，齊七政，以審己當天心與否。」

〔三〕澤與風翔，恩從雲動：張衡《東京賦》：「聲與風翔，澤從雲游。」《文選》李善注引薛綜曰：「翔、游，皆行也。風者，天之號令。雲雨者，天之膏潤。故聲教與風皆翔，恩澤與雲俱行也。」

〔四〕璧門：《三輔黄圖》卷二：「宫之正門曰閶闔，高二十五丈，亦曰璧門。」天邃：相隔遥遠。謝莊《孝武宣貴妃誄》：「離宫天邃。」

〔五〕鳳沼：鳳池。《晉書》卷三十九《荀勖傳》：「勖久在中書，專管機事。及失之，甚罔罔悵恨。或有賀之者，勖曰：『奪我鳳皇池，諸君賀我邪！』」《通典》卷二十一《職官三》：「以其地在樞近，多承寵任，是以人固其位，謂之『鳳皇池』焉。」

〔六〕絲綸王言：《禮記·緇衣》：「王言如絲，其出如綸。」鄭玄注：「言言出彌大也。綸，今有秩嗇夫所佩也。」孔穎達疏：「王言如絲，其出如綸者，王言初出，微細如絲，及其出行於外，言更漸大，如似綸也。言綸粗於絲。」

〔七〕出納帝命：《尚書·舜典》：「命汝作納言，夙夜出納朕命，惟允。」孔安國傳：「納言，喉舌之官，聽下言納於上，受上言宣於下，必以信。」

〔八〕允：使人信服，受人敬重。

〔九〕庠塾：泛指學校。《禮記·學記》：「古之教者，家有塾，黨有庠，術有序，國有學。」

〔一〇〕席：因。

讓吏部尚書表

【解題】

《通典》卷二十三《職官五》「吏部尚書」條：「漢成帝初置尚書，有常侍曹，主公卿事。後漢改爲吏曹，主選舉、祠祀，後又爲選部。魏改選部爲吏部，主選事。晉與魏同。宋時吏部尚書領吏部、删定、三公、比部四曹。」

謝莊一生共三次擔任吏部尚書之職，分别在孝建元年（四五四）、大明二年（四五八）和大明六年（四六二），涉及推辭官職的只有孝建元年這次。此次授任，謝莊是接替顔竣。《宋書》卷七十五《顔竣傳》記載：「世祖踐阼，以爲侍中，俄遷左衛將軍，加散騎常侍，辭常侍，見許。……孝建元年，轉吏部尚書，領驍騎將軍。……其後謝莊代竣領選。」可知先是孝建元年，顔竣由左衛將軍轉爲吏部尚書，同年又被謝莊代替。又《宋書》卷二十六《天文志四》：「孝建元年十月，熒惑犯進賢星。吏部尚書謝莊表解職，不許。」《宋書》卷八十五《謝莊傳》：「其年（孝建元年），拜吏部尚書。莊素多疾，不願居選部，與大司馬江夏王義恭牋自陳。……三年，坐辭疾多，免官。」十月，謝莊請求辭職，并向江夏王義恭呈上箋文説明，但未獲批准，直到孝建三年（四五六）因辭疾次數過多纔被免官。

本文僅是殘篇，最早收録在《藝文類聚》卷四十八《職官部四》。疑是謝莊上呈孝武帝的辭職文書，當作於孝建元年十月，可與《與大司馬江夏王義恭牋》一文對讀。

招才琴釣之上〔一〕，取士歌牧之中〔二〕。終能克夷景命〔三〕，榮懷萬宇〔四〕。豈容先私首曲〔五〕，近有經過〔六〕。且不習冠制，趙客興鑒〔七〕，未聞統馭①〔八〕，鄭臣有規〔九〕，匪痗身譏〔一〇〕。

【校記】

①「聞」，《藝文類聚》卷四十八、《宋文紀》卷十四作「閑」。

【箋注】

〔一〕琴釣：騶忌和姜尚。《史記》卷四十六《田敬仲完世家》：「騶忌子以鼓琴見威王，威王説而舍之右室。須臾，王鼓琴，騶忌子推户入曰：『善哉鼓琴！』王勃然不説，去琴按劍曰：『夫子見容未察，何以知其善也？』騶忌子曰：『夫大弦濁以春温者，君也；小弦廉折以清者，相也；攫之深，醳之愉者，政令也；鈞諧以鳴，大小相益，回邪而不相害者，四時也。吾是以知其善也。』王曰：『善語音。』騶忌子曰：『何獨語音，夫治國家而弭人民，皆在其中。』王又勃然不説曰：『若夫語五音之紀，信未有如夫子者也。若夫治國家而弭人民，又何爲乎絲桐之間？』騶忌子曰：

『夫大弦濁以春温者，君也；小弦廉折以清者，相也；攫之深而舍之愉者，政令也；鈞諧以鳴，大小相益，回邪而不相害者，四時也。夫復而不亂者，所以治昌也；連而徑者，所以存亡也：故曰琴音調而天下治。夫治國家而弭人民者，無若乎五音者。』王曰：『善。』」《史記》卷七十四《孟子荀卿列傳》：「其前騶忌，以鼓琴干威王，因及國政，封爲成侯而受相印。」《史記》卷三十二《齊太公世家》：「吕尚蓋嘗窮困，年老矣，以漁釣奸周西伯。」

〔二〕歌牧：甯戚和百里奚。《吕氏春秋》卷十九《離俗覽》：「甯戚欲干齊桓公，窮困無以自進，於是爲商旅將任車以至齊，暮宿於郭門之外。桓公郊迎客，夜開門，辟任車，爝火甚盛，從者甚衆。甯戚飯牛居車下，望桓公而悲，擊牛角疾歌。桓公聞之，撫其僕之手曰：『異哉！之歌者，非常人也。』命後車載之。桓公反，至，從者以請。桓公賜之衣冠，將見之。甯戚見，説桓公以治境内。明日復見，説桓公以爲天下。桓公大説，將任之。群臣争之曰：『客，衛人也。衛之去齊不遠，君不若使人問之，而固賢者也，用之未晚也。』桓公曰：『不然。問之，患其有小惡。以人之小惡，亡人之大美，此人主之所以失天下之士也已。』」高誘注：「歌《碩鼠》也。」《史記》卷八十三《魯仲連鄒陽列傳》：「甯戚飯牛車下，而桓公任之以國。」《史記集解》引應劭：「齊桓公夜出迎客，而甯戚疾擊其牛角商歌曰：『南山矸，白石爛，生不遭堯與舜禪。短布單衣適至骭，從昏飯牛薄夜半，長夜曼曼何時旦？』公召與語，説之，以爲大夫。」《史記》卷六十八《商君列傳》：「夫五羖大夫，荆之鄙人也。聞秦繆公之賢而願望見，行而無資，自粥於秦客，被褐食牛。期年，繆公知之，舉之牛口之下，而加之百姓之上，秦國莫敢望焉。」

〔三〕克：勝任。夷：平。景：大。《詩·大雅·既醉》：「君子萬年，景命有仆。」

〔四〕榮懷：《尚書·秦誓》：「邦之榮懷，亦尚一人之慶。」孔安國傳：「國之光榮爲民所歸，亦庶幾其所任用賢之善也。」

〔五〕曲：心曲。首曲即皇帝動私心首先想到的人。

〔六〕有：取。經過：交往的人。

〔七〕不習冠制，趙客興鑒：趙客指戰國時魏國公子牟。此句用公子牟勸諫趙孝成王應當重用賢臣之事。《戰國策·趙策三》：「建信君貴於趙，公子魏牟過趙，趙王迎之。顧反至坐，前有尺帛，且令工以爲冠。工見客來也，因辟。趙王曰：『公子乃驅後車，幸以臨寡人，願聞所以爲天下。』魏牟曰：『王能重王之國若此尺帛，則王之國大治矣。』趙王不説，形於顔色，曰：『先王不知寡人不肖，使奉社稷，豈敢輕國若此？』魏牟曰：『王無怒，請爲王説之。』曰：『王有此尺帛，何不令前郎中以爲冠？』王曰：『郎中不知爲冠。』魏牟曰：『爲冠而敗之，奚虧於王之國？而王必待工而後乃使之。今爲天下之工，或非也。社稷爲虚戾，先王不血食，而王不以予工，乃與幼艾。且王之先帝駕犀首而驂馬服，以與秦角逐，秦當時適其鋒。今王憧憧，乃輦建信以與强秦角逐，臣恐秦折王之輢也。』」

〔八〕統馭：此處指管理臣下。

〔九〕鄭臣：指春秋時鄭國名臣子産。《左傳·襄公三十年》：「子産爲政，有事伯石，賂與之邑。子大叔曰：『國皆其國也，奚獨賂焉？』子産曰：『無欲實難，皆得其欲，以從其事，而要其成。非我有成，其在人乎？何愛於邑？邑將焉往？』子大叔曰：『若四國何？』子産曰：『非相違也，而相從也。四國何尤焉？鄭書有之曰：安定國家，必大焉先。姑先安大，以待其所歸。』既伯石懼而歸邑。卒與之。」

〔一〇〕痗：病。匪痗身譏，指不是擔心自己的名聲有損。

奏

上封禪儀注奏①

【解題】

本文最早見於《宋書》卷十六《禮志三》：「（大明）四年四月辛亥（二十日），有司奏曰」，知作於大明四年（四六〇）四月，但未言是謝莊所作，故《全宋文》卷五十九署「闕名」。《宋文紀》卷五係在江夏王劉義恭名下，當是依據文中「太宰江夏王臣義恭咀道遵英，抽奇麗古」之語，以及《南史》卷二《宋本紀中》「辛亥，太宰江夏王義恭等表請封岱宗，詔不從」的記載。張燮最早認爲此文是謝莊所作，但未説明原因。前文另有《爲八座江夏王請封禪表》，作於大明元年（四五七），同樣作者有疑，而張夔認爲是謝莊代劉義恭所作。此次上封禪儀注又是出自義恭的鼓吹，張夔或許是出於同樣的考慮，故認爲此文也是謝莊代筆。張溥《百三家集》該篇署名沿用謝莊。

這篇奏文全篇對仗，語言整飭而又晦澀，用典極爲繁密，幾乎句句有典，且均與古代封禪故事相關，某種程度上與類書的特點相似。

臣聞崇號建極〔一〕，必觀俗以樹教〔二〕；正位居體〔三〕，必采世以立言〔四〕。是以重代列聖②，咸由厥道。玄勳上烈〔五〕，融章未分〔六〕。鳴光委緒〔七〕，歇而罔藏。若其顯謚騰軌③〔八〕，則系綴聲采〔九〕，徽略聞聽〔一〇〕。爰洎姬漢，風流尚存，遺芬餘榮〔一一〕，綿映紀緯〔一二〕。雖年絶世祀〔一三〕，代革精華，可得騰金彩〔一四〕，奏玉潤〔一五〕，鏤迹以爋今〔一六〕，鑴德以麗遠〔一七〕。而四望埋禋歌之禮〔一八〕，日觀弛修封之容〔一九〕，豈非神明之業難崇〔二〇〕，功基之迹易泯。自兹以降，訖于季末〔二一〕，莫不欲英弘徽位〔二二〕，詳固洪聲〔二三〕。豈徒深默修文，淵幽馭世而已〔二四〕。諒以滕非虚奏〔二五〕，書匪妄埋④〔二六〕，擊雨恕神，淳廕復樹〔二七〕，安得紫壇肅祇〔二八〕，竹宮載竚〔二九〕，散火投郊〔三〇〕，流星奔座〔三一〕。寶緯初基〔三二〕，厭靈命曆〔三三〕。德振弛維〔三四〕，功濟淪象〔三五〕。玄浸紛流〔三六〕，華液幽潤〔三七〕。規存永馭〔三八〕，思詳樹遠⑤。

【校記】

①《宋文紀》卷五題作「有司再奏」，《全宋文》卷五十九題作「奏上封禪儀注」。②「列」，《宋文紀》作「烈」。③《宋書》卷十六「謚」下有一闕文符號。《五禮通考》卷五十引作「若其顯謚略騰軌」。④「妄」，《宋文紀》作「罔」。⑤「詳」，《宋文紀》作「祥」。

【箋注】

〔一〕崇號：司馬相如《封禪文》：「繼韶夏，崇號謚，略可道者七十有二君。」建極：《尚書·洪範》：「建用皇極。」孔安國傳：「皇，大。極，中也。凡立事當用大中之道。」又陸雲《贈顧驃騎後二首》：「惟皇建極，緝熙清曜。」

〔二〕觀俗：《商子·算地》：「觀俗立法則治。」樹教：《論衡·譴告篇》：「夫爲政教，猶樹物收穀也。」

〔三〕正位居體：《周易·坤卦》：「正位居體，美在其中。」孔穎達疏：「正位居體者，居中得正，是正位也；處上體之中，是居體也。」

〔四〕采世：《後漢書》卷五十九《張衡傳》：「采前世成事，以爲證驗。」立言：《左傳·襄公二十四年》：「大上有立德，其次有立功，其次有立言。雖久不廢，此之謂不朽。」孔穎達疏：「立言，謂言得其要，理足可傳。」

〔五〕玄、上：遠。勳、烈：功業。《尚書·立政》：「以覲文王之耿光，以揚武王之大烈。」又《後漢書》卷十八「論曰」：「比功上烈。」

〔六〕融：孫綽《遊天台山賦》：「融而爲川瀆，結而爲山阜。」《文選》李善注：「融，猶銷也。」融章未分，此處指功業未被文字記録下來。

〔七〕鳴：聲名。光：《詩・大雅・韓奕》：「八鸞鏘鏘，不顯其光。」鄭玄箋：「光猶榮也。」委：原委。緒：統系。張衡《東京賦》：「漢初弗之宅，故宗緒中圮。」《文選》李善注引薛綜曰：「緒，統也。」

〔八〕顯：崇、著。謚：號。騰軌：陸機《贈馮文羆遷斥丘令》：「遵塗遠蹈，騰軌高騁。」

〔九〕系：承。綴：連、續。聲：名。采：文采。

〔一〇〕略：取、求。

〔一一〕遺芬：前人留下的盛德美名和功烈業績。

〔一二〕紀緯：張衡《思玄賦》：「倚招摇攝提以低佪劉流兮，察二紀五緯之綢繆遹皇。」《文選》李善注引舊注：「二紀，日月也。五緯，五星也。」

〔一三〕世祀：《左傳・昭公八年》：「盛德必百世祀。」

〔一四〕金彩：張衡《南都賦》：「其寶利珍怪，則金彩玉璞。」《文選》李善注：「彩，金之彩也。」

〔一五〕玉潤：班固《東都賦》：「玉潤而金聲。」《文選》李善注：「《禮記》孔子曰：『君子比德於玉焉，温潤而澤，仁也。』《尚書傳》曰：『天下諸侯，受命於周，莫不磬折，玉音金聲。』」

〔一六〕熛：感動。

〔一七〕麗：映、照耀。

〔一八〕四望：《周禮·地官·舞師》：「教羽舞，帥而舞四方之祭祀。」鄭玄注：「四方之祭祀，謂四望也。」埋：没、廢弛。禋：祀。《詩經·小雅·大田》：「來方禋祀。」鄭玄箋：「禋祀四方之神，祈報焉。」

〔一九〕日觀：《後漢書》志第七《祭祀志上》李賢引應劭《漢官》、馬第伯《封禪儀記》：「東山名曰日觀，日觀者，鷄一鳴時，見日始欲出，長三丈所。」封：封禪時所建的祭壇或刻石。

〔二〇〕神明之業難崇：《羽獵賦》：「立君臣之節，崇賢聖之業。」崇：興。

〔二一〕季：末、末年。此處指代東晉末年。

〔二二〕英：鮮明。弘：弘揚、光大。徽：美。

〔二三〕詳：審慎。《尚書·蔡仲之命》：「詳乃視聽，罔以側言改厥度。」孔安國傳：「詳審汝視聽，非禮義勿視聽。」《詩·鄘風·墻有茨》：「中冓之言，不可詳也。」毛傳：「詳，審也。」

〔二四〕「豈徒深默修文」二句：深默、淵幽：均形容深沉不顯。修文：《尚書·武成》：「偃武修文。」

〔二五〕縢：以繩約物曰縢。此處指代緘封之書、策。

〔二六〕書：玉牒書。《史記》卷二十八《封禪書》：「封廣丈二尺，高九尺，其下則有玉牒書，書秘。」又《後漢書》志第七《祭祀志上》：「以吉日刻玉牒書函藏金匱，璽印封之。」

〔二七〕「擊雨怒神」二句：謂秦始皇封禪事。擊雨：《史記》卷六《秦本紀》：「乃遂上泰山，立石，封，祠祀。下，風雨暴至，休於樹下，因封其樹爲五大夫。」又《史記》卷二十八《封禪書》：「始皇上泰山，爲暴風雨所擊，不得封禪。」廕：蔭澤。

〔二八〕紫壇：見《舞馬賦》注。

〔二九〕竹宮：《漢書》卷二十二《禮樂志》：「天子自竹宮而望拜。」韋昭注：「以竹爲宮，天子居中。」顔師古注：「《漢舊儀》云：竹宮去壇三里。」載竚：盤桓未去。顔延之《三月三日曲水詩序》：「金駕揔駟，聖儀載佇。」

〔三〇〕散火：《漢書》卷二十五下《郊祀志下》：「山上舉火，下悉應之。」

〔三一〕流星奔座：《漢書》卷二十二《禮樂志》：「以正月上辛用事甘泉圜丘，使童男女七十人俱歌，昏祠至明。夜常有神光如流星止集于祠壇。」《漢書》卷二十五上《郊祀志上》：「其秋，有星孛於東井。後十餘日，有星孛於三能。……有司皆曰：『陛下建漢家封禪，天其報德星云。』」「紫壇肅祗」四句謂漢武帝郊祀、封禪之事。「諒以滕非虛奏」至「流星奔座」，意爲封禪之事實有必要，故秦漢兩代帝王都十分熱心此事。

〔三二〕寶緯：五星。《周禮·春官·大宗伯》：「以實柴祀日月星辰。」鄭玄注：「星謂五緯。」賈公彦疏：「五緯即五星，東方歲星，南方熒惑，西方大白，北方辰星，中央鎮星。言緯者，二十八宿隨天左轉爲經，五星右旋爲緯。」《史記》卷二十七《天官書》：「水、火、金、木、填星，此五星者，天之五佐，爲緯，見伏有時，所過行贏縮有度。」《史記正義》：「五星行南北爲經，東西爲緯也。」

基：創建。此句省略了主語「劉宋朝」。

〔三三〕厭：美盛貌。《詩·周頌·載芟》：「驛驛其達，有厭其傑。」毛傳：「有厭其傑，言傑苗厭然特美也。」命：呼喚、召唤。左思《蜀都賦》：「其深則有白黿命鱉，玄獺上祭。」《文選》李善注：「命，呼也。」曆：運曆，指帝業。王融《三月三日曲水詩序》：「我大齊之握機創歷，誕命建家。」

〔三四〕德振弛維：盧諶《贈劉琨》：「振厥弛維，光闡遠韻。」

〔三五〕象：法。

〔三六〕玄浸紛流：應貞《晉武帝華林園集詩》：「玄澤滂流，仁風潛扇。」《文選》李善注：「玄澤，聖恩也。曹子建《責躬詩》曰：玄化滂流。」鮑照《河清頌》：「道化周流，玄澤汪濊。」浸：泛指河澤湖泊。

〔三七〕華液：指代聖恩。幽潤：爲「潤幽」之倒裝。

〔三八〕規：圖、謀。

太祖文皇帝以啓遘泰運〔一〕，景望震凝〔二〕。采樂調風〔三〕，集禮宣度。祖宗相映，軌迹重暉。聖上韞籙蕃河〔四〕，竚翔衡漢〔五〕。金波掩照，華耀停明〔六〕。運動時來，躍飛風舉〔七〕。澄氛海岱〔八〕，開景中區〔九〕。歇神還靈〔一〇〕，頹天重耀。儲正凝位於兼明〔一一〕，衮嶽蕃華於元列〔一二〕。故以祥映昌基〔一三〕，繫發篆素〔一四〕。重以班朝待典〔一五〕，飾令詳儀。纂綜淪蕪〔一六〕，搜騰委逸〔一七〕。奏玉郊宮〔一八〕，禋珪玄畤〔一九〕。景集天廟〔二〇〕，脉壤祥農〔二一〕。節至昕陽〔二二〕，川丘夙禮〔二三〕。綱威巡駐①〔二四〕，表綴中甸〔二五〕。史流其詠，民挹其風〔二六〕。於是涵迹視陰〔二七〕，振聲威響。歷代之渠〔二八〕，沈■望内②〔二九〕。安侯之長，賢王入侍〔三〇〕。殊生詭氣〔三一〕，奉俗還鄉。羽族卉儀〔三二〕，懷音革狀〔三三〕。邊帛絶書〔三四〕，權光弛燭〔三五〕。天岱發靈〔三六〕，宗河開寶〔三七〕。崇丘淪鼎，振采泗淵〔三八〕。雲皇王嶽〔三九〕，摛藻■漢③。并角即音〔四〇〕，栖翔禁籞〔四一〕。衮甲霜咮④〔四二〕，翾舞川肆〔四三〕。榮泉流鏡，後昭河源〔四四〕。故以波沸外關〔四五〕，雲蒸内澤〔四六〕。若其雪趾青毳，玄文朱彩〔四七〕，日月郊甸〔四八〕，擇木弄音〔四九〕。重以榮露騰軒〔五〇〕，蕭雲掩閣〔五一〕。鎬穎孳萌〔五二〕，移華淵禁〔五三〕。山輿竚衡〔五四〕，雲鶼竦翼。海鰈泳流〔五五〕，江茅吐蔭〔五六〕。校書之列〔五七〕，仰筆以飾辭。濟代之蕃〔五八〕，獻邑以待禮。豈非神勰氣昌〔五九〕，物瑞雲照。蒲軒龜軫⑤〔六〇〕，■泉淳芳⑥。

【校記】

①「綱」，原作「網」，據《宋書》改。「駐」，《五禮通考》作「駐」。 ②《五禮通考》引作「沈于望内」。

③《五禮通考》引作「摛藻雲漢」。 ④「咮」，原作「味」，據《宋書》改。 ⑤「蒲」，《宋書》作「蒱」。

⑥《五禮通考》引作「醴泉淳芳」。

【箋注】

〔一〕遘：遇。泰運：大運、天運、吉祥的運數。

〔二〕景望：崇高的威望。震：振奮、振興。凝：静止。

〔三〕采樂：《儀禮·燕禮》：「笙入，立于縣中，奏《南陔》《白華》《華黍》。」鄭玄注：「周公制禮作樂，采時世之詩以爲樂歌，所以通情相風切也。」調風：見《上搜才表》注。

〔四〕韞：藴。韞籙即受天命。《文選》卷五十三李康《運命論》，李善注引《春秋元命苞》：「興亡之名，應籙以次相代。」蕃河：指代劉駿爲皇子時出鎮外藩的經歷。

〔五〕衡漢：北斗和天河。此處比喻京都。

〔六〕金波掩照，華耀停明：《漢書》卷二十二《禮樂志》：「月穆穆以金波，日華燿以宣明。」顔師古注：「言月光穆穆，若金之波流也。」

〔七〕躍飛：迅猛飛翔。風舉：疾風興起，形容迅疾。《漢書》卷三十《藝文志》：「形勢者，靁動風舉，後發而先至，離合背鄉，變化無常，以輕疾制敵者也。」

〔八〕氛：妖氣、凶氣。

〔九〕景：光明。開景：指開闢光明的局面。中區：區中，此處指代天下。陸機《文賦》：「佇中區以玄覽，頤情志於典墳。」

〔一〇〕歆神還靈：《老子》第三十九章：「神無以靈將恐歇。」揚雄《劇秦美新》：「神歆靈繹。」《文選》

劉良注：「天地神祇以秦無道之甚，故歇其靈潤滋液，不降福祥。」

〔二〕儲正：太子。凝：成。《周易·鼎卦》：「君子以正位凝命。」王弼注：「凝者，嚴整之貌也。」兼：倍。兼明義同明兩，見《太子元服上至尊表》「明兩」注。

〔三〕衮嶽：代指諸侯。蕃華：鮑照《還都口號》：「分壤蕃帝華，列正藹皇宫。」元列：首列，表示重要的位置。

〔三〕昌基：《南齊書》卷十一《樂志》：「聖藹耀昌基，融祉暉世曆。」

〔四〕繫：世繫、帝繫。篆素：左思《吴都賦》：「烏策篆素，玉牒石記。」《文選》李善注：「《漢書音義》曰：『大篆，蟲書鳥書是也。』鄭玄《禮記注》曰：『……篆素，篆書於素也。』」張銑注：「篆，大篆書也。素謂帛也。」

〔五〕重以：加以。班朝待典：《禮記·曲禮上》：「班朝治軍，涖官行法，非禮威儀不行。」鄭玄注：「班，次也。」孔穎達疏：「班，次也。朝，朝廷也。次謂司士正朝儀之位次也。」待典：《周禮·天官·大宰》：「大宰之職，掌建邦之六典，以佐王治邦國。一曰治典，以經邦國，以治官府，以紀萬民；二曰教典，以安邦國，以教官府，以擾萬民；三曰禮典，以和邦國，以統百官，以諧萬民；四曰政典，以平邦國，以正百官，以均萬民。五曰刑典，以詰邦國，以刑百官，以糾萬民；六曰事典，以富邦國，以任百官，以生萬民。……凡治，以典待邦國之治。」賈公彦疏：「六典本以治邦國，故云『以典待邦國之治。』」

〔一六〕淪蕪：此處指代散亂、亡佚的禮儀文獻。

〔一七〕騰：傳。委：棄。

〔一八〕玉：玉牒。郊宫：《漢書》卷六十四下《終軍傳》：「專神明之敬，奉燔瘞於郊宫。」顔師古注：「郊宫，謂泰畤及后土也。」

〔一九〕禋珪：《通典》卷四十二《禮二・沿革二》：「次則實牲體玉帛而燔之，謂之禋祀。」玄畤：上玄、泰畤。揚雄《甘泉賦》：「惟漢十世，將郊上玄，定泰畤，雍神休，尊明號。」《文選》李善注：「上玄，天也。……言將祭泰畤，冀神擁祐之以美祥，因尊己之明號也。」

〔二〇〕景：光。天廟：太廟。

〔二一〕脉壤祥農：張衡《東京賦》：「及至農祥晨正，土膏脉起。」《文選》李善注引薛綜曰：「農祥，天駟，即房星也。晨時，正中也，謂正月初也。」李善注：「《國語》曰：『虢文公曰：太史順時視土，農祥晨正，土乃脉發。太史告稷曰：土膏其動。』韋昭曰：『農祥，房星也。晨正，謂立春之日，晨中於午也。脉，理也。膏，土潤也。』」張銑注：「房星正月中晨見南方，農之祥候也。是時土脉潤起，可以耕也。」

〔二二〕昕：始。昕陽：此處指代冬至。《白虎通・誅伐》：「《孝經讖》曰：夏至陰氣始動，冬至陽氣始萌。」漢武帝於元鼎五年(前一一二)冬至祭祀太一神，爲封禪的前期活動。

〔二三〕夙：肅敬。《詩・大雅・生民》：「履帝武敏歆，攸介攸止，載震載夙，載生載育，時維后稷。」鄭玄箋：「夙之言肅也。」

〔二四〕綱：法度。威：威儀、聲威。駐：蹕的異體，駐蹕。

〔二五〕中甸：中原。《宋書》卷十九《樂志一》：「方掃神州，經略中甸。」

〔二六〕挹：斟、酌，此處引申爲取、接受。民挹其風，猶言百姓接受皇帝的風化、教化。

〔二七〕涵：容受。迹：行迹。陰：北方。《後漢書》卷四十上《班固傳》：「其陰則冠以九嵕。」李賢注：「陰謂北也。」此句意謂巡視北方。

〔二八〕渠：長、首領。

〔二九〕內：指代朝廷。

〔三〇〕「安侯之長」二句：安侯：安侯河。班固《封燕然山銘》：「跨安侯。」《後漢書》卷二十三李賢注：「安侯，水名。」秦漢匈奴祭天之所龍城便位於安侯河，即今蒙古國鄂爾渾河上游。賢王：匈奴貴族的封號，有左賢王、右賢王。此處和「安侯之長」均泛指遠方異族政權的君長。

〔三一〕生：生活習慣。氣：風氣、習俗。

〔三二〕羽族：鳥類，此處指代少數民族。卉：衆。揚雄《甘泉賦》：「上天之縡，杳旭卉兮。」《文選》張銑注：「卉，衆也。」儀：《荀子·正論》：「諸夏之國同服同儀。」楊倞注：「儀，謂風俗也。」王念孫：「儀，謂制度也。」

〔三三〕懷音：《詩·檜風·匪風》：「誰將西歸，懷之好音。」《詩集傳》卷七：「誰將西歸乎？有則我願慰之以好音。以見思之之甚，但有西歸之人，即思有以厚之也。」

〔三四〕邊帛絶書：邊境不再有告急的軍書。

〔三五〕權光：又稱權火，指烽火。

〔三六〕天岱：泰山，古時在此燔柴祭天，故稱天岱。

〔三七〕宗河：即河宗，指代黄河。古代以黄河爲四瀆之宗，故稱。宗河開寶：《周易·繫辭上》：「河出圖。」

〔三八〕崇丘淪鼎，振采泗淵：《史記》卷二十八《封禪書》：「其後百二十歲而秦滅周，周之九鼎入于秦。或曰宋太丘社亡，而鼎没于泗水彭城下。」將沉於泗水的鼎打撈上來，比喻社稷再造、國家重興。

〔三九〕雲皇王嶽：其義不詳，疑指漢武帝封禪事。雲皇：或化用《史記》卷一百一十七《司馬相如列傳》：「相如既奏《大人之頌》，天子大説，飄飄有凌雲之氣，似遊天地之閒意。」王：此處作動詞。

〔四〇〕并角：《漢書》卷六十四下《終軍傳》：「今野獸并角，明同本也。」顔師古注：「并，合也。獸皆兩角，今此獨一，故云并也。」此處用「并」形容獸類很多，擠在一起的樣子。音：指代鳥類。即：接近、靠近，此處形容鳥類衆多，叫聲連成一片。「并角」與「即音」分别對應下文的「栖」和「翔」。

〔四一〕籞：禁苑。

〔四二〕衮：衆多的樣子。甲：指代魚類。咮：喙，指代水鳥。霜咮，形容一大片水鳥聚集在一起。

〔四三〕翾：輕飛貌。肆：坊肆。

〔四四〕「榮泉流鏡」二句：榮泉：《漢書》卷二十二《禮樂志》：「食甘露，飲榮泉。」顔師古注：「榮泉，言泉有光華。」流鏡：張融《海賦》：「揚珠起玉，流鏡飛明。」後昭河源：探尋泉水的源頭。

〔四五〕波沸：左思《蜀都賦》：「騰波沸涌，珠貝汜浮。」

〔四六〕蒸：上升。《世説新語·言語》：「雲興霞蔚。」

〔四七〕雪趾青毳，玄文朱彩：白趾青毛、黑紅文彩的鳥獸。

〔四八〕日月：每日每月。郊甸：《左傳·襄公二十一年》：「罪重於郊甸。」杜預注：「郭外曰郊，郊外曰甸。」

〔四九〕擇木：《史記》卷四十七《孔子世家》：「鳥能擇木，木豈能擇鳥乎？」弄音：嵇康《贈秀才入軍》：「咬咬黄鳥，顧疇弄音。」

〔五〇〕榮露：甘露。

〔五一〕蕭雲：卿雲，即慶雲。《尚書大傳》卷二：「卿雲爛兮，糺縵縵兮。」鄭玄注：「教化廣遠，或以爲雲出岫回薄而難名狀也。」

〔五二〕孳萌：《漢書》卷二十一上《律曆志上》：「孳萌萬物。」顔師古注：「孳讀與滋同。滋，益也。」

萌，始生。」

〔五三〕淵：深。禁：圈養禽獸的牢圈。《周禮·地官·囿人》：「囿人掌囿游之獸禁。」鄭玄注：「禁者，其蕃衛也。」

〔五四〕山輿：即山車，古代帝王以爲祥瑞之物。《禮記·禮運》：「山出器車。」孔穎達疏：「按《禮緯斗威儀》云：『其政大平，山車垂鉤。』注云：『山車，自然之車。垂鉤，不揉治而自圓曲。』」《太平御覽》卷七百七十三引《孝經援神契》：「上德至山陵，則山出木根車，應載萬物。金車，王者志行德則出。虞舜德盛於山陵，故山車出。山者，自然之惣也。山藏之精與象車相似。舜時盛，山車有垂綏。」《後漢書》志第二十九《輿服志上》：「秦并天下，閱三代之禮，或曰殷瑞山車，金根之色。」衡：衡木，此處指代車。

〔五五〕雲鶼竦翼，海鰈泳流：雲鶼：比翼鳥。海鰈：比目魚。《史記》卷二十八《封禪書》：「東海致比目之魚，西海致比翼之鳥。」《史記集解》引韋昭：「各有一目，不比不行，其名曰鰈。各有一翼，不比不飛，其名曰鶼鶼。」

〔五六〕江茅：《史記》卷二十八《封禪書》：「江淮之間，一茅三脊，所以爲藉也。」

〔五七〕校書之列：指漢成帝、哀帝時劉向、劉歆父子校理群書。

〔五八〕濟代之蕃：此處泛指諸侯王。

〔五九〕緦：和。

〔六〇〕蒲軒：蒲車。《史記》卷二十八《封禪書》：「古者封禪爲蒲車，惡傷山之土石草木。」《史記索隱》：「謂蒲裹車輪，惡傷草木。」龜：畫有龜的旗。《周禮・春官・司常》：「司常掌九旗之物名，各有屬以待國事。……龜蛇爲旐。」軫：車。

太宰江夏王臣義恭咀道遵英〔一〕，抽奇麗古①〔二〕，該潤圖史〔三〕，施詳閎載〔四〕。表以功懋往初〔五〕，德耀炎昊〔六〕，升文中岱〔七〕，登牒天關〔八〕，耀冠榮名，摛振聲號〔九〕。而道謙稱首〔一〇〕，禮以虛挹，將使玄祇缺觀〔一一〕，幽瑞乖期，梁甫無盛德之容，介丘靡升聞之響〔一二〕。加窮泉之野〔一三〕，獻八代之駟〔一四〕；交木之鄉〔一五〕，奠絶金之楛〔一六〕。肅靈重表〔一七〕，珍符兼貺〔一八〕。伏惟陛下謨詳淵載〔一九〕，衍屬休章〔二〇〕。依徵聖靈，潤色聲業〔二一〕。諏辰稽古〔二二〕，肅齊警列〔二三〕。儒僚展采〔二四〕，禮官相儀〔二五〕。懸蕤動音〔二六〕，洪鍾竦節〔二七〕。陽路整衛〔二八〕，正途清禁〔二九〕。於是績環珮〔三〇〕，端玉藻〔三一〕，鳴鳳竚律〔三二〕，騰駕流文〔三三〕，閒彩比象之容〔三四〕，昭明紀數之服〔三五〕。徽焯天陣〔三六〕，容藻神行〔三七〕，翠蓋懷陰，羽華列照〔三八〕。乃詔聯事掌祭②〔三九〕，賓客贊儀，金支宿縣〔四〇〕，鏞石潤響。命五神以相列〔四一〕，闢九關以集靈〔四二〕，警衛兵而開雲③，先雨祇以灑路〔四三〕。霞凝生闕，煙起成宮〔四四〕，臺冠丹光，壇浮素靄。爾乃臨中壇〔四五〕，備盛禮，天降祥錫，壽固皇根〔四六〕，谷動神音，山傳稱響。然後辨年問老④，陳詩觀俗〔四七〕，歸薦告神，奉遺清廟〔四八〕。光美之盛，彰乎萬古；淵祥之烈，溢乎無窮。豈不盛歟！

【校記】

①「抽」，原作「栖」，據《宋書》改。②「詔」，《宋文紀》作「誥」。③「警」，原作「驚」，據《宋書》改。「開」，《五禮通考》作「闢」。④「辨年問老」，《宋文紀》作「問年稱老」。

【箋注】

〔一〕咀：體味、品味。《詩品上·晉平原相陸機詩》：「咀嚼英華，厭飫膏澤。」韓愈《進學解》：「沈浸醲郁，含英咀華。」

〔二〕抽：展示、抒寫。麗：依附、依循。

〔三〕該：全、盡。

〔四〕施：延。閟：秘。

〔五〕表：劉義恭奏請封禪的表文。「表以」之下省略主語孝武帝。懋：盛。

〔六〕炎：炎帝。昊：太昊。

〔七〕升文中岱：在泰山刻石。《史記》卷六《秦始皇本紀》：「乃遂上泰山，立石，封，祠祀。」

〔八〕牒：玉牒書。

〔九〕摛：布、發。

〔一〇〕稱首：第一。司馬相如《封禪書》：「前聖之所以永保鴻名而常爲稱首者用此。」

〔一一〕玄祇：猶神祇，指天神、地祇。《梁書》卷一《武帝紀上》：「德格玄祇，功均造物。」

〔一二〕介：大。介丘指泰山。司馬相如《封禪文》：「微夫斯之爲符也，以登介丘，不亦恧乎！」升聞：將功德上告於天。《尚書·舜典》：「玄德升聞，乃命以位。」

〔一三〕窮泉：地名。晉義熙六年（四一〇），秃髮傉檀伐沮渠蒙遜於窮泉，大敗而還。此處泛指河西走廊地區。

〔一四〕八代：其義不詳，疑指北魏早期的八國制，又稱八部制，即把都城平城畿外劃成八個區。《魏書》卷一一〇《食貨志》：「天興初，制定京邑，東至代郡，西及善無，南極陰館，北盡參合，爲畿内之田；其外四方四維置八部帥以監之，勸課農耕，量校收入，以爲殿最。」此處用「八代」泛指北方。

〔一五〕交木之鄉：指肅慎，北方少數民族。《晉書》卷九十七《四夷傳·肅慎氏》：「死者其日即葬之於野，交木作小椁，殺猪積其上，以爲死者之糧。」

〔一六〕奠：獻。楛：木名，可做箭杆。《史記》卷四十七《孔子世家》：「肅慎貢楛矢石砮，長尺有咫。」絶金之楛：謂矢箭堅利能穿金屬。

〔一七〕肅靈：神靈。庾信《周祀五帝歌·白帝雲門舞》：「肅靈兑景，承配秋壇。」

〔一八〕珍符：符瑞。司馬相如《封禪書》：「或謂且天爲質闇，珍符固不可辭。」貺：賜。

〔一九〕謨：謀劃、謀慮。淵：深沉、深邃。此句稱贊孝武帝的謀略周詳該博。

〔二〇〕衍屬：曼衍相屬。休：美。章：典章。

〔二一〕潤色：《漢書》卷六十四下《終軍傳》：「必待明聖潤色，祖業傳於無窮。」顔師古注：「潤色謂光飾之。」

〔二二〕諏：商議、選擇。稽：考。

〔二三〕警：《資治通鑒》卷十一《漢紀三》：「於是皇帝傳警。」胡三省注：「《漢儀》云：『帝輦動，則左右侍帷幄者稱警，是也。』《漢書音義》：『天子出稱警，傳聲而唱，以警外也。』」列：行列。

〔二四〕展采：司馬相如《封禪文》：「展采錯事。」《漢書》卷五十七下文穎注：「采，官也。使諸儒記功著業，得觀日月末光殊絶之明，以展其官職，設錯其事業也。」

〔二五〕禮官相儀：司馬相如《封禪文》：「宜命掌故悉奏其儀而覽焉。」相：輔助、佑助。

〔二六〕蕤：蕤賓，爲古樂十二律中的第七律。此處指代聲響合於蕤賓律的鍾。蕤賓即綏賓、安賓。

〔二七〕洪鍾：揚雄《河東賦》：「鳴洪鍾，建五旗。」《漢書》卷八十七上顔師古注：「洪，大也。《尚書大傳》云：『天子左右五鍾，天子將出則撞黄鍾之鍾，左五鍾皆應，入則撞蕤賓之鍾，右五鍾皆應。』」竦：動。

〔二八〕陽：大。《戰國策·秦策一》：「天下陰燕陽魏。」高誘注：「陰，小；陽，大。」路：又作輅，君王所乘之車。《釋名·釋車》：「天子所乘曰玉輅，以玉飾車也，輅亦車也。謂之輅者，言行於道路也。」

〔二九〕正途：正路。清禁：清除污穢，禁止閑雜窺視。

〔三〇〕績：結。環珮：范曄《後漢書皇后紀論》：「居有保阿之訓，動有環珮之響。」《文選》李善注：「曹大家曰：『玉環珮，珮玉有環。』」劉良注：「環珮，玉爲之，以節行步。」

〔三一〕端：正。玉藻：《禮記·玉藻》：「天子玉藻，十有二旒。」鄭玄注：「祭先王之服也。雜采曰藻。天子以五采藻爲旒。旒十有二。」

〔三二〕鳴鳳竚律：《呂氏春秋·仲夏紀》：「聽鳳皇之鳴，以別十二律。其雄鳴爲六，雌鳴亦六，以比黃鍾之宮，適合。」

〔三三〕騰駕流文：《尚書大傳》卷二《皋陶謨》：「馬鳴中律，步者皆有容，駕者皆有文，御者皆有數。」

〔三四〕比象之容：《左傳·桓公二年》：「五色比象，昭其物也。」杜預注：「車服器械之有五色，皆以比象天地四方，以示器物不虛設。」

〔三五〕數：禮數、儀節。紀數之服：泛指各種等級的服裝器物。

〔三六〕徽：美。焯：明。

〔三七〕容：盛。藻：藻飾、裝飾。

〔三八〕羽華：司馬相如《上林賦》：「建翠華之旗。」《文選》李善注引張揖曰：「以翠羽爲葆也。」

〔三九〕聯事：聯合負責祭祀禮儀的官員。《周禮·天官·小宰》：「以官府之六聯合邦治，一曰祭祀之聯事，二曰賓客之聯事，三曰喪荒之聯事，四曰軍旅之聯事，五曰田役之聯事，六曰斂弛之聯事。凡小事皆有聯。」賈公彦疏：「官府之中，有六事皆聯事通職，然後國治得會合，故云合邦治也。」

〔四〇〕金支：見《八月侍華林曜靈殿八關齋》「金枝」注。此處指代樂器。宿縣：《周禮·春官·大司樂》：「凡樂事，大祭祀，宿縣，遂以聲展之。」賈公彦疏：「宿縣者，皆於前宿豫縣之。」

〔四一〕五神：五方天帝。據《淮南子·天文訓》，東方之帝爲太皞，南方之帝爲炎帝，西方之帝爲少昊，北方之帝爲顓頊，中央之帝爲黄帝。

〔四二〕闢九關以集靈：《漢書》卷二十二《禮樂志》：「九重開，靈之斿。」顔師古注：「天有九重，言皆開門而來降厥福。」

〔四三〕先雨衹以灑路：《韓非子·十過》：「風伯進掃，雨師灑道。」

〔四四〕霞凝生闕，煙起成宫：彩霞凝聚而成闕，煙霧升騰而成宫。

〔四五〕中壇：《漢書》卷二十二《禮樂志》：「帝臨中壇，四方承宇。」顔師古注：「言天神尊者來降中壇，四方之神各承四宇也。」

〔四六〕壽：長久。皇根：皇家的基業。

〔四七〕辨年問老，陳詩觀俗：《禮記·王制》：「問百年者就見之，命大師陳詩，以觀民風。」

〔四八〕奉遺：獻禮，貢獻禮品。清廟：太廟。

臣等生接昌辰〔一〕，肅懋明世〔二〕，束教管聞〔三〕，未足言道。且章志湮微〔四〕，代往淪絶，拘采遺文①，辯明訓誥〔五〕。□□□□簉訪鄒魯②〔六〕，草縢書堙玉之禮，具竦石繩金之儀〔七〕，和芝潤瑛〔八〕，鐫璽乾封〔九〕。懼弗軌屬上徽〔一〇〕，輝當王則③〔一一〕。謹奉儀注以聞。

【校記】

①「拘」，《百三家集》本作「抱」。②「簉訪鄒魯」，《宋書》上有四個闕文符號，據補。《五禮通考》注「闕四字」。③「輝」，原作「煇」，據《宋書》改。

【箋注】

〔一〕昌辰：盛世。

〔二〕肅：恭敬。懋：勤勉。

〔三〕束教：受名教束縛。《莊子·秋水》：「曲士不可以語於道者，束於教也。」管聞：片面的見識，謙辭。

〔四〕章志：典章制度。

〔五〕訓誥：訓誡誥令，爲《尚書》中的文體。《尚書序》：「典謨訓誥誓命之文。」

〔六〕簉：通造，前往。

〔七〕「草縢書堙玉之禮」二句：草：起草。縢書堙玉、竦石繩金：均爲封禪祭天之禮。《漢書》卷六

《武帝紀》：「夏四月癸卯，上還，登封泰山。」孟康注：「刻石紀號，有金策石函、金泥玉檢之封焉。」縢：束，以繩約物。瘞：埋。玉：玉牒書。竦：立。石：封禪時所建的刻石。繩金：《白虎通·封禪》：「或曰：封者金泥銀繩。或曰：石泥金繩，封之以印璽。」

〔八〕和：調和。芝：芝草。潤：滋潤。瑛：美玉。

〔九〕乾封：曬乾新築的祭壇。《漢書》卷二十五下《郊祀志下》：「黄帝時封則天旱，乾封三年。」顔師古注：「三歲不雨，暴所封之土令乾也。」

〔一〇〕屬：繼。徽：美。

〔一一〕輝：照耀，此處指弘揚。王則：皇朝的典則。

【評論】

〔張溥〕《封禪儀注奏》，藻麗雲漢，欲摹長卿。《百三家集·謝光禄集題辭》

〔譚獻〕義短則味短。典碩。彌繁彌狹，徒以字句見長。李兆洛《駢體文鈔》卷十一

封皇弟奏①

【解題】

本文最早收録在《藝文類聚》卷五十一《封爵部》。

案題中有「皇弟」之稱，開頭兩句用古代君臣兄弟典故，文中又有「第某皇弟等」的字句，則所封者應爲皇弟無疑，且非止一人。考《宋書》卷六、卷八、卷六十一、卷七十二、卷七十九，知文帝即位後於元嘉元年（四二四）封武帝第五子劉義恭爲江夏王、第六子劉義宣爲竟陵王、第七子劉義季爲衡陽王。其中義宣又於元嘉八年（四三一）改封南譙王。謝莊於元嘉十七年（四四〇）方入仕，故題中的「皇弟」自然不可能是武帝子、文帝弟，而應該是文帝子、孝武帝弟。孝武帝即位後，於孝建元年（四五四）至三年（四五六）間，集中册封了文帝第十三子山陽王劉休祐（孝建三年）、第十四子海陵王劉休茂（孝建二年）、第十五子鄱陽王劉休業（孝建二年）、第十六子東平王劉休倩（孝建元年）、第十八子順陽王劉休範（孝建三年）、第十九子巴陵王劉休若（孝建三年）。這三年中，謝莊擔任吏部尚書，地位較高，權職較重，符合上奏請封皇弟的身份，故這篇奏文當作於孝建元年至三年間。

臣聞桐圭睦親，書河汾之策〔一〕；賜帶懷賢，敬東平之祚〔二〕。諒以訓經終始〔三〕，義洽垣墉〔四〕。第某皇弟等，器彩明敏，令識穎悟，并宜憲章前典〔五〕，光啓祚宇〔六〕，作屏王室〔七〕，式雍帝載〔八〕。臣等參議，可封郡王。

【校記】

①《藝文類聚》卷五十一、《宋文紀》卷十四題作「爲尚書八座封皇子郡王奏」。此處皇子是相對宋文帝而言。

【箋注】

〔一〕桐圭睦親，書河汾之策：《史記》卷三十九《晉世家》：「晉唐叔虞者，周武王子而成王弟。……周公誅滅唐。成王與叔虞戲，削桐葉爲珪以與叔虞，曰：『以此封若。』……於是遂封叔虞於唐。唐在河、汾之東，方百里，故曰唐叔虞。」

〔二〕賜帶懷賢，敬東平之祚：《後漢書》卷四十二《東平憲王蒼傳》：「十一年，蒼與諸王朝京師。月餘，還國。帝臨送歸宮，悽然懷思，乃遣使手詔國中傅曰：『……今送列侯印十九枚，諸王子年五歲已上能趨拜者，皆令帶之。』」

〔三〕訓經：以國之常法教民。《史記》卷六《秦始皇本紀》：「訓經宣達，遠近畢理，咸承聖志。」

〔四〕垣墉：墻。卑曰垣，高曰墉。此處比喻遠近。

〔五〕憲章：《漢書》卷三十《藝文志》：「祖述堯舜，憲章文武。」顔師古注：「憲，法也。章，明也。」

〔六〕光啓：潘岳《夏侯常侍誄》：「克明克聖，光啓夏政。」祚：國運。宇：國之四垂爲宇。

〔七〕作屏：《詩·大雅·板》：「价人維藩，大師維垣。大邦維屏，大宗維翰。」毛傳：「藩，屏也。」鄭玄箋：「王當用公卿諸侯及宗室之貴者，爲藩屏垣幹，爲輔弼，無疏遠之。」《左傳·僖公二十四年》：「昔周公弔二叔之不咸，故封建親戚，以蕃屏周。」孔穎達疏：「蕃屏者，分地以建諸侯，使與京師作蕃籬。屏，扞也。」

〔八〕式雍帝載：《尚書·舜典》：「舜曰：『咨四岳，有能奮庸熙帝之載。』」孔安國傳：「奮，起。庸，功。載，事也。訪群臣有能起發其功、廣堯之事者。」雍：祐護。

改封郡長公主奏①

【解題】

文中提到的永興公主，遍檢《宋書》，僅見於卷七十一《徐湛之傳》：「父逵之，尚高祖長女會稽公主。……湛之幼孤，爲高祖所愛。……永初三年，詔曰：『永興公主一門嫡長……』」殿本《宋書考證》云：「按上文稱會稽公主，《臧皇后傳》及《諸王傳》皆稱會稽宣公主，此詔獨稱永興公主，豈先封永興，而後乃改封會稽歟？」據蔡邕《獨斷》：「帝之姊妹曰長公主，儀比諸侯王。」然而謝莊出生於武帝永初二年（四二一），顯然不可能上奏請封武帝女，故只能是孝武帝與明帝姊妹、或前廢帝姊妹。但《宋書》《南史》中均不載文帝、孝武帝有女被封爲永興公主。或文帝、孝武帝也有公主原封永興而史籍未載？謹志此存疑，以俟後考。

本文最早收録在《藝文類聚》卷五十一《封爵部》，創作時間不可考。

臣聞爵厚懿戚[一]，國之恒典；景祚既新，禮與時渥。永興等七公主可封郡長公主。

【校記】

①《藝文類聚》卷五十一、《宋文紀》卷十四題作「爲尚書八座改封郡長公主奏」。

【箋注】

〔一〕懿戚：皇親國戚。

卷三

章

爲北中郎謝兼司徒章①

【解題】

題中的「北中郎」指孝武帝第八子劉子鸞。子鸞(四五六—四六五),字孝羽,是孝武帝與殷貴妃之子。大明四年(四六〇)封襄陽王,吴郡太守,同年改爲新安王。五年(四六一),遷北中郎將、南徐州刺史。史稱「母殷淑儀,寵傾後宫,子鸞愛冠諸子,凡爲上所盼遇者,莫不入子鸞之府、國。及爲南徐州,又割吴郡以屬之」。殷淑儀去世後,子鸞被封爲司徒。前廢帝即位,記恨子鸞得寵,遂將其賜死。時子鸞年僅十歲。《宋書》卷八十有傳。

《宋書·謝莊傳》記載:「時北中郎將新安王子鸞有盛寵,欲令招引才望,乃使子鸞板莊爲長史,府尋進號撫軍,仍除長史、臨淮太守。未拜,又除吴郡太守。」但需要注意的是,這段材料之前,沈約詳細記載了謝莊在大明五年、六年(四六二)兩年内的仕履。因此謝莊入劉子鸞府的時間應該相對較晚,至少是在因張奇事件罷吏部尚書之後。而謝莊能够很快又被起用,很可能是因爲他在大明六年悼念殷貴妃的活動中表現突出，得到了孝武帝的肯定。據《宋書》卷六《孝武帝紀》：「（大明七年九月）庚寅（十八日），南徐州刺史新安王子鸞兼司徒。」謝莊於此年任子鸞北中郎將長史。長史爲上佐，經常代替府主行州府事，故謝莊代幼小的子鸞上表辭謝。

本文最早收録在《藝文類聚》卷四十七《職官部三》。

臣聞燮理陰陽〔一〕，寅亮天地〔二〕；弗惟其官②，無人則闕〔三〕。司徒掌敷五典③，職擾兆民〔四〕。豈悟乾靈罔匱④〔五〕，光渥方闡⑤。不次之任〔六〕，殊絶藩岳〔七〕。豈可權尸三事〔八〕，假備六符〔九〕。慚震周迴〔一〇〕，顧步交悸。

【校記】

①《藝文類聚》卷四十七題作「爲北中郎將謝兼司徒章」。《初學記》卷十一題作「北中郎謝兼司徒章」。《宋文紀》卷十四題作「又爲某中郎將謝兼司徒章」。②「弗」，《初學記》作「不」。③「典」，原作「教」，據《藝文類聚》《初學記》、《太平御覽》卷二百八改。④「匱」，《太平御覽》《宋文紀》作「遺」。⑤「渥」，《宋文紀》作「澤」。

【箋注】

〔一〕燮理：見《東海王讓司空表》注。

〔二〕寅：恭敬。亮：佐、助。《尚書・周官》：「寅亮天地，弼予一人。」

〔三〕弗惟其官，無人則闕：《尚書・周官》：「明王立政，不惟其官，惟其人。」孔安國傳：「言聖帝明王立政修教，不惟多其官，惟在得其人。」

〔四〕司徒掌敷五典，職擾兆民：《尚書・周官》：「司徒掌邦教，敷五典，擾兆民。」孔安國傳：「地官卿司徒主國教化，布五常之教，以安和天下衆民，使小大皆協睦。」擾：馴。

〔五〕匱：盡、竭。

〔六〕不次之任：《漢書》卷六十五《東方朔傳》：「武帝初即位，徵天下舉方正賢良文學材力之士，待以不次之位。」顔師古注：「不拘常次，言超擢也。」

〔七〕藩岳：代指諸侯。

〔八〕尸：主、司。三事，指正德、利用、厚生。

〔九〕六符：六府，指水火金木土穀。《尚書・大禹謨》：「德惟善政，政在養民。水、火、金、木、土、穀，惟修。正德、利用、厚生，惟和。」孔安國傳：「言養民之本，在先修六府。正德以率下，利用以阜財，厚生以養民。三者和，所以善政。」

〔一〇〕震：驚懼。周迴：循環、反復。

爲北中郎拜司徒章①

【解題】

題中「北中郎」同樣指新安王劉子鸞。據《宋書》卷八十《始平孝敬王子鸞傳》：「八年，加中書令，領司徒。」《宋書》卷六《孝武帝紀》：「（大明八年正月）戊子（十八日），南徐州刺史新安王子鸞爲撫軍將軍，領司徒、刺史如故。」可知此文作於大明八年（四六四）正月。

本文最早收録在《藝文類聚》卷四十七《職官部三》。

不惟震施罔匱②〔一〕，鴻慶方稠③〔二〕。爕調之重，遂臻非據〔三〕。智小謀大，周家興規④〔四〕。少陽微暄，有鑒前史〔五〕。辨其動植〔六〕，布其安擾〔七〕，以倡九牧，阜成王教〔八〕。豈臣眇末，所能克荷。

【校記】

①《藝文類聚》卷四十七題作「北中郎新安王拜司徒章」。②「惟」，原作「爲」，據《藝文類聚》改。③「慶」，《宋文紀》卷十四作「澤」。④「家」，原作「易」，據《藝文類聚》改。

【箋注】

〔一〕震：東方之卦。《周易・説卦》：「帝出乎震。……萬物出乎震。震，東方也。」此處指代皇帝。

施：施惠。

〔二〕慶：賞賜。稠：多、衆。

〔三〕非據：謙辭。指不當擔任、不可勝任的職位。

〔四〕智小謀大，周家興規：《周易・繫辭下》：「德薄而位尊，知小而謀大，力小而任重，鮮不及矣。」曹操《薤露》：「沐猴而冠帶，知小而謀强。」

〔五〕少陽微暄，有鑒前史：《漢書》卷二十七上《五行志上》：「《春秋》成公十六年『正月，雨，木冰。』……劉向以爲冰者陰之盛而水滯者也，木者少陽，貴臣卿大夫之象也。此人將有害，則陰氣脅木，木先寒，故得雨而冰也。」微：没有。暄：温、和。少陽微暄，謂大臣像木一樣遇寒便被凍起來，比喻大臣無法爲朝廷做貢獻。此爲謝莊謙辭。

〔六〕辨其動植：《周禮・地官・大司徒》：「以土會之法，辨五地之物生。」賈公彦疏：「辨五地之物生者，但天之所覆，地之所載，地有五等，所生無過動植及民耳。」

〔七〕布其安擾：見《爲北中郎謝兼司徒章》「職擾兆民」注。

〔八〕以倡九牧，阜成王教：《尚書・周官》：「六卿分職，各率其屬，以倡九牧，阜成兆民。」孔安國傳：「六卿各率其屬官、大夫、士，治其所分之職，以倡道九州牧伯爲政，大成兆民之性命，皆能其官，則政治。」阜：使豐厚、富有。

啓事

與世祖啓事

【解題】

「世祖」指劉宋孝武帝劉駿。元嘉三十年（四五三）二月，文帝太子劉劭夥同次子始興王劉濬弒殺文帝後篡位。三月，時任南中郎將、江州刺史的劉駿，聯合荆州刺史南郡王劉義宣、雍州刺史臧質共同討伐劉劭。四月己巳（二十七日），劉駿於新亭即位，是爲孝武帝，在位十一年。大明八年（四六四）閏五月庚申（二十三日），劉駿去世，廟號世祖。《隋書》卷三十五《經籍志四》著録有「《宋孝武帝集》二十五卷」，并注「梁三十一卷，録一卷」。

據《宋書》卷八十五《謝莊傳》：「元凶弒立，轉司徒左長史。世祖入討，密送檄書與莊，令加改治宣布。莊遣腹心門生具慶奉啓事密詣世祖曰。」《宋書》卷七十五《顔竣傳》：「世祖舉兵入討，轉諮議參軍，領録事，任總外内，并造檄書。」可知謝莊所見檄書即爲顔竣所作。啓事中有「奉三月二十七日檄」一句，《資治通鑒》卷一百二十七據此將劉駿命顔竣移檄四方係在三月二十七日。檄書由江州送到建康需要時日，故將此文的創作時間係在元嘉三十年四月初。

本文最早收録於《宋書》卷八十五《謝莊傳》。啓事開頭痛斥劉劭弒父弒君，罪行深重。其次贊頌劉駿起兵討逆，匡扶劉宋社稷，順應天理民心，且兵精將廣，反觀劉劭一方，則爲人心所棄。最後表達謝莊自己早已有心投靠義軍的態度。此次劉駿命謝莊改治檄書及謝莊呈上啓事，是劉駿與謝莊的第一次合作，爲劉駿即位後重用謝莊奠定了基礎。

賊劭自絶於天〔一〕，裂冠毀冕〔二〕，窮弑極逆，開闢未聞〔三〕，四海泣血〔四〕，幽明同憤。奉三月二十七日檄，聖迹昭然，伏讀感慶。天祚王室，叡哲重光〔五〕。殿下文明在嶽〔六〕，神武居陝〔七〕，肅將乾威，龔行天罰〔八〕，滌社稷之仇，雪華夷之耻，使弛墜之構，更獲締造，垢辱之甿〔九〕，復得明目。伏承所命，柳元景、司馬文恭①、宗慤、沈慶之等精甲十萬〔一〇〕，已次近道。殿下親董鋭旅，授律繼進。荆鄢之師，岷漢之衆〔一一〕，舳艫萬里〔一二〕，旍旆虧天〔一三〕，九土冥符〔一四〕，群后畢會〔一五〕。今獨夫醜類〔一六〕，曾不盈旅，自相暴殄〔一七〕，省闥横流〔一八〕，百僚屏氣，道路以目〔一九〕。檄至，輒布之京邑，朝野同欣，里頌塗歌，室家相慶〔二〇〕，莫不望景聳魂，瞻雲佇足〔二一〕。先帝以日月之光，照臨區寓，風澤所漸，無幽不洽。况下官世荷寵靈，叨恩踰量，謝病私門，幸免虎口，雖志在投報，其路無由。今大軍近次，永清無遠，欣悲踊躍，不知所裁〔二二〕。

【校記】

①「司馬文恭」，《宋書》卷八十五作「馬文恭」。

【箋注】

〔一〕劭：劉劭（四二四—四五三），宋文帝太子，孝武帝劉駿長兄。元嘉三十年殺文帝後篡位。自絶於天：《尚書·泰誓下》：「自絶于天，結怨于民。」孔安國傳：「不敬天，自絶之；酷虐民，結怨之。」

〔二〕裂冠毁冕：比喻背棄王室。《左傳·昭公九年》：「我在伯父，猶衣服之有冠冕，木水之有本原，民人之有謀主也。伯父若裂冠毁冕，拔本塞原，專棄謀主，雖戎狄其何有余一人？」冠、冕：此處指有身份地位的人。

〔三〕開闢：見《宋明帝即位赦詔》注。

〔四〕泣血：見《宋明帝即位赦詔》注。

〔五〕叡哲：神聖而明智。《逸周書·謚法解》：「聰明叡哲曰獻。」《三國志》卷二十四《魏書·高柔傳》：「陛下臨政，允迪叡哲。」

〔六〕文明：文治教化。在嶽：泛言高。嶽亦可理解爲「四嶽」，指代諸侯之長，以比擬劉駿起兵入討的身份。《尚書·堯典》：「帝曰：『咨！四岳。湯湯洪水方割。』」孔安國傳：「四岳，即上羲、和之四子，分掌四岳之諸侯，故稱焉。」

〔七〕居陝：《史記》卷二十四《樂書》：「五成而分陝，周公左，召公右。」《史記集解》引王肅：「分陝東西而治。」東晉南朝時，以出任荆州刺史爲分陝。《太平御覽》卷一百六十七引盛弘之《荆州記》：「元嘉中，以京師根本之所寄，荆楚爲重鎮，上流之所總，擬周之分陝。晉宋以降，此爲西陝。」又《通典》卷一百八十三《州郡十三》：「江左大鎮，莫過荆揚，故謂荆州爲陝西也。」劉駿即位前實際上并没有出任過荆州刺史，但於元嘉二十二年（四四五）任雍州刺史，期間都督荆州之襄陽、竟陵、南陽、順陽、新野、隨六郡。二十八年（四五一）遷江州刺史，期間都督荆州之江夏郡。

〔八〕肅將乾威，龔行天罰：《尚書·泰誓上》：「皇天震怒，命我文考，肅將天威。」孔安國傳：「言天怒紂之惡，命文王敬行天罰。」《尚書·甘誓》：「今予惟恭行天之罰。」龔：恭，龔行即奉行。

〔九〕甿：民。

〔一〇〕柳元景、司馬文恭、宗慤、沈慶之等精甲十萬：《宋書》卷九十九《二凶傳》載劉駿檄文：「今命冠軍將軍領諮議中直兵柳元景、寧朔將軍領中直兵馬文恭等，統勁卒三萬，風馳徑造石頭，分趨白下。輔國將軍領諮議中直兵宗慤等，勒甲楯二萬，征虜將軍領司馬武昌内史沈慶之等，領壯勇五萬，相尋就路。」《資治通鑒》卷一百二十七：「（元嘉三十年三月）庚寅，武陵王戒嚴誓衆。以沈慶之領府司馬；襄陽太守柳元景、隨郡太守宗慤爲諮議參軍，領中兵。」又《宋書》卷七十七《柳元景傳》：「世祖入討元凶，以爲諮議參軍，領中兵，加冠軍將軍，太守如故。配萬人爲前鋒，宗慤、薛安都等十三軍皆隸焉。」柳元景：已見《華林都亭曲水聯句效柏梁體》注。司馬文恭：當爲馬文恭，「司」字衍，傳附於《宋書》卷四十五《劉懷慎傳》。據《宋書》卷五十九《張暢傳》、《宋書》卷九十五《索虜傳》，知馬文恭於劉駿在藩時，任其軍府參軍。宗慤（？—四六五），字元幹，南陽人，叔父爲名士宗炳。宗慤任氣好武。元嘉二十二年，參與伐林邑。元嘉二十六年（四四九），在沈慶之率領下討伐雍州蠻。孝武帝即位，任左衛將軍、豫州刺史。大明三年（四五九），帶兵出討竟陵王劉誕。《宋書》卷七十六有傳。沈慶之（三八六—四六五），字弘先，吴興武康人。在武帝和文帝朝多次參加討蠻戰争和北伐，表現出出衆的軍事才能。孝武帝朝，帶兵討平魯爽和劉誕的叛亂，被封爲始興郡公。孝武帝去世，沈慶之受顧命，掌管軍旅之事，後被前廢帝賜死。《宋書》卷七十七有傳。

〔一一〕荆鄢之師，岷漢之衆：泛指支持劉駿、參與討逆的長江中上游軍隊。據《宋書》卷七十四《臧質傳》，時任雍州刺史的臧質在得到文帝被弑的消息後，馳告荆州刺史劉義宣和江州刺史劉駿，率衆五千，馳下討逆。義宣得到消息後，也即日舉兵。又據《宋書》卷五十一《營浦侯遵考傳》，時任豫州刺史的劉遵考遣其將夏侯獻之帥步騎五千，軍於瓜步。

〔一二〕舳艫：《漢書》卷六《武帝紀》：「舳艫千里。」李斐曰：「舳，船後持柂處也。艫，船前頭刺櫂處也。言其船多，前後相銜，千里不絶也。」

〔一三〕虧：缺損，此處指遮蔽。

〔一四〕九土：九州。張衡《思玄賦》：「思九土之殊風兮，從蓐收而遂徂。」冥符：默契、暗合。此處指各州郡紛紛響應劉駿的義軍。

〔一五〕群后：王侯。

〔一六〕獨夫：《尚書·泰誓下》：「獨夫受，洪惟作威，乃汝世讎。」孔安國傳：「言獨夫，失君道也，大作威，殺無辜，乃是汝累世之讎，明不可不誅。」醜類：《左傳·文公十八年》：「醜類惡物。」杜預注：「醜亦惡也。」此處的「獨夫」「醜類」均指代劉劭。

〔一七〕暴殄：《尚書·武成》：「暴殄天物，害虐烝民。」孔安國傳：「暴絶天物，言逆天也。逆天害民，所以爲無道。」

〔一八〕省闥：宫門，此處代指朝廷。横流：《孟子·滕文公上》：「當堯之時，天下猶未平，洪水横流，氾濫於天下。」比喻動亂、灾禍。謝靈運《述祖德詩》：「萬邦咸震懾，横流賴君子。」

〔一九〕道路以目：《史記》卷四《周本紀》：「國人莫敢言，道路以目。」《史記集解》引韋昭：「以目相眄而已。」

〔二〇〕室家：家家户户。《尚書·仲虺之誥》：「攸徂之民，室家相慶，曰：『徯予后，后來其蘇。』」

〔二一〕「莫不望景聳魂」二句：形容國人都像望影瞻雲一樣，佇足期待劉駿的到來。景：日影。陸機《演連珠》：「望景揆日，盈數可期。」聳魂：恭敬、肅敬的樣子。

〔二二〕裁：寫作。

牋

與大司馬江夏王義恭牋

【解題】

本文最早收録在《宋書》卷八十五《謝莊傳》。傳云：「其年（孝建元年），拜吏部尚書。莊素多疾，不願居選部，與大司馬江夏王義恭牋自陳曰。」

孝武帝即位後，一方面要延續文帝重用士族的政策，另一方面又要協調自己的故吏與文帝舊臣之間的利益關係。這集中體現在孝武帝對謝莊、何偃和顔竣的職位安排上。孝建年間，顔竣、謝莊、何偃三人輪流擔任過掌管文官人事變動的吏部尚書。先是孝建元年（四五四），顔竣由左衛將軍轉爲吏部尚書，同年又被謝莊代替。十月，謝莊請求辭職，并向江夏王劉義恭呈上箋文説明，但未獲批准，直到孝建三年（四五六）因辭疾次數過多纔被免官。故此文當作於孝建元年十月。謝莊辭任，後孝武帝又讓顔竣接替謝莊，未拜，適逢顔竣父顔延之去世，顔竣丁憂，遂由何偃接任吏部，直至大明二年（四五八）何偃去世。

在這三人中，謝莊爲謝弘微之子，何偃爲何尚之中子，均出自名門，父輩都是文帝重臣，可看作士族與舊人的代表。顔竣則是孝武帝舊部。故而《宋書》卷七十五《顔竣傳》記載，顔竣在吏部尚書任上「留心選舉，自强不息，任遇既隆，奏無不可」。反觀謝莊在任時則「意多不行」，且有「竣容貌嚴毅，莊風姿甚美，賓客喧訴，常歡笑答之。時人爲之語曰：『顔竣嗔而與人官，謝莊笑而不與人官』」的記載。所謂「不與人官」，恐怕正是謝莊權力有限的真實寫照。而謝莊之所以向義恭提出呈請，是因爲義恭是孝武帝叔父輩中當時唯一在世的一位，輩分最高，又有擁立新主之功，是當時名義上的首輔。

這篇文章的主體内容在於反復陳述自己疾病纏身、家族成員普遍年壽不長，自己才能有限，不堪吏部尚書之任。因稱疾而辭官，是古代官場的慣例。但謝莊辭官的原因并不完全在於自身的疾病，而是與孝武帝即位後打壓世家大族、提拔次等士族和寒人的政治背景相關。謝莊作爲陳郡謝氏在劉宋中後期的家族代表，不能直面對抗孝武帝，又無法逆來順受，於是以「素多疾」且無意於崇達爲由，反復致意，希望辭去吏部尚書，最後又「更申前請，以死自固」，表達了堅定的辭職意願。孫明君在《謝莊〈與江夏王義恭箋〉釋證》一文中，將謝莊的這種態度總結爲「順人而不失己」。

下官凡人，非有達概異識，俗外之志〔一〕。實因羸疾，常恐奄忽〔二〕。故少來無意於人間，豈當有心於崇達邪？頃年乘事回薄〔三〕，遂果饕非次①〔四〕。既足貽誚明時，又亦取愧朋友。前以聖道初開，未遑引退②，及此諸夏事寧，方陳微請。款志未伸〔五〕，仍荷今授〔六〕，被恩之始，具披寸心〔七〕。非惟在己知尤〔八〕，實懼塵穢彝序〔九〕。

【校記】

①「果饕」，《册府元龜》卷四百六十三作「累叨」。　②「未」，《册府元龜》作「不」。

【箋注】

〔一〕俗外之志：指代歸隱不出仕。謝靈運《山居賦》：「才乏昔人，心放俗外。」

〔二〕奄忽：去世。

〔三〕乘：因、憑藉。回薄：循環相迫、變化無常。賈誼《鵩鳥賦》：「萬物迴薄兮，振盪相轉。」乘事回薄，此處泛指時局變化。

〔四〕果：同過。饕：貪。非次：羊祜《讓開府表》：「加非次之榮。」吕延濟注：「非次，謂不依班次。」

〔五〕款：誠。

〔六〕今授：指此次被授予吏部尚書之職。

〔七〕寸心：心，古人認爲心的大小在方寸之間，故名。《列子·仲尼》：「吾見子之心矣，方寸之地虛矣。」

〔八〕尤：過錯。

〔九〕塵穢：污染、沾污。彝序：倫常。

稟生多病〔一〕，天下所悉。兩脅癖疾①〔二〕，殆與生俱。一月發動②，不減兩三。每至一惡，痛來逼心，氣餘如綖〔三〕。利患數年〔四〕，遂成痼疾，吸吸惙惙③〔五〕，常如行尸。恒居死病④〔六〕，而不復道者，豈是疾痊⑤？直以荷恩深重，思答殊施，牽課尪瘵〔七〕，以綜所忝〔八〕。眼患五月來便不復得夜坐⑥，恒閉帷避風日⑦，晝夜惛懵⑧〔九〕，爲此不復得朝謁諸王⑨、慶弔親舊，唯被敕見，不容停耳。此段不堪見賓，已數十日。持此苦生⑩，而使銓綜九流〔一〇〕，應對無方之訴，實由聖慈罔已，然當之信自苦劇⑪。若才堪事任，而體氣休健〔一一〕，承寵異之遇，處自效之塗〔一二〕，豈苟欲思閑辭事邪⑫？家素貧弊，宅舍未立，兒息不免粗糲〔一三〕，而安之若命〔一四〕，寧復是能忘微祿？正以復有切於此處〔一五〕，故無復他願耳。今之所希⑬，唯在小閑⑭。下官微命，於天下至輕，在己不能不重。屢經披請〔一六〕，未蒙哀恕，良由誠淺辭訥，不足上感。

【校記】

①「脅」，原作「臂」，據《宋書》卷八十五、《南史》卷二十、《册府元龜》改。「疾」，《南史》作「疢」。②「月」，《册府元龜》作「日」。③「吸吸」，《南史》作「岋岋」。④「恒」，《册府元龜》作「當」。⑤「疾」，《宋文紀》卷十四作「病」。⑥《册府元龜》無「得」字。⑦「風日」，《南史》無「日」字。⑧「惛」，《宋書》作「惽」，二字通。「懵」，《册府元龜》作「惰」。⑨「謁」，《南史》作「脩」。⑩「持」，《册府元龜》作「特」。⑪「實由聖慈罔已然當之信自苦劇」，《册府元龜》作「實

繇聖慈罔然當之信苦自劇」。⑫「思閒辭事」,《册府元龜》作「思閉避事」。⑬「希」,《南史》作「止」。⑭「閑」,《南史》作「閤」。

【箋注】

〔一〕禀生:天生。

〔二〕脅:肋。癖:中醫指兩脅間的積塊。《靈樞經》卷九《水脹》:「寒氣客於腸外,與衛氣相搏,氣不得榮,因有所繫,癖而内著,惡氣乃起。」巢元方《諸病源候論》卷二十《癖病諸候·癖候》:「癖者,謂僻側在於兩脅之間,有時而痛是也。」

〔三〕綖:同綫。

〔四〕利:同痢,痢疾。《資治通鑒》卷一百七十五:「帝嘗合止利藥,須胡粉一兩。」胡三省注:「泄瀉不禁者曰利。」

〔五〕吸吸:呼吸急促貌。劉向《九歎·惜賢》:「望高丘而歎涕兮,悲吸吸而長懷。」葛洪《肘後備急方》卷四:「吸吸少氣,行動喘惙。」惙:氣短。

〔六〕死病:不治之症。

〔七〕牽課:勉强。尫:羸弱、患病。瘵:病。尫瘵,此處指代衰病之體。

〔八〕綜:理事。

〔九〕惛憒:猶悶瞀,迷糊不清。《九章·惜誦》:「申侘傺之煩惑兮,中悶瞀之忳忳。」王逸注:「悶,煩也。㬐，亂也。」

〔一〇〕銓：衡、量。陸機《吴太常顧譚誄》：「才長於銓衡，而綜核人物。」九流：見《華林都亭曲水聯句效柏梁體》注。

〔一一〕休：嘉。

〔一二〕自效：《漢書》卷九十八《元后傳》：「天下輻湊自效。」顔師古注：「效，獻也，獻其款誠。」

〔一三〕粗糲：粗米。

〔一四〕安之若命：《莊子·人間世》：「知其不可奈何而安之若命。」

〔一五〕切：近、急迫。

〔一六〕披請：陳情請求。

家世無年〔一〕，亡高祖四十①〔二〕，曾祖三十二②〔三〕，亡祖四十七〔四〕，下官新歲便三十五③，加以疾患如此，當復幾時見聖世？就其中煎憹若此④〔五〕，實在可矜。前時曾啓願三吴〔六〕，敕旨云：「都不須復議外出。」莫非過恩，然亦是下官生運〔七〕，不應見一閑逸。今不敢復言此，當付之來生耳⑤。但得保餘年，無復物務，少得養痾，此便是志願永畢。在衡門下有所懷〔八〕，動止必聞⑥，亦無假居職，患於不能裨補萬一耳⑦。識淺才常，羸疾如此，孤負主上擢授之恩〔九〕，私心實自哀愧。入年便當更申前請，以死自固。但庸近所訴〔一〇〕，恐未能仰徹〔一一〕。公恩盼弘深⑧，粗照誠懇，願侍坐言次〔一二〕，賜垂拯助⑨，則苦誠至心，庶獲哀允。若不蒙降祐，下官當於何希冀邪？仰憑愍察，願不垂恡⑩〔一三〕。

【校記】

①《册府元龜》無「亡」字。②「二」，《南史》作「三」。③「三」，《南史》作「四」。④「煎憹若此」，《册府元龜》作「煎惱苦此」。⑤「付」，《册府元龜》作「待」。⑥「聞」，《册府元龜》作「問」。⑦「耳」，《册府元龜》作「也」。⑧「盼」，原作「眄」，據《宋書》《册府元龜》改。⑨「拯」，《南史》作「接」。⑩「恡」，《册府元龜》作「悋」。

【箋注】

〔一〕無年：不長壽。

〔二〕高祖：謝萬，字萬石，謝安弟。東晉時曾出任豫州刺史，參預桓温北伐，兵敗。《晉書》卷七十九有傳。傳中卒年記爲四十二歲。

〔三〕曾祖：謝韶，字穆度，謝萬子，東晉時任車騎司馬。《晉書》卷七十九有傳。

〔四〕祖：《晉書》卷七十九作謝恩，《宋書》卷五十八、《南史》卷二十作謝思，字景伯，任黄門郎、武昌太守。

〔五〕憹：惱。

〔六〕三吴：吴郡、吴興、丹陽。《通典》卷一百八十二《州郡十二》：「漢亦爲會稽郡，後順帝分置吴郡。晉宋亦爲吴郡，與吴興、丹陽爲三吴。」史書未載謝莊欲官三吴之事。

〔七〕生運：命運。

〔八〕衡門：《詩・陳風・衡門》：「衡門之下，可以棲遲。」毛傳：「衡門，横木爲門，言淺陋也。」指代簡陋的房屋。

〔九〕孤負：違背、對不住。

〔一〇〕庸近：庸蔽淺薄。

〔一一〕徹：通達。

〔一二〕言次：言談之間。《三國志》卷五十八《吴書・陸遜傳》：「遜後詣都，言次，稱式佳吏。」

〔一三〕惜：惜、吝。

書

爲朝士與袁顗書①

【解題】

袁顗（四二〇—四六六），字景章，陳郡陽夏人，宋太尉、文學家袁淑兄子，父袁洵曾任吴郡太守。

袁顗於元嘉年間出仕，在孝武帝朝歷任晉陵太守、御史中丞、領軍將軍等職，受孝武帝重托，輔佐過尋陽王劉子房、太子劉子業、晉安王劉子勛和永嘉王劉子仁。孝武帝晚年有意廢子業，另立子鸞爲太子，袁顗「盛稱太子好學，有日新之美」。前廢帝即位後，袁顗歷任吏部尚書、雍州刺史。明帝即位，袁顗夥同鄧琬擁立劉子勛反叛，泰始二年（四六六）八月兵敗被殺。《宋書》卷八十四有傳。《隋書》卷三十五《經籍志四》著録梁有《袁顗集》八卷。

此文是宋明帝勸降袁顗的書信，最早收録於《宋書》卷八十四《袁顗傳》，傳云：「太宗使朝士與顗書曰」。《藝文類聚》卷二十五以爲謝莊所作，題爲《爲朝臣與雍州刺史袁顗書》。據《宋書》卷八十四《鄧琬傳》，劉子勛於泰始二年正月七日在尋陽即位。此文之後，《袁顗傳》記載：「泰始二年夏，（鄧琬）加顗都督征討諸軍事，給鼓吹一部，率樓船千艘，戰士二萬，來入鵲尾。」《鄧琬傳》所記更詳：「六月十八日，顗率樓船千艘，來入鵲尾。」可知當作於泰始二年正月至六月間。

此文首先稱贊宋明帝推翻殘暴昏庸的前廢帝、穩定政局的功績，以論證其即位的正當性和合理性。其次將慫恿子勛叛亂的罪魁禍首歸爲鄧琬，爲袁顗開脱罪名。接着以袁顗高貴的家族出身和姻親好友多在明帝陣營爲由，希冀打動袁顗，并承諾不會追究罪過。全文語詞流暢，一氣貫之，情感真摯動人。

夫夷陂相因②〔一〕，興革遞數③，或多難而固其國，或殷憂而啓聖明〔二〕，此既著於前史〔三〕，亦彰於聞見④。王室不造〔四〕，昏凶肆虐〔五〕，神鼎將淪〔六〕，宗稷幾泯，幸天未亡宋，乾曆有歸〔七〕。主上體自聖文〔八〕，繼明作睿，而辱均牖里〔九〕，屯踰夏臺⑤〔一〇〕。既天地俱憤，義勇同奮〔一一〕，尅殄鯨鯢〔一二〕，三靈更造〔一三〕，應天順民〔一四〕，爰集寶命〔一五〕，四海屬息肩之歡〔一六〕，華戎見來蘇之泰⑥〔一七〕。吾等獲免刀鋸〔一八〕，僅全首領〔一九〕，復身奉惟新〔二〇〕，命承亨運，緩帶談笑〔二一〕，擊壤聖世〔二二〕。

汝雖劬勞于外，迹阻京師，然心期所寄，江漢何遠〔二三〕？自九江告變〔二四〕，皆謂鄧氏狂惑⑦〔二五〕，比日國言籍籍⑧〔二六〕，頗塵吾子〔二七〕。道路之議，豈其或然？聞此之日，能無駭惋。

【校記】

①《藝文類聚》卷二十五題作「爲朝臣與雍州刺史袁顗書」。②「陂」，《藝文類聚》作「險」。③「遞」，《藝文類聚》作「逮」。④《藝文類聚》無「前史亦彰於」五字。⑤「踰」，《冊府元龜》卷二百十五作「喻」。⑥「華戎」，《冊府元龜》作「庶民」。⑦「謂」，《冊府元龜》作「歸」。⑧「比」，《冊府元龜》作「此」。

【箋注】

〔一〕夷：平。陂：險。因：隨。

〔二〕或多難而固其國，或殷憂而啓聖明：劉琨《勸進表》：「或多難以固邦國，或殷憂以啓聖明。」

〔三〕著於前史：劉琨《勸進表》：「齊有無知之禍，而小白爲五伯之長；晉有驪姬之難，而重耳主諸侯之盟。」

〔四〕不造：《詩·周頌·閔予小子》：「閔予小子，遭家不造。」鄭玄箋：「造猶成也。」不造即家道未成、不幸。任昉《爲齊明帝讓宣城郡公第一表》：「王室不造，職臣之由。」

〔五〕肆虐：《尚書·泰誓中》：「淫酗肆虐。」

〔六〕神鼎：《史記》卷二十八《封禪書》：「聞昔泰帝興神鼎一，一者壹統，天地萬物所繫終也。」此處指代皇位。

〔七〕乾曆：天命。

〔八〕體：承宗繼祖的系統、血統。《宋書》卷六十九《范曄傳》：「彭城王體自高祖，聖明在躬。」聖文：宋文帝。明帝爲宋文帝第十一子。

〔九〕牖里：即羑里，商紂囚禁周文王之地。《史記》卷三《殷本紀》：「紂囚西伯羑里。」《史記集解》：「《地理志》曰：『河内湯陰有羑里城，西伯所拘處。』」《史記正義》：「羑城在相州湯陰縣北九里，紂囚西伯城也。」

〔一〇〕屯：難。夏臺：夏桀囚禁商湯之地。《史記》卷二《夏本紀》：「桀不務德而武傷百姓，百姓弗堪。乃召湯而囚之夏臺。」《史記索隱》：「獄名。夏曰均臺。皇甫謐云『地在陽翟』是也。」

〔一一〕義勇同奮：《漢書》卷七十《陳湯傳》：「策慮愊億，義勇奮發。」

〔一二〕鯨鯢：《左傳·宣公十二年》：「古者明王伐不敬，取其鯨鯢而封之，以爲大戮。」杜預注：「鯨鯢，大魚名，以喻不義之人吞食小國。」

〔一三〕三靈：班固《典引》：「答三靈之蕃祉，展放唐之明文。」《文選》李善注：「三靈，天、地、人也。」《魏書》卷七十八《孫紹傳》：「事恢三靈，仁洽九服。」

〔一四〕應天順民：《周易·革卦》：「湯武革命，順乎天而應乎人。」

〔一五〕寶命：天命。《尚書·金縢》：「無墜天之降寶命。」

〔一六〕屬：適逢。息肩之歡：《史記》卷二十五《律書》：「百姓無内外之繇，得息肩於田畝，天下殷富，粟至十餘錢，鳴鷄吠狗，煙火萬里，可謂和樂者乎！」

〔一七〕來蘇：《尚書·仲虺之誥》：「攸徂之民，室家相慶，曰：『徯予后，后來其蘇。』」孔安國傳：「湯所往之民皆喜曰：『待我君來，其可蘇息。』」蘇：蘇息、恢復。

〔一八〕刀鋸：《漢書》卷二十三《刑法志》：「中刑用刀鋸。」韋昭注：「刀，割刑。鋸，刖刑也。」此處泛指刑罰。

〔一九〕首領：頭和脖子，指代性命。《左傳·隱公三年》：「若以大夫之靈，得保首領以没。」

〔二〇〕惟新：更新。《詩·大雅·文王》：「周雖舊邦，其命維新。」

〔二一〕緩帶：寬束衣帶，形容優游從容的樣子。曹植《箜篌引》：「樂飲過三爵，緩帶傾庶羞。」

〔二二〕擊壤：見《舞馬賦》「撫埃」注。

〔二三〕江漢何遠：《詩·周南·漢廣》：「漢之廣矣，不可泳思。江之永矣，不可方思。」

〔二四〕九江：尋陽，此處指代江州。孝武帝第三子劉子勛於大明七年（四六三）遷江州刺史。景和元年（四六五）十一月，劉子勛在長史鄧琬的脅迫下起兵反對前廢帝。明帝即位後下詔勸降子勛和鄧琬，鄧琬不從。

〔二五〕鄧氏：鄧琬（四〇七—四六六），字元琬，豫章南昌人，時任劉子勛鎮軍長史、尋陽内史、代行江州事。《宋書》卷八十四有傳。狂惑：司馬遷《報任少卿書》：「從俗浮沈，與時俯仰，以通其狂惑。」《文選》李善注：「《鬻子》曰：『吾聞之於政也，知善不行者謂之狂，知惡不改者謂之惑。夫狂與惑者，聖人之戒也。』」

〔二六〕國言：國人的謗言。籍籍：紛紛、諠聒。《左傳·昭公二十七年》：「楚郤宛之難，國言未已，進胙者莫不謗令尹。」《漢書》卷五十三《江都易王非傳附劉建傳》：「國中口語籍籍，慎無復至江都。」

〔二七〕塵：污。

凶人反道敗德〔一〕，日夜滋深，昵近狡慝〔二〕，取謀豺虎①，非惟毒流外物〔三〕，惡積中朝〔四〕，乃欲毁陵邑〔五〕，虐崇憲〔六〕，燒宗廟，鹵御物〔七〕，然後蕩覆京都〔八〕，必使蘭蕕俱盡②〔九〕。自非聖上廟算靈圖③〔一〇〕，俛眉遜避④〔一一〕，維持内外，擁衛臣下⑤，則赤縣爲戎〔一二〕，百姓其魚矣〔二三〕。此事此理⑥，寧可孰念。

【校記】

①「豺」，《册府元龜》作「豹」。②「使」，《册府元龜》作「然」。③「上」，《宋文紀》卷十四作「主」。④「眉」，《册府元龜》作「首」。⑤「擁衛」，《册府元龜》作「權衡」。⑥「此事此理」，《册府元龜》作「此之事理」。

【箋注】

〔一〕凶人：《尚書·泰誓》：「我聞吉人爲善，惟日不足；凶人爲不善，亦惟日不足。」孔安國傳：「言吉人竭日以爲善，凶人亦竭日以行惡。」反道敗德：《尚書·大禹謨》：「侮慢自賢，反道敗德。」

〔二〕慝：惡。狡慝：指代狡詐奸慝的小人。《宋書》卷七《前廢帝紀》：「帝所幸閹人華願兒，官至散騎常侍，加將軍帶郡。」

〔三〕外物：外界的人或事物。此處與下句「中朝」相對，指代天下百姓。

〔四〕中朝：朝中、朝廷。

〔五〕毀陵邑：孝武帝去世後葬於景寧陵。《南史》卷二《宋本紀中》：「帝自以爲昔在東宮，不爲孝武所愛，及即位，將掘景寧陵，太史言於帝不利而止。乃縱糞於陵。」

〔六〕崇憲：見《宋明帝即位赦詔》注。

〔七〕燒宗廟，鹵御物：《史記》卷一百六《吴王濞列傳》：「燒宗廟，鹵御物。」《史記集解》：「如淳曰：『鹵，抄掠也。』」

〔八〕蕩覆京都：《後漢書》卷四十八《應劭傳》：「逆臣董卓，蕩覆王室。」

〔九〕蘭：香草。蕕：臭草。

〔一〇〕廟算：朝廷或帝王對戰事進行的謀劃。《孫子·計篇》：「夫未戰而廟算勝者，得算多也；未戰而廟算不勝者，得算少也。」杜牧注：「廟算者，計算於廟堂之上也。」張預注：「古者興師命將，必致齋於廟，授以成算，然後遣之，故謂之廟算。」靈：聖明、英明。圖：謀劃、考慮。

〔一一〕俛眉：低眉，表示謙卑、恭順。揚雄《解嘲》：「當今縣令不請士，郡守不迎師，群卿不揖客，將相不俛眉。」《文選》劉良注：「不低眉下色以求賢人也。」

〔一二〕赤縣：赤縣神州的省稱，指代中國。《史記》卷七十四《孟子荀卿列傳》：「中國名曰赤縣神州。赤縣神州内自有九州，禹之序九州是也。」戎：兵器。赤縣爲戎，謂全國將被戰火席捲。

〔一三〕百姓其魚：《後漢書》卷四十九《仲長統傳》：「魚肉百姓，以盈其欲。」

既天道輔順〔一〕，謳歌有奉①〔二〕，高祖之孫，文皇之子，德洞九幽②〔三〕，功貫三曜③〔四〕。匡拯家國④，提毓黔首⑤〔五〕。若不子民南面⑥〔六〕，將使神器何歸⑦〔七〕。而群下構慝⑧，安生窺覬⑨，成軫惑燕〔八〕，貫高亂趙〔九〕，讒人罔極〔一〇〕，自古有之。汝中京冠冕⑩〔一一〕，儒雅世襲，多見前載，縣鑒忠邪〔一二〕，何遠遺郎中之清軌〔一三〕，近忘太尉之純概〔一四〕。相與或群從舅甥〔一五〕，或姻婭周款〔一六〕，一旦胡越〔一七〕，能無悵恨。若疑誑所至，邪詖無窮〔一八〕，汝當誓衆奮戈，翦此朝食〔一九〕。若自延過聽，迷塗未遠〔二〇〕。聖上臨物以仁，接下以愛，豈直雍齒先封〔二一〕，乃當射鈎見相矣〔二二〕。當由力窘迹屈⑪〔二三〕，丹誠未亮邪〔二四〕。跂予南服〔二五〕，寤寐延首〔二六〕，若反棹沿流〔二七〕，歸誠鳳闕⑫〔二八〕，錫圭開寓〔二九〕，非爾而誰。吾等并過荷曲慈，俱叨非服〔三〇〕，紆金拖玉⑬〔三一〕，改觀蓬門〔三二〕，入奉舜禹之渥，出見羲唐之化〔三三〕，雍容揄揚〔三四〕，信白駒空谷之時也〔三五〕。奈何毁擲先基〔三六〕，自蹈凶戾，山門蕭瑟〔三七〕，松庭誰掃⑭〔三八〕，言念楚路〔三九〕，豈不思父母之邦。幸納惡石，以蠲美疢⑮〔四〇〕。裁書表意〔四一〕，爾其圖之。

【校記】

①「謳歌有奉」，《册府元龜》作「百姓謳歌」，「有奉」屬下句。②「洞」，《册府元龜》作「同」。③「三」，《藝文類聚》作「二」。④「匡拯家國」，《册府元龜》作「輔拯安國」。⑤「提毓黔首」，《藝文類聚》作「提敏蒼生」。⑥「子民南面」，《藝文類聚》作「南面子民」。⑦「歸」，《藝文類聚》作「主」。⑧「群下構慝」，《册府元龜》作「群小構匿」。⑨「生」，《册府元龜》作「懷」。⑩「中京」，《册府元龜》作「京中」。⑪「力」，《册府元龜》作「計」。⑫「鳳」，《册府元龜》作「凰」。

⑬「玉」，原作「王」，據《宋書》改。　⑭「掃」，《册府元龜》作「歸」。　⑮「疢」，《宋書》作「疹」，二字通。

【箋注】

〔一〕天道輔順：《尚書·蔡仲之命》：「皇天無親，惟德是輔。」順：理、仁。

〔二〕有奉：《左傳·昭公二十七年》：「社稷有奉，國家無傾，乃吾君也。」此處指代明帝。

〔三〕九幽：見《宋明堂歌·迎神歌》注。

〔四〕三曜：日、月、星。

〔五〕提毓：撫育。黔首：見《爲八座江夏王請封禪表》注。

〔六〕子民：愛護人民、治民。《禮記·表記》：「子民如父母。」

〔七〕神器：左思《魏都賦》：「劉宗委馭，巽其神器。」《文選》吕延濟注：「神器，帝位。」

〔八〕成軫惑燕：成軫，西漢昭帝時，任燕王劉旦郎中，慫恿劉旦起兵討伐昭帝。事見《漢書》卷六十三《燕刺王旦傳》。

〔九〕貫高亂趙：貫高，漢高祖時，任趙王張敖相。高祖路過趙國，對張敖無禮，貫高勸諫張敖起兵討伐高祖。事見《漢書》卷三十二《張耳陳餘傳》。

〔一〇〕讒人罔極：《詩·小雅·青蠅》：「讒人罔極，交亂四國。」

〔一一〕中京：洛陽，此處指代東漢。冠冕：古代帝王、官員的帽子，指代仕宦之家。汝南袁氏自東漢以來便是名門望族。《三國志》卷六《魏書・袁紹傳》：「袁紹字本初，汝南汝陽人。高祖父安，爲漢司徒。自安以下四世居三公位，由是勢傾天下。」

〔一二〕縣：通懸，高、遠。

〔一三〕郎中：袁渙，字曜卿，三國時期任魏國郎中令。《三國志》卷十一《魏書・袁渙傳》：「當時諸公子多越法度，而渙清静，舉動必以禮。」。清軌：高尚的道德風範。

〔一四〕太尉：袁淑（四〇八—四五三），字陽源，劉劭篡位後欲拉攏袁淑，袁淑不從，被殺。孝武帝即位後追贈袁淑爲太尉。《宋書》卷七十有傳。袁顗爲袁淑兄子。概：節操。

〔一五〕群從舅甥：《宋書》卷八十四《袁顗傳》：「時尚書右僕射蔡興宗是顗舅，領軍將軍袁粲是顗從父弟，故書云群從舅甥也。」李慈銘《越縵堂讀史札記・宋書札記》：「『相與』上當有『吾等』二字。」

〔一六〕婭：兩婿相謂爲婭。周款：親密。

〔一七〕胡：北方。越：南方。比喻相隔甚遠。

〔一八〕詖：諂佞。

〔一九〕翦此朝食：《左傳・成公二年》：「余姑翦滅此而朝食。」翦：盡、滅。朝食：吃早飯。

〔二〇〕迷塗未遠：陶淵明《歸去來兮辭》：「實迷途其未遠，覺今是而昨非。」

〔二一〕雍齒先封：雍齒爲秦末漢初人，數次背叛劉邦，被劉邦痛恨，後又歸降劉邦。劉邦即位後封賞功臣，張良建議先封雍齒，說：「今急先封雍齒以示群臣，群臣見雍齒封，則人人自堅矣。」見《史記》卷五十五《留侯世家》。

〔二二〕射鈎見相：春秋齊襄公末年，齊國内亂。管仲輔佐公子糾，鮑叔牙輔佐公子小白，均想回國即位。二人在路上相遇，管仲箭射小白。小白佯死，實際只射中了衣帶鈎。小白即位後不記前讎，起用管仲爲相。事見《史記》卷三十二《齊太公世家》。

〔二三〕窘：窮盡、匱乏。迹屈：即路途阻隔。

〔二四〕丹誠：赤心。亮：顯示、顯露。

〔二五〕跂：踮起脚尖。《詩·衛風·河廣》：「誰謂宋遠，跂予望之。」服：王畿方千里，其外每五百里謂之一服。南服，泛指南方。謝瞻《王撫軍庾西陽集别時爲豫章太守庾被徵還東》：「祇召旋北京，守官反南服。」《文選》李善注：「南服，南方五服也。」

〔二六〕寤寐：《詩·周南·關雎》：「窈窕淑女，寤寐求之。」

〔二七〕反棹：掉轉船頭。沿流：郭璞《江賦》：「溯洄沿流。」

〔二八〕鳳闕：《漢書》卷二十五下《郊祀志下》：「於是作建章宫，度爲千門萬户。前殿度高未央。其東則鳳闕，高二十餘丈。」顔師古注：「《三輔故事》云：『其闕圜上有銅鳳凰。』」此處代指朝廷。

〔二九〕錫圭開寓：王延壽《魯靈光殿賦》：「錫介珪以作瑞，宅附庸而開宇。」《文選》李善注引張載曰：「諸侯錫大圭，以爲瑞信。」劉良注：「附庸者，言其庸税貢賦，附於大國。言賜之玠珪，使敬寶其位，居其附庸之國，開我皇家之土宇，以作蕃援。」

〔三〇〕服：冕服。非服：指非分取得的官爵、職位。庾亮《讓中書令表》：「遂階親寵，累忝非服。」

〔三一〕紆：帶。金、玉：泛指官印。《宋書》卷十八《禮志五》：「璽，印也。自秦以前，臣下皆以金玉爲印，龍虎紐，唯所好。」揚雄《解嘲》：「紆青拖紫，朱丹其轂。」

〔三二〕蓬門：用蓬草編成的門，指代貧寒之家。

〔三三〕羲：伏羲。唐：堯。

〔三四〕雍容揄揚：班固《兩都賦序》：「雍容揄揚，著於後嗣。」

〔三五〕白駒：比喻賢人。《詩·小雅·白駒》：「皎皎白駒，在彼空谷。」《毛詩序》：「《白駒》，大夫刺宣王也。」鄭玄箋：「刺其不能留賢也。」後亦用「白駒空谷」比喻賢人出仕而谷空。任昉《爲蕭揚州薦士表》：「白駒空谷，振鷺在庭。」《文選》李周翰注：「白駒，賢者所乘。空谷，言賢人出仕而谷空也。」

〔三六〕先基：先人的基業。陸雲《答兄平原》：「巍巍先基，重規累構。」

〔三七〕山門：墓門。

〔三八〕松庭：墳塋。《昌言》：「古之葬者，松柏梧桐以識其墳也。」

〔三九〕言：語氣詞，無實意。楚路：楚地的道路。袁顗時任雍州刺史，雍州屬楚地，故言。

〔四〇〕幸納惡石，以鑿美疢：《左傳·襄公二十三年》：「季孫之愛我，疾疢也；孟孫之惡我，藥石也。

美疢不如惡石。」瘳：治愈、免除。疢：同疹，疾病。

〔四二〕裁書：曹丕《與吴質書》：「裁書叙心。」《文選》吕向注：「裁，制也。」

昨還帖

【解題】

本文最早收録於《淳化閣帖》卷三。謝莊不但是著名的文學家，還是一位書法家。現存題爲謝莊的書法作品共有五幅，除此篇外，尚有收於《戲鴻堂帖》卷四的《瑞雪詠》《山夜憂》《懷園引》《長笛弄》四篇。《昨還帖》爲行草書，《瑞雪詠》等四篇爲小楷。董其昌評價謝莊的書法：「似閣帖所謂蕭子雲者，而小加妍雋。宋高宗書近之。」

姜夔《絳帖平》卷三對此文的創作時間和文末的「左僕射」有一番考證：「謝憲子書全仿子敬，風氣殊佳。案史，莊素多疾，與大司馬江夏王義恭牋自陳『兩脅癖疢，眼患五月來便不復得夜坐』。此云『眼風不異耳』，當是此時書也。爾時蕭思話爲左僕射，愛才好士，人多歸之。此帖當是與蕭啓。」《宋書》卷七十八《蕭思話傳》記載：「上即位，徵爲散騎常侍、尚書左僕射，固辭，不受拜。改爲中書令、丹陽尹。……明年，出爲……徐州刺史。……孝建二年卒，時年五十。」可見蕭思話并没有實際擔任過左僕射。且謝莊寫信向劉義恭辭吏部尚書在孝建元年（四五四），而劉駿授蕭思話左僕射職是在元嘉三十年（四五三）剛剛即位後不久，時間也不符。

考《宋書》卷六《孝武帝紀》及相關傳記，孝武帝朝擔任過尚書左僕射的官員共有四位，分別是建平王劉宏，任職時間爲元嘉三十年五月戊戌，至孝建二年（四五五）十月壬午；褚湛之，任職時間爲大明二年（四五八）二月乙酉，至大明四年（四六〇）五月丙戌；劉延孫，任職時間爲大明五年（四六一）十月甲寅，至大明六年（四六二）六月；劉遵考，任職時間爲孝建二年至三年（四五六）閏三月、大明六年九月乙未又任。劉宏、劉延孫、劉遵考均爲皇室宗親。劉宏爲孝武帝之弟；劉延孫本與帝室非同宗，大明元年（四五七）孝武帝爲牽制劉誕而與劉延孫合族，并使諸王序親；劉遵考更是武帝劉裕的族弟，輩分極高。謝莊與三人并無過多來往，似不應寫如此私人化的信件。褚湛之出自南陽褚氏，與陳郡謝氏均是東晉以來的世家大族，地位相當，且有通婚之誼。加之謝莊、褚湛之均在劉駿起兵討伐劉劭時及時投靠義軍，元嘉三十年討論與北魏互市之事，二人也立場一致，故疑結尾所言「左僕射」可能是指褚湛之。又文中提到「春節至」，大明二年春節時褚湛之尚未被任命爲左僕射，故疑此帖當作於大明三年（四五九）或四年的春節前後。

弟昨還，方承一日①〔一〕，忽患悶。當時乃爾大惡〔二〕，殊不易追企〔三〕，恒想諸治②〔四〕，昨來已漸勝〔五〕，眠食復云何。頃日寒重，春節至，居患者無不增動〔六〕。今仆何治③，眼風不異耳〔七〕。指遣承問，謝莊白。呈左僕射。

【校記】

①「一日」，《全宋文》卷三十五作「間」。②「怛」，《絳帖平》卷三作「恒」。③「仆」，原作「作」，據《淳化閣帖》改。

【箋注】

〔一〕方：方纔、方始。承：敬辭，蒙受。此處指收到對方的書信。

〔二〕乃爾：竟然如此。

〔三〕追企：追隨仰望。此處指回信。

〔四〕怛：悲傷、愁苦。

〔五〕昨來：近來。

〔六〕動：發作、發動。

〔七〕眼風：眼疾。

議

索虜互市議

【解題】

本文最早收録於《宋書》卷八十五《謝莊傳》。傳云：「世祖踐阼，除侍中。時索虜求通互市，上詔群臣博議。莊議曰。」

南北政權之間的互市早在東晉時期即已出現。《晉書》卷六十二《祖逖傳》和卷一百十二《苻健載記》記載了東晉與後趙及前秦通關互市的信息。《魏書》卷一百一十《食貨志》記載：「自魏德既廣，西域、東夷貢其珍物，充於王府。又於南垂立互市，以致南貨，羽毛齒革之屬無遠不至。」據蔡宗憲在《中古前期的交聘與南北互動》一書中考證，北魏於南境立市應在四三九年平定北涼之後，當劉宋元嘉十六年左右。此後因元嘉二十七年（四五〇）宋文帝北伐，北魏兵臨瓜步，雙方互市中斷。面對北魏的要求，劉宋内部分化出兩派意見。《宋書》卷九十五《索虜傳》云：「世祖即位，索虜求互市，江夏王義恭、竟陵王誕、建平王宏、何尚之、何偃以爲宜許；柳元景、王玄謨、顔竣、謝莊、檀和之、褚湛之以爲不宜許。時遂通之。」孝武帝最終采納了劉義恭等人的意見，決定重開互市。惜義恭等人的上書不見載於史籍，難以得知他們的具體觀點。但除謝莊的這篇奏議外，《宋書》卷七十五《顔竣傳》還收録了顏竣的奏章。謝莊、顏竣反對互市的一個共同理由，是認爲北魏借互市爲由實際意圖窺探劉宋國情，即謝莊所言「關市之請，或以覘國」。兩人提出的應對措施也完全一致，都建議孝武帝拒絶北魏的要求，嚴守邊界以觀其變。謝莊説「距而觀覺，有足表强」，這一説法在南北實力差距不斷拉大的背景下恐怕不切實際。謝莊又説「何爲屈冠帶之邦，通引弓之俗，樹無益之軌，招塵點之風」，認爲與異族互市有損華夏禮儀之邦的威嚴。但早在元嘉十九年（四四二），何承天就在《安邊論》中提到中原百姓對於究竟誰是正統的問題并不關心：「今遺黎習亂，志在偷安，非皆耻爲左衽，遠慕冠冕，徒以殘害剥辱，視息無寄，故繦負歸國，先後相尋。」（《宋書》卷六十四《何承天傳》）因此，謝莊在這篇奏議中提出的觀點，在面對現實問題時并不具備太多的參考價值，故而孝武帝没有采納。

《宋書》卷八十五《謝莊傳》於謝莊上奏之後，記孝建元年之事，故此文應作於元嘉三十年（四五三）孝武帝剛剛即位後不久。

臣愚以爲獯獫棄義〔一〕，唯利是視〔二〕，關市之請〔三〕，或以覘國，順之示弱，無明柔遠〔四〕，拒而觀覺①〔五〕，有足表强。且漢文和親，豈止彭陽之寇〔六〕；武帝脩約，不廢馬邑之謀〔七〕。故有餘則經略〔八〕，不足則閉關。何爲屈冠帶之邦〔九〕，通引弓之俗〔一〇〕，樹無益之軌，招塵點之風〔一一〕。交易爽議〔一二〕，既應深杜〔一三〕；和約詭論，尤宜固絶。臣庸管多蔽，豈識國儀，恩誘降逮，敢不披盡。

【校記】

①「拒」，《宋書》卷八十五作「岠」，二字通。

【箋注】

〔一〕獯獫：古代對北方少數民族的稱呼，此處代指北魏。《史記》卷一《五帝本紀》：「北逐葷粥。」《史記集解》：「《匈奴傳》曰：『唐虞以上有山戎、獫狁、葷粥，居于北蠻。』」《史記索隱》：「匈奴別名也。唐虞已上曰山戎，亦曰熏粥，夏曰淳維，殷曰鬼方，周曰玁狁，漢曰匈奴。」

〔二〕唯利是視：《左傳·成公十三年》：「余雖與晉出入，余唯利是視。」

〔三〕關市：開關互市。

〔四〕柔遠：《詩·大雅·民勞》：「柔遠能邇，以定我王。」毛傳：「柔，安也。」

〔五〕觀釁：《左傳·宣公十二年》：「會聞用師，觀釁而動。」杜預注：「釁，罪也。」

〔六〕漢文和親，豈止彭陽之寇：漢文帝時與匈奴和親，十四年匈奴入寇彭陽，殺略人民甚衆，文帝仍以和親解決。事見《漢書》卷九十四上《匈奴傳上》。

〔七〕武帝脩約，不廢馬邑之謀：漢武帝即位後，一方面申明和親之約，支持互市，另一方面又使馬邑人聶壹佯賣馬邑城以誘匈奴。匈奴單于貪財不疑，率十萬騎入武州塞。漢伏兵三十餘萬在馬邑，欲襲擊匈奴，未果。事見《漢書》卷九十四上《匈奴傳上》。

〔八〕經略：《左傳·昭公七年》：「天子經略，諸侯正封，古之制也。」杜預注：「經營天下，略有四海，故曰經略。」

〔九〕冠帶：古代把戴帽子和束腰帶作爲文明的標誌。此處用「冠帶之邦」指代劉宋。《韓非子·有度》：「威行於冠帶之國。」

〔一〇〕引弓之俗：北方少數民族以遊獵爲生，故用以代指北魏。《史記》卷二十七《天官書》：「其西北則胡、貉、月氏諸衣旃裘引弓之民。」

〔一一〕塵、點：污。《後漢書》卷五十四《楊震列傳》：「損辱清朝，塵點日月。」

〔一二〕爽：過、失。

〔一三〕杜：拒。

【評論】

〔張溥〕《搜才》《定刑》二表與《索虜互市議》，雅人之章，無忝國器。《百三家集·謝光禄集題辭》

竹贊

【解題】

竹是中國古典文學中非常重要的一個意象。《詩經·衛風·淇奥》中「緑竹猗猗」「緑竹青青」「緑竹如簀」應是最早描寫竹林景色的詩句。此外，在《詩經》的其他篇章、楚辭、漢魏古詩、賦等作品中，也不乏竹的身影。但這些作品都無一例外是將竹作爲比興的媒介或寫景的陪襯，而非獨立吟詠的對象。現存最早以竹爲獨立書寫對象的文學作品，當屬兩晉之際江逌的《竹賦》。此後便是謝莊的《竹贊》。齊梁之後專門詠竹的詩文逐漸增多，如謝脁《詠竹詩》《秋竹曲》，王儉《靈丘竹賦應詔》，梁簡文帝《脩竹賦》，梁元帝《賦得竹》，沈約《詠簷前竹》，劉孝威《詠枯葉竹》等。

本文最早收録於《藝文類聚》卷八十九《木部下》，作者題爲「晉謝莊」，誤。創作時間不可考。文中稱贊緑竹「貞而不介，弱而不虧」的美好品質，可能包含着謝莊的自我比附或情感寄託。

瞻彼中唐，緑竹猗猗〔一〕。貞而不介〔二〕，弱而不虧〔三〕。杳裊人圃，蕭瑟雲崖〔四〕。推名楚潭〔五〕，美質梁池①〔六〕。

【校記】

①「梁」，《宋文紀》卷十四作「良」。

【箋注】

〔一〕「瞻彼中唐」二句：中唐：庭中。張衡《東京賦》：「植華平於春圃，豐朱草於中唐。」《文選》李善注引如淳《漢書注》曰：「唐，庭也。」緑竹猗猗：《詩・衛風・淇奥》：「瞻彼淇奥，緑竹猗猗。」毛傳：「猗猗，美盛貌。」

〔二〕貞：正、堅。介：孤介。

〔三〕弱：柔。虧：損、缺。

〔四〕雲崖：左思《雜詩》：「明月出雲崖，皦皦流素光。」

〔五〕楚潭：東方朔《七諫》：「便娟之脩竹兮，寄生乎江潭。」《七諫》爲楚辭體，且以屈原的經歷爲綫索。

〔六〕梁池：西漢梁孝王菟園。枚乘《梁王菟園賦》：「脩竹檀欒，夾池水，旋菟園。」菟園又稱睢園。《水經注》卷二十四：「睢水又東南流，歷于竹圃，水次緑竹蔭渚，菁菁實望，世人言梁王竹園也。」

宋孝武帝哀策文

【解題】

宋孝武帝劉駿（四三〇—四六四），字休龍，小字道民，爲宋文帝第三子，劉宋朝第四任皇帝。公元四五四年至四六四年在位，先後使用過孝建、大明兩個年號。孝武帝在位時，正值劉宋王朝由盛轉衰之際。爲挽回王朝的頹勢，孝武帝大刀闊斧地推行了一系列改革措施，許多政策都深刻影響了劉宋後半期甚至南朝的歷史。孝武帝的去世充滿偶然性，隨後即位的前廢帝和明帝在能力上都無法與孝武帝相比。劉宋政權在持續的内耗中，終於走向無法挽回的衰落。除君王身份外，劉駿還是一個感情細膩、詩才出衆的文人。《文心雕龍》《詩品》《采菽堂古詩選》等著作，都肯定了他的文學才能和對同時代文學的引導作用。

此文最早見於《藝文類聚》卷十三《帝王部三》，題爲《孝武帝哀策文》。據《宋書·孝武帝紀》，孝武帝於大明八年（四六四）七月丙午，葬於丹陽秣陵縣巖山景寧陵。文中有「馳道南除」一句，孝武帝於大明五年（四六一）閏九月丙申立馳道，前廢帝於大明八年七月乙卯罷馳道。又據《宋書》謝莊本傳，謝莊在前廢帝即位不久，即因《宣貴妃誄》一文中有「贊軌堯門」一句，而被前廢帝繫在尚方獄中。由此推測，此文當作於大明八年七月丙午（初九日）至乙卯（十八日）之間。

此文從孝武帝的出生寫起，連續用了黄帝、顓頊、堯、少昊四位上古帝王出生時異象的典故，以烘托孝武帝降世之不凡。「大行纂武」「重規襲矩」突出其權力來源之合法性。隨後稱贊劉駿的品性修養。自「鴻起荆河」至「棠陰虚館」，簡潔概括了劉駿爲藩王時的經歷。「地維不紐」至「集寶龍見」記述元嘉三十年劉駿討逆并即位的事迹。「王室多故」至「爰戡爰剪」選取孝武帝鎮壓幾次諸侯反叛、維繫劉宋皇室之事，作爲其在位時的突出功績。「浹宙斯澄」至「烏奕前古」的大段文字，是對孝武帝整體功業的程式化贊美。最後描寫送葬場景，表達對孝武帝去世的無限惋惜。全文典麗雅正，用事繁富。

應門洞望〔一〕，馳道南除〔二〕。菆塗已撤①〔三〕，鬱邑將虚〔四〕。哀子嗣皇帝擗摽池綍〔五〕，周遑旌軫〔六〕，攀七緯之崩淪〔七〕，慟三靈之徂盡〔八〕。百神慕而行雲沉，萬國哀而素霜霣。衣冠緬邈，弓劍不追。敢緝謳頌，髣髴希夷〔九〕。其辭曰：

【校記】

①「菆」，原作「叢」，據《藝文類聚》卷十三改。

【箋注】

〔一〕應門：《詩・大雅・緜》：「乃立臯門，臯門有伉。乃立應門，應門將將。」毛傳：「王之正門曰應門。」《禮記・明堂位》：「九采之國，應門之外。」孔穎達疏引李巡注：「宫中南嚮大門，應門也。應是當也，以當朝正門，故謂之應門。」洞：敞開、通達。

〔二〕馳道：《宋書》卷六《孝武帝紀》記載，大明五年閏九月「丙申，初立馳道，自閶闔門至于朱雀門，又自承明門至于玄武湖。」《宋書》卷七《前廢帝紀》又記載，大明八年七月「乙卯，罷南北二馳道。」除：顔延之《三月三日曲水詩序》：「南除輦道。」《文選》吕向注：「除，掃除也。」

〔三〕菆塗：《禮記・檀弓上》：「天子之殯也，菆塗龍輴以椁。」鄭玄注：「菆木以周龍輴，加椁而塗之。天子殯以輴車，畫轅爲龍。」孔穎達疏：「菆塗爲古天子殯法也。菆，叢也，謂用木菆棺而四面塗之，故云菆塗也。」

〔四〕鬱鬯：《周禮・春官・鬱人》：「凡祭祀，賓客之祼事，和鬱鬯以實彝而陳之。」鄭玄注：「築鬱金煮之以和鬯酒。」鬱，即鬱金香。《周禮》又有鬯人掌共秬鬯。《周禮・春官・宗伯》：「鬯人，下士二人，府一人，史一人，徒八人。」鄭玄注：「鬯，釀秬爲酒，芬香條暢於上下也。秬如黑黍。」

〔五〕嗣皇帝：前廢帝劉子業。擗摽：《詩・邶風・柏舟》：「静言思之，寤辟有摽。」毛傳：「辟，拊心也。摽，拊心貌。」王褒《九懷・思忠》：「寤辟摽兮永思，心怫鬱兮内傷。」王逸注：「辟，拊心貌也。辟，一作擗。」洪興祖補注：「摽，避櫂切，驚心也。」張協《七命》：「甇嫠爲之擗摽，孀老爲之嗚咽。」池：棺材表面的裝飾物。《禮記・喪服大記》：「飾棺，君龍帷、三池。」鄭玄注：「池，以竹爲之，如小車笭，衣以青布，柳象宮室，縣池於荒之爪端，若承霤然云。」孔穎達疏：「池謂織竹爲籠，衣以青布，挂著於柳上荒邊爪端，象平生宮室有承霤也。」綍：《周禮・地官・遂人》：「及葬，帥而屬六綍及窆。」鄭玄注：「綍，舉棺索也。」

〔六〕周遑：潘岳《悼亡詩》：「悵怳如或存，周遑忡驚惕。」《文選》劉良注：「周章惶懼。」旌軫：喪車。

〔七〕攀：追攀。七緯：即七曜。《春秋穀梁傳序》：「陰陽爲之愆度，七耀爲之盈縮。」楊士勛疏：「七曜者，日月五星，皆照天下，故謂之七曜。五星者，即東方歲星、南方熒惑、西方太白、北方辰星、中央鎮星是也。」崩淪：塌毀。

〔八〕三靈：《漢書》卷八十七上《揚雄傳上》：「方將上獵三靈之流，下決醴泉之滋。」如淳注：「三靈，日月星垂象之應也。」徂：往也。

〔九〕髣髴：似有若無貌，隱約貌。希夷：無聲無貌狀。《老子》第十四章：「視之不見名曰夷，聽之不聞名曰希。」

樞電皇根〔一〕，月瑶國緒〔二〕。胤裔丹陵〔三〕，蟬聯華渚〔四〕。二后在天〔五〕，大行纂武〔六〕。克睿克聖〔七〕，重規襲矩。昭昭金式，明明玉温〔八〕。望雲其遠，就日其尊〔九〕。雨零露湛〔一〇〕，冬暖春暄①〔一一〕。聲芳納麓〔一二〕，道昭賓門〔一三〕。上德無稱〔一四〕，至功不器〔一五〕。怊悵四始〔一六〕，優遊六位〔一七〕。綴響蘭深〔一八〕，緝言瓊秘②。悠哉梁踐，眇焉汾肆〔一九〕。敬業開寓〔二〇〕，離經作翰〔二一〕。鴻起荆河〔二二〕，鸞遊楚漢〔二三〕。泗濱霑明〔二四〕，江區承奂〔二五〕。陝左清郊〔二六〕，棠陰虚館〔二七〕。

【校記】

①「冬暖春暄」，《宋文紀》卷十四作「夏暖冬暄」。　②「緝」，《宋文紀》作「縃」。

【箋注】

〔一〕樞電：此句謂黄帝出生時的異象。《帝王世紀》：「及神農氏之末，少典氏又取附寶，見大電光繞北斗樞星，照郊野，感附寶，孕二十五月，生黄帝於壽丘。」皇根：皇家的基業。

〔二〕月瑶：此句謂顓頊出生時的異象。《帝王世紀》：「金天氏之末，瑶光之星貫月如虹，感女樞幽房之宫，生顓頊於若水。」緒：基緒。

〔三〕胤：繼。裔：嗣、苗裔。丹陵：《帝王世紀》：「帝堯陶唐氏，祁姓也。母曰慶都，孕十四月而生堯於丹陵。」又「漢出自帝堯，劉姓也。」

〔四〕蟬聯：不絶。華渚：《帝王世紀》記載少昊母女節，「黄帝時有大星如虹，下流華渚，女節夢接意感，生少昊。」

〔五〕二后在天：《詩·周頌·昊天有成命》：「昊天有成命，二后受之。」毛傳：「二后，文、武也。」此處指宋武帝劉裕、宋文帝劉義隆。

〔六〕大行：不反之辭，此處代指剛剛去世的孝武帝。纂：繼。武：足迹。

〔七〕克：能。江淹《齊太祖高皇帝誄》：「允文允武，克明克睿。」

〔八〕昭昭金式，明明玉温：《左傳·昭公十二年》：「思我王度，式如玉，式如金。」杜預注：「金玉，取其堅重。」玉温：《詩·秦風·小戎》：「言念君子，温其如玉。」鄭玄箋：「念君子之性温然如玉。玉有五德。」《禮記·聘義》：「昔者君子比德於玉焉。温潤而澤，仁也；縝密以栗，知也；廉而不劌，義也；垂之如隊，禮也；叩之其聲清越以長，其終詘然，樂也；瑕不掩瑜，瑜不掩瑕，忠也；孚尹旁達，信也。氣如白虹，天也；精神見于山川，地也；圭璋特達，德也；天下莫不貴者，道也。詩云：言念君子，温其如玉。故君子貴之也。」

〔九〕望雲其遠，就日其尊：《史記》卷一《五帝本紀》：「帝堯者，放勳。其仁如天，其知如神。就之如日，望之如雲。」《史記索隱》曰：「如日之照臨，人咸依就之，若葵藿傾心以向日也。如雲之覆渥，言德化廣大而浸潤生人，人咸仰望之，故曰如百穀之仰膏雨也。」

〔一〇〕雨零：《詩·豳風·東山》：「我來自東，零雨其濛。」《毛詩序》：「《東山》，周公東征也。周公東征，三年而歸，勞歸士，大夫美之，故作是詩也。」露湛：《詩·小雅·湛露》：「湛湛露斯，匪陽不晞。」毛傳：「湛湛，露茂盛貌。」《毛詩序》：「《湛露》，天子燕諸侯也。」

〔一一〕暄：暖。

〔一二〕納麓：《尚書·舜典》：「納于大麓，烈風雷雨弗迷。」孔安國傳：「麓，録也。納舜使大録萬機之政。」

〔一三〕賓門：指代薦引賢才的機構。《尚書·舜典》：「賓于四門，四門穆穆。」孔安國傳：「四方諸侯來朝者，舜賓迎之，皆有美德，無凶人。」

〔一四〕上德無稱：《老子》第三十八章：「上德無爲而無以爲。」又《老子》第二十五章：「域中有四大。」王弼注：「凡物有稱有名，則非其極也。……不若無稱之大也。」

〔一五〕不器：《論語·爲政》：「子曰：君子不器。」包氏曰：「器者，各周其用。至於君子，無所不施。」

〔一六〕怊悵：猶惆悵。《楚辭·九辯》：「心摇悦而日幸兮，然怊悵而無冀。」四始：《史記》卷二十七《天官書》：「四始者，候之日。」《史記正義》：「謂正月旦歲之始，時之始，日之始，月之始，故云四始。言以四時之日候歲吉凶也。」

〔一七〕優遊：從容、安止的樣子。《詩·小雅·采菽》：「優哉游哉，亦是戾矣。」六位：《莊子·盜跖》：「五紀六位。」成玄英疏：「六位，君臣父子夫婦也，亦言父母兄弟夫妻。」

〔一八〕綴：緝。響：聲名。蘭深：《荀子·宥坐》：「芷蘭生於深林，非以無人而不芳。」

〔一九〕「悠哉梁踐」二句：梁：梁父山。踐：登臨。眇焉：遠視的樣子。肆：伸張、擴展。《漢書》卷二十二《禮樂志》：「至武帝定郊祀之禮，祠太一於甘泉，就乾位也；祭后土於汾陰，澤中方丘也。」顔師古注：「汾水之旁，土特堆起，是澤中方丘也。祭地，以方象地形。」此二句爲「悠哉踐梁，眇焉肆汾」的倒裝。

〔三〇〕敬業：《禮記·學記》：「敬業樂群。」孔穎達疏：「敬業謂藝業長者，敬而親之。」開寓：王延壽《魯靈光殿賦》：「錫介珪以作瑞，宅附庸而開宇。」

〔三一〕離經：《禮記·學記》：「離經辨志。」鄭玄注：「離經，斷句絶也。」孔穎達疏：「離經謂離析經理，使章句斷絶也。」

〔三二〕荆河：《尚書·禹貢》：「荆河惟豫州。」孔安國傳：「西南至荆山，北距河水。」《宋書》卷六《孝武帝紀》：「（元嘉）十七年，遷使持節、都督南豫豫司雍并五州諸軍事、南豫州刺史。」

〔三三〕楚漢：楚地漢水之濱，部分屬於劉宋境内荆州、雍州地區。《宋書》卷六《孝武帝紀》：「（元嘉二十二年）徙都督雍梁南北秦四州，荆州之襄陽竟陵南陽順陽新野隨六郡諸軍事，寧蠻校尉，雍州刺史。」

〔三四〕泗濱：指代徐州。《尚書·禹貢》：「海岱及淮惟徐州。……厥貢惟土五色，羽畎夏翟，嶧陽孤桐，泗濱浮磬。」《宋書》卷六《孝武帝紀》：「（元嘉）二十五年，改授都督南兖徐兖青冀幽六州，豫州之梁郡諸軍事，安北將軍，徐州刺史，持節如故，北鎮彭城。」霑：浸潤，引申爲受益。

〔三五〕江區：劉宋境内荆州、江州地區。《宋書》卷六《孝武帝紀》：「（元嘉二十八年）尋遷都督江州，荆州之江夏、豫州之西陽晉熙新蔡四郡諸軍事，南中郎將，江州刺史。」奂：明，光彩。

〔三六〕陜左：《史記》卷三十四《樂書》：「五成而分陜，周公左，召公右。」《史記集解》引王肅：「分陜東西而治。」南朝時用「陜左」指代雍州。如庾信《周大將軍聞嘉公柳遐墓誌》：「岳陽王承制陜左。」倪璠注：「謂岳陽王詧於襄陽承制，後踐帝位於江陵也。時襄陽屬雍州，在陜之東。」清郊：《白虎通·郊祀》：「祭天必在郊何？天體至清，故祭必於郊，取其清潔也。」

〔三七〕棠陰：《史記》卷三十四《燕召公世家》：「召公之治西方，甚得兆民和。召公巡行鄉邑，有棠樹，決獄政事其下，自侯伯至庶人各得其所，無失職者。」虛館：謝靈運《齋中讀書》：「虛館絶諍訟，空庭來鳥雀。」

地維不紐，乾綱弛機〔一〕。羲庭薄蝕〔二〕，紫路流飛〔三〕。泣血派涘〔四〕，顧瞻川沂〔五〕。孝貫樞極〔六〕，義震寰圍〔七〕。誓鉞皇郊，詔師牧甸〔八〕。七景締華〔九〕，五雲卷煽〔一〇〕。雪怨園邑〔一一〕，掃耻瀛縣〔一二〕。啓聖宸居①〔一三〕，集寶龍見〔一四〕。王室多故〔一五〕，國步方蹇〔一六〕。淮濟裂冠，江荆毁冕〔一七〕。東楚亂常〔一八〕，西華汩典②〔一九〕。動筭揮圖，爰戢爰剪〔二〇〕。

【校記】

①「居」，原作「蓋」，據《藝文類聚》改。②「汩典」，原作「啓釁」，據《藝文類聚》改。

【箋注】

〔一〕「地維不紐」二句：維：綱。地維：維繫大地的繩子。古人以爲天圓地方，天有九柱支撑，地有四維繫綴。《淮南子·天文訓》：「昔者，共工與顓頊争爲帝，怒而觸不周之山，天柱折，地維絶。」紐：繫。乾：天。《春秋穀梁傳序》：「昔周道衰陵，乾綱絶紐。」楊士勛疏：「乾綱者，乾爲陽，喻天子。坤爲陰，喻諸侯。天子揔統萬物，若綱之紀衆紐，故曰乾綱。」機：樞機。這兩句指元嘉三十年（四五三）太子劉劭夥同始興王劉濬弑殺宋文帝後篡位之事。

〔二〕羲庭：代指太陽。薄蝕：《史記》卷二十七《天官書》：「逆行所守，及他星逆行，日月薄蝕，皆以爲占。」《史記集解》引孟康曰：「日月無光曰薄。京房《易傳》曰：『日赤黄爲薄』。或曰不交而蝕曰薄。」又引韋昭：「氣往迫之爲薄，虧毁爲蝕。」

〔三〕紫路：又稱紫陌。王粲《羽獵賦》：「濟漳浦而横陣，倚紫陌而并征。」紫陌原爲地名，指鄴城附近的紫陌河。東晉陸翽《鄴中記》：「紫陌宫在臨漳縣城西北五里，石虎建于紫陌橋側。」《齊故通直散騎常侍贈開府儀同三司太常卿高（僧護）君墓誌銘》：「窆於鄴城西紫陌河之北七里。」後「紫陌」失去地理意義，成爲純文本詞彙，指帝京郊野的道路。此處指代帝京。流：蕩散。此句比喻京師動蕩不安。

〔四〕派：水别流爲派。涘：水涯。

〔五〕顧瞻：《詩·檜風·匪風》：「顧瞻周道。」沂：岸、水涯。文帝被殺、劉劭篡位時，劉駿爲江州刺史，故云「派涘」「川沂」。

〔六〕樞：樞星。極：北極星。

〔七〕寰圍：國之境内。

〔八〕「誓鉞皇郊」二句：誓鉞：《史記》卷三十二《齊太公世家》：「左杖黄鉞，右把白旄以誓。」牧：牧守、統治。甸：郊外。此二句謂劉駿於元嘉三十年三月，在江州誓師，起兵討伐劉劭。

〔九〕七景：即七曜，見本篇前注。

〔一〇〕五雲：《周禮·春官·保章氏》：「以五雲之物辨吉凶、水旱降豐荒之祲象。」鄭玄注引鄭司農：「以二至二分觀雲色，青爲蟲，白爲喪，赤爲兵荒，黑爲水，黄爲豐。」

〔一一〕園邑：陵邑，漢代爲守護帝王陵園所置縣邑，代指帝王陵墓所在地。此處特指宋文帝的陵墓。班固《西都賦》：「與乎州郡之豪傑，五都之貨殖。三選七遷，充奉陵邑。」《文選》李善注：「元帝詔曰：往者，有司緣臣子之義，奏徙郡國人以奉園陵。自今所爲陵者，勿置縣邑。然則元帝始不遷人陪陵。」

〔一二〕瀛：海。縣：赤縣。瀛縣在此代指天下。

〔一三〕啓聖：劉琨《勸進表》：「或多難以固邦國，或殷憂以啓聖明。」宸居：天子所居之處，指代帝位。顔延之《三月三日曲水詩序》：「皇上以叡文承歷，景屬宸居。」

〔一四〕集寶：《尚書·太甲上》：「用集大命，撫綏萬方。」顔延之《宋文皇帝元皇后哀策文》：「用集寶命，仰陟天機。」龍見：《周易·乾卦》：「見龍在田，利見大人。」王弼注：「出潛離隱故曰見龍。處於地上，故曰在田。德施周普，居中不偏，雖非君位，君之德也。」

〔一五〕王室多故：《史記》卷四十二《鄭世家》：「王室多故，予安逃死乎？」

〔一六〕國步：國運。《詩·大雅·桑柔》：「於乎有哀，國步斯頻。」

〔一七〕淮濟裂冠，江荆毁冕：指孝武帝孝建元年（四五四）二月，荆州刺史劉義宣偕同豫州刺史魯爽、江州刺史臧質、兖州刺史徐遺寶共同起兵謀反之事。裂冠、毁冕：見《與世祖啓事》注。

〔一八〕東楚亂常：指大明三年（四五九）南兖州刺史竟陵王劉誕在廣陵起兵造反之事。《史記》卷一百二十九《貨殖列傳》：「彭城以東，東海、吴、廣陵，此東楚也。」常：典常。

〔一九〕西華汩典：指大明五年（四六一）雍州刺史海陵王劉休茂殺手下司馬、典簽後，起兵造反之事。汩：亂，擾亂。典：典常。

〔二〇〕爰：於是。戡：勝。剪：翦滅。

浹宙斯澄〔一〕，綿區咸鏡〔二〕。倏風曉逸①〔三〕，德星夕映〔四〕。溽露飛甘〔五〕，舒雲結慶。禎被動植，信洎翔泳〔六〕。缺禮克宣，墜章必搆。方堂饗極〔七〕，圓流肆胄〔八〕。南聳郊宫〔九〕，北清靈囿〔一〇〕。瑶軒春藉〔一一〕，翠華冬狩〔一二〕。經緯窮文〔一三〕，克定盡武〔一四〕。鄗上呈祥〔一五〕，介丘載佇〔一六〕。在盈念冗〔一七〕，成功弗處。榮鏡中世〔一八〕，烏奕前古〔一九〕。

【校記】

①「逸」，《宋文紀》作「起」。

【箋注】

〔一〕浹：周。浹宙：環宇，此處代指天下。

〔二〕綿區：廣闊的疆域。鏡：照。

〔三〕脩風：見《舞馬賦》「泛脩風而浮慶煙」注。

〔四〕德星：見《舞馬賦》注。

〔五〕溽露：濃露。《説文解字·水部》段玉裁注：「溽者，濃也，厚也。」謝朓《杜若賦》：「夕舒榮於溽露，旦發彩於春風。」甘：甘露。

〔六〕「禎被動植」二句：禎：福。泊：止。翔：鳥類。泳：魚類。顔延之《應詔讌曲水作詩》：「惠浸萌生，信及翔泳。」

〔七〕方堂：即明堂。桓譚《新論·正經》：「王者造明堂、辟雍，所以承天行化也。天稱明，故命曰明堂。上圓法天，下方法地。……爲四面堂，各從其色，以仿四方。」饗：祭祀。極：天。

〔八〕圓流：辟雍，西周天子爲教育貴族子弟設立的大學。《白虎通·辟雍》：「辟者，璧也。象璧圓，以法天也。雍者，壅之以水，象教化流行也。」肄：通肄，教習、講授。胄：子嗣。

〔九〕聳：敬貌。郊宮：見《上封禪儀注奏》注。

〔一〇〕靈囿：周文王的苑囿，後泛指皇帝畜養動物的園林。《詩·大雅·靈臺》：「王在靈囿，麀鹿攸伏。」

〔一一〕瑶軒：用美玉裝飾的車駕。陸雲《登臺賦》：「佇眄瑶軒，滿目綺寮。」藉：藉田。

〔一二〕翠華：用翠羽做成的車蓋，此處指代皇帝的車駕。司馬相如《上林賦》：「建翠華之旗，樹靈鼉之鼓。」《文選》李善注引張揖曰：「以翠羽爲葆也。」冬狩：《左傳·隱公五年》：「春蒐夏苗秋獮冬狩。」杜預注：「狩，圍守也。冬物畢成，獲則取之，無所擇也。」

〔一三〕經緯窮文：《左傳·昭公二十八年》：「經緯天地曰文。」杜預注：「經緯相錯，故織成文。」

〔一四〕克定盡武：《謚法》：「克定禍亂曰武。」

〔一五〕鄗上呈祥：《史記》卷二十八《封禪書》：「古之封禪，鄗上之黍，北里之禾，所以爲盛。」

〔一六〕介丘、載佇：均見《上封禪儀注奏》注。

〔一七〕在盈念冗：蔡邕《胡公碑》：「在盈思冲。」

〔一八〕榮鏡：班固《典引》：「榮鏡宇宙。」《後漢書》卷四十下李賢注：「鏡猶光明也。」《文選》李周翰注：「榮名鏡照于宇宙。」中世：《商君書·徠民》：「且古有堯舜，當時而見稱。中世有湯武，在位而民服。」

〔一九〕舄奕：班固《典引》：「舄奕乎千載。」《文選》李善注引蔡邕曰：「舄奕，光曜流行貌。」呂向注：「舄，長。奕，盛。」

睿業初遠，鴻化方亭〔一〕。丹雲承日〔二〕，素景媵星〔三〕。玉几去襲〔四〕，綴衣在庭〔五〕。辭重陽之昭昭〔六〕，降大夜之冥冥〔七〕。氣貿炎涼〔八〕，史詔龜筮。文物空嚴〔九〕，鑾和虛衛〔一〇〕。動蜃輅之逶迤①〔一一〕，顧璧羽之容裔②〔一二〕。出國門而分天地③〔一三〕，向幽途而異身世④。龍旌鬱而青槐遠〔一四〕，驚葭亂而白楊翳〔一五〕。觀初霜之變條，聽秋風之下蒂。橋山絚雲〔一六〕，穀林虧日〔一七〕。輂道結寒〔一八〕，松庭盡密〔一九〕。芝蓋迫軨，上驤眷轡〔二〇〕。萬寓肅其北轍〔二一〕，靈阿閟其深隧〔二二〕。南維有時傾，離光不常鏡〔二三〕。騰英聲與茂實〔二四〕，方流華於舞詠〔二五〕。

【校記】

①「迤」，《藝文類聚》作「遲」。②「璧」，《藝文類聚》作「壁」。③「門」，原作「文」，據《藝文類聚》改。④「出國門」「向幽途」兩句，《藝文類聚》均無「而」。

【箋注】

〔一〕亭：育。

〔二〕丹雲：日旁赤氣。《左傳·哀公六年》：「是歲也，有雲如衆赤鳥，夾日以飛三日。」劉孝標《辯命論》：「且荆昭德音，丹雲不卷。」

〔三〕素景：見《北宅秘園》注。媵：送、從。

〔四〕玉几：天子所憑靠的几案。襲：喪禮中稱以衣斂尸曰襲。《説文解字·衣部》段玉裁注：「小斂大斂之前衣死者謂之襲。」

〔五〕綴衣在庭：《尚書·顧命》：「出綴衣于庭。」孔安國傳：「綴衣，幄帳。群臣既退，徹出幄帳於庭。」孔穎達疏：「綴衣者，連綴衣物。出之於庭，則是從内而出。……綴衣是施張於王坐之上，故以爲幄帳也。……以王病重，不復能臨此坐，故徹出幄帳於庭，將欲爲死備也。」

〔六〕重陽：天。《楚辭·遠遊》：「集重陽入帝宫兮，造旬始而觀清都。」洪興祖補注：「積陽爲天，天有九重，故曰重陽。」昭昭：明亮。

〔七〕大夜：長夜，人死似長眠不醒，故稱大夜。庾信《周太子太保步陸逞神道碑》：「爰在盛年，先從大夜。」冥冥：昏暗貌。

〔八〕貿：易。蕭統《答晉安王書》：「炎凉始貿，觸興自高。」

〔九〕文物：車服旌旗儀仗之類。嚴：敬。

〔一〇〕鑾和：《左傳·桓公二年》：「錫、鸞、和、鈴，昭其聲也。」杜預注：「錫在馬額，鸞在鑣，和在衡，鈴在旂，動皆有鳴聲。」

〔一一〕蜃輅：載皇帝靈柩的車。《周禮·地官·遂師》：「共丘籠及蜃車之役。」鄭玄注：「柩路載柳，四輪迫地而行，有似於蜃，因取名焉。」

〔一二〕璧羽：代指轀輬車。《宋書》卷十八《禮志五》：「漢制，大行載轀輬車，四輪。其飾如金根，加施組連璧，交絡，四角金龍首銜璧，垂五采，析羽流蘇。」

〔一三〕出國門：《九章·哀郢》：「出國門而軫懷兮，甲之鼂吾以行。」

〔一四〕鬱：不舒。青槐：種在馳道兩邊的槐樹。左思《吴都賦》：「朱闕雙立，馳道如砥。樹以青槐，亘以緑水。」

〔一五〕葭：謝靈運《九日從宋公戲馬臺集送孔令》：「鳴葭戾朱宫，蘭卮獻時哲。」《文選》李周翰注：「葭，笛也。天子行，鳴笛引路也。」謝莊《皇太子妃哀策文》：「驚葭夕轉。」

〔一六〕橋山：《史記》卷一《五帝本紀》：「黄帝崩，葬橋山。」《史記集解》：「《皇覽》曰：『黄帝冢在上郡橋山。』」《史記索隱》：「《地理志》：『橋山在上郡陽周縣，山有黄帝冢也。』」《史記正義》：「《括地志》云：『黄帝陵在寧州羅川縣東八十里子午山。』《地理志》云：『上郡陽周縣橋山南有黄帝冢。』案：陽周，隋改爲羅川。《爾雅》云：『山鋭而高曰橋也。』」絙：同亘，横。

〔一七〕穀林：《吕氏春秋·孟冬紀》：「堯葬於穀林，通樹之。」虧：遮蔽。虧日：司馬相如《子虚賦》：「岑崟參差，日月蔽虧。」

〔一八〕輦道：司馬相如《上林賦》：「華榱璧璫，輦道纚屬。」《漢書》卷五十七上顔師古注：「輦道，謂閣道可以乘輦而行者也。」結寒：鮑照《登翻車峴》：「晝夜淪霧雨，冬夏結寒霜。」

〔一九〕松庭：見《爲朝士與袁顗書》注。密：寂静。

〔二〇〕「芝蓋迫軨」二句：芝蓋：以芝英爲車蓋。張衡《西京賦》：「驪駕四鹿，芝蓋九葩。」軨：車輜閒橫木。上驤：見《舞馬賦》「上襄」注。迫、眷，形容車駕行動之緩，表達對孝武帝的不捨。

〔三一〕萬寓：萬國。輚：字書無解釋，疑同裧，本指古代裝飾柩車的裙狀物。《禮記・雜記上》：「其輤有裧，緇布裳帷。」鄭玄注：「輤，載柩將殯之車飾也。……裧，謂鼈甲邊緣。」孔穎達疏：「輤，謂載柩之車有裧者，謂輤之四髣有物裧垂，象鼈甲邊緣。」後以「輤裧」或「裧輤」指代柩車。如竇從直《唐故河南府司録盧公夫人崔氏墓誌銘》：「乃歲十月六日，奉夫人輤裧，啓府君東北九里合防以虞陵谷，順也。」劉禹錫《代裴相祭李司空文》：「今聞裧輤，首路而歸。」後因偏旁同化，「輤裧」又被寫作「輤輚」。楊發《唐故衢州刺史徐公夫人晉陵縣君河南元氏墓誌》：「三孤哀號，以輤輚合于洛之萬安山。」此處即是以「輚」來指代孝武帝的柩車。

〔三二〕靈阿：仙山。闃：寂静。

〔三三〕離光：日光。《周易・說卦》：「離爲火，爲日。」

〔三四〕騰英聲與茂實：見《太子元服上太后表》「飛英」注。

〔三五〕華：盛名、榮名。《宋書》卷二十二《樂志四》：「維宋垂光烈，世美流舞詠。」

【評論】

〔譚獻〕聲實相副。選樓末采，清麗爲鄰。李兆洛《駢體文鈔》卷五

皇太子妃哀策文①

【解題】

皇太子妃，指孝武帝太子劉子業妃何令婉。太子妃出自廬江何氏。廬江何氏是東晉以來的大家族。太子妃父何瑀是東晉尚書左僕射何澄曾孫。何氏與劉宋皇室有通婚之好，何瑀娶武帝少女豫章康長公主，何瑀子何邁娶文帝第十女新蔡公主。

《宋書》卷四十一《后妃·前廢帝何皇后傳》記載：「前廢帝何皇后諱令婉，廬江灊人也。孝建三年，納爲皇太子妃，大明五年，薨于東宮徽光殿，時年十七。葬□□，謚曰獻妃。……廢帝即位，追崇獻妃曰獻皇后。太宗踐阼，遷后與廢帝合葬龍山北。」又據《宋書》卷六《孝武帝紀》：「（大明五年）閏（九）月戊子（五日），皇太子妃何氏薨。」可知此文當作於大明五年（四六一）閏九月。

本文最早收録於《藝文類聚》卷十六《儲宮部》。謝莊以擅長寫哀誄文章著名，《文選》收有他的《孝武宣貴妃誄》。這篇哀策文的結構和寫作手法與《宣貴妃誄》非常相似。首先，除序外，兩篇文章的正文部分都是由稱頌死者德行、表達生者懷念、描寫出殯場景三部分構成。其次，在表哀環節都主要運用了借景抒情、側面描寫的手法。如本文「複殿生響，長廡結寒。節移虛饋，氣變容衣。中庭草蔓，階上螢飛」，用空寂冷清的環境襯托悲傷的氣氛。第三，都夾雜了楚辭中的「兮」字句。這應是謝莊在哀誄文中有意嘗試的一種手法，既可以調節音節，又能強化抒情功能。

楹凝桂酒②〔一〕，庭肅龍輼〔二〕。風吹國輅③，雲起郊門〔三〕。皇帝傷總繸之掩彩〔四〕，悼副禕之滅華④〔五〕。行光既宴⑤〔六〕，長河又斜，顧而言曰：「璇瑶有毁〔七〕，郁烈無湮〔八〕，翦素裁簡，授之史臣。」其辭曰：

【校記】

①《初學記》卷十題作「太子妃哀册文」。②「酒」，《初學記》作「奠」。③「吹」，《初學記》作「沉」。④「禕」，原作「禕」，據《藝文類聚》《初學記》改。⑤「宴」，《藝文類聚》《初學記》作「晏」，二字通。

【箋注】

〔一〕凝：止，形容矜持莊重。桂酒：《九歌·東皇太一》：「蕙肴蒸兮蘭藉，奠桂酒兮椒漿。」王逸注：「桂酒，切桂置酒中也。」

〔二〕肅：静。輼：輼輬車。《宋書》卷十八《禮志五》：「漢制，大行載輼輬車，四輪。其飾如金根，加施組連璧，交絡，四角金龍首銜璧，垂五采，析羽流蘇。」輼輬取温凉之意。《漢書》卷六十八《霍光傳》：「載光尸柩以輼輬車。」孟康注：「如衣車有窗牖，閉之則温，開之則凉，故名之輼輬車也。」

〔三〕郊門：《禮記·月令》：「餟獸之藥，毋出九門。」鄭玄注：「天子九門者，路門也，應門也，雉門也，庫門也，皋門也，城門也，近郊門也，遠郊門也，關門也。」

〔四〕總：束髮帶。《儀禮·喪服》：「女子子在室爲父，布總、箭笄、髽，衰三年。」鄭玄注：「總，束髮。謂之總者，既束其本，又總其末。」繸：覆蓋尸體的衣衾。《玉篇·糸部》：「繸，徐醉切。凶具。」掩彩：失去光彩。謝莊《孝武宣貴妃誄》：「掩彩瑶光，收華紫禁。」

〔五〕副褘：《禮記·明堂位》：「君卷冕立于阼，夫人副褘立于房中。」鄭玄注：「副，首飾也，今之步摇是也。……褘，王后之上服。」

〔六〕行光：指代太陽。《離騷》：「吾令羲和弭節兮，望崦嵫而勿迫。」王逸注：「羲和，日御也。」洪興祖補注：「虞世南引《淮南子》云：爰止羲和，爰息六螭，是謂懸車。注云：日乘車，駕以六龍，羲和御之。」故曰「行光」。宴：通晏，晚。

〔七〕璇：璇臺。瑶：瑶池。

〔八〕郁烈：形容香氣濃厚。曹植《洛神賦》：「踐椒塗之郁烈，步蘅薄而流芳。」

霍岫虧天〔一〕，瀯流凝漢〔二〕。祥發桐珪〔三〕，慶昭金箄〔四〕。毓景帝里①〔五〕，飛芳戚閈〔六〕。秘儀施谷〔七〕，升音集灌〔八〕。月晷幾望，娣袂維良〔九〕。釋幃春宮〔一〇〕，承篚少陽②〔一一〕。五葉衍藻③，四訓抽光〔一二〕。葳蕤蕙振④〔一三〕，婉孌瓊相〔一四〕。清徽就遠〔一五〕，祲沴方搏⑤〔一六〕。臨華罷翠，當曄收蘭〔一七〕。複殿生響，長廡結寒⑥。節移虚饋〔一八〕，氣變容衣〔一九〕。中庭草蔓⑦〔二〇〕，階上螢飛。傷縈里第⑧〔二一〕，痛溢朝闈。霜侵燭昧，風密帷淒。驚葭夕轉〔二二〕，龍驂夜嘶。筵既訣兮奠既徹〔二三〕，背青闕兮去神闈〔二四〕。旌掩鬱而還泛，蓋逶遲而顧低⑨。素紼斂維〔二五〕，華輧解馭〔二六〕。山墜恒陰⑩〔二七〕，松阿不曙。離天渥兮就銷沈，委白日兮即冥暮。菊有秀兮蘅有芬〔二八〕，德方遠兮聲彌樹〔二九〕。

【校記】

①「里」，《藝文類聚》作「出」。②「篚」，原作「飾」，據《藝文類聚》《初學記》改。③「衍」，《宋文紀》卷十四作「行」。④「振」，《初學記》作「纕」。⑤「搏」，《初學記》作「搏」。⑥「廡」，《初學記》作「廊」。⑦「蔓」，原作「曖」，據《藝文類聚》改。《初學記》作「藹」。⑧「縈」，《藝文類聚》作「榮」。⑨「遲」，《宋文紀》作「迤」。⑩「墜」，原作「燧」，據《藝文類聚》改。

【箋注】

〔一〕霍岫：霍山。《漢書》卷六《武帝紀》：「登灊天柱山。」應劭注：「南嶽霍山在灊。灊，縣名，屬廬江。」《白虎通·巡狩》：「南方爲霍山者何？霍之爲言護也。言太陽用事，護養萬物也。」

虧：遮蔽。

〔三〕灊流：灊水。《水經注》卷三十二：「灊者，山、水名也。《開山圖》：『灊山圍繞大山爲霍山。』郭景純曰：『灊水出焉，縣即其稱矣。』」凝：形成。

〔三〕桐珪：《史記》卷三十九《晉世家》：「晉唐叔虞者，周武王子而成王弟。……周公誅滅唐。成王與叔虞戲，削桐葉爲珪以與叔虞。」《元和姓纂》卷五：「周成王弟唐叔虞，裔孫韓王安，爲秦所滅，子孫分散，江淮間音以韓爲何，遂爲何氏。」

〔四〕筭：同筴，金筭即金策，指記載帝王詔命的金簡。

〔五〕毓：育。景：光。帝里：帝王之居里。陸倕《石闕銘》：「或以表正王居，或以光崇帝里。」

〔六〕戚：外戚。閈：門。

〔七〕秘儀：隱藏美好的儀態。顔延之《宋文皇帝元皇后哀策文》：「秘儀景胄，圖光玉繩。」施谷：《詩·周南·葛覃》：「葛之覃兮，施于中谷。」毛傳：「施，移也。中谷，谷中也。」

〔八〕升：成。升音類升名。謝莊《宣貴妃誄册文》：「奉軒景以柔明登譽，處椒風以婉孌升名。」集灌：《詩·周南·葛覃》：「黄鳥于飛，集于灌木，其鳴喈喈。」鄭玄箋：「飛集藂木，興女有嫁于君子之道。和聲之遠聞，興女有才美之稱，達於遠方。」《毛詩序》：「《葛覃》，后妃之本也。后妃在父母家，則志在於女功之事。躬儉節用，服澣濯之衣，尊敬師傅，則可以歸安父母，化天下以婦道也。」

〔九〕月晷幾望，娣袂維良：《周易·歸妹》：「六五，帝乙歸妹，其君之袂不如其娣之袂良，月幾望，吉。」王弼注：「袂，衣袖，所以爲禮容者也。其君之袂爲帝乙所寵也，即五也。爲帝乙所崇飾，故謂之『其君之袂』也。配在九二，兑少震長。以長從少，不若以少從長之爲美也，故曰『不若其娣之袂良』也。位在乎中，以貴而行，極陰之盛，以斯適配，雖不若少，往亦必合，故曰『月幾望，吉』也。」幾望：接近望日。此處用「帝乙歸妹」典形容皇太子妃身份高貴。

〔一〇〕春宫：東宫。

〔一一〕篚：盛物的竹器。《尚書・禹貢》：「厥貢漆絲，厥篚織文。」孔安國傳：「織文，錦綺之屬，盛之筐篚而貢焉。」《周易・歸妹》：「上六，女承筐无實。」少陽：東方，此處指東宫。顔延之《三月三日曲水詩序》：「正體毓德於少陽，王宰宣哲於元輔。」

〔一二〕四訓：班昭《女誡》：「女有四行，一曰婦德，二曰婦言，三曰婦容，四曰婦功。」抽：萌發、生出。束晳《補亡詩・由庚》：「木以秋零，草以春抽。」

〔一三〕葳蕤：盛美貌。振：發。

〔一四〕婉孌：《詩・齊風・甫田》：「婉兮孌兮，總角丱兮。」毛傳：「婉孌，少好貌。」瓊相：《詩・大雅・棫樸》：「追琢其章，金玉其相。」

〔一五〕清徽：美潔的操行。

〔一六〕祲：《周禮・春官・眡祲》：「眡祲掌十煇之法，以觀妖祥、辨吉凶。一曰祲。」鄭司農云：「祲，陰陽氣相侵也。」沴：《漢書》卷二十七中之上《五行志中之上》：「氣相傷，謂之沴。」顔延之《宋文皇帝元皇后哀策文》：「象物方臻，眡祲告沴。」《文選》劉良注：「言今至德之代，象物方至，后崩之徵，沴氣斯發也。」搏：通薄，發。

〔一七〕曄：榮、盛。蘭：香。

〔一八〕饋：進餉，引申爲祭祀。顔延之《宋文皇帝元皇后哀策文》：「皇帝親臨祖饋。」《文選》李周翰注：「饋，祭也。」因是進貢品於死者，故曰虚饋。王筠《昭明太子哀策文》：「虚饋饛饛，孤燈翳翳。」

〔一九〕容衣：帝王生前的衣冠，陳設以供人祭奠，又稱魂衣，也指皇后的壽衣。《後漢書》志第六《禮儀志下》：「容根車游載容衣。……尚衣奉衣，以次奉器衣物，藏於便殿。」

〔二〇〕中庭：庭院、庭中。蔓：草木茂盛，形容庭院荒蕪。

〔二一〕里：邑里。第：府第。

〔二二〕葭：見《宋孝武帝哀策文》注。

〔二三〕奠既徹：撤掉祭品。顔延之《宋文皇帝元皇后哀策文》：「撤奠殯階。」

〔二四〕青闕：即青樓，用青漆塗飾的華麗樓房。曹植《美女篇》：「青樓臨大路，高門結重關。」神闈：墓門。曹植《平原懿公主誄》：「長埏繕修，神闈掩扉。」

〔二五〕紼：棺索。維：繫物之繩。

〔二六〕軿：衣車，即有遮蓋的車。

〔二七〕㯝：同隧，墓道。

〔二八〕菊有秀兮蘅有芬：漢武帝《秋風辭》：「蘭有秀兮菊有芳，攜佳人兮不能忘。」秀：花。蘅：杜蘅，香草名。

〔二九〕方：通旁，廣大、普遍。

【評論】

〔譚獻〕有生動之致。李兆洛《駢體文鈔》卷五

宣貴妃謚册文①

【解題】

宣貴妃，即劉宋孝武帝殷貴妃（？—四六二），生平主要散見於《宋書》卷八十《始平孝敬王子鸞傳》、《南史》卷十一《孝武文穆王皇后傳附宣貴妃傳》。關於殷貴妃的身份，歷來有孝武帝皇叔荆州刺史劉義宣之女和殷琰之女兩種説法，均出自《南史·宣貴妃傳》。殷氏在世時僅爲淑儀，但無疑是孝武帝最寵愛的女人。《宋書》稱其「寵傾後宫」，《南史》稱其「寵冠後宫」。殷氏死後方被追封爲貴妃。

《逸周書·謚法解》：「謚者，行之迹也；號者，功之表也。」《白虎通·謚》：「謚之爲言引也，引列行之迹也。所以進勸成德，使上務節也。」謚號是對死者生平的評價和蓋棺定論。對男性而言，一

般著眼於其文治武功，對女性而言，則主要彰顯其内在德行。

殷貴妃死後，孝武帝召集群臣議定謚號。起初，新安王劉子鸞北中郎長史江智淵提議以「懷」爲謚。《逸周書·謚法解》稱：「幸義揚善曰懷」「慈義短折曰懷」。孔晁解釋前者爲「揚人以善」，陳逢衡解釋後者爲「其德在人而無大年之享，故黎民懷之」。既評價了殷氏之德，又符合殷氏早逝的事實，還流露出同情惋惜的情緒，比較貼切。但孝武帝認爲「懷」字「不盡嘉號」，非但没有采納，還對江智淵大加訓斥（詳見《宋書》卷五十九《江智淵傳》）。至於「宣」字的謚號，不知是何人所上。《逸周書》解釋：「聖善周聞曰宣」，與「懷」相比，頌揚的成分更多。謝莊的這篇《謚册文》即是將選定的謚號告知殷貴妃亡靈的公文，創作於大明六年（四六二）。但實際上，以殷貴妃的身份，是没有資格被贈予謚號的。兩漢以來擁有謚號的後宫女性只有兩類：一類是生前即是正宫皇后，一類是生前爲妃嬪，因子嗣繼承皇位而被追尊爲皇后并贈與謚號。因此，孝武帝的行爲其實大大超越了禮儀規範，不僅讓殷貴妃享受了皇后的禮節，而且包含着巨大的政治暗示，即有意安排殷貴妃之子新安王劉子鸞在自己身後繼承皇位。這也爲孝武帝後期東宫太子劉子業與新安王劉子鸞之間的暗中較量，以及前廢帝即位後對殷貴妃及子鸞一派的報復埋下了隱患。

本文最早收録於《藝文類聚》卷十五《后妃部》。文章大半篇幅都在稱頌殷貴妃的美好德行，所用字詞和《宣貴妃誄》有部分重合。

維年月日。皇帝曰：「咨。故淑儀殷氏，惟爾含徽挺茂②〔一〕。爰光素里〔二〕。友琴流荇〔三〕，實華紫掖〔四〕。奉軒景以柔明登譽③〔五〕，處椒風以婉孌升名〔六〕。幽閑之範〔七〕，日藹層闈〔八〕。繁祉之慶〔九〕，方崇蕃世④。而當春掩藻，中波滅源。朕用震悼，傷于厥心〔一〇〕。松區已翦〔一一〕，泉冥將遂⑤〔一二〕。宜旌德第行⑥〔一三〕，式衍聲芳。今遣某官集册告謚曰宣，魂而有靈，尚兹寵渥。嗚呼哀哉。」

【校記】

①「宣」，《藝文類聚》卷十五、《初學記》卷十作「殷」。《宋文紀》卷十四題作「孝武殷貴妃謚册文」。②「含」，《藝文類聚》作「合」。③「登譽」，《藝文類聚》作「發迹」。④「崇」，《藝文類聚》作「隆」。⑤「遂」原作「墜」，據《藝文類聚》改。《初學記》作「隧」。⑥底本「宣」下有「有」字，據《藝文類聚》删。

【箋注】

〔一〕徽、茂：美、善。

〔二〕爰：發語辭。素：舊。里：邑里。謝莊《孝武宣貴妃誄》：「毓德素里。」

〔三〕友琴流荇：《詩·周南·關雎》：「參差荇菜，左右流之。……窈窕淑女，琴瑟友之。」毛傳：「流，求也。……宜以琴瑟友樂之。」

〔四〕掖：宫内正門旁小門。紫掖：指代皇宫。謝莊《孝武宣貴妃誄》：「收華紫禁。」

〔五〕軒：宸軒，天子所居之宫。景：影。謝莊《孝武宣貴妃誄》：「棲景宸軒。」柔明：柔順明達。顔延之《宋文皇帝元皇后哀策文》：「昌暉在陰，柔明將進。」

〔六〕椒風：漢哀帝時董賢妹董昭儀所居之宫。《漢書》卷九十三《董賢傳》：「又召賢女弟以爲昭儀，位次皇后，更名其舍爲椒風，以配椒房云。」顔師古注：「皇后殿稱椒房。欲配其名，故云椒風。」謝莊《孝武宣貴妃誄》：「集重陽而望椒風。」婉孌：見《皇太子妃哀策文》注。

〔七〕幽閑：顔延之《秋胡詩》：「婉彼幽閑女，作嬪君子室。」《文選》李善注引毛萇《詩傳》：「窈窕，幽閑也。」吕向注：「幽閑，柔順貌。」

〔八〕藹：美盛。

〔九〕繁：多。祉：福。《詩·周頌·雝》：「綏我眉壽，介以繁祉。」

〔一〇〕朕用震悼，傷于厥心：潘勖《册魏公九錫文》：「朕用夙興假寐，震悼于厥心。」《文選》吕延濟注：「震，驚。悼，痛。厥，其也。」

〔一一〕區：通句，彎曲。松區即區松的倒裝，指彎曲的松枝。

〔一二〕泉冥：冥泉的倒裝，指幽暗的黄泉。阮瑀《七哀詩》：「冥冥九泉室，漫漫長夜臺。」遂：進入。

〔一三〕第：品第、評定。

誄

孝武宣貴妃誄①

【解題】

大明六年（四六二）四月初，孝武帝寵妃殷淑儀去世。孝武帝「痛愛不已」（《宋書》卷八十《始平孝敬王子鸞傳》），遂模擬漢武帝《李夫人賦》，作了一篇哀悼殷貴妃的賦。以此爲契機，包括謝莊、江智淵、殷琰、丘靈鞠、謝超宗、湯惠休在内的衆多知名文人，懷着討好孝武帝甚至政治投機的心態，以哀悼貴妃之死爲題，展開了一次大規模的文學同題創作。可知這篇誄文作於大明六年。在衆多作品中，謝莊的這篇《宣貴妃誄》最爲出名。其餘諸人的作品大多已亡佚，僅《南齊書》卷五十二保存丘靈鞠「雲横廣階闇，霜深高殿寒」兩句；《初學記》卷十四保存江智淵《宣貴妃挽歌》「桂𥫗來塵寂，筵俎竟虚存。雲松方靄露，風草已聲原」四句；《太平御覽》卷三百五十八保存殷琰（原文誤作「淡」）《宣貴妃誄》「嚴位服於旗容，尚徽謚於銘策。節哀路於蕭鍾，齊行鑣於輬翟」四句。

本文最早收録於《文選》卷五十七。這篇誄文可以「眂朔書氛，觀臺告祲」兩句爲界，明確分爲兩部分。以上爲述德，以下（包括「視朔」兩句）爲表哀，且述德與表哀大致各占全文篇幅的一半。這與兩漢時誄文以述德爲主的情況大不相同。即使是魏晉時期誄文中抒發哀傷情緒的部分有了逐漸增加的趨勢，也没有一篇作品達到述德與表哀篇幅幾乎相當的程度。這可以看作謝莊在文學上的一次創新。

謝莊在處理孝武帝對貴妃的哀痛與懷念時，主要采取借景抒情、側面描寫的手法。以貴妃平日所居所遊之處的冷清和遺留下的生前之物，襯托孝武帝内心的淒涼；以節物變換和悲涼肅殺的自然環境，營造寂寥淒冷的氛圍。此外，謝莊在誄文中對典故的選擇，也十分注意貼合孝武帝與貴妃的身份、地位。如在「照車去魏，聯城辭趙」兩句中，以稀世珍寶襯托貴妃之高貴；在「涉姑繇而環迴，望樂池而顧慕」兩句中，以周穆王葬盛姬之事比擬孝武帝安葬殷貴妃。總體來看，這篇誄文在表情達意方面是比較莊重含蓄的，符合劉駿的皇帝身份。

《宣貴妃誄》中有「翼訓姒幄，贊軌堯門」兩句，引用漢昭帝母趙婕妤堯母門的典故討好新安王劉子鸞。前廢帝即位後有意以此爲口實殺死謝莊，因有人求情，故暫時將謝莊繫在獄中，明帝即位後纔被釋放。事見《宋書》卷八十五《謝莊傳》。

惟大明六年夏四月壬子，宣貴妃薨。律谷罷煖②〔一〕，龍鄉輟曉〔二〕。照車去魏〔三〕，連城辭趙〔四〕。皇帝痛掖殿之既閴〔五〕，悼泉途之已宫③〔六〕。巡步檐而臨蕙路〔七〕，集重陽而望椒風〔八〕。嗚呼哀哉。天寵方隆④〔九〕，王姬下姻〔一〇〕。肅雍揆景〔一一〕，陟屺爰臻〔一二〕。國軫喪淑之傷〔一三〕，家凝賈庇之怨⑤〔一四〕。敢撰德於旍旒〔一五〕，庶圖芳於鐘萬⑥〔一六〕。其辭曰：

【校記】

①「孝武」，《文選》卷五十七作「宋孝武」，《藝文類聚》卷十五作「孝武帝」。 ②「煖」，《藝文類聚》作「煊」，二字通。 ③「宫」，《藝文類聚》作「空」。 ④「隆」，《文選》李善注本作「降」。 胡克家《文選考異》：「袁本、茶陵本『降』作『隆』，是也。何校改『隆』。案：此尤本誤字。」 ⑤「庇」，原作「妣」，據《文選》李善注本改。 ⑥「庶圖芳」，《文選》李善注本作「芳庶圖」。

【箋注】

〔一〕律谷罷煖：劉向《別録》：「《方士傳》言：鄒衍在燕，燕有谷，地美而寒，不生五穀。鄒子居之，吹律而温氣至，而穀生，今名黍谷。」

〔二〕龍鄉輟曉：《水經注》卷二十三：「谷水又東南逕己吾縣故城西。《陳留風俗傳》曰：『縣，故宋也，雜以陳楚之地，故梁國寧陵縣之徙種龍鄉也。』」《文選》李善注引《陳留風俗傳》：「允吾縣者，宋陳楚地，故梁國寧陵種龍鄉也，出鳴鷄。」孫志祖《文選李注補正》卷四：「金（甡）云：此句恐用燭龍事。（李善）注所引僻而小，似與出句不稱。」可備一説。

〔三〕照車去魏：《史記》卷四十六《田敬仲完世家》：「二十四年，（齊威王）與魏王會田於郊。魏王問曰：『王亦有寶乎？』威王曰：『無有。』梁王曰：『若寡人國小也，尚有徑寸之珠，照車前後各十二乘者十枚。』」

〔四〕連城辭趙：《史記》卷八十一《廉頗藺相如列傳》：「趙惠文王時，得楚和氏璧。秦昭王聞之，使人遺趙王書，願以十五城請易璧。」

〔五〕掖殿：掖庭，指代後宮。班固《西都賦》：「後宮則有掖庭、椒房。」《文選》呂向注：「掖庭，宮名，在天子左右，如肘腋。」《後漢書》卷四十上李賢注引《漢官儀》：「婕好以下皆居掖庭。」

〔六〕泉途：謂葬於泉下。宮：梓宮，以梓木製成的棺。《文選》李善注引《風俗通》：「梓宮者，存時所居，緣生事亡，因以爲名也。」呂向注：「已宮謂玄宮，天子后妃所葬墓皆曰玄宮也。」

〔七〕步檐：長廊。司馬相如《上林賦》：「步檐周流。」蕙路：蕙草，宮殿名。班固《西都賦》：「蘭林蕙草，鴛鸞飛翔之列。」《三輔黄圖》卷三：「武帝時後宮八區，有昭陽、飛翔、增成、合歡、蘭林、披香、鳳皇、鴛鸞等殿。後又增修安處、常寧、茝若、椒風、發越、蕙草等殿，爲十四位。」

〔八〕集重陽：見《宋孝武帝哀策文》「重陽」注。椒風：見《宣貴妃謚册文》注。

〔九〕天寵：《周易·師卦》：「在師中吉，承天寵也。」

〔一〇〕王姬下姻：《詩·召南》有《何彼襛矣》一篇。《毛詩序》：「《何彼襛矣》，美王姬也。雖則王姬，亦下嫁於諸侯。車服不繫其夫，下王后一等，猶執婦道以成肅雝之德也。」陸德明《經典釋文》卷五：「王姬，武王女。姬，周姓也。」後世亦用來指代帝王或諸侯之女。此處指貴妃所生第十二皇女。《文選》呂延濟注：「帝方寵貴妃，以妃女下降於諸侯。」

〔一一〕肅雍：稱頌婦德之辭。《詩·召南·何彼襛矣》：「何彼襛矣，唐棣之華。曷不肅雝，王姬之車。」毛傳：「肅，敬。雝，和。」揆：度。景：日。

〔一二〕陟屺：《詩・魏風・陟岵》：「陟彼屺兮，瞻望母兮。」毛傳：「山有草木曰屺。」鄭玄箋：「此又思母之戒，而登屺山而望之。」臻：至。此句言王姬思念貴妃。《文選》李善注：「言王姬將降至，而貴妃遽霣。」劉良注：「言王姬將擇日出降，而貴妃遽薨也。」

〔一三〕軫：痛。淑：美、善。《穆天子傳》卷六：「爲盛姬謚曰哀淑人。」

〔一四〕凝：成。《文選》李善注：「潘岳《秦氏從姊誄》曰：『家失慈覆，世喪母儀。』鄭玄《禮記注》曰：『庇，覆也。』庇或爲妣，非也。」

〔一五〕撰德：《周易・繫辭下》：「若夫雜物撰德，辯是與非。」旂旒：《儀禮・士喪禮》：「爲銘各以其物。」鄭玄注：「銘，明旌也。雜帛爲物，大夫之所建也。以死者爲不可别，故以其旗識識之，愛之、斯録之矣。」揚雄《元后誄》：「著德太常，注諸旒旌。」曹植《卞太后誄》：「敢揚后德，表之旐旌。」

〔一六〕庶：幸。圖：謀。芳：美名。萬：舞名。《公羊傳・宣公八年》：「萬者何？干舞也。」何休注：「干謂楯也，能爲人扞難而不使害人，故聖王貴之，以爲武樂。萬者，其篇名。武王以萬人服天下，民樂之，故名之云爾。」

玄丘煙熅〔一〕，瑶臺降芬〔二〕。高唐渫雨①，巫山鬱雲〔三〕。誕發蘭儀，光啓玉度〔四〕。望月方娥〔五〕，瞻星比婺〔六〕。毓德素里②，棲景宸軒③。處麗綈紒④〔七〕，出懋蘋蘩〔八〕。脩詩賁道〔九〕，稱圖照言⑤〔一〇〕。翼訓姒幄⑥〔一一〕，贊軌堯門〔一二〕。綢繆史館〔一三〕，容與經闈〔一四〕。陳《風》緝藻〔一五〕，臨《象》分微〔一六〕。游藝殫數〔一七〕，撫律窮機〔一八〕。躊躇冬愛〔一九〕，怊悵秋暉⑦〔二〇〕。展如之華，實邦之媛〔二一〕。敬勲顯陽⑧，肅恭崇憲〔二二〕。奉榮維約〔二三〕，承慈以遜。逮下延和〔二四〕，臨朋違怨⑨〔二五〕。祚靈集祉，慶藹迎祥〔二六〕。皇胤璿式⑩，帝女金相〔二七〕。聯跗齊穎⑪，接萼均芳〔二八〕。以藩以牧〔二九〕，燭代輝梁〔三〇〕。眡朔書氛⑫，觀臺告祲〔三一〕。八頌扃和⑬〔三二〕，六祈輟滲〔三三〕。衡總滅容⑭〔三四〕，翬翟毀衽〔三五〕。掩彩瑶光〔三六〕，收華紫禁〔三七〕。嗚呼哀哉。帷軒夕改〔三八〕，軿輅晨遷〔三九〕。離宮天邃〔四〇〕，别殿雲懸〔四一〕。靈衣虚襲〔四二〕，組帳空煙〔四三〕。巾見餘軸〔四四〕，匣有遺絃〔四五〕。嗚呼哀哉。移氣朔兮變羅紈〔四六〕，白露凝兮歲將闌。庭樹驚兮中帷響⑮〔四七〕，金釭曖兮玉座寒〔四八〕。純孝擗其俱毀〔四九〕，共氣摧其同欒〔五〇〕。仰昊天之莫報〔五一〕，怨《凱風》之徒攀〔五二〕。茫昧與善〔五三〕，寂寥餘慶〔五四〕。喪過于哀⑯〔五五〕，棘實滅性〔五六〕。世覆冲華，國虚淵令〔五七〕。嗚呼哀哉。

【校記】

①「渫」，《藝文類聚》作「泄」，二字通。②「毓」，《藝文類聚》作「敏」。③「宸」，《藝文類聚》作「震」。④「紛」，《文選》六臣注本作「絃」。⑤「照」，《藝文類聚》作「昭」，二字通。⑥「姒」，《藝文類聚》作「姚」。⑦「怊」，《文選》六臣注本作「怡」。⑧「陽」，原作「揚」，據《文選》改。

⑨「朋」，《藝文類聚》作「朝」。⑩「璿」，《藝文類聚》作「璲」。⑪「跗」，《藝文類聚》作「附」。⑫「穎」，原作「潁」，據《文選》改。⑫「氛」，《藝文類聚》、《文選》六臣注本作「氣」。⑬「扃」，原作「扇」，據《文選》改。⑭「衡緫」，原作「珩璁」，據《文選》改。《藝文類聚》作「璁衡」。「滅」，《藝文類聚》作「藏」。⑮「帷」，《藝文類聚》作「睢」。⑯「于」，《文選》李善注本作「乎」。

【箋注】

〔一〕玄丘：《列女傳》卷一《母儀·契母簡狄》：「契母簡狄者，有娀氏之長女也。當堯之時，與其妹娣浴於玄丘之水。有玄鳥銜卵，過而墜之，五色甚好。簡狄與其妹娣競往取之。簡狄得而含之，誤而吞之，遂生契焉。」煙熅：絪緼，陰陽相合貌。《周易·繫辭下》：「天地絪緼，萬物化醇。」孔穎達疏：「絪緼，相附著之義。言天地無心，自然得一，唯二氣絪緼，共相和會，萬物感之，變化而精醇也。」

〔二〕瑶臺：簡狄所住之處。《離騷》：「望瑶臺之偃蹇兮，見有娀之佚女。」王逸注：「石次玉曰瑶。」《吕氏春秋·季夏紀》：「有娀氏有二佚女，爲之九成之臺，飲食必以鼓。」

〔三〕高唐渫雨，巫山鬱雲：宋玉《高唐賦》：「昔者先王嘗遊高唐，怠而晝寢，夢見一婦人，曰：『妾巫山之女也。……妾在巫山之陽，高丘之阻。旦爲朝雲，暮爲行雨。』」渫：散。鬱：積、聚。曹植《贈徐幹》：「文昌鬱雲興，迎風高中天。」

〔四〕「誕發蘭儀」二句：誕發：楊脩《司空荀爽述贊》：「其德允明，誕發幼齡。」光啓：《春秋序》：

「隱公能弘宣祖業，光啓王室。」蘭儀、玉度：左棻《武帝納皇后頌》：「如蘭之茂，如玉之榮。」

〔五〕望月方娥：《淮南子·覽冥訓》：「羿請不死之藥於西王母，姮娥竊以奔月，悵然有喪，無以續之。」

〔六〕婺：婺女星。《左傳·昭公十年》：「春，王正月，有星出于婺女。」杜預注：「客星也。……《星占》：『婺女爲既嫁之女。』」

〔七〕麗：明、耀。絺綌：葛製衣物。葛之細者爲絺，粗者爲綌。《詩·周南·葛覃》：「是刈是濩，爲絺爲綌，服之無斁。」毛傳：「葛所以爲絺綌，女功之事煩辱者。……精曰絺，粗曰綌。」鄭玄箋：「葛者，婦人之所有事也。……女在父母之家，未知將所適，故習之以絺綌煩辱之事，乃能整治之無厭倦，是其性貞專。」《毛詩序》：「《葛覃》，后妃之本也。后妃在父母家，則志在於女功之事。躬儉節用，服澣濯之衣，尊敬師傅，則可以歸安父母，化天下以婦道也。」

〔八〕懋：盛、美。蘋：《詩·召南·采蘋》：「于以采蘋，南澗之濱。」《毛詩序》：「《采蘋》，大夫妻能循法度也。能循法度，則可以承先祖，共祭祀矣。」蘩：《詩·召南·采蘩》：「于以采蘩，于沼于沚。」《毛詩序》：「《采蘩》，夫人不失職也。夫人可以奉祭祀，則不失職矣。」

〔九〕脩：治、習。賁：飾、美。

〔一〇〕照：知、曉。

〔一一〕翼：助。姒：禹姓，此處指夏啓之母。《列女傳》卷一《母儀·啓母塗山》：「啓母者，塗山氏長女也。夏禹娶以爲妃。既生啓，……塗山獨明教訓而致其化焉。」《史記》卷一《五帝本紀》：「帝禹爲夏后而别氏，姓姒氏。」

〔一二〕堯門：《漢書》卷九十七上《孝武鉤弋趙倢伃傳》：「孝武鉤弋趙倢伃，……大有寵，太始三年生昭帝，號鉤弋子。任身十四月乃生，上曰：『聞昔堯十四月而生，今鉤弋亦然。』乃命其所生門曰堯母門。」

〔一三〕綢繆：親近。孔稚圭《北山移文》：「常綢繆於結課，每紛綸於折獄。」

〔一四〕容與：從容閑舒貌。《九歌·湘君》：「時不可兮再得，聊逍遥兮容與。」朱熹集注：「逍遥、容與，皆遊戲閒暇之意也。」

〔一五〕《風》：《詩·國風》。緝：綴。

〔一六〕《彖》：《周易》的《彖傳》。分：析、辨。微：微旨。

〔一七〕藝：六藝。《周禮·地官·大司徒》：「三曰六藝，禮、樂、射、御、書、數。」《論語·述而》：「子曰：『志於道，據於德，依於仁，遊於藝。』」數：理。

〔一八〕律：六律，即黄鐘、太族、姑洗、蕤賓、無射、夷則。機：要理。

〔一九〕躊躇：逸豫自得。《莊子·田子方》：「方將躊躇，方將四顧。」冬愛：《左傳·文公七年》：「趙衰，冬日之日也；趙盾，夏日之日也。」杜預注：「冬日可愛，夏日可畏。」

〔二〇〕惆悵：見《宋孝武帝哀策文》注。

〔二一〕展如之華，實邦之媛：《詩・鄘風・君子偕老》：「展如之人兮，邦之媛也。」毛傳：「展，誠也。美女爲媛。」鄭玄箋：「媛者，邦人所依倚，以爲媛助也。」

〔二二〕「敬懃顯陽」二句：敬懃：《尚書・周官》：「今予小子，祗勤于德。」肅恭：《尚書・微子之命》：「恪慎克孝，肅恭神人。」顯陽、崇憲：代指孝武帝母路淑媛。《宋書》卷四十一《后妃傳》：「文帝路淑媛諱惠男，丹陽建康人也。……上即位，……謹奉尊號曰皇太后，宫曰崇憲。太后居顯陽殿。」

〔二三〕維：持。約：儉。

〔二四〕逮下：《詩・周南》有《樛木》一篇。《毛詩序》：「《樛木》，后妃逮下也，言能逮下而無嫉妒之心焉。」

〔二五〕違：避開。

〔二六〕藹：通靄，雲氣。

〔二七〕「皇胤璿式」二句：璿：美玉。式：法。《左傳・昭公十二年》：「思我王度，式如玉，式如金。」杜預注：「金玉，取其堅重。」又《詩・大雅・棫樸》：「追琢其章，金玉其相。」皇胤指殷貴妃所生始平孝敬王劉子鸞、齊敬王劉子羽、晉陵孝王劉子雲、南海哀王劉子師和劉子文。帝女指貴妃所生第十二皇女。

〔二八〕聯跗齊穎，接萼均芳：《詩・小雅・常棣》：「常棣之華，鄂不韡韡。」鄭玄箋：「承華者曰鄂。

『不』當作『柎』。柎，鄂足也。鄂足得華之光明，則韡韡然盛。興者，喻弟以敬事兄，兄以榮覆弟，恩義之顯，亦韡韡然。」穎：秀。

〔二九〕藩：藩國。《周禮·春官·巾車》：「以封蕃國。」又《周禮·秋官·大行人》：「九州之外，謂之蕃國。」牧：州長官。《周禮·天官·大宰》：「乃施典于邦國，而建其牧。」鄭玄注：「以侯伯有功德者，加命作州長，謂之牧。」

〔三〇〕代、梁：《漢書》卷四《文帝紀》：「因立皇子武爲代王，參爲太原王，揖爲梁王。」「以藩以牧」二句，謂貴妃的皇子在各自的封地撫育民衆，政績突出。

〔三一〕「眡朔書氛」二句：眡朔、觀臺：《左傳·僖公五年》：「春，王正月，辛亥朔，日南至。公既視朔，遂登觀臺以望而書，禮也。」杜預注：「視朔，親告朔也。觀臺，臺上構屋，可以遠觀者也。朔、旦、冬至，歷數之所始，治歷者因此則可以明其術數、審別陰陽、叙事訓民。」氛、祲：惡氣。《周禮·春官·宗伯》：「眡祲中士二人。」鄭玄注：「祲，陰陽氣相侵漸成祥者。」又《周禮·春官·眡祲》：「眡祲掌十煇之法，以觀妖祥、辨吉凶。一曰祲，二曰象，三曰鑴，四曰監，五曰闇，六曰瞢，七曰彌，八曰叙，九曰隮，十曰想。」

〔三二〕八頌：《周禮·春官·占人》：「占人掌占龜，以八簭占八頌。」鄭玄注：「以八筮占八頌，謂將卜八事，先以筮筮之。言頌者，同於龜占也。」扃：閉。和：祥和。

〔三三〕六祈：《周禮·春官·大祝》：「掌六祈以同鬼神示。一曰類，二曰造，三曰禬，四曰禜，五曰攻，六曰說。」鄭玄注：「祈，嗥也，謂爲有灾變，號呼告于神以求福。天神、人鬼、地祇不和，則六癘作見，故以祈禮同之。……鄭司農云，類、造、禬、禜、攻、説，皆祭名也。」滲：滲漉，比喻福祉。

〔三四〕衡總：衡：車前用來縛軛的横木。總、容：《周禮·春官·巾車》：「王后之五路，重翟，鍚面朱總；厭翟，勒面繢總；安車，彫面鷖總。皆有容蓋。」鄭司農云：「鷖總者，青黑色，以繒爲之。總著馬勒，直兩耳與兩鑣。容謂幨車，山東謂之裳幃，或曰幢容。」《文選》李周翰注以爲「衡總」指后妃的冠飾和髮飾：「《周禮》云：王后之首服有衡，以玉爲之，垂于副之兩旁，當耳，其下以紞懸瑱。又云《内則》曰：櫛縰笄總。總，結束也，垂後爲飾。」

〔三五〕翬翟：后妃的禮服。《周禮·天官·内司服》：「内司服掌王后之六服：褘衣、揄狄、闕狄、鞠衣、展衣、緣衣，素沙。」鄭玄注：「狄當爲翟。翟，雉名。伊雒而南，素質，五色皆備成章曰翬。」

〔三六〕掩彩：失去光彩。謝莊《月賦》：「列宿掩縟。」瑶光：《文選》李善注：「宋孝武《傷宣貴妃擬漢武李夫人賦》曰：閟瑶光之密陛，宫虚梁之餘陰。又袁伯文《美人賦》曰：居瑶光之嚴奥，御象席之瓊珍。并以瑶光爲殿名。蓋貴妃之所處也。」

〔三七〕紫禁：天子所居。《文選》李善注：「王者之宫，以象紫微，故謂宫中爲紫禁。」

〔三八〕帷軒：容車。《釋名·釋車》：「容車，婦人所載小車也，其蓋施帷，所以隱蔽其形容也。」

〔三九〕輧輅：輧車。《釋名·釋車》：「輧車，輧，屏也，四面屏蔽，婦人所乘牛車也。」

〔四〇〕離宫：見《爲八座江夏王請封禪表》注。

〔四一〕別殿：正殿以外的殿堂。班固《西都賦》：「徇以離宫别寢。」顔延之《三月三日曲水詩序》：「離宫設衛，别殿周徼。」雲懸：比喻相隔之遠。

〔四二〕靈衣：死者生前常穿的衣服。潘岳《寡婦賦》：「仰神宇之寥寥兮，瞻靈衣之披披。」襲：喪禮中稱以衣斂尸曰襲。《儀禮·士喪禮》：「主人襲，反位。」鄭玄注：「襲，復衣也。」賈公彦疏：「云『襲，復衣也』者，以其鄉袒則露形。今云襲，是復著衣，故云復衣。」《釋名·釋喪制》：「衣尸曰襲。襲，匝也，以衣周匝覆衣之也。」

〔四三〕組：繫帳的絲帶。組帳：司馬相如《長門賦》：「張羅綺之幔帷兮，垂楚組之連綱。」又嵇康《贈秀才入軍》：「微風動袿，組帳高褰。」空煙：《文選》吕向注：「空煙謂室虚無人，似有煙也。」

〔四四〕巾：巾箱，用以盛書。軸：卷軸，此處指代書畫。

〔四五〕匣：琴匣。

〔四六〕氣：二十四節氣。羅紈：《淮南子·齊俗訓》：「有詭文繁繡，弱緆羅紈。」高誘注：「羅，縠。紈，素也。」

〔四七〕庭樹：《古詩十九首》：「庭中有奇樹，緑葉發華滋。」又曹植《贈丁儀》：「初秋凉氣發，庭樹微銷落。」中帷：屋中的帷幔。

〔四八〕曖：不明。玉座：玉床。

〔四九〕純孝：《左傳·隱公元年》：「潁考叔，純孝也。愛其母，施及莊公。」此處指代貴妃所生皇子。

擗：撫心哭狀。毀：因悲傷過度而損害身體。《禮記·檀弓下》：「毀不危身。」鄭玄注：「謂憔悴將滅性。」

〔五〇〕共氣：《呂氏春秋·季秋紀》：「父母之於子也，子之於父母也，一體而兩分，同氣而異息。」摧：折。欒：《詩·檜風·素冠》：「庶見素冠兮，棘人欒欒兮。」毛傳：「欒欒，瘠貌。」

〔五一〕仰昊天之莫報：《詩·小雅·蓼莪》：「欲報之德，昊天罔極。」

〔五二〕《凱風》：《詩·邶風》有《凱風》一篇。《毛詩序》：「《凱風》，美孝子也。」詩云：「凱風自南，吹彼棘薪。母氏聖善，我無令人。」攀：追。

〔五三〕茫昧：幽暗不明。《淮南子·繆稱訓》：「芒芒昧昧，從天之道。」與善：《老子》第七十九章：「天道無親，常與善人。」

〔五四〕寂寥：虛無。《老子》第二十五章：「寂兮寥兮，獨立不改。」餘慶：《周易·坤卦》：「積善之家，必有餘慶。」

〔五五〕喪過于哀：《周易·小過卦》：「君子以行過乎恭，喪過乎哀，用過乎儉。」

〔五六〕棘：羸瘠。滅性：《孝經·喪親章》：「毀不滅性，此聖人之政也。」

〔五七〕「世覆冲華」二句：覆、虛：損、絶。冲、淵：深。令：美。

題湊既肅〔一〕，轀笭既辰〔二〕。階撤兩奠，庭引雙輴〔三〕。維慕維愛〔四〕，曰子曰身〔五〕。

慟皇情於容物〔六〕，崩列辟於上旻〔七〕。崇徽章而出寰甸〔八〕，照殊策而去城闉〔九〕。嗚呼哀哉。經建春而右轉〔一〇〕，循閶闔而徑渡①〔一一〕。旌委鬱於飛飛〔一二〕，龍逶遲於步步〔一三〕。鏘楚挽於槐風〔一四〕，喝邊簫於松霧②〔一五〕。涉姑繇而環迴③〔一六〕，望樂池而顧慕〔一七〕。嗚呼哀哉。

【校記】

①「渡」，《藝文類聚》作「度」。胡克家《文選考異》：「案渡當作度，注同。袁本云善作渡。茶陵本云五臣作度。各本所見皆傳寫誤。」②「喝」，原作「遏」，據《文選》改。《藝文類聚》作「唱」。③「繇」，原作「射」，據《文選》改。

【箋注】

〔一〕題湊：見《宋明帝即位赦詔》注。肅：整理、整飭。

〔二〕辰：時，此處作動詞，意爲定日子。

〔三〕「階撤兩奠」二句：引：牽引。輴：殯車。兩奠、雙輴：《文選》張銑注謂「貴妃與子雲同時葬」。據《宋書》卷八十《晉陵孝王子雲傳》，子雲確實卒於大明六年，但云子雲和貴妃同時葬，不知所據。《文選》李善注引潘岳《妹哀辭》：「庭祖兩柩，路引雙輴。」

〔四〕慕：思。愛：惜。

〔五〕曰子曰身：《文選》李善注引潘岳《妹哀辭》：「爾身爾子，永與世辭。」呂向注：「子謂子雲，身謂貴妃也。」

〔六〕皇：宋孝武帝劉駿。容物：見《皇太子妃哀策文》注。

〔七〕崩：痛心。辟：君。列辟即諸侯，此處指代貴妃所生皇子。司馬相如《封禪文》：「歷選列辟，以迄於秦。」上旻：《尚書・多士》：「旻天大降喪于殷。」孔安國傳：「稱天以愍下，言愍道至者。殷道不至，故旻天下喪亡於殷。」

〔八〕徽、章：旌旗。寰：王者千里內封域，即王畿。甸：甸服。見《宋明帝即位赦詔》「九服」注，也泛指京城郊外的地方。

〔九〕策：蔡邕《獨斷》卷上：「其諸侯王三公之薨于位者，亦以策書誄謚其行而賜之。」貴妃去世後，謝莊作《宣貴妃謚册文》，定貴妃謚號爲「宣」。議定謚號爲越禮之舉，故云「殊策」。闉：城內重門。

〔一〇〕建春：《景定建康志》卷二十：「古建春門，臺城正東面門，後改爲建陽門。」右轉：余蕭客《文選紀聞》卷二十九：「案《金陵志》十二卷曰：『殷淑儀墓在龍山。』四卷曰：『龍山在城西南九十五里。』則淑妃喪出東門望西南，自當右轉。」

〔一一〕閶闔：《宋書》卷五《文帝紀》：「（元嘉二十五年）夏四月乙巳，新作閶闔、廣莫二門。」《宋書》卷六《孝武帝紀》：「（大明五年閏九月）丙申，初立馳道，自閶闔門至于朱雀門，又自承明門至于玄武湖。」徑渡：徑直渡過。余蕭客《文選紀聞》卷二十九：「既至閶闔門，爲城西南門，自此直指龍山，故曰徑渡。」

〔一二〕委鬱：《文選》張銑注：「翀揚貌。」飛飛：飄揚貌。

〔一三〕逶遲、步步：徐行貌。

〔一四〕鏘：鳴聲。楚：辛楚。陸機《於承明作與士龍》：「俯仰悲林薄，慷慨含辛楚。」挽：挽歌。槐風：徐陵《陳文帝哀策文》：「槐風悲於輦道，松雨思於郊原。」

〔一五〕喝：嘶喝、嗚。

〔一六〕姑繇：《穆天子傳》卷六：「天子乃殯盛姬于轂丘之廟，……天子乃周姑繇之水，以圜喪車。」

〔一七〕樂池：《穆天子傳》卷二：「天子休於玄池之上，乃奏廣樂，三日而終，是曰樂池。」又《穆天子傳》卷六：「甲辰，天子南葬盛姬于樂池之南。」顧慕：眷戀懷念。

晨輜解鳳〔一〕，曉蓋俄金①〔二〕。山庭寢日②〔三〕，隧路抽陰③〔四〕。重扃閉兮燈已黯〔五〕，中泉寂兮此夜深〔六〕。銷神躬於壤末〔七〕，散靈魄於天潯④。響乘氣兮蘭馭風〔八〕，德有遠兮聲無窮。嗚呼哀哉。

【校記】

①「金」，《藝文類聚》作「今」。　②「日」，《藝文類聚》作「白」。　③「路」，《藝文類聚》作

「露」。④「潯」，《藝文類聚》作「浸」。

【箋注】

〔一〕輼：輼輬車。見《皇太子妃哀策文》注。鳳：輼輬車上的羽飾。

〔二〕蓋、金：桓譚《新論·離事》：「君之爲黄門郎，居殿中，數見輿輦、玉蚤、華芝及鳳皇三蓋之屬，皆玄黄五色，飾以金玉、翠羽、珠絡、錦繡、茵席者也。」蔡邕《獨斷》卷下：「凡乘輿車，皆羽蓋，金華爪。」俄：傾。

〔三〕山：山陵，指代貴妃的墳墓。寢：息、隱。

〔四〕隧路：墓道。庾信《周驃騎大將軍開府侯莫陳道生墓誌銘》：「隧路仍合，松城即連。」抽：引。

〔五〕扃：門，此處指墓門。

〔六〕中泉：黄泉中。

〔七〕壤末：地下。

〔八〕響：遺音。

【評論】

〔孫鑛〕（評「律谷罷煖」四句）四句陡起，真是驚人格調。（評「玄丘煙熅」四句）就常語煉出陗意來，撮凑得妙。（評「移氣朔兮變羅紈」諸句）語精調響。（評「涉姑繇而環迴」兩句）前高唐巫山，此姑由樂池，皆一事作兩句用，殆若兩事然。六朝體多如此。然終不若用兩事味長。（總評）嚴密工麗，煉意煉句皆入妙。于光華《重訂文選集評》卷十四

〔俞瑒〕「高唐」二句，喻妃之生，立言非體。于光華《重訂文選集評》卷十四

〔陸雲龍〕無德可陳，只此竟矣。于光華《重訂文選集評》卷十四

〔洪若皋〕殷淑儀寵冠後宫。其没也，孝武痛悼不已，擬作《漢武李夫人賦》，思致淒，其有無限虚房落葉之慨。希逸誄詞，古穆秀麗，如渾金璞玉，然不失板重。而一段纏綿藹惻之意，常溢于楮端。所謂靡而不膚，實而能靈。昔人稱其屬興閑長，良無鄙促，信然。《梁昭明文選越裁》卷十一

〔何焯〕殷淑儀當時傳爲義宣之女，此言「毓德素里」，蓋諱之也。「翼訓姒幄，贊軌堯門」，廢帝不悉「翼訓」「贊軌」之義，故幾于見法。「世覆冲華」，謂晉陵王子雲。《義門讀書記》卷四十九

〔張雲璈〕按《南史》，淑儀，南郡王義宣女，麗色巧笑。義宣敗，帝密取之，寵冠後宫，假姓殷氏，左右宣泄者多死。故當時莫知其所出。考義宣與文帝嫡兄弟，孝武，文帝之子，與義宣女爲從兄妹。《南史·竟陵王誕傳》：孝武遣車騎大將軍沈慶之討誕，誕自申于國無負，并言帝宫闈之醜，即指此事。誄中「毓德素里」之語，蓋諱之也。厥後前廢帝納文帝第十女新蔡公主，則其親姑也，可謂家法相承矣。《選學膠言》卷二十「殷淑儀·謝希逸《宋孝武宣貴妃誄》」

〔李兆洛〕淒麗之文，江鮑特絶。施之典册，每覺輕儇。其於妃姬，尚不嫌耳。此與文通《齊武帝誄》入後俱不作四言，與哀策之體相亂矣，不當援陳思爲辭也。《駢體文鈔》卷五

〔譚獻〕工絶。殊有宕逸之氣。《駢體文鈔》卷五

〔許槤〕（評「律谷罷煖」四句）陡起絶奇。（評「高唐渫雨」四句）繡思迅舉，不詭正則。（評「離宫天邃」六句）叙述死後情形，語語淒絶。（評「庭樹驚兮中帷響」二句）調逸思哀。（評「經建春而右轉」以下）由生而卒，由卒而葬，叙次不紊，綜核有法。而一句一詞，於嚴峻中仍有逸氣，所以不可及。《六朝文絜》卷十二

〔胡紹煐〕莊以文字榮，亦以文字辱，此亦奇也。《文選箋證》卷三十二

黄門侍郎劉琨之誄

【解題】

劉琨之爲營浦侯劉遵考之子，傳記附在《宋書》卷五十一《營浦侯遵考傳》後。傳云：「（琨之）爲竟陵王誕司空主簿，誕作亂，以爲中兵參軍，不就，縶繫數十日，終不受，乃殺之。追贈黄門郎。詔吏部尚書謝莊爲之誄。」劉誕據廣陵反，事在大明三年（四五九）四月。七月，叛亂被平定。這篇誄文也當作於大明三年四月至七月間。

本文最早收録於《藝文類聚》卷四十八《職官部四》。文中只描繪了送葬的場景，没有一句涉及劉琨之的身世和德行，應是殘篇。

秋風散兮涼葉稀〔一〕，出吴洲兮謝江畿①〔二〕。瞻國門兮聳雲路〔三〕，睇舊里兮驚客衣。魂終朝而三奪，心一夜而九飛〔四〕。過建春兮背闕庭〔五〕，歷承明兮去城輦〔六〕。旋徘徊而北係，轜逶遲而不轉②〔七〕。挽掩隧而辛嘶〔八〕，驥含愁而鳴俛。顧物色之共傷，見車徒之相泫〔九〕。

【校記】

①「畿」，《藝文類聚》卷四十八作「幾」，二字通。　②「遲」，《宋文紀》卷十四作「迤」。

【箋注】

〔一〕涼葉：秋葉。江淹《雜體詩三十首·謝光禄郊遊》：「涼葉照沙嶼，秋榮冒水潯。」

〔二〕吴洲：泛指吴地洲渚。阮籍《詠懷詩》：「朱鱉躍飛泉，夜飛過吴洲。」顔延之《北使洛》：「振楫發吴州，秣馬陵楚山。」謝：離開。

〔三〕國門：見《宋孝武帝哀策文》「出國門」注。聳：踴，此處引申爲踏上。雲路：升天之路。

〔四〕「魂終朝而三奪」二句：終朝：《詩·鄘風·蝃蝀》：「朝隮于西，崇朝其雨。」毛傳：「崇，終也。從旦至食時爲終朝。」奪：失，表示傷心。《九章·抽思》：「惟郢路之遼遠兮，魂一夕而九逝。」江淹《哀千里賦》：「魂終朝以三奪，心一夜而九摧。」

〔五〕建春：見《孝武宣貴妃誄》注。闕庭：天子之庭。班固《東都賦》：「於是皇城之内，宮室光明，闕庭神麗。」

〔六〕承明：城門名。《宋書》卷五《文帝紀》：「（元嘉二十五年）夏四月乙巳，新作閶闔、廣莫二門，改先廣莫門曰承明，開陽曰津陽。」城輦：都城的别稱。因帝王所居之處稱輦下，故名。

〔七〕輀：喪車。

〔八〕挽：挽歌。隧：墓道。辛：酸、苦、悲痛。曹植《贈白馬王彪》：「倉卒骨肉情，能不懷苦辛。」

〔九〕車徒：車馬侍從。李康《運命論》：「故遂絜其衣服，矜其車徒。」泫：流淚貌。

墓誌銘

豫章長公主墓誌銘①

【解題】

豫章長公主名劉欣男，爲高祖劉裕少女，嫁與廬江何瑀。公主事迹略見於《宋書》卷四十一《前廢帝何皇后傳附何瑀傳》。傳云：「瑀尚高祖少女豫章康長公主諱欣男。公主先適徐喬，美容色，聰敏有智數，太祖世，禮待特隆。……公主與瑀情愛隆密，何氏外姻疏戚，莫不沾被恩紀。……大明八年，公主薨。」據此可知，此文當作於大明八年（四六四）。公主與何瑀所生女何令婉，後被立爲前廢帝劉子業皇后；所生子何邁，尚文帝第十女新蔡公主劉英媚。

徐師曾《文體明辨序説·墓誌銘》：「按誌者，記也；銘者，名也。古之人有德善功烈可名於世，殁則後人爲之鑄器以銘，而俾傳於無窮。若《蔡中郎（名邕）集》所載《朱公叔（名穆）鼎銘》是已。至漢，杜子夏始勒文埋墓側，遂有墓誌，後人因之。蓋於葬時述其人世系、名字、爵里、行治、壽年、卒葬年月，與其子孫之大略。」墓誌銘通常可以分爲誌和銘兩部分。前者記載墓主家世、生平，以散體爲主，兼有駢偶。後者用來贊歎墓主的功業德行，表示懷念哀悼，内容可能與誌有所重合，通常爲四言韻文。依照墓誌銘體例，疑「庶族仰其德」以上爲誌的部分，「神葉靈條」以下爲銘文。

本文最早收録於《藝文類聚》卷十六《儲宫部》。

稟中樞之照〔一〕，體星軒之華〔二〕。肅恭在國，掖庭欽其風；恪勤衡館〔三〕，庶族仰其德。神葉靈條〔四〕，爰自帝堯〔五〕。文信啓魯〔六〕，肇京于楚〔七〕。宵燭載照〔八〕，娥英是從〔九〕。婉娩絺綌〔一〇〕，優柔肅雍〔一一〕。蘅蕙有實，金碧不居〔一二〕。泉庭一夜〔一三〕，里館長蕪〔一四〕。

【校記】

①《宋文紀》卷十四無「長」字。

【箋注】

〔一〕中樞：北斗。古人認爲北斗居天之中，爲天之中樞。《史記》卷二十七《天官書》：「斗爲帝車，運于中央，臨制四鄉。」又張衡《靈憲》：「衆星列布，其以神著，有五列焉，是爲三十五名。一居中央，謂之北斗。」

〔二〕星軒：軒轅星，女主之象。《史記》卷二十七《天官書》：「軒轅，黄龍體。前大星，女主象；旁小星，御者後宫屬。」《史記正義》：「軒轅十七星，在七星北，黄龍之體，主雷雨之神，後宫之象也。……其大星，女主也；次北一星，夫人也；次北一星，妃也；其次諸星皆次妃之屬。」顔延之《宋文帝元皇后哀策文》：「坤則順成，星軒潤飾。」

〔三〕恪：敬。衡館：王儉《褚淵碑文》：「迹屈朱軒，志隆衡館。」《文選》李善注：「衡館，衡門之館也。」吕延濟注：「衡館，衡門也，謂隱逸處横木爲門也。」

〔四〕葉、條：均指世代。

〔五〕爰自帝堯：相傳劉姓祖先劉累爲堯的後代。《左傳・襄公二十四年》：「昔匄之祖，自虞以上爲陶唐氏，在夏爲御龍氏。」杜預注：「謂劉累也。」《元和姓纂》卷五：「帝堯陶唐之後，受封於劉。裔孫劉累。」

〔六〕文信啓魯：《左傳・昭公二十九年》：「有陶唐氏既衰，其後有劉累。……夏后嘉之，賜氏曰御龍，以更豕韋之後。」杜預注：「以劉累代彭姓之豕韋，累尋遷魯縣。」

〔七〕京：大。據《宋書・武帝紀》，彭城綏輿里劉氏，爲漢高祖弟楚元王劉交之後。劉交十七世孫劉混始過江，居晉陵郡丹徒縣京口里。混生靖，靖生翹，翹生宋高祖劉裕。故云「肇京于楚」。

〔八〕宵燭：宵明、燭光，相傳爲舜之二女。《山海經・海内北經》：「舜妻登比氏生宵明、燭光，處河大澤，二女之靈能照此所方百里。」

〔九〕娥英：娥皇、女英，相傳爲堯之二女，舜之二妃。《列女傳》卷一《母儀・有虞二妃》：「有虞二妃者，帝堯之二女也。長娥皇，次女英。……舜既嗣位，升爲天子。娥皇爲后，女英爲妃。」

〔一〇〕婉娩：《禮記・内則》：「女子十年不出，姆教婉娩聽從。」鄭玄注：「婉謂言語也。娩之言媚也。媚謂容貌也。」絺綌：見《孝武宣貴妃誄》注。

〔一一〕優柔：優和寬柔。肅雍：見《孝武宣貴妃誄》注。

〔一二〕居：止，停留。《周易・繫辭下》：「變動不居，周流六虚。」

〔一三〕泉庭：墓穴。一：皆。

〔一四〕里：居。里館指公主生前居住之處。

司空何尚之墓銘①

【解題】

何尚之（三八二—四六〇），字彦德，廬江灊人。尚之少爲謝混所知。家貧，起爲臨津令。東晉末年任劉裕征西將軍府主簿，從征長安。少帝即位，爲廬陵王劉義真車騎諮議參軍。文帝即位，任臨川内史、黄門侍郎、太子中庶子、侍中、丹陽尹等職。元嘉十五年（四三八），文帝建四學，以何尚之立玄學。二十二年，遷尚書右僕射。二十四年，上書討論錢幣改革。二十八年，轉尚書令。二十九年，參與北伐。劉劭弑立，何尚之設法保護了義軍在京的家屬。孝武帝即位後，何尚之復爲尚書令。大明四年（四六〇）病逝。追贈司空，謚曰簡穆公。《宋書》卷六十六有傳。據《隋書》卷三十五《經籍志四》，梁有宋司空《何尚之集》十卷，亡。

本文作於大明四年，最早收録於《藝文類聚》卷四十七《職官部三》，僅保存了銘文部分。

遠源長瀾〔一〕，自晉徂韓〔二〕。潛川韜玉，霍岫騰鸞②〔三〕。處華民瞻，出光帝難③〔四〕。寂寞壽仁〔五〕，茫昧報施〔六〕。調於餁歸〔七〕，經難褰寄〔八〕。晻映流芳〔九〕，煙熅作義〔一〇〕。

【校記】

①「墓銘」，《藝文類聚》卷四十七作「墓誌」。②「鸞」，原作「鑾」，據《藝文類聚》改。③「帝」，

《宋文紀》卷十四作「了」。

【箋注】

〔一〕長瀾：此處形容何姓歷史久遠。沈約《齊故安陸昭王碑文》：「崇基巖巖，長瀾瀰瀰。」

〔二〕自晉徂韓：《史記》卷四十五《韓世家》：「韓之先與周同姓，姓姬氏。其後苗裔事晉，得封於韓原，曰韓武子。」《元和姓纂》卷五：「周成王弟唐叔虞，裔孫韓王安，爲秦所滅，子孫分散，江淮間音以韓爲何，遂爲何氏。」

〔三〕「潛川韜玉」二句：潛川：見《皇太子妃哀策文》「灊流」注。霍岫：霍山。二者均在廬江郡内。韜：藏。

〔四〕難：通戁，敬。

〔五〕寂寞：寂静無聲，沉寂。壽仁：《論語·雍也》：「知者樂，仁者壽。」

〔六〕茫昧：見《孝武宣貴妃誄》注。報施：神靈的報答。顔延之《陶徵士誄》：「糾纏斡流，冥漠報施。」《文選》張銑注：「冥莫報施，謂神靈報寂寞冥昧不能施，善人之善不能明也。」

〔七〕餁：烹飪，引申爲治理。歸：要旨，引申爲朝政。餁歸意同餁鼎。《魏書》卷二十一上《咸陽王禧傳》：「元弟禧雖在事不長，而戚連皇極，且長兼太尉，以和餁鼎。」《晉書》卷四十一《劉寔傳》：「聖詔殷勤，必使寔正位上台，光餁鼎實。」

〔八〕褰：絶。寄：寄附。此句指何尚之在元凶劉劭篡位時期，設法保全在京的起義將領家屬。《宋書》卷六十六《何尚之傳》：「時三方興義，將佐家在都邑，劭悉欲誅之，尚之誘説百端，并得免。」

〔九〕晻映：彼此遮掩而相互襯托。

〔一〇〕煙煴：見《孝武宣貴妃誄》注。義：通儀，威儀。

補遺

瑞雪詠①

【解題】

本文最早見於《藝文類聚》卷二《天部下》，引「火洲滅」至「寓方霾而海溟」六句，及「始葐蒀以蕤轉」至「寫金波之夜晰」四句。後《初學記》卷二《天部下》引「審伊宮之踰丈，信銅阿之盈尺。洞秋方之玉園，果仙京之珠澤」四句。今所見篇幅更足的版本，最早見於《戲鴻堂帖》卷四，題下小字注「大明元年詔敕作」，不知何據，暫依此係在大明元年（四五七）。後孫星衍據《戲鴻堂帖》將《瑞雪詠》收入《續古文苑》。

這篇作品大致可以分成三部分。開頭至「寫金波之夜晰」爲第一部分，從天地四方的大環境泛寫瑞雪降臨的場景。「晰景兮便娟」至「果仙京之珠澤」將焦點聚集在皇宮，轉寫皇宮中的雪景。「若夫貞性賁道」至結尾爲第三部分，寫瑞雪的降臨標志着孝武帝的德治教化廣施於四海，天下太平，萬民康泰。全詩句式靈活，兼有三言、四言、五言、六言、七言，且全篇對仗。《藝文類聚》將其歸在賦類，正體現了詩賦文體交融的特點。

玄管洽〔一〕，豳詩平〔二〕。火洲滅〔三〕，日壑清〔四〕。龍關沙蒸〔五〕，河儆雲驚〔六〕。晷未沉而井閟〔七〕，寓方霾而海溟②〔八〕。山飛白雪，叶中荇而掩皇州〔九〕，降千□而瑞神世。始葐蒀以蕤轉〔一〇〕，終俳佪而煙曳〔一一〕。狀素鏡之晨光③〔一二〕，寫金波之夜晣〔一三〕。晣景兮便娟〔一四〕，冠集靈兮藹望仙〔一五〕。溢迎風兮湛承露〔一六〕，亘臨華兮被通天〔一七〕。冪遥途而界遠綺〔一八〕，麗青墀而鏡列錢〔一九〕。及其流彩猶摶〔二〇〕，凝明亟積。郊隰均映，江巒齊奕。審伊宫之踰丈〔二一〕，信鈃阿之盈尺④〔二二〕。洞秋方之玉園〔二三〕，果仙京之珠澤〔二四〕。若夫貞性賁道〔二五〕，潤德暉經〔二六〕。載塗演其楙〔二七〕，同雲宣其靈〔二八〕。既昭化於衛術〔二九〕，亦闡義於齊庭〔三〇〕。結秋竹之麗響〔三一〕，引幽蘭之微馨〔三二〕。竊惟鴻化遠洎〔三三〕，玄風遐施〔三四〕。浹緯稱祥〔三五〕，磬埏作瑞〔三六〕。《調露》之樂既興〔三七〕，《大閨》之歌已被〔三八〕。春光兮冬澤，長無愆於平施⑤〔三九〕。

【校記】

①《藝文類聚》卷二題作「雜言詠雪」。《初學記》卷二題作「瑞雪詩」。②「寓方霾而海溟」，《戲鴻堂帖》《續古文苑》作「寓方霾而曳」，《續古文苑》注云：「曳下當有脱文。」今據《藝文類聚》改。

③「鏡」，原作「境」，據《續古文苑》改。④「鈃」，《初學記》作「銅」。⑤《續古文苑》篇末注：「此篇《詩紀》《百三名家集》皆不載。」

【箋注】

〔一〕玄：聲音幽寂深遠。洽：合柔。

〔二〕豳詩：《周禮·春官·籥章》：「中春，晝擊土鼓，龡豳詩，以逆暑。」鄭玄注：「豳詩，《豳風·七月》也……《七月》，言寒暑之事。」平：調中、和。

〔三〕火洲：地名。《三國志》卷四《魏書·齊王芳紀》：「西域重譯獻火浣布。」裴松之注引《異物志》：「斯調國有火州，在南海中。其上有野火，春夏自生，秋冬自死。」《藝文類聚》卷八十《火部》引《十洲記》：「炎洲在南海中，地方二千里。」同卷引《廣志》：「火洲在南海中，火燃洲，其木不死更鮮。」

〔四〕日墍：湯谷，又作暘谷，日所出處。《淮南子·天文訓》：「日出于暘谷，浴于咸池。」

〔五〕龍闕：即龍庭。班固《封燕然山銘》：「躡冒頓之區落，焚老上之龍庭。」《後漢書》卷二十三《竇憲傳》李賢注：「匈奴五月大會龍庭，祭其先、天地、鬼神。」沙蒸：應璩《與廣川長岑文瑜書》：「頃者炎旱，日更增甚，砂礫銷鑠，草木焦卷。」岑參《熱海行送崔侍御還京》：「蒸沙爍石燃虜雲，沸浪炎波煎漢月。」

〔六〕儌：通徼，邊塞。

〔七〕晷：日。閟：閉。

〔八〕霾：暗。

〔九〕叶：協、和。苻：通孚，中苻即中孚，卦名。《周易·中孚》：「中孚，豚魚吉。利涉大川，利貞。《彖》曰：中孚，柔在内而剛得中，説而巽，孚，乃化邦也。」據《孟氏易》，中孚爲冬至起氣之卦。皇州：帝都。

〔一〇〕葐蒀：即氛氲，雪花盛貌。謝惠連《雪賦》：「其爲狀也，散漫交錯，氛氲蕭索。」蕤：花。

〔一一〕曳：引、牽，飄摇狀。

〔一二〕素鏡：代指太陽，取其圓而光耀。

〔一三〕金波：月光。見《上封禪儀注奏》注。晣：同晢，光明。

〔一四〕便娟：謝惠連《雪賦》：「初便娟於墀廡，末縈盈於帷席。」《文選》李善注：「便娟、縈盈，雪迴委之貌。」張銑注：「便娟，縈盈，雪輕迴之貌。」

〔一五〕集靈、望仙：漢武帝宫觀名。《三輔黄圖》卷三：「集靈宫……望仙臺、望仙觀，俱在華陰縣界，皆武帝宫觀名也。」藹：蓋。

〔一六〕迎風：漢武帝宫殿名。揚雄《甘泉賦》：「甘泉本因秦離宫，既奢泰，而武帝復增通天、高光、迎風。」湛：没、覆蓋。承露：漢武帝所建承露盤。《史記》卷十二《孝武本紀》：「其後則又作柏梁、銅柱、承露仙人掌之屬矣。」《史記集解》：「蘇林曰：『仙人以手掌擎盤承甘露也。』」《史記索隱》：「《三輔故事》曰：『建章宫承露盤高三十丈，大七圍，以銅爲之。上有仙人掌承露，和玉屑飲之。』故張衡賦曰：『立脩莖之仙掌，承雲表之清露』是也。」

〔一七〕臨華、通天：漢宮殿名。《三輔黄圖》卷三：「臨華殿，在長樂宫前殿後，武帝建。」揚雄《甘泉賦》：「是時未轃夫甘泉也，乃望通天之繹繹。」《漢書》卷八十七上顔師古注：「通天，臺名也。」

〔一八〕羃：覆蓋。界：分隔。遠綺：《古詩十九首》：「客從遠方來，遺我一端綺。」此處代指遠人。

〔一九〕麗：附。青墀：原指東宫，此處泛指宫殿。江淹《齊太祖高皇帝誄》：「叫然青墀。」胡之驥注：「青墀，太子所居。《神異經》曰：『東方東明山有宫，青石爲墻面。一門，門有銀牓，以青石碧鏤，題云：天地長男之宫。』」鏡：照。列錢：班固《西都賦》：「金釭銜璧，是爲列錢。」《文選》李善注：「列錢，言金釭銜璧，行列似錢也。」

〔二〇〕搏：飛而上。

〔二一〕伊：是、此。

〔二二〕鈃阿：《穆天子傳》卷一：「至于鈃山之下。癸未，雨雪，天子獵于鈃山之西阿。」郭璞注：「燕趙謂山脊爲鈃，即井鈃山也。今在常山石邑縣。」

〔二三〕洞：通、達。秋方：西方。張衡《東京賦》：「飛雲龍於春路，屯神虎於秋方。」玉園：又稱玄圃、平圃。《山海經·西山經》：「槐江之山……其上多青雄黄，多藏琅玕、黄金、玉，其陽多丹粟，其陰多采黄金、銀。實惟帝之平圃。」《九章·涉江》：「吾與重華遊兮瑶之圃。」

〔二四〕果：成。珠澤：《穆天子傳》卷二：「甲子，天子北征，舍于珠澤。」郭璞注：「此澤出珠，因名之云。今越巂平澤出青珠是。」

〔二五〕賁：飾、美。謝莊《孝武宣貴妃誄》：「脩詩賁道。」

〔二六〕潤德：浸漬道德教化。《春秋繁露·天地陰陽》：「是故治世之德，潤草木，澤流四海。」暉：照。《南齊書》卷十一《樂志》：「時祀暉經。」

〔二七〕載塗：《詩·小雅·出車》：「今我來思，雨雪載塗。」孔穎達疏：「天降雨雪，則爲塗泥。」演：推廣、傳布。𣠷：盛。

〔二八〕同雲：《詩·小雅·信南山》：「上天同雲，雨雪雰雰。」毛傳：「雰雰，雪貌。豐年之冬，必有積雪。」朱熹《詩集傳》：「同雲，雲一色也。將雪之候如此。」靈：福、喜。

〔二九〕昭化：昭明教化。衛術：《詩·邶風·北風》：「北風其凉，雨雪其雱。……北風其喈，雨雪其霏。」謝惠連《雪賦》：「王乃歌《北風》於衛詩，詠《南山》於周雅。」詩經中的邶風、鄘風、衛風，其實皆爲衛風。周武王滅商，將商朝故都朝歌分爲邶、鄘、衛三部分。後邶、鄘皆并入衛。故産生於邶、鄘、衛三地的詩都可以稱爲衛風。《漢書》卷二十八下《地理志下》：「河内本殷之舊都，周既滅殷，分其畿内爲三國，《詩·風》邶、庸、衛國是也。鄁，以封紂子武庚；庸，管叔尹之；衛，蔡叔尹之：以監殷民，謂之三監。故《書序》曰：『武王崩，三監畔』，周公誅之，盡以其地封弟康叔，號曰孟侯，以夾輔周室；遷邶、庸之民于雒邑，故邶、庸、衛三國之詩相與同風。」

〔三〇〕闡義於齊庭：指《孟子·梁惠王下》所載，孟子在雪宫勸齊宣王行仁政之事。雪宫爲齊宣王離宫名。

〔三一〕麗響：優美的音樂。

〔三二〕幽蘭之微馨：嵇康《答二郭三首》其一：「二子贈嘉詩，馥如幽蘭馨。」

〔三三〕鴻化：大化。班固《東都賦》：「洪化惟神，永觀厥成。」

〔三四〕玄風：天子清静無爲的教化。庾亮《讓中書令表》：「弱冠濯纓，沐浴玄風。」《文選》吕延濟注：「沐浴天子道教。」

〔三五〕浹：周、遍。緯：蔡邕《郭有道碑文》：「遂考覽六經，探綜圖緯。」《文選》李周翰注：「緯，天之文也。」

〔三六〕磬：通罄，全、遍。埏：《史記》卷一百十七《司馬相如列傳》：「上暢九垓，下溯八埏。」《史記集解》引《漢書音義》：「埏音延，地之際也。」磬埏猶罄地，指全國。

〔三七〕《調露》：見《舞馬賦》注。

〔三八〕《大閨》之歌：疑「閨」爲「閏」之誤字。《樂稽曜嘉》：「用動和樂於郝，爲顓頊之氣，玄冥之音，歌《北湊》《大閏》，致幽明靈。」宋均注：「動當爲動。動，土樂也。《北湊》《大閏》，樂篇名。北方，物所藏，故曰幽明。明即神也。」被：遍布、廣被。

〔三九〕無愆：《列子·黄帝》：「不聚不斂，而已無愆。」張湛注：「愆，蹇乏也。」平施：《周易·謙卦》：「地中有山，謙，君子以裒多益寡，稱物平施。」王弼注：「多者用謙以爲裒，少者用謙以爲益。隨物而與，施不失平也。」

長笛弄

【解題】

本文最早見於《戲鴻堂帖》卷四，後被孫星衍收入《續古文苑》。創作時間不可考。《藝文類聚》卷四十四《樂部四》收有題爲楚宋玉的《笛賦》片段，但真僞難辨。最早確實可信的以「笛」爲寫作對象的文學作品，當屬東漢馬融《長笛賦》。此處的「弄」，即是演奏、吹奏的意思，同時也借鑒了琴曲的題名。《樂府詩集》卷五十七《琴曲歌辭》引《琴論》：「弄者，情性和暢，寬泰之名也。」

謝莊這首《長笛弄》雖然只是殘篇，但和《懷園引》《山夜憂》一樣，抒情性和個人化色彩都比較濃重。詩人先描繪了一幅秋夜月下吹笛的清泠場景。月亮悠悠升起，哀怨的笛聲也緩緩流出，如泣如訴。庭中青苔遍地，螢火飛舞，落葉飄零，更襯托出笛聲之淒楚。此景此曲也深深觸動着詩人的內心，生發出「夜長念綿綿，吹傷減人年」的感慨。這兩句包含的哀愁，可能反映了詩人在劉宋朝嚴酷的政治環境中，如履薄冰以求全身的心態。

月起悠悠□，當軒孤管流〔一〕。□鬱顧慕〔二〕，含羈含楚復含秋〔三〕。青苔蔓，熒火飛，騷騷落葉散衣〔四〕。□夜何長，君吹勿近傷。夜長念綿綿，吹傷減人年①。

【校記】

①《續古文苑》篇末注:「此篇《詩紀》《百三名家集》皆不載。石刻有識云:『《瑞雪詠》《山夜憂》《懷園引》《長笛弄》,莊集中不載,誠秘異之文。故莊手書珍惜,不傳於世也。』」

【箋注】

〔一〕孤管:指代笛聲。

〔二〕□鬱顧慕:嵇康《琴賦》:「或徘徊顧慕,擁鬱抑按。」《文選》吕向注:「顧慕、擁鬱、抑按,聲駐而下不散貌。」疑所闕之文爲「擁」。

〔三〕羈:寄旅,此處指羈留他鄉的傷感之情。

〔四〕騷騷:張衡《思玄賦》:「寒風淒其永至兮,拂穹岫之騷騷。」《文選》李善注:「騷騷,風勁貌。」吕向注:「騷騷,風聲。」

爲沈慶之答劉義宣書

皇綱絶而復紐,區夏墜而更維。輯自《文選》卷五十九《頭陀寺碑文》李善注

琴論

平調《明君》三十六拍，胡笳《明君》三十六拍，清調《明君》十三拍，間絃《明君》九拍，蜀調《明君》十二拍，吴調《明君》十四拍，杜瓊《明君》二十一拍，凡有七曲。輯自《樂府詩集》卷二十九

諸葛亮作《梁甫吟》。輯自《樂府詩集》卷四十一引《古今樂録》

和樂而作，命之曰暢，言達則兼濟天下而美暢其道也。憂愁而作，命之曰操，言窮則獨善其身而不失其操也。引者，進德修業，申達之名也。弄者，情性和暢，寬泰之名也。其後西漢時有慶安世者，爲成帝侍郎，善爲《雙鳳離鸞之曲》，齊人劉道强能作《單鳧寡鶴之弄》，趙飛燕亦善爲《歸風送遠之操》，皆妙絶當時，見稱後世。若夫心意感發，聲調諧應，大弦寬和而温，小弦清廉而不亂，攫之深，醳之愉，斯爲盡善矣。古琴曲有五曲、九引、十二操。五曲：一曰《鹿鳴》，二曰《伐檀》，三曰《騶虞》，四曰《鵲巢》，五曰《白駒》。九引：一曰《烈女引》，二曰《伯妃引》，三曰《貞女引》，四曰《思歸引》，五曰《霹靂引》，六曰《走馬引》，七曰《箜篌引》，八曰《琴引》，九曰《楚引》。十二操：一曰《將歸操》，二曰《猗蘭操》，三曰《龜山操》，四曰《越裳操》，五曰《拘幽操》，六曰《岐山操》，七曰《履霜操》，八

曰《朝飛操》，九曰《别鶴操》，十曰《殘形操》，十一曰《水仙操》，十二曰《襄陵操》。自是已後，作者相繼，而其義與其所起，略可考而知，故不復備論。輯自《樂府詩集》卷五十七

劉涓子善鼓琴，制《陽春》《白雪》曲。輯自《樂府詩集》卷五十七

《神人暢》，堯帝所作。堯彈琴感神人現，故制此弄也。輯自《樂府詩集》卷五十七

舜作《思親操》，孝之至也。輯自《樂府詩集》卷五十七

夏禹治水而作《襄陵操》。輯自《樂府詩集》卷五十七

夏禹作《霹靂引》。輯自《樂府詩集》卷五十七

《文王操》，文王作也。輯自《樂府詩集》卷五十七

《剋商操》，武王伐紂時制。輯自《樂府詩集》卷五十七

成王作《神鳳操》，言德化之感也。輯自《樂府詩集》卷五十七

箕子作《離拘操》。輯自《樂府詩集》卷五十八

《八公操》，淮南王作也。輯自《樂府詩集》卷五十八

附録

宋書·謝莊傳

梁沈約

謝莊字希逸，陳郡陽夏人，太常弘微子也。年七歲，能屬文，通《論語》。及長，韶令美容儀，太祖見而異之，謂尚書僕射殷景仁、領軍將軍劉湛曰：「藍田出玉，豈虚也哉。」初爲始興王濬後軍法曹行參軍，轉太子舍人，廬陵王文學，太子洗馬，中舍人，廬陵王紹南中郎諮議參軍。又轉隨王誕後軍諮議，并領記室。分左氏《經》《傳》，隨國立篇，製木方丈，圖山川土地，各有分理，離之則州别郡殊，合之則寓内爲一。元嘉二十七年，索虜寇彭城，虜遣尚書李孝伯來使，與鎮軍長史張暢共語，孝伯訪問莊及王微，其名聲遠布如此。二十九年，除太子中庶子。時南平王鑠獻赤鸚鵡，普詔群臣爲賦。太子左衛率袁淑文冠當時，作賦畢，齎以示莊，莊賦亦竟，淑見而歎曰：「江東無我，卿當獨秀。我若無卿，亦一時之傑也。」遂隱其賦。

元凶弑立，轉司徒左長史。世祖入討，密送檄書與莊，令加改治宣布。莊遣腹心門生具慶奉啓事密詣世祖曰：「賊劭自絶於天，裂冠毁冕，窮弑極逆，開闢未聞，四海泣血，幽明同憤。奉三月二十七日檄，聖迹昭然，伏讀感慶。天祚王室，叡哲重光。殿下文明在嶽，神武居陝，肅將乾威，龔行天罰，滌社稷之仇，雪華夷之耻，使弛墜之構，更獲締造，垢辱之盳，復得明目。伏承所命，柳元景、馬文恭、宗慤、沈慶之等精甲十萬，已次近道。殿下親董鋭旅，授律繼進。荆、鄢之師，岷、漢之衆，舳艫萬里，旌旆虧天，九土冥符，群后畢會。今獨夫醜類，曾不盈旅，自相暴殄，省闥横流，百僚屏氣，道路以目。檄至，輒布之京邑，朝野同欣，里頌塗歌，室家相慶，莫不望景聳魂，瞻雲佇足。先帝以日月之光，照臨區寓，風澤所漸，無幽不洽。况下官世荷寵靈，叨恩踰量，謝病私門，幸免虎口，雖志在投報，其路無由。今大軍近次，永清無遠，欣悲踊躍，不知所裁。」

世祖踐阼，除侍中。索虜求通互市，上詔群臣博議。莊議曰：「臣愚以爲獯獫棄義，唯利是視，關市之請，或以覘國，順之示弱，無明柔遠，距而觀釁，有足表强。且漢文和親，豈止彭陽之寇；武帝修約，不廢馬邑之謀。故有餘則經略，不足則閉關。何爲屈冠帶之邦，通引弓之俗，樹無益之軌，招塵點之風。交易爽議，既應深杜；和約詭論，尤宜固絶。臣庸管多蔽，豈識國儀，恩誘降逮，敢不披盡。」

時驃騎將軍竟陵王誕當爲荆州，徵丞相、荆州刺史南郡王義宣入輔，義宣固辭不入，而誕便克日下船。莊以：「丞相既無入志，驃騎發便有期，如似欲相逼切，於事不便。」世祖乃申誕發日，義宣竟亦不下。

上始踐阼，欲宣弘風則，下節儉詔書，事在《孝武本紀》。莊慮此制不行，又言曰：「詔云『貴戚競利，興貨廛肆者，悉皆禁制』。此實允愜民聽。其中若有犯違，則應依制裁糾。若廢法申恩，便爲令有所屈。此處分伏願深思，無緣明詔既下，而聲實乖爽。臣愚謂大臣在禄位者，尤不宜與民争利，不審可得在此詔不？拔葵去織，實宜深弘。」

孝建元年，遷左衛將軍。初，世祖嘗賜莊寶劍，莊以與豫州刺史魯爽送别。爽後反叛，世祖因宴集，問劍所在，答曰：「昔以與魯爽别，竊爲陛下杜郵之賜。」上甚説，當時以爲知言。

于時搜才路陿，乃上表曰：「臣聞功照千里，非特燭車之珍；德柔鄰國，豈徒秘璧之貴。故《詩》稱殄悴，《誓》述榮懷，用能道臻無積，化至恭己。伏惟陛下膺慶集圖，締寓開縣，夕爽選政，昃旦調風，采言廝輿，觀謠仄遠，斯實辰階告平，頌聲方製。臣竊惟隆陂所漸，治亂之由，何嘗不興資得才，替因失士。故楚書以善人爲寶，《虞典》以則哲爲難。進選之軌，既弛中代，登造之律，未闡當今。必欲崇本康務，庇民濟俗，匪更沿澧，奚取九成。升曆中陽，英賢起於徐、沛；受籙白水，茂異出於荆、宛。寧二都智之所産，七隩才之所集，實遇與不遇，用與不用耳。今大道光亨，萬務俟德，而九服之曠，九流之艱，提鈞懸衡，委之選部。一人之鑒易限，而天下之才難原。以易限之鑒，鏡難原之才，使國罔遺授，野無滯器，其可得乎。昔公叔與僎同升，管仲取臣於盜，趙文非親士疏嗣，祁奚豈諂讎比子，茹茅以彙，作範前經，舉爾所知，式昭往牒。且自古任薦，賞罰弘明，成子舉三哲而身致魏輔，應侯任二士而己捐秦相，臼季稱冀缺而疇以田采，張勃進陳湯而坐以褫爵。此先事之盛准，亦後王之彝鑒。如臣愚見，宜普命大臣，各舉所知，以付尚書，依分銓用。若任得其才，舉主延賞；有不稱職，宜及其坐。重者免黜，輕者左遷，被舉之身，加以禁錮，年數多少，隨愆議制。若犯大辟，則任者刑論。

又政平訟理，莫先親民，親民之要，實歸守宰，故黄霸治潁川累稔，杜畿居河東歷載，或就加恩秩，或入崇輝寵。今莅民之職，自非公私必應代换者，宜遵六年之制，進獲章明庸墮，退得民不勤擾。如此則下無浮謬之愆，上靡棄能之累，考績之風載泰，槱薪之歌克昌。臣生屬亨路，身漸鴻猷，遂得奉詔左右，陳愚於側，敢露芻言，懼氛恒典。」有詔莊表如此，可付外詳議，事不行。

其年，拜吏部尚書。莊素多疾，不願居選部，與大司馬江夏王義恭牋自陳，曰：「下官凡人，非有達概異識，俗外之志，實因羸疾，常恐奄忽，故少來無意於人間，豈當有心於崇達邪。頃年乘事回薄，遂果饕非次。既足貽誚明時，又亦取愧朋友。前以聖道初開，未遑引退，及此諸夏事寧，方陳微請。款志未伸，仍荷今授，被恩之始，具披寸心，非惟在己知尤，實懼塵穢彝序。

稟生多病，天下所悉，兩脅癖疾，殆與生俱，一月發動，不減兩三，每至一惡，痛來逼心，氣餘如綖。利患數年，遂成痼疾，吸吸惙惙，常如行尸。恒居死病，而不復道者，豈是疾痊，直以荷恩深重，思答殊施，牽課尫瘵，以綜所忝。眼患五月來便不復得夜坐，恒閉帷避風日，晝夜惛懵，爲此不復得朝謁諸王，慶弔親舊，唯被敕見，不容停耳。此段不堪見賓，已數十日。持此苦生，而使銓綜九流，應對無方之訴，實由聖慈罔已，然當之信自苦劇。若才堪事任，而體氣休健，承寵異之遇，處自效之塗，豈苟欲思閑辭事邪。家素貧弊，宅舍未立，兒息不免粗糲，而安之若命，寧復是能忘微祿，正以復有切於此處，故無復他願耳。今之所希，唯在小閑。下官微命，於天下至輕，在己不能不重。屢經披請，未蒙哀恕，良由誠淺辭訥，不足上感。

家世無年，亡高祖四十，曾祖三十二，亡祖四十七，下官新歲便三十五，加以疾患如此，當復幾時見聖世，就其中煎熬若此，實在可矜。前時曾啓願三吴，敕旨云：『都不須復議外出』。莫非過恩，然亦是下官生運，不應見一閑逸。今不敢復言此，當付之來生耳。但得保餘年，無復物務，少得養痾，此便是志願永畢。在衡門下有所懷，動止必聞，亦無假居職，患於不能裨補萬一耳。識淺才常，羸疾如此，孤負主上擢授之恩，私心實自哀愧。入年便當更申前請，以死自固。但庸近所訴，恐未能仰徹。公恩盼弘深，粗照誠懇，願侍坐言次，賜垂拯助，則苦誠至心，庶獲哀允。若不蒙降祐，下官當於何希冀邪。仰憑慜察，願不垂恡。」

三年，坐辭疾多，免官。

大明元年，起爲都官尚書，奏改定刑獄，曰：「臣聞明慎用刑，厥存姬典；哀矜折獄，實暉吕命。罪疑從輕，既前王之格範；寧失弗經，亦列聖之恒訓。用能化致升平，道臻恭己。逮漢文傷不辜之罰，除相坐之令，孝宣倍深文之吏，立鞫訊之法，當是時也，號稱刑清。陛下踐位，親臨聽訟，億兆相賀，以爲無冤民矣。而比囹圄未虛，頌聲尚缺。臣竊謂五聽之慈，弗宣於宰物；三宥之澤，未洽於民謠。頃年軍旅餘弊，劫掠猶繁，監司討獲，多非其實，或規免身咎，不慮國患。楚對之下，鮮不誣濫。身遭鈇鑕之誅，家嬰孥戮之痛，比伍同閈，莫不及罪，是則一人罰謬，坐者數十。昔齊女告天，臨淄臺殞；孝婦冤戮，東海愆陽，此皆符變靈祇，初感景緯。臣近兼訊，見重囚八人，旋觀其初，死有餘罪，詳察其理，實并無辜。恐此等不少，誠可怵惕也。

舊官長竟囚畢，郡遣督郵案驗，仍就施刑。督郵賤吏，非能異於官長，有案驗之名，而無研究之實。愚謂此制宜革。自今入重之囚，縣考正畢，以事言郡，并送囚身，委二千石親臨覈辯，必收聲吞釁，然後就戮。若二千石不能決，乃度廷尉。神州統外，移之刺史。刺史有疑，亦歸臺獄。必令死者不怨，生者無恨。庶鬻棺之諺，輟歎於終古；兩造之察，流詠於方今。臣學闇申、韓，才寡治術，輕陳庸管，懼乖國憲。」

上時親覽朝政，常慮權移臣下，以吏部尚書選舉所由，欲輕其勢力，二年，下詔曰：「八柄馭下，以爵爲先；九德咸事，政典居首。銓衡治樞，興替攸寄，頃世以來，轉失厥序，徒秉國鈞，終貽權謗。今南北多士，動勤彌積，物情善否，實繫斯任。官人之詠，維聖克允；則哲之美，粤帝所難。加澆季在俗，讓議成風，以一人之識，當群品之誚，望沈浮自得，庸可致乎。吏部尚書可依郎分置，并詳省閑曹。」又別詔太宰江夏王義恭曰：「分選詔旦出，在朝論者，亦有同異。誠知循常甚易，改舊生疑。但吏部尚書由來與錄共選，良以一人之識，不辨洽通，兼與奪威權，不宜專一故也。前述宣先旨，敬從來奏，省錄作則，永貽後昆，自此選舉之要，唯由元、凱一人。若通塞乖衷，而訴達者尠，且違令與物，理至隔閡。前王盛主，猶或難之，况在寡闇，尤見其短。又選官裁病，即嗟誚滿道，人之四體，會盈有虛，旬日之間，便至怨詈，况實有假託，不由寢頓者邪。一詣不前，貧苦交困，則兩邊致患，互不相體，校之以實，并有可哀。若職置二人，則無此弊。兼選曹樞要，歷代斯重，人經此職，便成貴塗，己心外議，咸不自限，故范曄、魯爽，舉兵滅門，以此言之，實由榮厚勢驅，殷繁所至。設可擬議此授，唯有數人，本積歲月，稍加引進，而理無前期，多生慮表，或嬰艱抱疾，事至回移。官人之任，决不可闕，一來一去，向人已周，非有黜責，已貴難賤，既成妨長，置之無所，盛衰遞襲，便是一段世臣相處之方，臣主生疑，所以彌覺此職，宜在降階。監令端右，足處時望，無人則闕，異於九流。今但直銓選部，有減前資。物情好猜，横立別解，本旨向意，終不外宣。唯有從郎分置，視聽自改。選既輕先，民情已變，有堪其任，大展遷回。兼常之宜，以時稍進，本職非復重官可得，不須帶帖數過，居之盡無詒怪。

自中分荆、揚，于時便有意於此，正訝改革不少，容生駭惑。爾來多年，欲至歲下處分，會何偃致故，應有親人，故近因此施行。本意詔文不得委悉，故復紙墨具陳。」

於是置吏部尚書二人，省五兵尚書，莊及度支尚書顧覬之并補選職。遷右衛將軍，加給事中。

時河南獻舞馬，詔群臣爲賦，莊所上其詞曰：

「天子馭三光，總萬寓，挹雲經之留憲，裁河書之遺矩。是以德澤上昭，天下漏泉，符瑞之慶咸屬，榮懷之應必躔。月晷呈祥，乾維效氣，賦景河房，承靈天駟，陵原郊而漸影，躍采淵而泳質，辭水空而南傃，去輪臺而東洎，乘玉塞而歸寳，奄芝庭而獻秘。及其養安騏校，進駕龍涓，輝大馭於國皂，賁上襄於帝閑，超益野而踰緑地，軼蘭池而轢紫燕。五王晦其術，十氏憒其玄，東門豈或狀，西河不能傳。既秣芑以均性，又佩蘅以崇躅，卷雄神於綺文，蓄奔容於帷燭，藴籋雲之鋭景，戢追電之逸足，方叠鎔於丹縞，亦聯規於朱駮。觀其雙璧應範，三封中圖，玄骨滿，燕室虚，陽理竟，潛策紓，汗飛赭，沫流朱。至於《肆夏》已升，《采齊》既薦，始徘徊而龍俛，終沃若而鸞眄，迎《調露》於飛鍾，赴《承雲》於驚箭，寫秦坰之彌塵，狀吴門之曳練，窮虞庭之蹈蹀，究遺野之環袨。若夫蹠實之態未卷，凌遠之氣方攄，歷岱野而過碣石，跨滄流而軼姑餘，朝送日於西坂，夕歸風於北都，尋瓊宫於倏瞬，望銀臺於須臾。

若乃日宣重光，德星昭衍，國稱梁岱佇蹕，史言壇場望践，鄗上之瑞彰，江間之禎闡，榮鏡之運既臻，會昌之曆已辨，感五緐之程符，鑒群后之薦典。聖主將有事於東嶽，禮也。於是順斗極，乘次躔，戒懸日於昭旦，命月題於上年。騑騑翼翼，泛修風而浮慶煙，肅肅雍雍，引八神而詔九仙。下齊郊而掩配林，集嬴里而降祊田，蒲軒次巘，瑄璧承巒，金檢兹發，玉牒斯刊，盛節之義洽，升中之禮殫，億兆悦，精祇歡，聆萬歲於曾岫，燭神光於紫壇。是以擊轅之蹈，撫埃之舞，相與而歌曰：聳朝蓋兮泛晨霞，靈之來兮雲漢華。山有壽兮松有茂，祚神極兮既皇家。

然後悟聖朝之績，號慶榮之烈。比盛乎天地，争明乎日月，茂實冠於胥、庭，鴻名邁於勛、發。業底於告成，道臻乎報謁，巍巍乎，蕩蕩乎，民無得而稱焉。」

又使莊作《舞馬歌》，令樂府歌之。

五年，又爲侍中，領前軍將軍。于時世祖出行，夜還，敕開門，莊居守，以棨信或虚，執不奉旨，須墨詔乃開。上後因酒讌從容曰：「卿欲效郅君章邪？」對曰：「臣聞蒐巡有度，郊祀有節，盤于遊田，著之前誡。陛下今蒙犯塵露，晨往宵歸，容恐不逞之徒，妄生矯詐，臣是以伏須神筆，乃敢開門耳。」改領游擊將軍，又領本州大中正，晉安王子勛征虜長史、廣陵太守，加冠軍將軍。改爲江夏王義恭太宰長史，將軍如故。六年，又爲吏部尚書，領國子博士，坐選公車令張奇免官，事在《顔師伯傳》。

時北中郎將新安王子鸞有盛寵，欲令招引才望，乃使子鸞板莊爲長史，府尋進號撫軍，仍除長史、臨淮太守，未拜，又除吴郡太守。莊多疾，不樂去京師，復除前職。前廢帝即位，以爲金紫光禄大夫。初，世祖寵姬殷貴妃薨，莊爲誄云：「贊軌堯門。」引漢昭帝母趙婕妤堯母門事，廢帝在東宮，銜之。至是遣人詰責莊曰：「卿昔作殷貴妃誄，頗知有東宮不？」將誅之。或説帝曰：「死是人之所同，政復一往之苦，不足爲深困。莊少長富貴，今且繫之尚方，使知天下苦劇，然後殺之未晚也。」帝然其言，繫於左尚方。太宗定亂，得出。及即位，以莊爲散騎常侍、光禄大夫，加金章紫綬，領尋陽王師，頃之，轉中書令，常侍、王師如故。尋加金紫光禄大夫，給親信二十人，本官并如故。泰始二年，卒，時年四十六，追贈右光禄大夫，常侍如故，謚曰憲子。所著文章四百餘首，行於世。

長子颺，晉平太守。女爲順帝皇后，追贈金紫光禄大夫。

南史・謝莊傳

唐李延壽

莊字希逸，七歲能屬文，及長，韶令美容儀，宋文帝見而異之，謂尚書僕射殷景仁、領軍將軍劉湛曰：「藍田生玉，豈虛也哉。」爲隨王誕後軍諮議，領記室。分《左氏》經傳，隨國立篇。製木方丈，圖山川土地，各有分理。離之則州郡殊别，合之則寓内爲一。元嘉二十七年，魏攻彭城，遣尚書李孝伯與鎮軍長史張暢語，孝伯訪問莊及王微，其名聲遠布如此。二十九年，除太子中庶子。時南平王鑠獻赤鸚鵡，普詔群臣爲賦。太子左衛率袁淑文冠當時，作賦畢示莊。及見莊賦，歎曰：「江東無我，卿當獨秀，我若無卿，亦一時之傑。」遂隱其賦。

元凶弑立，轉司徒左長史。孝武入討，密送檄書與莊，令加改正宣布之。莊遣腹心門生具慶奉啓事密詣孝武陳誠。及帝踐阼，除侍中。時魏求通互市，上詔群臣博議。莊議以爲拒而觀釁，有足表强。驃騎竟陵王誕當爲荆州，徵丞相荆州刺史南郡王義宣入輔，義宣固辭不入，而誕便尅日下船。莊以丞相既無入志，而驃騎發便有期，如似欲相逼切。帝乃申誕發日，義宣竟亦不下。

孝建元年，遷左將軍。莊有口辯，孝武嘗問顔延之曰：「謝希逸《月賦》何如？」答曰：「美則美矣；但莊始知『隔千里兮共明月』。」帝召莊以延之答語語之，莊應聲曰：「延之作《秋胡詩》，始知『生爲久離别，没爲長不歸』。」帝撫掌竟日。又王玄謨問莊何者爲雙聲，何者爲叠韻。答曰：「玄護爲雙聲，磝碻爲叠韻。」其捷速若此。初，孝武嘗賜莊寶劍，莊以與豫州刺史魯爽，後爽叛，帝因宴問劍所在。答曰：「昔以與魯爽别，竊爲陛下杜郵之賜。」上甚悦，當時以爲知言。

于時搜才路狹，莊表陳求賢之義曰：

「臣聞功傾魏后，非特照車之珍；德柔秦客，豈徒秘璧之貴。隆陂所漸，成敗之由，何嘗不興資得才，替因失士。故《楚書》以善人爲寶，《虞典》以則哲爲難。而進選之舉既隳中代，登造之律，未聞當今，必欲豐本康務，庇人濟俗，匪更沾灒，奚取九成。

夫才生於時，古今豈貳，士出於世，屯泰焉殊。升曆中陽，英賢起於徐沛；受籙白水，茂異出於荆宛。寧二都智之所産，七隩愚之所育，實遇與不遇、用與不用耳。今大道光亨，萬務俟德，而九服之曠，九流之艱，提鈞懸衡，委之選部。一人之鑒易限，天下之才難源，以易限之鑒，鏡難源之才，使國罔遺賢，野無滯器，其可得乎？昔公叔登臣，管仲升盜，趙文非私親疏嗣，祁奚豈諂讎比子。茹茅以彙，作範前經，舉爾所知，式昭往牒。且自古任薦，弘明賞罰，成子舉三哲而身致魏輔，應侯任二士而已捐秦相，臼季稱冀缺而疇以田菜，張勃進陳湯而坐之弛爵。此則先事之盛準，亦後王之彝鑒。臣謂宜普命大臣，各舉所知，以付尚書依分銓用。若任得其才，舉主延賞，有不稱職，宜及其坐。重者免黜，輕者左遷。被舉之身，加以禁錮，年數多少，隨愆議制。若犯大辟，則任者刑論。

又政平訟理，莫先親人，親人之要，實歸守宰。故黄霸莅潁川累稔，杜畿居河東歷載。或就加恩秩，或入崇暉寵。今莅人之職，宜遵六年之限，進得章明庸惰，退得人不勤勞，如此，則上靡棄能，下無浮謬，考績之風載泰，薪槱之歌克昌。」

初，文帝世，限年三十而仕郡縣，六周乃選代，刺史或十年餘。至是皆易之，仕者不拘長少，莅人以三周爲滿，宋之善政於是乎衰。

是年，拜吏部尚書，莊素多疾，不願居選部，與大司馬江夏王義恭牋，自陳「兩脅癖疢，殆與生俱，一月發動，不減兩三。每痛來逼心，氣餘如綖，利患數年，遂成痼疾。吸吸惙惙，常如行尸。眼患五月來便不復得夜坐，恒閉帷避風。晝夜惛懵，爲此不復得朝脩諸王，慶弔親舊。今之所止，唯在小閤。下官微命，於天下至輕，在己不能不重。家世無年，亡高祖四十，曾祖三十三，亡祖四十七，下官新歲便四十五，加以疾患如此，當復幾時？入年當申前請，以死自固。願侍坐言次，賜垂接助」。三年，坐疾多免官。

大明元年，起爲都官尚書。上時親覽朝政，慮權移臣下，以吏部尚書選舉所由，欲輕其勢力。二年，詔吏部尚書依部分置，并詳省閑曹。又別詔太宰江夏王義恭曰：「吏部尚書由來與録共選，良以一人之識不辨洽通，兼與奪威權不宜專一故也。」於是置吏部尚書二人，省五兵尚書。莊及度支尚書顧覬之并補選職。遷左衛將軍，加給事中。時河南獻舞馬，詔群臣爲賦，莊所上甚美。又使莊作《舞馬歌》，令樂府歌之。

五年，又爲侍中，領前軍將軍。時孝武出行夜還，敕開門。莊居守，以棨信或虛，須墨詔乃開。上後因宴，從容曰：「卿欲效郅君章邪？」對曰：「臣聞蒐巡有度，郊祀有節，盤于游田，著之前誡。陛下今蒙犯塵露，晨往宵還，容致不逞之徒，妄生矯詐，臣是以伏須神筆。」

六年，又爲吏部尚書，領國子博士。坐選公車令張奇免官，事在《顔師伯傳》。後除吴郡太守。

前廢帝即位，以爲金紫光禄大夫。初，孝武寵姬殷貴妃薨，莊爲誄，言「贊軌堯門」，引漢昭帝母趙婕妤堯母門事，廢帝在東宫銜之。至是遣人詰莊曰：「卿昔作《殷貴妃誄》，知有東宫不？」將誅之。孫奉伯説帝曰：「死是人之所同，政復一往之苦，不足爲困。莊少長富貴，且繫之尚方，使知天下苦劇，然後殺之未晚。」帝曰：「卿言有理。」繫於左尚方。明帝定亂得出，使爲赦詔。莊夜出署門方坐，命酒酌之，已微醉，傳詔停待詔成，其文甚工。後爲尋陽王師，加中書令、散騎常侍。尋加金紫光禄大夫，給親信二十人。卒，贈右光禄大夫，謚憲子。所著文章四百餘首行于世。

五子：颺、朏、顥、嵷、瀹，世謂莊名子以風月景山水。颺位晉平太守，女爲順帝皇后，追贈金紫光禄大夫。

詩文

霞輝兮澗朗，日静兮川澄。風輕桃欲開，露重蘭未勝。水光溢兮松霧動，山煙叠兮石露凝。掩映晨物彩，連綿夕羽興。鮑照《與謝尚書莊三連句》

肅舲出郊際，徙樂逗江陰。翠山方藹藹，青浦正沉沉。凉葉照沙嶼，秋榮冒水潯。風散松架險，雲鬱石道深。静默鏡綿野，四睇亂曾岑。氣清知雁引，露華識猿音。雲裝信解黻，煙駕可辭金。始整丹泉術，終覿紫芳心。行光自容裔，無使弱思侵。江淹《雜體詩三十首·謝光禄郊遊》

余少時讀謝希逸《月賦》，見其徵引陳熟，比興寒窘，大抵拙於文而乏於理，竊嘗以爲恨。至今取而再三觀之，皆不能易少時所見。因搜其平生所得於月者，假唐太宗房玄齡對問，而爲之賦云。太宗與秦府十八學士講道於瀛洲之上。於時宫壺漏稀，月色如晝，憑欄四顧，河山若繡。太宗慨然謂玄齡曰：「夫月何自生哉？」玄齡稽首而對曰：「臣聞月生於坎，水主内光。在坎則隱，因離則彰。其闇處陰，其闢隨陽。魂生震始，魄露巽旁。二少分上下之弦，兩純括晦望之囊。八卦相禪，爲月紀綱。觀於卦畫，其義可詳。青者月魂，黑者月魄。出扶桑而五彩，暨中天而迥白。此月之變也，皆陰陽之相客。」太宗曰：「月之義既聞之矣。然則月之運行何如？」玄齡曰：「其始也，一氣茫然，有物潛珍。兩儀洞開，望之如神。於是清風龍翔而啓塗，丹霞鳳翥而扶輪。提白晝於既暝，竢東皇於未晨。按行於二十八舍，周流於三百六旬。出天入地，自秋徂春。横碧落而孰禦，歷黄道而常新。斗車爲之低昂，列宿爲之逡巡。此月之行也。臣又嘗縱觀焉。大，何天之不罩；

廣，何地之不籠；高，何崖之不挂；幽，何谷之不通。使夫山海之間，共此燈而發蒙，霍然如攬白霓之駕，恍然如泛驪龍之宫。若乃襯珠閣而泫露，鎮貝闕而含風。藹玉圃之生煙，鬱瑶林之攄虹。亂芙蕖之萬頃，繪松柏之千重。餘輝半抹於城樓，曉色欲拂於天東。紛金章而玉佩，雜天馬而雲驄。咸謁帝而待漏，殷殷乎長樂之鐘。雖然，此陛下之月也。臣請爲陛下言士民之月。臣爲布衣，隻劍孤琴，出游四方，歸憩家林。其觀於月也，有不知所以獨舞，與不知所以長吟者矣。方其射西山而散彩，委曲浦而遺陰。過銀沙而瑟瑟，渡金礫而駸駸。逐行舟而上下，與高浪而浮沉。因蒲帆而舒卷，隨桂楫而淺深，入霜雪而英華秀發，混蘆荻而蹤迹難尋。散千林而無定影，鎮九淵而有常心。或出晚霽而疑於清曉，或當晨現而訝於黄昏。或顛倒於山光水影，或披豁於地窟天根。或坐臣於偃竹之窗，或挽臣於落梅之村。或送臣於小橋，或迎臣於柴門。或帶苔紋而黏屐齒，或移花影而泛清樽。」太宗曰：「噫！士民之月，不亦樂哉？然則月之德性何如？」玄齡避席而辭曰：「大哉陛下之問。臣不足以與此。」太宗曰：「卿其勿辭。」玄齡乃言曰：「月之德性至矣，妙矣。惜乎賦家者流，未有能聲條振理者也。夫太極肇判，天一生水。天一之精，凝爲月體，仰射天外，下徹水底，洞照八荒，晃不知其首尾。碎之自圓，撓之自止。執之若遠，睨之復邇。體有盈虚，性無生死。胡爲而虧，胡爲而盈。臣以是知生死之故，鬼神之情。然猶不足以言知月。臣，愛月者也，疇昔之夜嘗夢焉。弄月於雲葉之表，釣月於浪花之端。種月於林泉之下，布月於天地之間。臣有其志而未遂也。」太宗乃掀虬鬚，躍龍顔，大笑而曰：「卿之志，朕知之矣。」酌以樽罍，食以鼎鼐。牽牛正中，再拜而退。汪莘《月賦》

陳王晏處方閒，幽懷眷客。既喪應劉，獨永朝夕。苔繞文階，塵凝翠席。波委璇淵，飆寒繡帘。晞藻井而倒茄，睋雲楠而傍碣。於時氣霽平林，雲開遠陌。葉落天高，長空散碧。盼千里之流光，墮一輪之素魄。照隔浦以霜清，映曲池而露白。愛茲景幽，煩襟以釋。乃授翰於仲宣，俾寫心於逸格。仲宣於是承命攄懷，玉墀展步，抽秘騁妍，操筆而賦曰：臣聞月爲陰精，輪隨天度。輝煽銀蟾，光熒玉兔。方晃朗以含明，旋窈窕而燭暮。其始也，玦玦舒華，纖纖隱霧。伊璚珮之初雕，宛玉鈎之回互。委榆影而枝斜，流絳河而波注。其繼也，人静澄寒，宵深照露。景晼晚而疎幽，影縹緲而修嫮。麗丹鳳兮滿層城，繞恒春兮映芳樹。則有擣練長娥，曝衣仙隊。戌削袊裶，周流盼睞。佇黼帳以停眙，倚藻扃而坐對。射罘罳以流輝，隔水晶而增態。金鑰静以無人，玉漏深而自慨。望銀灣之蛾眉，結愁心於秋黛。翻舞袖兮裴回，卷羅帷兮昏曖。至若玉關方遠，龍塞誰通。寒華一色，皓景横空。明含霜樹，朗照煙鴻。乍朣朧而侵冰柱，還委宛而抱彫弓。淒照長榆之地，清依細柳之宫。籟觸吹笳之下，愁生擫篴之中。莫不望遥岑兮寫怨，向彩暈兮攄衷。若乃枍詣幽扃，馺娑曲路。瑶棟霞浮，棼橑翼布。恍璧散而琚璇，宛舒容之可慕。照午夜以流黄，混雪縞而敷素。又若畫省方直，蓬池小駐。挹金掌以秋深，温玉爐而香炷。孕幽思以含情，感景光而斜顧。褰翠佩以無言，仰冰輪而欲訴。萬古牽懷，亭亭此月。寒浸樓臺，朗開城闕。被雉堞兮光凄，驚玉杵兮聲發。經長門兮慘憺，行遠道兮迷没。豈照臨之弗同兮，共夢魂之恍惚。訝荏苒以争憐，撫芳華而消歇。對水鏡以臨櫺，盻圓靈而挂笏。懷儔侣以寫憂，攬孤光於林樾。斯時也，陰霏斂，澮靄收。瑶琴薦，碧幌幽。罷蘭宴，賞素秋。眺碧落，舒清謳。乃爲歌曰：「望美人兮邁且修，嗟音容兮隔西洲。關山遠兮萬千里，不阻明月兮光自流。」爾乃曲終未已，流曼徽絃。又歌曰：「步廣庭兮忘眠，搴羅袂兮自憐。疎星稀兮照瓊筵，皓魄澄兮誰不寫伊鬱於遥天。」陳王於是撫清景而若失，樂芳時以永年。 顧宗泰《擬謝希逸月賦》

七子扈游南皮，仰德不暇。聯茵桂亭，接席蘭榭。歡補春朝，賞新秋夜。迺登神邸，歷仙苑。葱蒨平林，陂陁長坂。對高譚以娱心，聞清吹而憶遠。於時東井河俠，南極星躔。寒商應候，明月在天。雜以嘲戲，徵以歌篇。曰粲曰幹，簡授令宣。幹乃爲之賦曰：臣北海軨陋，抗志山樊。雖荷旌命，莫酬主恩。臣聞圜道交絡，纖阿是經。嬋娟之輝，姮娥之靈。出丹淵而灼夜，揚清耀而開冥。隆姊事於帝闕，著臣象於天庭。雄雌畢聚，弦望盈冲。光能受日，暈欲生風。清虚署府，廣寒名宫。棲檐而玉宇聳，彌節而金波融。若夫山巔水涯，林表木末。掃石尊移，批風帽脱。筵誰敞於源潮，榜自停於沙瀨。羡圓影之團欒，玩方暉之明藹。珠斗分瑩，碧灣借映。緤藉如珪，奩開似鏡。雲淡坐凉，露濃衣净。君王迺罷嬉遊，撤醧宴，迴銀塗，换璆縣，去渚宫，來綺殿，桂香浮，椒醑薦。若迺萬竅驚秋，衆工激韻。搊彈并陳，竹肉迭進。厭繁響之喧囂，愛清商之雅引。於是度曲命唱，選辭觀和。或鼓雲池，或奏靈阿。孰翻白雪，堪媲流波。屬侍中之所善，陶嘉月以新歌。歌曰：「謁紫宸兮翔雙闕，願託身兮依卿月。戴恩光兮無時歇，凌霄漢兮共超越。」浩歌將闋，抒忱未畢。一坐盡傾，罔然若失。又爲歌曰：「秋月落兮白露晞，非佳人兮奚適歸。登高發長嘯，於以振吾衣。」魏文曰：「善！爰飭有司，鐫之文璧。用介眉壽，譽髦無斁。」

沈叔埏《擬謝莊月賦》

宋孝武帝既喪淑儀，退朝不樂，感物增悲。光禄大夫希逸作哀策文奏之，帝尋繹未終，愀然動容，仿佛在慮，惆悵靡窮。感情辭之交切，以悱惻而彌工。迺駕天駟，乘路車，召賓從，集邱墟。既登山兮寥廓，復涉水兮踟躕。臨殯宫而惝恍，啓繐帳而欷歔。于時白露戒寒，流火退暑，西冥暉潛，東壁華吐。感皓月之常明，悲黄泉之獨處。爰命希逸大夫更抽毫而作賦，希逸避席而起，曰：臣陽夏鄙士，濫廁簪纓，不才寡學，恐負盛情。臣聞君秉陽德，后主陰位。日以陽經，月以陰緯。后佐君而代明，月繼日而從類。夜明象德水之幽，尚儀占從星之瑞。三日成魄，七寶誰修。蕩陰效順，廣照承流。離次而二曜弗集，有食而六宫貽憂。若夫秋水寒潭，暮雲遠塞，霧霽黄沙，霞蒸碧海。桂留人于小山，鶴呼子於幽瀨。嗟素娥之遐征，奔廣寒而振采。澄波掩映，流光徘徊，揚輝瓊樹，棲景幽苔。山庭鐙黯，烏鵲聲哀。君王乃辭隧路，指歸途，即蘭室，步玉除。悲風發，凉露湑，撤琴瑟，怨蟾蜍。若乃明河欲没，蟋蟀悲秋，屋梁虚照，環珮通幽。安仁永恨，平子長愁。信天地爲逆旅，等身世如浮漚。于是置酒前席，秉燭臨軒，中懷玉潔，思緒雲騫。洵升沈之有數，何圓缺之足論。對素月而有托，作長歌以永言。歌曰："連城去兮不復還，同一照兮隔關山。欲往從之路漫漫，哀永逝兮愴心顔。"歌聲未歇，餘光尚存，衆賓相顧，四座勿喧。又稱歌曰："月將沈兮曙色升，時代謝兮無可憑。心不爲形役，觴稱壽者徵。"武帝曰："善！聆子妙論，信爲至人，直如振聵，誓將書紳。"劉文淇《擬謝希逸月賦》

遺事

宋孝武選侍中四人，並以風貌。王彧、謝莊爲一雙，韜與何偃爲一雙。《南齊書》卷三十

二《阮韜傳》

朏幼聰慧，莊器之，常置左右。年十歲，能屬文。莊遊土山賦詩，使朏命篇，朏攬筆便就。琅邪王景文謂莊曰：「賢子足稱神童，復爲後來特達。」莊笑，因撫朏背曰：「真吾家千金。」孝武帝遊姑孰，敕莊攜朏從駕，詔使爲《洞井贊》，於坐奏之。帝曰：「雖小，奇童也。」《梁書》卷十五《謝朏傳》

及中興寺成，敕令移住，爲開三間房。後於東府讌會，王公畢集。敕見跋陀，時未及净髮，白首皓然。世祖遥望，顧謂尚書謝莊曰：「摩訶衍聰明機解，但老期已至。朕試問之，其必悟人意也。」《高僧傳》卷三《求那跋陀羅傳》

釋梵敏，姓李，河東人。少遊學關壠，長歷彭泗，内外經書，皆闇遊心曲。晚憩丹陽，頻建講説。謝莊、張永、劉虬、吕道慧皆承風欣悦，雅相歎重。《高僧傳》卷七《釋梵敏傳》

宋武帝嘗吟謝莊《月賦》，稱歎良久，謂顔延之曰：「希逸此作，可謂前不見古人，後不見來者。昔陳王何足尚邪？」延之對曰：「誠如聖論。然其曰『美人邁兮音信闊，隔千里兮共明月』，知之不亦晚乎？」帝深以爲然。及見希逸，希逸對曰：「延之詩云：『生爲長相思，殁爲長不歸。』豈不更加於臣邪？」帝拊掌竟日。孟棨《本事詩》卷七

《南史》載孝武嘗問顔延之曰：「謝莊《月賦》何如？」答曰：「莊始知『隔千里兮共明

月』。」帝召莊，以延之語語之。莊應聲曰：「延之作《秋胡詩》，始知『生爲久離别，没爲長不歸。』」《典論》云：「文人相輕，自古而然。」葛立方《韻語陽秋》卷二

酒徒鮑生多聲妓，外弟韋生好乘駿馬。經行四方，各求其好。一日相遇於途，宿於山寺。各出所有，互易之，乃以女妓善四絃者换紫叱撥。會飲未終，有二人造席：「適聞以妾换馬，可作題共聯賦否？」乃折庭下舊葉書之。一云：「彼佳人兮，如瓊之英。此良馬兮，負駿之名。將有求於逐日，豈得吝於傾城。香暖深閨，未厭夭桃之色。風清廣陌，曾憐噴玉之聲。」一曰：「步至庭砌，立當軒墀。望新恩，懼非吾偶也；戀舊主，疑借人乘之。香散緑鬟，意已忘於鬢髮。汗流紅頷，愛無異於凝脂。」賦文多，不載。二客自稱江淹、謝莊也。《紺珠集》卷二「妾换馬」

謝莊琴名「怡神」。顧起元《説略》卷十一

按《謝莊傳》無尚主事，疑謝、殷二人一以目疾辭，一以足疾辭，遂停尚主也。錢大昕《廿二史考異》卷三十六

嘗聚袁粲舍，初秋涼夕，風月甚美，彦回援琴奏《别鵠》之曲，宫商既調，風神諧暢。王彧、謝莊并在粲坐，撫節而歎曰：「以無累之神，合有道之器，宫商暫離，不可得已。」《南史》卷二十八《褚彦回傳》

集評

自晉氏以來，配尚王姬者，雖累經美胄，亟有名才，至如王敦懾氣，桓温斂威，真長佯愚以求免，子敬炙足以違詔，王偃無仲都之質，而倮露於北階，何瑀闕龍工之姿，而投軀於深井，謝莊殆自同於矇叟，殷冲幾不免於强鉏。彼數人者，非無才意，而勢屈於崇貴，事隔於聞覽，吞悲茹氣，無所逃訴。《宋書》卷四十一《后妃傳》

性别宫商，識清濁，斯自然也。觀古今文人，多不全了此處，縱有會此者，不必從根本中來。言之皆有實證，非爲空談。年少中，謝莊最有其分，手筆差易，文不拘韻故也。《宋書》卷六十九《范曄傳》

謝莊之誄，起安仁之塵。《南齊書》卷五十二《文學傳論》

顔延、謝莊，尤爲繁密，於時化之。故大明、泰始中，文章殆同書抄。《詩品》卷中

齊有王元長者，常謂余云：「宫商與二儀俱生，自古詞人不知用之。唯顔憲子論文乃云『律吕音調』，而其實大謬。唯見范曄、謝莊，頗識之耳。」《詩品》卷下

希逸詩，氣候清雅。不逮於王、袁，然興屬閑長，良無鄙促也。《詩品》卷下

謝莊、王融，古之纖人也，其文碎。《中説》卷三《事君篇》

謝莊作哀策文奏之，帝卧覽讀，起坐流涕曰：「不謂當今復有此才。」都下傳寫，紙墨爲之貴。《南史》卷十一《宣貴妃傳》

時之風流領袖，則謝莊、何偃、王彧、蔡興宗、袁顗、袁粲；禦武名將，則沈慶之、柳元景、宗慤、朱脩之，或清華以秀雅，或驍果以生類，固以軌道，廊廟之中，方駕向時之略。《建康實録》卷十四

如宋朝謝希逸、陳朝顧野王之流，當時能畫，評品不載，詳之近古，遺脱至多。蓋是世上未見其蹤，又述作之人不廣求耳。《歷代名畫記》卷一

謝莊字希逸，陳郡陽夏人。幼有才學，初爲始興王濬後軍參軍。性多巧思，善畫。製木方丈，圖天下山川土地，各有分理。離之則州別郡殊，合之則寓内爲一。作《畫琴帖序》，自序其畫云。泰始二年卒，官至光禄大夫、散騎常侍兼中書令。年四十六，贈右光禄大夫，謚憲子。《歷代名畫記》卷六

蕭子顯曰：「自宋以來，謝靈運、顏延年以文章彰於代，謝莊、袁淑又以才藻係之，朝廷之士及閭閻衣冠，莫不仰其風流，競爲詩賦之事。五經文句，無復通其義者。」《通典》卷十六

南北朝人士多喜作雙聲叠韻，如謝莊、羊戎、魏收、崔巖輩，戲謔詼諧之語，往往載在史册，可得而考焉。葛立方《韻語陽秋》卷四

聲韻之興，自謝莊沈約以來，其變日多。《蔡寬夫詩話》「雙聲叠韻與蜂腰鶴膝」

謝莊字希逸，官至中書令、散騎常侍，善行書。陳思《書小史》卷六

謝莊字希逸，以文藻風概獨冠當時，歷典樞要，以中書令卒。史雖不言其善琴，然故傳希逸作《琴名》，今所存古人名氏，班班可識，意即希逸所撰也。非屬意於絲桐者，詎能勤勤於此哉？朱長文《琴史》卷四

自五言既興，子建詠於前，士衡繼於後，而後有謝莊之賦。流光徘徊，賦之高樓，照有餘輝，攬不盈手。語粹而味深，殆爲古今絶唱。彼西園托興，千里懷人，霜露沾衣，徒傷遲暮，是直齊梁浮靡之習，於義何取哉？林希逸《竹溪鬳齋十一稿續集》卷十《清風峽施水庵記》

謝莊，宋孝武時除侍中。孝武嘗賜莊寶劍，莊以與豫州刺史魯爽。後爽叛，帝因宴問劍所在。答曰：「昔以與魯爽别，竊爲陛下杜郵之賜。」上甚悦，當時以爲知言。蓋亦巧於應對者也，豈至誠之道哉！姜南《蓉塘詩話》卷二「謝莊善對」

謝莊詞翰傳自高祖廣平王，聞得於南唐。字畫遒勁，勢若飛動。莊六朝文翰俱美。《戲鴻堂帖》卷四董其昌「宋謝莊詩帖跋」

《瑞雪詠》《山夜憂》《懷園引》《長笛弄》，莊集中不載，誠秘異之文，故莊手書珍惜，不傳於世也。《戲鴻堂帖》卷四

謝莊詩帖，於新都汪景淳得摹本，未見真迹。書法似閣帖所謂蕭子雲者，而小加妍雋。宋高宗書近之。《戲鴻堂帖》卷四

希逸詩名不競，然《元日雪花》云：「積曙境寓明，聯萼千里杲」；《洪崖井》云：「林遠炎天隔，山深白日虧」，「隱藹松霞被，容與澗煙移」；《山夜憂》云：「橘露靡兮蕙煙輕」，亦未肯輸康樂。馮復京《說詩補遺》卷三

謝希逸爲《殷淑儀哀文》，孝武流涕，都下傳寫。及廢帝即位，則銜恨堯門，幾犯芒刃。一文之出，禍福懸途，即作者詎能先覺乎？明帝定亂，命作赦詔，酌酒立成，云子業「事穢東陵，行污飛走」，雖鍾鼓討伐之辭，殆直自快胸懷矣。文章四百餘首，今僅存此。《封禪儀注奏》，藻麗雲漢，欲摹長卿。《搜才》《定刑》二表與《索虜互市議》，雅人之章，無忝國器。耳食者徒稱陳王之《明月》，河南之《舞馬》，欲以兩賦概其群長，不幾采春華，忘秋實哉？典任銓衡，不干喧訴，居守禁門，嚴待墨詔。遂令顏瞋讓清，郢章比節，居風貌之中，獲高明之福，有微子遺則焉。左氏經傳，分國立篇，征南以後，世稱奇書，竟滅不傳。此余所尤抱恨於謝嚴也。張溥《漢魏六朝百三家集題辭·謝光禄集》

謝莊希逸，小楷詞翰真迹凡四篇。清婉媚好，宋思陵書法所自出也。舊爲賀方回藏本、米元章故物也。今在汪景淳處。《戲鴻堂帖》刻手不精，略存梗概耳。張丑《真迹日録》卷二

鍾嶸《詩品》余少時深喜之，今始知其踳謬不少。……下品之徐幹、謝莊、王融、帛道猷、湯惠休宜在中品。王士禛《漁洋詩話》卷下

紙貴金陵誄筆尊，《赤鸚鵡賦》歎陽源。杜郵借賜工前對，索虜求通詡建言。明月與君千里共，高風曠世一家存。藍田出玉非虚語，竟體蘭芳緬德門。羅惇衍《集義軒詠史詩鈔》卷二十九《謝莊》

謝希逸、庾肩吾書，張懷瓘諸家品書亦不及。然其書實超逸，可入能品。姜宸英《湛園集》卷八

惟音律由疏而密，實本自然，非由强制。試即南朝之文審之，四六之體，粗備於范曄、謝莊。劉師培《中國中古文學史講義·宋齊梁陳文學概略》

文筆以有韻無韻爲分，蓋始於聲律論既興之後，濫觴於范曄、謝莊。黄侃《文心雕龍札記·總術札記》

謝莊《懷園引》《山夜憂》、沈約《八詠》等詩，尤注重音節，開初唐四傑之派。夏敬觀《八代詩評》

著録

宋金紫光禄大夫《謝莊集》十九卷，梁十五卷。《讚集》五卷，謝莊撰。又有《誄集》十五卷，謝莊撰，亡。梁有《碑集》十卷，謝莊撰。《隋書》卷三十五《經籍志四》

《謝莊集》十五卷。《讚集》五卷，謝莊撰。《舊唐書》卷四十七《經籍志下》

《謝莊集》十五卷。謝莊《讚集》五卷。《新唐書》卷六十《藝文志四》

《謝莊集》。《遂初堂書目》

金紫光禄大夫《謝莊集》十九卷。《通志》卷六十九《藝文略七》

《贊集》五卷，謝莊集。《碑集》十卷，謝莊集。《通志》卷七十《藝文略八》

謝莊《琴論》一卷。《宋史》卷二百二《藝文志一》

《謝莊集》一卷。《宋史》卷二百八《藝文志七》

《謝莊集》四卷。《徐氏家藏書目》卷六

《謝莊集》十九卷。《國史經籍志》卷五

《碑集》十卷，謝莊集。《國史經籍志》卷五

《謝光禄集》五卷（莊）。《世善堂藏書目録》卷下

宋金紫光禄大夫《謝莊集》十九卷，梁十五卷。……鍾嶸《詩品》曰：「希逸詩氣候清雅，不逮於王、袁。然興屬閒長，良無鄙促也。」案：此王、袁大抵謂同時之王僧達、袁淑也。唐《日本國見在書目》：《謝莊集》廿卷。……馮氏《詩紀》輯存詩十四篇，又《宋明堂歌》九首。《通典》曰：「孝武建元元年，使謝莊造郊廟舞樂、明堂諸樂歌詩。」《南齊書·樂志》曰：「《明堂辭》，五帝。《漢郊祀歌》皆四言。宋孝武使謝莊造辭，莊依五行數，木數用三，火數用七，土數用五，金數用九，水數用六。《周頌》《我將》祀文王，言皆四。其一句五，一句七。莊歌太祖亦無定句。」莊又撰《世祖廟歌》二首。《宋書·張永傳》，大明四年立明堂，永以本官兼將作大匠。張氏《百三家·謝光禄集》一卷。凡賦、詔、表、奏、章、啓事、牋、書、帖、議、贊、哀策文、誄、墓誌銘、樂府、詩、聯句，共六十一篇。汪氏《文選撰人篇目》：宋謝希逸莊有《月賦》《宋孝武貴妃誄》。嚴氏《全宋文編》，謝莊有集十九卷，今存《月賦》《曲池賦》《赤鸚鵡賦》《舞馬賦》《雜言詠雪》《山夜憂吟》《懷園引》《泰始元年大赦詔》、章、表、奏、議、啓、牋、書、贊、誄、謚策文、哀策文、墓誌銘，凡三十六篇。姚振宗《隋書經籍志考證》卷三十九之六

謝莊年譜

宋武帝永初二年(四二一)　一歲

謝莊出生《宋書·謝莊傳》:「謝莊字希逸,陳郡陽夏人,太常弘微子也。……泰始二年,卒,時年四十六。」泰始二年爲公元四六六年,古人年齡以虚歲計,向前逆推四十五年,爲宋武帝永初二年。

謝弘微三十歲。

永初三年(四二二)　二歲

宋少帝景平元年(四二三)　三歲

謝弘微母憂服闋,爲劉義隆鎮軍諮議參軍,約在今年。丁福林《東晉南朝謝氏文學集團研究》附録二《東晉南朝陳郡謝氏年表》,以下簡稱《丁表》。

宋少帝景平二年、宋文帝元嘉元年(四二四)　四歲

謝弘微爲黄門侍郎，與王華、王曇首、殷景仁、劉湛等號曰五臣。《宋書》卷五十八《謝弘微傳》

元嘉二年(四二五)　五歲

元嘉三年(四二六)　六歲

謝弘微遷尚書吏部郎，參預機密，約在今年。《丁表》

元嘉四年(四二七)　七歲

謝莊能屬文，通《論語》。《宋書·謝莊傳》

元嘉五年(四二八)　八歲

謝弘微轉右衛將軍，約在今年。《丁表》

元嘉六年(四二九)　九歲

謝弘微領太子中庶子，尋加侍中。固辭，聽解中庶子。《宋書·謝弘微傳》

元嘉七年(四三〇)　十歲

元嘉八年(四三一)　十一歲

秋，謝弘微有疾，解右衛將軍，領太子右衛率，還家。議欲解弘微侍中，以率加吏部尚書，固陳疾篤，得免。《宋書·謝弘微傳》

元嘉九年(四三二)　十二歲

謝莊及長，韶令美容儀，太祖見而異之，謂尚書僕射殷景仁、領軍將軍劉湛曰：「藍田出玉，豈虚也哉。」此事約在今年。《宋書·謝莊傳》。據《宋書》卷五《文帝紀》、《宋書》卷六十三《殷景仁傳》、《宋書》卷六十九《劉湛傳》，殷景仁爲尚書僕射、劉湛爲領軍將軍在本年七月庚午。

謝弘微族叔謝混妻、原東晉孝武帝晉陵公主薨，田宅僮僕弘微一無所取，自以私禄營葬。開謝混墓合葬時，弘微牽疾臨赴，病遂甚。《宋書·謝弘微傳》

元嘉十年(四三三)　十三歲

謝弘微卒，時年四十二。文帝使二衛千人營畢葬事。追贈太常。《宋書·謝弘微傳》

元嘉十一年(四三四)　十四歲

元嘉十二年(四三五)　十五歲

元嘉十三年(四三六)　十六歲

元嘉十四年(四三七)　十七歲

元嘉十五年(四三八)　十八歲

元嘉十六年(四三九)　十九歲

元嘉十七年(四四〇)　二十歲

謝莊爲始興王劉濬後軍法曹行參軍，約在今年。《宋書·謝莊傳》、《宋書》卷九十九《二凶傳》

元嘉十八年(四四一)　二十一歲

謝莊次子謝朏出生。《梁書》卷十五《謝朏傳》：「謝朏字敬冲，陳郡陽夏人也。祖弘微，宋太常卿，父莊，右光禄大夫，并有名前代。朏幼聰慧，莊器之，常置左右。……是冬（天監五年）薨於府，時年六十六。」天監五年爲五〇六年，古人年齡以虚歲計，逆推六十五年，爲本年。

元嘉十九年(四四二)　二十二歲

謝莊轉太子舍人，任廬陵王文學，太子洗馬，中舍人，約在此年。

元嘉二十年(四四三)　二十三歲

謝莊任廬陵王劉紹南中郎諮議參軍，隨府赴江州任職。於任上作《遊豫章西山觀洪崖井》。《宋書·謝莊傳》

元嘉二十一年(四四四)　二十四歲

元嘉二十二年(四四五)　二十五歲

謝莊隨廬陵王劉紹從江州入朝，途中作《自尋陽至都集道里名爲詩》《從駕頓上》。

元嘉二十三年（四四六）　二十六歲

元嘉二十四年（四四七）　二十七歲

元嘉二十五年（四四八）　二十八歲

元嘉二十六年（四四九）　二十九歲

謝莊作《侍宴蒜山》。

謝莊轉隨王劉誕後軍諮議參軍，并領記室參軍。從劉誕赴襄陽。在任上，分左氏《經》《傳》，隨國立篇，製木方丈，圖山川土地，各有分理，離之則州别郡殊，合之則宇内爲一。謝莊與府主簿沈懷文、江智淵友善。《宋書·謝莊傳》《宋書·江智淵傳》《宋書·文帝紀》

元嘉二十七年（四五〇）　三十歲

春，謝莊作《懷園引》。

十一月，魏主拓跋燾率軍兵臨彭城，遣尚書李孝伯來使，與鎮軍長史張暢共語。孝伯訪問謝莊與王微。《宋書·謝莊傳》、《資治通鑑》卷一百二十五

謝朏幼聰慧，莊器之，常置左右。年十歲，能屬文。莊遊土山賦詩，使朏命篇，朏攬筆便就。琅邪王景文謂莊曰：「賢子足稱神童，復爲後來特達。」莊笑，因撫朏背曰：「真吾家千金。」孝武帝遊姑孰，敕莊攜朏從駕，詔使爲《洞井贊》，於坐奏之。帝曰：「雖小，奇童也。」《梁書·謝朏傳》

元嘉二十八年（四五一）　三十一歲

三月，臧質代劉誕爲雍州刺史。五月，劉誕遷廣州刺史。謝莊當於此時返回建康。《宋書·文帝紀》

時中書郎缺，尚書令何尚之領吏部，舉沈璞、謝莊、陸展，事不行。《宋書》卷一百《自序》、《宋書·文帝紀》、《宋書》卷六十六《何尚之傳》

元嘉二十九年（四五二）　三十二歲

謝莊除太子中庶子。《宋書·謝莊傳》

南平王劉鑠獻赤鸚鵡，宋文帝詔群臣作賦。謝莊與袁淑并作有《赤鸚鵡賦》。謝莊之作獲得袁淑激賞。《宋書·謝莊傳》

元嘉三十年(四五三)　三十三歲

二月，劉劭弒父自立，改元太初。謝莊被任命爲司徒左長史。《宋書·二凶傳》《宋書·謝莊傳》

三月，文帝第三子時任江州刺史的武陵王劉駿起兵討逆，密送檄書與莊，令加改治宣布。《資治通鑒》卷一百二十七、《宋書·謝莊傳》

四月初，謝莊作《與世祖啓事》，遣腹心門生具慶奉啓事密詣劉駿，以示效忠。《宋書》卷七十五《顔竣傳》、《宋書·謝莊傳》

劉駿於五月攻入建康，處死二凶，封賞群臣。謝莊爲侍中。時北魏求通互市，孝武帝詔群臣博議，謝莊作《索虜互市議》。《宋書》卷六《孝武帝紀》、《宋書·謝莊傳》

孝武帝調荆州刺史南郡王劉義宣入京，由竟陵王劉誕接替。義宣固辭不入，而誕便克日下船。謝莊勸諫孝武帝：「丞相既無入志，驃騎發便有期，如似欲相逼切，於事不便。」

七月，謝莊作《請弘風則表》。《宋書·謝莊傳》

宋孝武帝孝建元年（四五四）　三十四歲

二月，荆州刺史南郡王劉義宣與江州刺史臧質、豫州刺史魯爽、兖州刺史徐遺寶起兵反。六月，平定叛亂。

謝莊遷左衛將軍。才思敏捷，應對得體。《宋書·謝莊傳》《南史·謝莊傳》

謝莊作《爲沈慶之答劉義宣書》。《文選》卷五十九《頭陀寺碑文》李善注引

謝莊作《上搜才表》。《宋書·謝莊傳》

謝莊代顏竣任吏部尚書。十月，謝莊奏上《讓吏部尚書表》，請求辭職，并作《與大司馬江夏王義恭箋》，但并未得到批准。

謝莊任吏部尚書期間，作《封皇弟奏》。

謝莊少子謝瀹出生。《南齊書》卷四十三《謝瀹傳》：「謝瀹字義潔，陳郡陽夏人也。祖弘微，宋太常。父莊，金紫光禄大夫。……其年（永泰元年）卒。年四十五。贈金紫光禄大夫。謚簡子。」永泰元年即公元四九八年。古人年齡以虚歲計，向前逆推四十四年，正爲本年。

孝建二年(四五五)　三十五歲

三月戊午,甘露降丹陽秣陵尚書謝莊園竹林,莊以聞。《宋書》卷二十八《符瑞志中》

孝建三年(四五六)　三十六歲

謝莊坐辭疾多,被免去吏部尚書之職。《宋書·謝莊傳》

本年春,鮑照遷太學博士,兼中書舍人,在建康與謝莊連句作詩,有《與謝尚書莊三連句》。丁福林《鮑照年譜》

宋孝武帝大明元年(四五七)　三十七歲

謝莊起爲都官尚書,奏上《改定刑獄表》。《宋書·謝莊傳》

十一月,謝莊作《爲八座江夏王請封禪表》及《又》。《宋書》卷十六《禮志三》

謝莊作《瑞雪詠》。《戲鴻堂帖》卷四

大明二年(四五八)　三十八歲

六月,孝武帝爲集中皇權,增置吏部尚書。謝莊與顧覬之一同出任。

大明三年（四五九）　三十九歲

本年（或次年）春節前後，謝莊作《昨還帖》。

本年二月（或次年正月），謝莊作《侍東耕》。

七月，沈慶之率軍攻陷廣陵，平定隨王劉誕的叛亂。謝莊作《江都平解嚴》。《宋書・孝武帝紀》《宋書・竟陵王誕傳》

四月至七月間，謝莊作《黄門侍郎劉琨之誄》。《宋書・劉遵考傳附劉琨之傳》《宋書・竟陵王誕傳》

謝莊遷右衛將軍，加給事中。《宋書・謝莊傳》

大明四年（四六〇）　四十歲

四月辛亥，謝莊作《上封禪儀注奏》《宋書・禮志三》

謝莊作《司空何尚之墓銘》。《宋書・何尚之傳》

謝瀹年七歲，被王彧和孝武帝賞識。《南齊書・謝瀹傳》：「瀹年七歲，王彧見而異之，言於宋孝武，孝武召見於稠人廣衆之中，瀹舉動閑詳，應對合旨，帝甚悦。」

謝莊勸沈懷文：「卿每與人異，亦何可久。」約在本年。《宋書》卷八十二《沈懷文傳》

大明五年（四六一）　四十一歲

正月戊午元日，降雪。孝武帝以爲祥瑞，命公卿作詩。謝莊作《和元日雪花應詔》。《宋書》卷二十九《符瑞志下》

閏九月，謝莊作《皇太子妃哀策文》。《宋書》卷四十一《后妃傳》、《宋書・孝武帝紀》

謝莊爲侍中，領前軍將軍。于時世祖出行，夜還，敕開門，莊居守，以棨信或虚，執不奉旨，須墨詔乃開。上後因酒讌從容曰：「卿欲效郅君章邪？」對曰：「臣聞蒐巡有度，郊祀有節，盤于遊田，著之前誡。陛下今蒙犯塵露，晨往宵歸，容恐不逞之徒，妄生矯詐，臣是以伏須神筆，乃敢開門耳。」改領游擊將軍，又領本州大中正，晉安王劉子勛征虜長史、廣陵太守，加冠軍將軍。改爲江夏王劉義恭太宰長史，將軍如故。《宋書・謝莊傳》

謝莊作《舞馬賦》《舞馬歌》。《宋書》卷九十六《鮮卑吐谷渾傳》、《宋書・謝莊傳》

大明六年（四六二）　四十二歲

孝武帝於大明五年四月，下詔討論經始明堂。六年正月辛卯，宗祀明堂。期間，謝莊作《宋明堂歌九首》，依五行數，木數用三，火數用七，土數用五，金數用九，水數用六。

《宋書・禮志三》、《宋書・孝武帝紀》、《南齊書》卷十一《樂志》

四月，殷淑儀去世。謝莊作《宣貴妃謚册文》《孝武宣貴妃誄》。孝武帝卧覽讀，起坐流涕曰：「不謂當今復有此才。」都下傳寫，紙墨爲之貴。《宋書》卷八十《始平孝敬王子鸞傳》、《南史》卷十一《宣貴妃傳》

謝莊又爲吏部尚書，領國子博士。《宋書・謝莊傳》。據《宋書》卷七十七《顔師伯傳》，謝莊應是和琅邪王曇生并列吏部尚書。

大明七年（四六三）　四十三歲

謝莊因坐選公車令張奇一事，被免官。

謝莊任新安王劉子鸞北中郎將長史。《宋書・謝莊傳》

九月，謝莊作《爲北中郎謝兼司徒章》。《宋書・孝武帝紀》

十月，謝莊作《太子元服上至尊表》《太子元服上太后表》《東海王讓司空表》。《宋書・孝武帝紀》

大明八年（四六四）　四十四歲

新安王劉子鸞進號撫軍將軍，謝莊仍除長史、臨淮太守，未拜，又除吴郡太守。莊多

疾，不樂去京師，復除前職。《宋書·謝莊傳》《宋書·孝武帝紀》

正月，謝莊作《爲北中郎拜司徒章》《宋書·孝武帝紀》《宋書·始平孝敬王子鸞傳》

七月，謝莊作《宋孝武帝哀策文》。《宋書·孝武帝紀》《宋書·前廢帝紀》《宋書·謝莊傳》

謝莊作《豫章長公主墓誌銘》。《宋書》卷四十一《前廢帝何皇后傳附何瑀傳》

前廢帝即位，謝莊爲金紫光禄大夫。

宋前廢帝永光元年、景和元年，宋明帝泰始元年（四六五） 四十五歲

九月，謝莊因《宣貴妃誄》「賛軌堯門」一句用漢昭帝母趙婕妤堯母門事，而被前廢帝囚禁。《宋書·謝莊傳》、《資治通鑒》卷一百三十

十二月，劉彧即位，是爲明帝，改元泰始。《宋書》卷八《明帝紀》　謝莊作《宋明帝即位赦詔》。

謝瀹尚公主事因劉子業被廢而作罷。褚淵將女兒嫁給謝瀹。《南齊書·謝瀹傳》：「詔尚公主，值景和敗，事寢。僕射褚淵聞瀹年少清正不惡，以女結婚，厚爲資送。」

謝莊被明帝從尚方獄中放出。明帝任謝莊爲散騎常侍、光禄大夫，加金章紫綬，領尋陽王師。又轉中書令，常侍、王師如故。尋加金紫光禄大夫，給親信二十人，本官并如故。《宋書·謝莊傳》

謝莊作《讓中書令表》。《宋書·謝莊傳》
前廢帝在位時，謝莊作《宋世祖廟歌二首》之《世祖孝武皇帝歌》。明帝即位，謝莊作《宋世祖廟歌二首》之《宣太后歌》。

泰始二年（四六六）　四十六歲

謝莊作《爲朝士與袁顗書》。《宋書》卷八十四《袁顗傳》
謝莊卒，時年四十六，追贈右光禄大夫，常侍如故，謚曰憲子。《宋書·謝莊傳》
謝莊有五子：颺、朏、顥、嵸、瀹。世謂莊名子以風、月、景、山、水。謝颺女爲宋順帝皇后。《南齊書·謝瀹傳》《南史·謝莊傳》

謝莊評傳

謝莊字希逸，生於宋武帝永初二年（四二一），卒於宋明帝泰始二年（四六六），歷仕文帝、孝武帝、前廢帝、明帝四朝，是南朝著名文學家、陳郡謝氏在劉宋中後期的代表人物。《宋書》卷八十五、《南史》卷二十有傳。

謝莊的父親謝弘微十歲時被過繼給從叔謝峻，後者是東晉名相謝安之孫。所以寬泛來説，謝莊可稱是出自陳郡謝氏家族中最顯貴的一支。據《宋書·武帝紀》，劉義隆於永初元年封宜都王，出任荆州刺史，鎮江陵。謝弘微被選爲宜都王文學，可知謝莊實際出生在江陵。文帝即位後，弘微任黄門侍郎。謝莊隨父一同返回建康。《宋書》記載弘微家素貧儉，但面對謝峻去世後留下的豐厚財産，弘微一概不肯繼承，只接受了數千卷書。謝莊早慧，七歲能屬文，通《論語》。這應該是得益於豐富的家庭藏書。謝莊聰穎的天資、出衆的儀容氣度，使他在十二歲左右便得到了文帝「藍田出玉，豈虚也哉」〔二〕的稱譽。

據《宋書·謝莊傳》，謝莊「初爲始興王濬後軍法曹行參軍，轉太子舍人，廬陵王文學，太子洗馬，中舍人」〔二〕，未交待謝莊起家的年齡。考《宋書・二凶傳》，劉濬於元嘉十六年（四三九）任都督湘州諸軍事、後軍將軍、湘州刺史，又遷南豫州刺史，將軍如故，十七年爲揚州刺史，將軍如故，置佐領兵。可知始興王劉濬雖然在元嘉十六年既已加後將軍之銜，但直到十七年纔開府置將佐。謝莊解褐應該也是在十七年二十歲之時。這也與蕭衍「甲族以二十登仕」〔三〕之言大致相符。

謝莊年少成名，又早早入仕，表面看來風光無限，但實際上此時的陳郡謝氏正面臨着一個不大不小的困局。元嘉十年（四三三），謝莊的父親謝弘微去世，文帝哀痛不已，感歎他「名位未盡其才」〔四〕。承襲了祖父謝玄康樂公爵位、在謝氏家族中最富文學天賦的謝靈運，又因多次行爲出格而在廣州被殺。與靈運在文學上并稱的謝惠連也於同年去世，且惠連同樣因「輕薄多尤累，故官位不顯」〔五〕。一年之内，謝氏連喪三位代表人物。從本年開始，陳郡謝氏一度淡出元嘉時代的政治和文學舞臺長達七年之久，直到十七年謝莊出仕纔改變這一局面。從這一角度看，謝莊的出仕便不止關乎他一人的前途問題，他的肩上還擔負着接續父輩、維護家族地位和利益的重要職責。換句話説，二十歲的謝莊是作爲陳郡謝氏在元嘉中後期、乃至劉宋中後期潛在的家族代言人身份，登上歷史舞臺的。此後二十多年的政治生涯，也逐步證明謝莊確實當得起這一身份。

在宋文帝在位的三十年中，元嘉十七年（四四〇）是一個重要的轉折點。這一年十月，文帝將之前執掌大權近十年的大將軍領司徒、録尚書、揚州刺史彭城王劉義康貶爲江州刺史，實際是將其幽禁在豫章，并誅殺了義康的羽翼劉湛等人。此前一年，文帝還連續進行了兩次刺史調動，安排皇子出守重鎮。按照日本學者安田二郎的説法，這兩次調動和劉義康事件，都是文帝爲推動王朝體制特别是州鎮體制由過去依靠皇族（主要是皇弟），向以皇子爲基礎轉變而采取的有力措施〔六〕。正是在這一政治背景下，出身高貴且天生聰穎的謝莊被安排到了始興王劉濬的後軍將軍府中，以爲襄佐。

東晉南朝時期，王謝子弟多被授予鄉品二品，并以六、七品官起家。謝莊所任法曹行參軍即爲七品官，主刑訟之事，從官制上看只是府僚佐中分職諸曹之一，并無什麽特殊之處。但正如宫崎市定所説，參軍的地位，「决不像《通典·魏晋官品表》所示限於七品、八品的框架之内。……行參軍屢被作爲起家官。當時，非常出名的大族子弟也由此起家，據此看來，根據府主的情况，從行參軍起家决不差」〔七〕。謝莊的第一個府主始興王劉濬是宋文帝第二子。《宋書》稱：「濬少好文籍，資質端妍。母潘淑妃有盛寵。時六宫無主，潘專總内政。濬人才既美，母又至愛，太祖甚留心。建平王宏、侍中王僧綽、中書侍郎蔡興宗并以文義往復。」〔八〕可見劉濬深得文帝寵愛。這裏所説的「六宫無主」，是指文帝袁皇后去世後的狀況，而袁皇后去世恰巧也是在元嘉十七年。

在擔任劉濬後軍法曹行參軍後，謝莊轉太子舍人、廬陵王文學、太子洗馬、中舍人。元嘉二十年（四四三），任廬陵王劉紹南中郎諮議參軍，隨府赴江州任職。二十二年（四四五）隨劉紹入朝，二十六年（四四九）又任隨王劉誕後軍諮議參軍，并領記室參軍，隨府赴襄陽。從官職的角度來看，謝莊擔任的這些職位雖然仍是六、七品官，但諮議參軍和記室參軍的重要性却非同一般府佐。諮議參軍的地位在所有府佐中僅次於長史和司馬，故亦常帶大郡太守，且或越次行府州事。記室主掌章表啓奏。《宋書·孔覬傳》記載：「記室之局，實惟華要，自非文行秀敏，莫或居之。……夫以記室之要，宜須通才敏思，加性情勤密者。」〔九〕從府主的角度來看，太子自不必説，劉紹「少而寬雅，太祖甚愛之」〔一〇〕，劉誕妃是尚書僕射徐湛之女，元嘉末年劉誕一度被文帝當作取代太子的候選人。因此，綜合元嘉十七年之後的政治背景、謝莊擔任的職位以及歷經的府主，可以看出文帝對謝莊還是有所期待的。謝氏家族的自身發展和皇族對士族的期許，在謝莊身上達成了一致。

在襄陽期間，謝莊「分左氏《經》《傳》，隨國立篇，製木方丈，圖山川土地，各有分理，離之則州别郡殊，合之則寓内爲一」〔一一〕。這讓謝莊成爲據現有文獻可查的南朝最早研究《左傳》的士人。沈玉成、劉寧認爲謝莊「分左氏《經》《傳》，隨國立篇」，是將《左傳》改編成了國別體，「是《左傳》研究史上最早的分國紀事」〔二二〕。南澤良彥持相同觀點，并將改編後的著作擬題爲《左氏春秋傳國別本末》，指出在當時講求綜合的《春秋》學研究背景下，謝莊的「分離・分割」思想，體現了他獨到的眼光和果敢〔二三〕。而如果考慮到直至宋代纔出現如周武仲《春秋左傳編類》、句龍傳《春秋三傳分國紀事本末》、徐得之《春秋國紀》這樣明確的《春秋》分國紀事類著作的話，更可見謝莊拆分《左傳》篇目的創造性。「製木方丈」以下，一般認爲，謝莊是用木板製作了春秋時期的地理圖，沿着各州郡的地域廣狹曲直，裁成不規則的形狀，拼合在一起便是一個完整的模型。

元嘉二十七年（四五〇）七月，宋文帝對北魏發動了第二次北伐。劉誕在襄陽負責西部戰綫，指揮柳元景、薛安都、龐法起等人接連取得重大勝利，一度占領弘農、陝城、潼關。北伐因王玄謨軍潰敗而失利，魏主拓跋燾率軍一路南下，於十一月兵臨彭城，并派尚書李孝伯來使，劉宋方面派鎮軍長史張暢應對。言辭之間，李孝伯問及謝莊和王微兩人。王微出自瑯琊王氏，是東晉開國名臣王導的玄孫。李孝伯將謝莊與王微并列，某種程度上已將謝莊看作當時謝氏家族的代表人物了。當時鎮守彭城的，是文帝第三子、時任鎮軍將軍的武陵王劉駿，也就是後來的劉宋孝武帝。在此之前，劉駿與謝莊并無交集，或許正是通過此次李孝伯的訪問，劉駿記住了謝莊的名字，也爲此後兩人的合作與博弈埋下了伏筆。

元嘉二十八年（四五一）三月，臧質代劉誕爲雍州刺史。五月，劉誕遷廣州刺史。謝莊因此由襄陽返回建康。時尚書令何尚之領吏部，有意推薦謝莊擔任中書郎。此職在南朝是典型的高等清要官，職責便是掌詔誥，且多由出身高門甲族、文筆出衆的士人出任。謝莊如能出任，可謂實至名歸。但不知爲何，文帝并没有批准這個人事安排，而是在二十九年（四五二），任謝莊爲太子中庶子。「中庶子官最親密，切問近對，宜用雋德。」〔一四〕「東宫之選中庶子，總管門下，尤不可不得其才。」〔一五〕可見文帝應當是有意讓謝莊多與太子接觸，以輔佐儲君。

元嘉三十年（四五三）二月，宋文帝被太子劉劭及次子始興王劉濬殺害。劉劭篡位後采取了一系列恩威并重的措施，意圖維持秩序、鞏固地位。他一方面清除了自己的仇敵徐湛之、江湛和王僧綽，另一方面又嘗試拉攏一些士族。如將何尚之進位司空，領尚書令，以其子何偃爲侍中，掌詔誥，以王景文爲黄門侍郎等。謝莊也在被拉攏的行列中，被授予司徒左長史的官職。在本年正月，文帝已下令任南郡王劉義宣爲司徒，劉劭篡位後更申前議。但身在荆州的義宣面對劉劭弑父的突發事件，并未接受任命前往建康，而是打起討伐劉劭的義旗。這樣，謝莊的司徒左長史之職也就僅僅是個虚職而已。不過這至少可以從側面看出，雖然謝莊在元嘉二十年（四四三）之後，曾兩次在劉劭的太子府中任職，文帝似乎也有意將謝莊培養成太子的近臣，但劉劭只是意在藉助陳郡謝氏的名望，并没有將謝莊當作自己的心腹而授予實權。

三月，武陵王劉駿於江州起義，聯合荆州刺史劉義宣、雍州刺史臧質共同討伐劉劭。二十七日，劉駿命手下諮議參軍顔竣作討伐劉劭的檄文[二六]，隨後又派人密送檄書與謝莊，令謝莊加以改治并在建康城内傳布。謝莊欣然應允，并派心腹門生具慶將自己所作的啓事秘密送與劉駿。此次劉駿命謝莊改治檄書及謝莊呈上啓事，是劉駿與謝莊的第一次合作，爲劉駿即位後重用謝莊奠定了基礎。四月己巳（二十七日），劉駿於新亭即位，是爲孝武帝。

元嘉之治雖然是劉宋乃至整個南朝歷史上少有的盛世，但文帝發動的三次北伐均以失敗告終，耗費了大量人力、物力、財力，加之劉劭弑父、劉駿討逆的内部政治鬥争，原本國力就弱於北魏的劉宋被進一步拉開差距。因此，孝武帝即位後，采取了與北魏修好的策略，其中一個表現便是恢復與北魏的互市。

南北政權之間的互市早在東晉時期即已出現。四三九年北魏平定北凉後，在南境立市，時當元嘉十六年左右。後來因元嘉二十七年北伐，雙方互市中斷。《宋書·謝莊傳》

記載：「世祖踐阼，除侍中。時索虜求通互市，上詔群臣博議。」〔一七〕謝莊奏上《索虜互市議》表示反對，但因其觀點并不具備太多的實用價值，而未被孝武帝采納。

元嘉三十年七月辛酉（二十一日），孝武帝下詔提倡節儉，并禁絶貴戚競利。謝莊擔心詔令無法落實，故奏上《請弘風則表》，强調要維護法律的絶對權威，豪族大臣不可與民争利。客觀而言，無論是孝武帝的詔書還是謝莊的表奏，都没有太多實質性的内容。雖然如此，謝莊的表奏還是體現了他對國事和民生的關心。他并不像一些士族子弟一樣以空談、不務實際來標榜自己所謂的高妙。

孝建初年的政局并不穩定，孝武帝面臨的第一個潛在危機，便來自於幾個月前還與自己并肩作戰的劉義宣和臧質。劉義宣自元嘉二十一年（四四四）起就盤踞荆州。在得力府佐沈亮、孔靈符、張暢、沈焕等人的協助下，荆州「兵强財富」〔一八〕。加之義宣是孝武帝的叔父，且在劉駿之前便有「首創大義」〔一九〕之功，相反，劉駿却曾有過向劉劭奉表臣服的錯誤舉動〔二〇〕，故而孝武帝對義宣十分忌憚。元嘉三十年（四五三）四月庚午（二十八日），孝武帝封義宣爲中書監、丞相、録尚書六條事、揚州刺史，想要借機調義宣内任，并以自己的弟弟隨王劉誕爲荆州刺史，接管荆州。但義宣固辭，拒絶入京，而劉誕又已經準備停當即將啓程。此時謝莊向孝武帝進言：「丞相既無入志，驃騎發便有期，如似欲相逼切，於事不便。」〔二一〕這一看法是頗有識見的。閏六月甲午（二十三日），孝武帝收回任命，讓義宣繼續留在荆州。謝莊的建議雖然不能消弭孝武帝與義宣的矛盾，但至少推延了二人的衝突，不至於在孝武帝剛即位三個月便馬上又爆發内戰。孝建元年（四五四）二月，劉義宣和江州刺史臧質、豫州刺史魯爽以及兖州刺史徐遺寶終於還是發動了叛亂。其中魯爽與謝莊曾有過一段因緣。《宋書·謝莊傳》記載謝莊曾將孝武帝贈給他的寶劍轉贈給了魯爽。魯爽反叛後，孝武帝於一次宴會場合問及謝莊寶劍所在。在魯爽已站在孝武帝對立面的情況下，謝莊如果稍有不慎便可能受到魯爽的牽連。然而謝莊的回答非常巧妙得體。他説：「昔以與魯爽别，竊爲陛下杜郵之賜。」〔二二〕這裏的「杜郵之賜」是用了《史記·白起王翦列傳》中的典故〔二三〕。謝莊將自己擅自轉贈寶劍的行爲，解釋爲替孝武帝下達誅殺魯爽的命令，既撇清了與魯爽的關係，又不露聲色地稱贊了孝武帝的知人之鑒和預見性，充分體現了謝莊的應變之才。

孝武帝甫即位，謝莊便被任命爲侍中，孝建元年又遷左衛將軍。考《宋書·百官志下》：「左衛將軍，一人。右衛將軍，一人。二衛將軍掌宿衛營兵。」〔二四〕可知左衛將軍是禁衛長官，主管殿中宿衛，按理應是皇帝的近臣。宋文帝即位後將其倚仗的兩位重臣殷景仁和王華分别任命爲左右衛將軍，即可爲證。但是這種情況在孝建初年發生了變化。考

《宋書》相關紀傳，在孝建元年一年之内擔任過左衛將軍的便有顔竣、王玄謨、褚湛之、謝莊四位之多，如真是掌管禁衛的皇帝近臣，很難想象會如此頻繁地調換。與此情况形成鮮明對比的，則是掌管全部中央軍的領軍將軍一職非常穩定，自元嘉三十年（四五三）閏六月以來，直到孝建三年（四五六）正月，整整三年半時間均由孝武帝的心腹柳元景擔任。如此看來，至少在孝建初年，原本是禁衛要職的左衛將軍很可能并無實權，只是一個表示尊崇的虚職而已。

同樣在孝建元年，謝莊針對當時選拔人才途徑過窄的問題，向孝武帝奏上《上搜才表》。在這篇上表中，謝莊建議應在正常的吏部銓選之外，鼓勵大臣不拘一格推薦人才，最後還特意指出保持州郡長官穩定的重要性。應該説，謝莊的這些意見是切中時弊的，有較强的針對性，如果能够實施，想必會有一定成效。但《宋書》謝莊本傳云：「有詔莊表如此，可付外詳議，事不行。」[二五]可見他的上表并没有得到孝武帝的認可。這是因爲謝莊與孝武帝考慮問題的出發點不同。謝莊考慮的是州郡長官的穩定。這不僅有利於政策的穩定，還可以大大減少因送故迎新而帶來的人力財力的浪費。《南史·吕文顯傳》便記載：「晉、宋舊制，宰人之官，以六年爲限，近世以六年過久，又以三周爲期，謂之小滿。而遷換去來，又不依三周之制，送故迎新，吏人疲於道路。四方守宰餉遺，一年咸數百萬。」〔二六〕而孝武帝優先考慮的則是削弱地方長官的獨立性，加强皇權和中央的權威，以避免出現州鎮尾大不掉的局面。兩人的著眼點不同，也可以説都有其合理性。

客觀而言，孝武帝是一位有能力且有抱負的君主。在平定了義宣之亂後，他開始根據新的形勢構架自己的中央權力結構。由於文帝在位時并没有朝中勢力支持劉駿，即使巫蠱事件後文帝有心另立太子，劉駿都始終不被考慮。在這種情況下，劉駿以地方藩王的身份入京即位後，他和手下府佐的地方勢力色彩及外來者的身份便突顯了出來。如果説原來的朝中大臣是「舊人」的話，那麽支持劉駿上位的地方勢力則可以稱作「新人」。也就是説，即位之後，爲穩固統治基礎，劉駿除了要處理長久以來的士庶關係，還要考慮平衡新人和舊人的利益。謝莊出身高貴，其父謝弘微又是文帝重臣。這樣的雙重身份，自然爲孝武帝的用人安排提供了便利。於是繼左衛將軍之後，謝莊作爲士族和舊人的代表，在孝建元年（四五四）又被任命爲吏部尚書。他所接替的是顔竣，後者是孝武帝舊部，爲劉駿奪取皇位立下汗馬功勞。《宋書》記載顔竣在吏部尚書任上「留心選舉，自强不息，任遇既隆，奏無不可」〔二七〕。反觀謝莊領選，則「意多不行」。當時有所謂「顔竣嗔而與人官，謝莊笑而不與人官」〔二八〕之語。「不與人官」，正是謝莊權力有限的真實體現。而這裏的「笑」字，説明謝莊對自己在新政權中扮演的角色，應該是清楚的。

本年十月，謝莊以「素多疾，不願居選部」〔二九〕爲由，向江夏王劉義恭呈上箋文，請求他幫助自己向孝武帝進言辭職一事。此舉無疑會破壞孝武帝精心設計的權力平衡，孝武帝也不會相信謝莊託病的藉口，因此并没有同意謝莊的辭請。直到孝建三年（四五六），謝莊纔因辭疾次數過多而被孝武帝免官。

謝莊這次被革職只有數月時間，第二年便又被孝武帝起用，出任都官尚書。據《宋書·百官志》和《隋書·百官志》，都官尚書就是後世刑部尚書的前身，主刑獄訴訟。對於這一職責，謝莊其實并不十分陌生。因爲他的起家官法曹行參軍，負責的就是同樣的事務。儘管與孝武帝多少有些摩擦，但謝莊在都官尚書任上仍然恪盡職守，奏上《改定刑獄表》。表中不僅指出當時刑獄制度存在的一些弊端，還提出了十分有針對性的改革政策。雖然《宋書》并未記載這些意見是否得到孝武帝的認可，但綜合謝莊之前所作的《索虜互市議》和《上搜才表》，還是可以很清楚地看出，謝莊不同於一些遊無蹈虚的士族子弟，而是非常關注現實的，也具備一定的政治才能。因此張溥在《百三家集·謝光禄集題辭》中稱贊謝莊：「《搜才》《定刑》二表與《索虜互市議》，雅人之章，無忝國器。」〔三〇〕

大明二年（四五八），謝莊迎來了第二次出任吏部尚書的機會。然而和首次任職一樣，這次任職仍然是在孝武帝政治改革的背景下完成的。《宋書·孝武帝紀》記載：「（大明二年）六月戊寅（六日），增置吏部尚書一人。」〔三一〕對此，沈約解釋爲「上時親覽朝政，常慮權移臣下，以吏部尚書選舉所由，欲輕其勢力」〔三二〕。與此同時，孝武帝還專門給江夏王劉義恭寫了一封私密性很强的詔書，其中説道「吏部尚書由來與録共選，良以一人之識，不辦洽通，兼與奪威權，不宜專一故也」〔三三〕。此話之意與謝莊當年所奏《上搜才表》有相似之處，但目的截然不同。詔書中又寫道：「設可擬議此授，唯有數人，本積歲月，稍加引進，而理無前期，多生慮表，或嬰艱抱疾，事至回移。」〔三四〕這裏所謂「抱疾」，便是指謝莊自孝建元年十月起多次上表託疾辭職，委婉地表現出不合作的態度。但與同樣出身高門却性格狷介的王僧達相比，謝莊畢竟没有與孝武帝發生過正面的激烈衝突，雙方仍然具備合作的基礎。於是謝莊與出自吴郡顧氏的顧覬之「并補選職」〔三五〕，成爲孝武帝削弱吏部尚書職權、降低吏部尚書資望的棋子。然而《宋書·孔覬傳》記載：「世祖不欲威權在下，其後分吏部尚書置二人，以輕其任。侍中蔡興宗謂人曰：『選曹要重，常侍閑淡，改之以名而不以實，雖主意欲爲輕重，人心豈可變邪。』既而常侍之選復卑，選部之貴不異。」〔三六〕可見即使吏部尚書之職被孝武帝一分爲二，在當時人心中它的尊貴程度依舊没有減輕。孝武帝的這一舉措，并没有收到預想的效果。或許是因爲這個原因，謝莊很快又於大明三年（四五九）左右遷右衛將軍，加給事中。

《宋書・符瑞志下》：「大明五年正月戊午元日，花雪降殿庭。時右衛將軍謝莊下殿，雪集衣。還白，上以爲瑞。於是公卿并作花雪詩。」[三七]據此可知，在右衛將軍任上，謝莊一直做到大明五年（四六一）。在這一年裏，謝莊的職位調動比較頻繁。先是由右衛將軍轉爲侍中，領前軍將軍，接着又改領游擊將軍，又領本州大中正，晉安王劉子勛征虜長史、廣陵太守，加冠軍將軍，改爲江夏王劉義恭太宰長史。如此頻繁且毫無規律地在文官、武官、京官、外官之間轉換身份，某種程度上意味着謝莊與孝武帝政權的疏離。孝武帝很可能已不再將謝莊看作重要的政治籌碼，進而精心考慮對他的職位安排以充分發揮謝莊的才能和出身優勢。考謝莊自大明二年（四五八）至五年的作品，詩歌有《侍東耕》《江都平解嚴》《和元日雪花應詔》，文章有《黄門侍郎劉琨之誄》《上封禪儀注奏》《司空何尚之墓銘》《皇太子妃哀策文》《舞馬賦》。這些作品無一例外都用在禮儀場合，且絕大多數都是奉詔應制，稱頌政治、皇族、忠義的頌美之作。唯一没有確切文獻能證明創作背景的是《司空何尚之墓銘》。據《宋書・何尚之傳》：「尚之少時頗輕薄，好摴蒱，既長折節蹈道，以操立見稱。爲陳郡謝混所知，與之遊處。」[三八]元嘉二十八年（四五一），何尚之曾推薦謝莊擔任中書郎。其婿王景文又「少與陳郡謝莊齊名」[三九]。説明兩家交情匪淺。加之何尚之在劉駿討逆時曾保護過在京邑的三鎮士庶家口，其子何偃以「善攝機宜」著稱，孝武帝對他「親遇隆密，有加舊臣」[四〇]。大明二年何偃去世後，孝武帝「臨哭傷怨，良不能已」，并特意下詔懷念、追贈何偃[四一]。因此不排除何尚之去世後，孝武帝特令擅作哀悼文章的謝莊爲何尚之撰寫墓誌銘以示尊崇的可能性。在僅存的銘文部分，我們看到的也只是中規中矩、浮泛、套路式的語言，難以窺測謝莊的真實情感。這樣一種文學創作狀態，或許可以隱晦地反映出謝莊在這四年間被有意疏離的政治處境。這樣的處境，也或許會讓謝莊想起自己的家族長輩謝靈運。後者在武帝、文帝朝，都曾經歷過「唯以文義處之，不以應實相許」[四二]，「每侍上宴，談賞而已」[四三]的對待，亦即僅僅扮演一個宫廷文臣的角色。

大明六年（四六二），謝莊第三次被任命爲吏部尚書，并領國子博士。據《宋書·顏師伯傳》，此時吏部尚書仍然保持一分爲二的狀態，與謝莊并爲吏部尚書的是王曇生。此人雖出自瑯琊王氏，但其父王弘之少孤貧，爲外祖何准撫育成人，一生仕宦不顯，入《宋書·隱逸傳》。曇生本人也「以謙和見稱」[四四]。孝武帝命已遠離權力中心數年的謝莊與王曇生領吏部，應該還是在貫徹他有意降低吏部尚書資望、削弱吏部權力的計劃。從此前幾年的情況來看，謝莊對孝武帝的冷落和各項職位安排，并没有直接抵觸的舉動。兩人心照不宣，倒也維持着一種微妙的默契。

然而和大明二年（四五八）第二次領吏部時相同，這一次謝莊仍然很快便離職了。

《宋書·顏師伯傳》記載：「七年，補尚書右僕射。時分置二選，陳郡謝莊、琅邪王曇生并爲吏部尚書。師伯舉周旋寒人張奇爲公車令，上以奇資品不當，使兼市買丞，以蔡道惠代之。令史潘道栖、褚道惠、顏禕之、元從夫、任澹之、石道兒、黄難、周公選等抑道惠敕，使奇先到公車，不施行奇兼市買丞事。師伯坐以子領職，莊、曇生免官。」〔四五〕從這一段材料可以看出，雖然《宋書·謝莊傳》説「坐選公車令張奇免官」〔四六〕，但很難説謝莊在這次事件中有多少參與度。顏師伯出身低寒，「少孤貧」〔四七〕，潘道栖等八人更是名不見經傳的寒人。張奇事件只是一次單純的寒人内部的利益糾紛，是孝武帝朝中後期寒人開始掌機要的一個表現，也證明謝莊在吏部尚書任上并没有實權可言。《宋書·顏師伯傳》稱：「上不欲威柄在人，親監庶務，前後領選者，唯奉行文書」〔四八〕，亦可爲證。

大明三年（四五九）之後，孝武帝開始分遣皇子出鎮，以取代之前由皇弟和「代黨」〔四九〕任地方長官的州鎮政策。在被任命的幾位皇子中，最受孝武帝寵愛的是殷淑儀之子新安王劉子鸞。考《宋書》《南齊書》相關傳記，如王僧虔、謝超宗、江智淵、張永、張岱、張融、沈文季、顧琛、蕭道成等衆多當世有名的文臣武將，都被羅致到了新安王府中。謝莊也在其列。《謝莊傳》記載：「時北中郎將新安王子鸞有盛寵，欲令招引才望，乃使子鸞板莊爲長史，府尋進號撫軍，仍除長史、臨淮太守。未拜，又除吴郡太守。」〔五〇〕但需要注意的是，這段材料之前，沈約詳細記載了謝莊在大明五年、六年兩年内的仕履。因此相比王僧虔等人，謝莊入劉子鸞府的時間應該相對較晚，至少是在因張奇事件罷吏部尚書之後。而謝莊能够很快又被起用，很可能是因爲他在大明六年（四六二）悼念殷貴妃的活動中表現突出，得到了孝武帝的肯定。

大明六年四月初，孝武帝最寵愛的殷貴妃突然去世。這件事給孝武帝帶來了難以平復的心理創傷。爲了懷念殷氏，孝武帝不惜背負「溺於女寵，縱情敗禮」〔五二〕的駡名，爲她舉辦了極盡奢華的葬禮。劉駿還模擬漢武帝《李夫人賦》，作了一篇哀悼殷貴妃的賦。聯繫孝武帝對殷氏和子鸞的寵愛，以及哀悼貴妃的舉動，一些知名文人敏鋭地意識到眼前出現了一個討好皇帝并爲子鸞造勢的政治機會。於是包括江智淵、丘靈鞠、謝超宗、湯惠休等人，以哀悼貴妃之死爲題展開了一次大規模的文學同題創作。其中最有代表性的作品當屬謝莊的《孝武宣貴妃誄》。值得注意的是誄文中「翼訓姒幄，贊軌堯門」兩句。前一句把殷貴妃比作爲大禹生下啓的塗山氏之女，後一句將殷貴妃比作漢武帝鈎弋夫人、漢昭帝的母親趙婕妤。兩個典故均有暗示子鸞應繼承皇位的意味。孝武帝老於文章，看過之後大加贊賞，顯然也有默認的意思。除了這篇誄文，宣貴妃的謚册文也出自謝莊的手筆。如果説謝莊任劉子鸞北中郎將長史的時間與他奏上《宣貴妃誄》的關係尚嫌模糊的話，那麽，他隨府轉撫軍長史并除吴郡太守，則幾乎可以確定得益於孝武帝滿意謝莊在悼念貴妃活動中的表現。因爲據《宋書·孝武帝紀》可知，子鸞進號撫軍是在大明八年正月戊子（十八日）〔五二〕。而謝莊除吴郡太守的背景，則是孝武帝在大明七年正月癸巳（十八日），將原本屬於揚州的富庶的吴郡劃歸到了子鸞統領的南徐州。只是謝莊這一次仍然以多疾爲由，希望留在京師不願外任。此時的謝莊已年過四十，聯繫他在《與大司馬江夏王義恭箋》中所説的「家世無年，亡高祖四十，曾祖三十二，亡祖四十七」，以及謝莊三年後便去世的事實，這次托疾很可能意味着謝莊當時的健康狀况并不理想。

在遠離政治中心長達四年多之後，藉助貴妃之死的契機，謝莊與孝武帝某種程度上達成了和解。這次和解離不開謝莊主動改變策略，迎合孝武帝悼念貴妃，表現出他意圖重新回到政治中心的努力。從謝莊在《與大司馬江夏王義恭箋》中的態度，以及他前幾年甘於虚職的表現，可以看出謝莊個人是并不熱衷於追求權力的。那麽謝莊此番有些意外地一改舊觀，便只能從維護家族利益的角度予以考慮。謝莊在元嘉末年曾親身經歷過劉劭、劉駿兄弟爲争奪皇位而相互殘殺，深知自己在太子和子鸞之間的抉擇不僅關乎自身安危，更關係到整個家族在孝武帝過世之後的地位和利益。謝莊通過創作《宣貴妃誄》，并在文中巧妙運用了「堯母門」的典故，站在了子鸞陣營一方。雖然此舉有阿諛趨勢之嫌，最終事情的發展也偏離了孝武帝和謝莊的預期，但在當時的情形下，子鸞一方無疑是更具優勢的。畢竟從現有材料來看，當時明確表示支持太子的只有袁顗。他在劉駿面前盛稱子業有日新之美，却惹得劉駿大怒，振衣而入〔五三〕。

前廢帝劉子業繼位後，謝莊在新朝先是被封爲金紫光禄大夫，不久便因屬於新安王派系，且《宣貴妃誄》中有「贊軌堯門」一句而遭到前廢帝的報復。子業本想殺掉謝莊，幸虧有人巧妙進言「莊少長富貴，今且繫之尚方，使知天下苦劇，然後殺之未晚也」〔五四〕，謝莊纔保住性命，被關押在左尚方獄中。

景和元年（四六五）十一月二十九日夜，文帝第十一子湘東王劉彧聯合宫中侍衛發動政變，殺死劉子業後即位，是爲宋明帝。謝莊這纔被釋放出獄，并受劉彧之命撰寫了《宋明帝即位赦詔》。明帝對謝莊也非常優崇，任命他爲散騎常侍、光禄大夫，加金章紫綬，領尋陽王師。不久謝莊又轉中書令，尋加金紫光禄大夫，給親信二十人。只是謝莊原本便體弱多病，又經歷了大明末年和前廢帝時期的恐怖統治，加之數月的牢獄之灾，泰始二年（四六六）便去世了，時年四十六。謝莊死後被追贈右光禄大夫，謚曰憲子。據《逸周書·謚法解》：「博聞多能曰憲。」〔五五〕這個評價，謝莊當之無愧。

謝莊親眼見證了劉宋王朝的元嘉盛世、孝武中興，以及因持續不斷甚至愈演愈烈的同室操戈而帶來的國運衰微，也侍奉過多位性格各異的君主和諸侯王。謝莊能夠在頻繁的政局變换和激烈的權力鬥爭中保全自己，固然與他的出身相關——陳郡謝氏的家族身份，是每一個皇族都希望加以利用的難得的政治資源——同時也離不開謝莊個人嚴正守禮而又謹小慎微的處事原則。

陳郡謝氏因淝水之戰的功勞，在東晉中後期一躍成爲最高層的世家大族。雖然劉裕代晉後，降康樂公爵爲縣侯，食邑也被降爲五百户，但在武帝、少帝和文帝初年，謝靈運和謝晦兩兄弟一擅文場，一據政界。前者「每有一詩至都邑，貴賤莫不競寫，宿昔之間，士庶皆遍，遠近欽慕，名動京師」〔五六〕；後者於東晉末年起便深受劉裕的器重和信任，在少帝朝與徐羨之、傅亮一起主持朝政，後又盤踞荆州。表面看來，謝氏一族在新朝仍然風光無兩。只是好景不長，元嘉三年（四二六），謝晦即因熱衷政治、職權過重而被殺。謝靈運因恃才傲物、狂放偏激，也於元嘉十年（四三三）在廣州遇害。

繼謝靈運和謝晦之後成爲謝氏家族代表人物的，正是謝莊的父親謝弘微。謝弘微早在宋初便和劉義隆結成了故舊恩情關係。永初元年（四二〇）劉義隆封宜都王、出任荆州刺史時，弘微便被選爲宜都王文學，此後又任劉義隆鎮西諮議參軍。因此文帝即位後，弘微纔與王華、王曇首、殷景仁、劉湛并號五臣，參預機密，成爲文帝最倚重的大臣之一。弘微的性格和處事自幼便異於謝家其他子弟，是謝混在子侄輩中最器重的一個。謝混曾對靈運、謝晦等「并有誡厲之言，唯弘微獨盡褒美」，評價弘微「異不傷物，同不害正」〔五七〕，就是説謝弘微能够做到既堅持原則，又能小心謹慎，避免爲外物所不容。兩位族兄謝靈運和謝晦的行事與遭遇，也必然會給謝弘微帶來心理上的衝擊，進而引起反思。因此，謝弘微雖然深得文帝信任，還是采取了謹言慎行、不過多接近權力的處事原則。在他身上，依稀可以看到晉賢阮籍的影子。如《宋書》本傳記載他「口不言人短長，而（謝）曜好臧否人物，曜每言論，弘微常以它語亂之」〔五八〕。「弘微志在素宦，畏忌權寵」〔五九〕，多次託疾固辭文帝的任命。「每有獻替及論時事，必手書焚草，人莫之知。上以弘微能營膳羞，嘗就求食。弘微與親故經營，既進之後，親人問上所御，弘微不答，别以餘語酬之，時人比漢世孔光。」〔六〇〕除此之外，謝弘微嚴正守禮，「舉止必脩禮度」〔六一〕。這一點也與任縱不羈的謝靈運大不相同。謝弘微卒於元嘉十三年（四三六），其時謝莊已十三歲，并且憑藉夙慧的特質，得到了包括宋文帝、殷景仁、劉湛等人的稱許，應該能够對父親的性格和言行有所觀察并受到潛移默化的影響。事實上，就現有材料來看，入仕後的謝莊也確實繼承了父親謹慎而又方正循禮的處世之道。

謝莊在孝建年間接替顔竣任吏部尚書，因權力有限而「意多不行」，但他并没有像謝靈運一般「既不見知，常懷憤憤」〔六二〕，也没有像和他處境相似的王僧達一樣對孝武帝的安排多次表現出「不得意」「意尤不悦」「不遜」的態度〔六三〕。無論是「笑而不與人官」，還是以多疾爲由上書江夏王義恭請求辭職，謝莊始終保持恭謹遜讓的姿態，不與孝武帝産生任何正面衝突。《宋書·沈懷文傳》還記載了謝莊與沈懷文之間的一次對話，時間約在大明四年（四六〇）。「上每宴集，在坐者咸令沈醉，懷文素不飲酒，又不好戲調，上謂故欲異己。謝莊嘗誡懷文曰：『卿每與人異，亦何可久。』」〔六四〕謝莊認爲沈懷文行事「每與人異」，不是正確的保身之道。這説明他的處事原則，是在充分了解孝武帝强勢性格及世家大族在新時代的艱難處境後而做出的理性選擇。據沈懷文本傳記載，懷文曾在孝建元年（四五四）反對省録尚書，又曾在大明二年（四五八）反對孝武帝置王畿，「屢經犯忤」「上倍不説」〔六五〕，終於在大明五年（四六一）被孝武帝賜死。聯繫沈懷文、王僧達及謝靈運的經歷，不得不説謝莊以退爲進甚至委曲求全是非常正確的決定，否則很可能重蹈以上三人的覆轍。

除了遜言恭色的一面外，謝莊和父親一樣，也有嚴守禮度的一面。本傳記載大明五年謝莊任前軍將軍時，有一次把守城門，正值孝武帝出行後夜還，謝莊「以棨信或虚，執不奉旨，須墨詔乃開」，事後，孝武帝以「卿欲效郅君章邪」，質問謝莊〔六六〕。這裏的郅君章是指兩漢之際的郅惲。《後漢書·郅惲傳》記載郅惲爲上東城門候時，「帝嘗出獵，車駕夜還，惲拒關不開。帝令從者見面於門閒。惲曰：『火明遼遠。』遂不受詔。帝乃迴從東中門入。」事後郅惲上書勸諫劉秀：「昔文王不敢槃于游田，以萬人惟憂。而陛下遠獵山林，夜以繼晝，其如社稷宗廟何？暴虎馮河，未至之戒，誠小臣所竊憂也。」〔六七〕而謝莊面對孝武帝的質問，也作了一番回答：「臣聞蒐巡有度，郊祀有節，盤于遊田，著之前誡。陛下今蒙犯塵露，晨往宵歸，容恐不逞之徒，妄生矯詐，臣是以伏須神筆，乃敢開門耳。」〔六八〕對比這兩段對話可以看出，郅惲的答辭純爲進諫，且語氣非常嚴厲。謝莊的回答前一句與郅惲的語意相同，後一句則語氣緩和，一改郅惲完全由國家社稷的角度考慮而責備劉秀的立場，將話題轉移到孝武帝的個人安危上。如此一來，謝莊既向孝武帝表現了自己恪盡職守、敢於進言的形象，又適當地傳達了自己對孝武帝的關心和忠誠，堪稱善對。從目前有限的史料所記載的這些事件來看，謝莊處理與皇室關係時采取的退讓謹慎、明哲保身的方式，明顯不同於謝晦、謝靈運、沈懷文等人，而是與其父非常相似。這在皇權開始重振，同時次等士族和寒人争相謀求階層上升的南朝，纔是大族成員保持個人和家族地位的正確的處世之道。其實，不僅是謝弘微、謝莊父子，聯繫《南齊書》《梁書》《南史》中相關傳記不難看出，謝莊的子孫謝朏、謝瀹、謝覽、謝舉等人也繼承了先輩這種處世態度。

也正因如此，謝弘微、謝莊一支在整個南朝幾乎没有遭受過重大打擊，始終保持興盛。《南史·謝弘微傳論》引《周易》「積善之家，必有餘慶」〔六九〕，的爲確評。

縱觀謝莊的一生，這個被稱爲「風流領袖」的世族子弟很可能遠不像裴子野評價的那樣瀟灑超曠。謝莊少年時便經歷了家族長輩謝晦、謝靈運和父親謝弘微的相繼去世。由少年成長爲青年的七年時間，正是謝氏家族短暫沉寂的時期。入仕之後，謝莊周旋於皇帝、諸侯王、權臣等各色人等之間，有過年紀輕輕便揚名北土的風光，也有過孝建初年屢次上書陳事的熱情，但所見更多的是劉宋宗室之間殘酷血腥的皇位爭奪、相互殘殺，以及孝武帝對士族的强勢打壓和前廢帝的恐怖統治。這些都給謝莊帶來了持續而强烈的心理壓力。在劉宋中後期這種不穩定的政治局勢下，謝莊首先要做到的是保證自身安全，然後纔能以謝氏家族代表人的身份保護家族不遭受過大的衝擊。理解了這一點，我們纔能同情地理解謝莊一些委曲求全、恭謹遜讓的舉動，纔能理解謝莊雖然不情願但始終不能完全從政界脱身的選擇。可以説，謝莊面臨的是在南朝這個皇權重振、階級變動劇烈的新時代裏，很多世家大族子弟都可能面臨的困境。也許，只有抛開「高門子弟」「風流領袖」的光鮮標籤，纔有可能觸摸到一個更真實、平易的謝莊。

【注釋】

〔一〕〔梁〕沈約撰：《宋書》卷八十五，中華書局，二〇一八年，第二三七九頁。

〔二〕《宋書》卷八十五，第二三七九頁。

〔三〕〔唐〕姚思廉撰：《梁書》卷一《武帝紀上》，中華書局，二〇二〇年，第二三頁。

〔四〕〔唐〕李延壽撰：《南史》卷二十《謝弘微傳》，中華書局，二〇二三年，第六一〇頁。

〔五〕《宋書》卷五十三《謝方明傳附謝惠連傳》，第一六六三頁。

〔六〕（日）安田二郎：《六朝政治史の研究》第五章第一節《彭城王劉義康の廢黜事件について》，京都大學學術出版會，二〇〇三年。

〔七〕（日）宮崎市定著，韓昇、劉建英譯：《九品官人法研究：科舉前史》，中華書局，二〇〇八年，第一三九頁。

〔八〕《宋書》卷九十九，第二六七五頁。

〔九〕《宋書》卷八十四，第二三六二頁。

〔一〇〕《宋書》卷六十一，第一七九一頁。

〔一一〕《宋書》卷八十五，第二三七九頁。

〔一二〕沈玉成、劉寧：《春秋左傳學史稿》，江蘇古籍出版社，一九九二年，第一五三頁。

〔一三〕（日）南澤良彥：《謝莊の『春秋左氏經傳圖』》，《哲学年報》六十七，二〇〇八年。

〔一四〕〔晉〕陳壽撰，〔南朝宋〕裴松之注：《三國志》卷五十九《吴書・孫登傳》，中華書局，一九八二年，第一三六三頁。

〔一五〕〔唐〕杜佑撰，王文錦、王永興、劉俊文、徐庭雲、謝方點校：《通典》卷三十《職官十二》，中華書局，一九八八年，第八二五頁。

〔一六〕文載《宋書》卷九十九《二凶傳》。

〔一七〕《宋書》卷八十五，第二二三八〇頁。

〔一八〕《宋書》卷六十八《南郡王義宣傳》，第一九六八頁。

〔一九〕《宋書》卷六十八《南郡王義宣傳》，第一九六八頁。

〔二〇〕《宋書・戴明寶傳》記載，元嘉三十年，劉駿南中郎將典籤董元嗣「奉使還都，值元凶弑立，遣元嗣南還，報上以徐湛之等反。上時在巴口，元嗣具言弑狀。上遣元嗣下都，奉表於劭，既而上舉義兵，劭責元嗣，元嗣答曰：『始下，未有反謀。』」見《宋書》卷九十四，第二五三二頁。

〔二一〕《宋書》卷八十五《謝莊傳》，第二二三八一頁。

〔二二〕《宋書》卷八十五《謝莊傳》，第二二三八一頁。

〔二三〕戰國末期，白起在長平之戰後屢次拒絶秦王徵招。秦王一怒之下將白起奪爵流放，逐出咸陽。白起行至咸陽西門十里的杜郵時，秦王派使者賜劍，令白起自裁。見〔西漢〕司馬遷撰：《史記》卷七十三《白起王翦列傳》，中華書局，二〇一四年，第二八三七至二八三八頁。

〔二四〕《宋書》卷四十，第一三五四頁。
〔二五〕《宋書》卷八十五《謝莊傳》，第二三八三頁。
〔二六〕《南史》卷七十七，第二〇八六頁。
〔二七〕《宋書》卷七十五，第二一四四頁。
〔二八〕《宋書》卷七十五，第二一四四頁。
〔二九〕《宋書》卷八十五《謝莊傳》，第二三八三頁。
〔三〇〕〔明〕張溥著，殷孟倫注：《漢魏六朝百三家集題辭注·謝光禄集》，中華書局，二〇〇七年，第二三六頁。
〔三一〕《宋書》卷六《孝武帝紀》，第一三三頁。
〔三二〕《宋書》卷八十五《謝莊傳》，第二三八五頁。
〔三三〕《宋書》卷八十五《謝莊傳》，第二三八六頁。
〔三四〕《宋書》卷八十五《謝莊傳》，第二三八六頁。
〔三五〕《宋書》卷八十五《謝莊傳》，第二三八七頁。
〔三六〕《宋書》卷八十四，第二三六三頁。
〔三七〕《宋書》卷二十九，第九五一頁。
〔三八〕《宋書》卷六十六，第一八九七頁。

〔三九〕《宋書》卷八十五《王景文傳》，第二三九〇頁。

〔四〇〕《宋書》卷五十九《何偃傳》，第一七五七頁。

〔四一〕《宋書》卷五十九《何偃傳》，第一七五七頁。

〔四二〕《宋書》卷六十七《謝靈運傳》，第一九一八頁。

〔四三〕《宋書》卷六十七《謝靈運傳》，第一九三八頁。

〔四四〕《宋書》卷九十三《王弘之傳附王曇生傳》，第二五〇七頁。

〔四五〕《宋書》卷七十七《顔師伯傳》，第二一八五頁。

〔四六〕《宋書》卷八十五，第二三八九頁。

〔四七〕《宋書》卷七十七《顔師伯傳》，第二一八二頁。

〔四八〕《宋書》卷七十七，第二一八五頁。

〔四九〕沈約説劉駿即位後「臣皆代黨」，見《宋書》卷七十四，第二一二三頁。這裏用的是漢文帝劉恒的典故。劉恒本爲代王，陳平等人平滅吕氏之後，謀立劉恒爲帝。劉恒即位後，立刻封自己的心腹舊臣宋昌爲衛將軍，領南北軍，張武爲郎中令，行殿中，護衛京城和皇宫，又封賞了擁立自己的大臣。沈約類比劉駿由武陵王身份即位的過程，將擁立劉駿的舊幕僚稱爲「代黨」。最早注意到「代黨」的是日本學者安田二郎，他認爲孝武帝政權是由孝武帝在藩時期的舊府僚等人，集中把持權力中樞的「代黨」政權。參看安田二郎《南朝貴族制社会の変革と道徳・倫理―袁粲・褚淵評を中心に—》，《東北大学文学部研究年報》三十四，一九八五年。後該文又收入氏著《六朝政治史の研究》。

〔五〇〕《宋書》卷八十五，第二三八九頁。

〔五一〕《資治通鑑》卷一百二十九胡三省注，第四一三一頁。

〔五二〕《宋書・劉子鸞傳》：「葬畢，詔子鸞攝職，以本官兼司徒，進號撫軍、司徒，給鼓吹一部，禮儀並依正公。」《建康實録》卷十三、《資治通鑑》卷一百二十九將葬殷貴妃事係在大明六年十月。考《宋書・孝武帝紀》：「（大明二年）十一月壬子，揚州刺史西陽王子尚加撫軍將軍。……（大明七年）五月乙亥，撫軍將軍、揚州刺史豫章王子尚進號車騎將軍。」則至少在大明七年五月之前，子鸞不應任撫軍。子鸞轉撫軍當以《孝武帝紀》所記大明八年正月爲是。

〔五三〕《南史》卷二十六《袁顗傳》，第七七〇頁。

〔五四〕《宋書》卷八十五《謝莊傳》，第二三八九頁。

〔五五〕黄懷信、張懋鎔、田旭東撰，黄懷信修訂，李學勤審定：《逸周書彙校集注》（修訂本）卷六，上海古籍出版社，二〇〇七年，第六九二頁。

〔五六〕《宋書》卷六十七《謝靈運傳》，第一九一八頁。

〔五七〕《宋書》卷五十八《謝弘微傳》，第一七三七頁。

〔五八〕《宋書》卷五十八《謝弘微傳》，第一七三九頁。

〔五九〕《宋書》卷五十八《謝弘微傳》，第一七三九頁。
〔六〇〕《宋書》卷五十八《謝弘微傳》，第一七三九頁。
〔六一〕《南史》卷二十《謝弘微傳》，第六〇九頁。
〔六二〕《宋書》卷六十七《謝靈運傳》，第一九一八頁。
〔六三〕《宋書》卷七十五《王僧達傳》，第二一三八至二一四一頁。
〔六四〕《宋書》卷八十二《沈懷文傳》，第二三〇九頁。
〔六五〕《宋書》卷八十二《沈懷文傳》，第二三〇八頁。
〔六六〕《宋書》卷八十五《謝莊傳》，第二三八八頁。
〔六七〕〔南朝宋〕范曄撰，〔唐〕李賢等注：《後漢書》卷二十九，中華書局，一九六五年，第一〇三一頁。
〔六八〕《宋書》卷八十五《謝莊傳》，第二三八八頁。
〔六九〕《南史》卷二十，第六二三頁。